Tal vez mañana

Biografía

Colleen Hoover empezó a escribir a los cinco años. Autopublicó su primer libro en enero de 2012 y en agosto ya estaba en la lista de los más vendidos de *The New York Times*.

Hasta la fecha es autora de más de veinte novelas y cuenta con el reconocimiento y apoyo incondicional de millones de lectores en todo el mundo. Ha ganado el Goodreads Choice Award a la mejor novela romántica en tres ocasiones. *Romper el círculo* se ha convertido en uno de los mayores fenómenos literarios globales de los últimos años. En 2015 Hoover fundó junto con su familia *The Bookworm Box*, un programa de suscripción de libros sin ánimo de lucro cuyos beneficios son donados a distintas organizaciones benéficas.

Colleen Hoover
Tal vez mañana

Traducción de Montse Triviño

 Planeta

Obra editada en colaboración con Editorial Planeta – España

Título original: *Maybe Someday*

© 2014, Colleen Hoover
Publicado de acuerdo con el editor original, Atria Books, una división de
Simon and Schuster, Inc.
© 2016, Montse Triviño
© 2016, Editorial Planeta, S.A. – Barcelona, España

© Canciones del interior, Griffin Peterson /Raymond Records, LLC
Todos los derechos reservados.

Adaptación de portada: Booket / Área Editorial Grupo Planeta
Fotografía de portada: Shutterstock y © Noel Hendrickson / Masterfile

Derechos reservados

© 2022, Editorial Planeta Mexicana, S.A. de C.V.
Bajo el sello editorial BOOKET M.R.
Avenida Presidente Masarik núm. 111,
Piso 2, Polanco V Sección, Miguel Hidalgo
C.P. 11560, Ciudad de México
www.planetadelibros.com.mx

Primera edición impresa en España: febrero de 2016
ISBN: 978-84-08-15027-5

Primera edición en formato epub en México: mayo de 2016
ISBN: 978-607-07-3424-3

Primera edición impresa en esta presentación en Booket: septiembre de 2022
Segunda reimpresión en esta presentación en Booket: diciembre de 2022
ISBN: 978-607-07-9220-5

Impreso en los talleres de Impresora Tauro, S.A. de C.V.
Av. Año de Juárez 343, Colonia Granjas San Antonio, Iztapalapa
C.P. 09070, Ciudad de México.
Impreso en México - *Printed in Mexico*

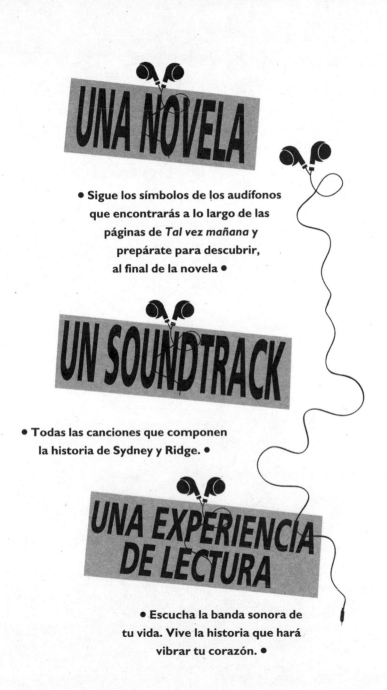

UNA NOVELA

● Sigue los símbolos de los audífonos
que encontrarás a lo largo de las
páginas de *Tal vez mañana* y
prepárate para descubrir,
al final de la novela ●

UN SOUNDTRACK

● Todas las canciones que componen
la historia de Sydney y Ridge. ●

UNA EXPERIENCIA DE LECTURA

● Escucha la banda sonora de
tu vida. Vive la historia que hará
vibrar tu corazón. ●

Para Carol Keith McWilliams

CONTENIDO ESPECIAL

Querido lector:

Tal vez mañana es más que una simple historia. Es más que un simple libro. Es una experiencia que deseamos y agradecemos compartir contigo.

Tuve el placer de trabajar con el músico Griffin Peterson para crear una banda sonora original que acompañe esta novela. Griffin y yo colaboramos estrechamente para dar vida a estos personajes y a sus canciones para, de ese modo, proporcionarte una auténtica experiencia lectora.

Recomendamos escuchar las canciones en el orden en que aparecen en el libro. Escanea el código QR que encontrarás más abajo para experimentar la banda sonora de *Tal vez mañana*. El código te permitirá acceder a las canciones y también al material extra, en el caso de que desees saber más sobre la colaboración y la ejecución de esta idea.

Gracias por formar parte de nuestro proyecto. Para nosotros, crearlo ha sido una experiencia increíble, y esperamos que disfrutarlo se convierta para ti en una vivencia igual de asombrosa.

COLLEEN HOOVER Y GRIFFIN PETERSON

Para escuchar las canciones debes escanear el código QR de arriba. Coloca la cámara de tu teléfono a unos centímetros de la etiqueta y prepárate para disfrutar con lo que viene a continuación.

Para acceder a este contenido también puedes visitar la página https://www.colleenhoover.com/maybe-someday-soundtrack/.

PRÓLOGO

Sydney

Le acabo de dar un puñetazo en la cara a una chica. Y no a una chica cualquiera. A mi mejor amiga. A mi compañera de departamento.

Bueno, creo que desde hace cinco minutos es mi excompañera de departamento.

Empezó a sangrarle la nariz casi de inmediato y, durante un segundo, me sentí mal por haberle pegado. Pero luego me acordé de que es una zorra mentirosa y traidora y me dieron ganas de darle otro golpe. Y lo habría hecho de no ser porque Hunter lo impidió al interponerse entre nosotras.

Así que en lugar de dárselo a ella, se lo di a él. Por desgracia, a Hunter no hice daño. Al menos no tanto como me hice yo en la mano.

Darle un puñetazo a alguien duele más de lo que imaginaba, aunque tampoco es que hubiera dedicado mucho tiempo de mi vida a pensar qué se siente al propinarle un golpe a otra persona. Pero, ahora que vi un mensaje de Ridge en mi teléfono, me están dando ganas de hacerlo otra vez. Otro con el que tengo que ajustar cuentas. Ya sé que, técnicamente, él no tiene nada que ver con el lío en el que estoy metida ahora mismo, pero podría haberme avisado un poquito antes. Sólo por eso, también me gustaría darle un puñetazo a él.

Pues claro que no quiero subir. Ya me duele bastante la mano. Si subiera al departamento de Ridge, me dolería todavía más después de haber terminado con él.

Me volteo para mirar hacia su balcón. Está apoyado en la puerta corrediza de cristal, observándome, con el teléfono en la mano. Ya casi oscureció, pero las luces del patio le iluminan la cara. Me mira fijamente con sus ojos oscuros, y la forma en que curva los labios en una especie de sonrisa dulce y apenada hace que me cueste recordar por qué estoy enojada también con él. Se pasa la mano libre por el pelo que le cae sobre la frente y su preocupación se hace más patente. Aunque tal vez sea una expresión de arrepentimiento. Como correspondería.

Decido no contestar y, en lugar de eso, le hago la seña del dedo medio. Él niega con la cabeza y se encoge de hombros, como si quisiera decir «lo intenté». Luego entra en el departamento y cierra la puerta corrediza.

Vuelvo a guardarme el teléfono en el bolsillo antes de que se moje y echo un vistazo al patio del complejo de departamentos en el que he vivido durante los dos últimos meses. Cuando nos mudamos aquí, el abrasador verano de Texas estaba devorando los últimos vestigios de la primavera, pero este patio parecía seguir aferrado a la vida. Los caminos que llevan a los distintos portales y a la fuente situada en el centro estaban rodeados por hortensias de intensos tonos azules y violeta.

Ahora que el verano alcanzó su más desagradable punto álgido, el agua de la fuente se evaporó. Las hortensias no son más que un triste y marchito recuerdo de la emoción que sentí cuando Tori y yo nos instalamos aquí. Contemplar ahora el patio, derrotado por el verano, se me antoja un inquietante reflejo de cómo me siento en estos momentos: derrotada y triste.

Estoy sentada en el borde de la fuente de cemento, ahora vacía, con los codos apoyados en las dos maletas que contienen la mayoría de mis pertenencias, a la espera del taxi que debe pasar a recogerme. No tengo ni idea de adónde me va a llevar, pero sí sé que cualquier lugar es preferible a éste. Dicho de otro modo, soy una pordiosera.

Podría llamar a mis papás, pero eso sería darles la razón que necesitan para empezar a bombardearme con el rollo ese del «te lo dijimos».

«Te dijimos que no te fueras a vivir tan lejos, Sydney.»

«Te dijimos que no te entusiasmaras con ese chico.»

«Te dijimos que si elegías Derecho y no Música, te pagábamos los estudios.»

«Te dijimos que pegaras con el pulgar fuera del puño.»

Bueno, sí, puede que nunca me enseñaran la técnica correcta del puñetazo, pero, si tanta razón tienen siempre, deberían haberlo hecho, carajo.

Cierro el puño, luego estiro los dedos y después vuelvo a cerrarlo. Noto mi mano muy adolorida y no me cabe duda de que tendría que ponerme hielo. Me dan pena los chicos. Dar puñetazos es un horror.

Y hay otra cosa que también es un horror: la lluvia. Siempre encuentra el momento más inoportuno para caer, como ahora mismo, cuando acabo de convertirme en una pordiosera.

Al fin llega el taxi y me pongo de pie para tomar las maletas. Las arrastro mientras el conductor baja del coche y abre la cajuela. Antes de llegar a darle la primera maleta, casi me muero al recordar que ni siquiera llevo la bolsa.

Mierda.

Echo un vistazo a mi alrededor, hacia donde estaba sentada con las maletas, y luego me toco el cuerpo, como si la bolsa fuera a aparecer como por arte de magia colgada del hombro. Sé exactamente dónde está. Me la quité del hombro y la tiré al piso justo antes de darle un puñetazo a Tori en su preciosa nariz a lo Cameron Diaz.

Suspiro. Y luego me río. Claro que dejé la bolsa. De haberla llevado encima, mi primer día como pordiosera habría resultado demasiado fácil.

—Lo siento —le digo al taxista, que en este momento está cargando la segunda maleta—. Cambié de idea. Ya no necesito un taxi.

Sé que hay un hotel a poco más de medio kilómetro de aquí. Si reúno el valor necesario para entrar otra vez y recuperar la bolsa, iré a pie hasta allí y me quedaré en una habitación hasta que decida qué hacer. Total, ya estoy empapada.

El taxista vuelve a sacar las maletas, las deja en la banqueta justo delante de mí y se dirige de nuevo a la puerta del conductor sin mirarme siquiera. Sube al coche y se aleja, como si mi cambio de idea le supusiera un alivio.

¿Tan patética parezco?

Tomo las maletas y regreso al mismo lugar donde estaba sentada antes de darme cuenta de que también soy una sinbolsa. Levanto la vista hacia mi departamento y me pregunto qué pasaría si subiera a recoger mi monedero. La verdad es que armé una buena antes de largarme, así que casi prefiero ser una pordiosera bajo la lluvia a subir otra vez allí.

Me siento encima de la maleta y analizo la situación. Podría pagar a alguien para que fuera a traérmela, pero... ¿a quién? Por aquí no hay nadie y, además, ¿cómo sé si Hunter o Tori le darían mi bolsa a un desconocido?

Esto es un horror. Sé que al final no me va a quedar otra que llamar a algún amigo, pero ahora mismo me avergüenza demasiado contarle a cualquiera lo ingenua que he sido durante los dos últimos años. He vivido completamente engañada.

Ya odio tener veintidós años, y eso que aún me quedan 364 días más.

Es todo tan asquerosamente patético que estoy... ¿llorando?

Genial. Ahora estoy llorando. Soy una pordiosera sinbolsa llorona y violenta. Y, aunque no me gusta nada tener que admitirlo, también tengo el corazón destrozado.

Sí, estoy sollozando. Deduzco que esto es lo que se siente cuando te destrozan el corazón.

—Está lloviendo. Apúrate.

Levanto la vista y veo a una chica justo encima de mí. Se cubre la cabeza con un paraguas y me mira con inquietud mientras salta de un pie al otro, como esperando a que yo haga algo.

—Me estoy mojando. Apúrate.

Su tono es un poco autoritario, como si me estuviera haciendo un favor y yo me mostrara desagradecida. Levanto una ceja al mirarla y me protejo los ojos de la lluvia con una mano.

No sé por qué se queja de que se está mojando, porque tampoco es que lleve mucha ropa que se pueda mojar. En realidad, no lleva casi nada. Me fijo en su camiseta, a la que le falta la mitad inferior, y me doy cuenta de que viste el uniforme de una cadena de restaurantes de comida rápida.

Este día no podría acabar peor... Estoy sentada encima de casi todas mis pertenencias, bajo una lluvia torrencial, mientras una mesera histérica de Hooters me mangonea.

Aún estoy absorta en su camiseta cuando me agarra de una mano y me levanta de un jalón.

—Ya me dijo Ridge que actuarías así. Me tengo que ir a trabajar. Sígueme y te enseño dónde está el departamento.

Toma una de mis maletas, saca el asa y la empuja hacia mí. Luego se apropia de la otra y cruza el patio con paso decidido. La sigo, aunque sólo sea porque se llevó una de mis maletas y quiero que me la devuelva.

Cuando empieza a subir la escalera, se voltea para gritarme por encima del hombro:

—No sé cuánto tiempo tienes intención de quedarte, pero sólo tengo una norma: ni se te ocurra entrar en mi habitación.

Llega a un departamento y abre la puerta sin molestarse siquiera en ver si la seguí. Cuando alcanzo el final de la escalera, me detengo justo delante y contemplo el helecho que, ajeno al calor, crece en una maceta al lado de la puerta. Tiene las hojas verdes y exuberantes, como si esa negativa a sucumbir al calor

17

fuera una manera de hacerle la seña del dedo medio al verano. Le sonrío a la planta y me siento orgullosa de ella. Luego frunzo el ceño al darme cuenta de que envidio la capacidad de resistencia de un helecho.

Niego con la cabeza, desvío la mirada y, con paso vacilante, entro en el departamento desconocido. La distribución es parecida a la del mío, sólo que éste tiene cuatro dormitorios en total, dos de ellos comunicados. El departamento que compartíamos Tori y yo tiene dos habitaciones, pero la salita es del mismo tamaño que ésta.

La otra diferencia destacable es que por aquí no veo a ninguna puta traidora y mentirosa con la nariz ensangrentada. Ni tampoco veo los platos sucios de Tori ni su ropa desperdigada por ahí.

La chica deja mi maleta junto a la puerta, luego se hace a un lado y espera a que yo... Bueno, en realidad no sé qué espera que haga.

Con un gesto de impaciencia, me agarra del brazo y me obliga a dejar atrás la puerta y a entrar en el departamento.

—¿Qué demonios te pasa? ¿Sabes hablar? —me espeta.

Empieza a cerrar la puerta, pero de repente interrumpe el gesto y se voltea hacia mí con los ojos muy abiertos. Levanta un dedo.

—Espera —dice—. ¿No serás...? —Hace un nuevo gesto de impaciencia y se da una palmada en la frente—. Oh, Dios mío, eres sorda.

¿Perdón? ¿Qué demonios le pasa a ésta? Hago un gesto de negación con la cabeza y me dispongo a contestar, pero me interrumpe.

—Bravo, Bridgette —murmura. Se pasa las manos por la cara y se lamenta, ignorando por completo el hecho de que le estoy diciendo que no con la cabeza—. A veces, eres una víbora insensible.

Caray. Esta chica tiene un problema grave en el terreno de las habilidades personales. Es una especie de víbora, aunque se esfuerza por no serlo. Ahora cree que soy sorda. Ni siquiera sé qué decir. Sacude la cabeza, como si estuviera decepcionada consigo misma, y luego me mira fijamente.

—¡ME TENGO... QUE IR... A TRABAJAR... AHORA! —grita muy alto y con una lentitud exasperante.

Me encojo y doy un paso atrás, lo cual debería darle una pista de que oí muy bien sus gritos, pero no la capta. Señala la puerta que está al fondo del pasillo.

—¡RIDGE... ESTÁ... EN... SU... HABITACIÓN!

Antes de que me dé tiempo de decirle que deje de gritar, sale del departamento y cierra la puerta tras ella.

No sé qué pensar. Ni qué hacer. Estoy completamente empapada en mitad de un departamento desconocido y la única persona a la que tengo ganas de pegarle —aparte de Hunter y de Tori, claro— está a unos pocos pasos de mí, en otra habitación. Y hablando de Ridge, ¿por qué demonios mandó a la psicópata de su novia, que encima es mesera de Hooters, a buscarme? Tomo el teléfono y ya le estoy mandando un mensaje cuando se abre la puerta de su habitación.

Sale al pasillo cargado con unas cuantas cobijas y una almohada. En cuanto establece contacto visual conmigo, contengo una exclamación. Espero que no haya resultado demasiado obvio, pero es que hasta ahora nunca lo había visto de cerca... y a escasos metros de distancia es aún más guapo que desde el otro lado del patio.

Creo que nunca había visto unos ojos capaces de hablar. No sé muy bien qué quiero decir con eso, pero es como si bastara con que él me lanzara la más discreta de las miradas con esos ojos suyos para que yo supiera con exactitud lo que quiere que haga. Tiene una mirada intensa y penetrante y... Oh, Dios mío, llevo un buen rato mirándolo.

Al pasar junto a mí para dirigirse al sillón, curva la comisura de los labios en una sonrisa de complicidad.

A pesar de esa cara tan atractiva y de su expresión un tanto ingenua, me dan ganas de reprocharle que sea tan falso. No tendría que haber esperado más de dos semanas para contármelo. Me habría gustado tener la oportunidad de planearlo todo un poco mejor. No entiendo cómo podemos haber pasado dos semanas platicando sin que él sintiera en ningún momento la necesidad de contarme que mi novio y mi mejor amiga estaban cogiendo.

Ridge deja caer las cobijas y la almohada en el sillón.

—No pienso quedarme aquí, Ridge —le digo con la intención de que deje de perder el tiempo mostrándose hospitalario.

Sé que me compadece, pero apenas nos conocemos y me sentiría mucho más cómoda en una habitación de hotel que durmiendo en el sillón de un desconocido.

Pero para ir a un hotel necesito dinero.

Cosa que no llevo encima en este preciso momento.

Cosa que está dentro de mi bolsa, al otro lado del patio, en un departamento en el que ahora mismo se encuentran las dos únicas personas del mundo a las que no me apetece ver.

Puede que el sillón no sea tan mala idea, al fin y al cabo.

Ridge termina de preparar el sillón, se voltea hacia mí y después baja la mirada hacia mi ropa empapada. Contemplo el charco de agua que estoy dejando a la mitad del piso.

—Oh, lo siento —murmuro.

Tengo el pelo pegado a la cara y la camiseta que llevo resulta bastante pobre —además de bastante transparente— como barrera entre el mundo exterior y mi brasier, tan rosa como visible.

—¿Dónde está el baño?

Él me señala la puerta del baño con un gesto de la cabeza.

Me doy la vuelta, abro una maleta y empiezo a rebuscar entre el contenido mientras Ridge regresa a su habitación. Me alegra que no me haya hecho preguntas sobre lo ocurrido después de nuestra conversación de antes. No tengo ganas de hablar de ello.

Tomo unas mallas y una camiseta de tirantes, además del neceser, y me dirijo al baño. Me molesta que todo lo que hay en este departamento me recuerde al mío, a excepción de unas cuantas diferencias sutiles. Es el mismo baño con las mismas puertas a la derecha e izquierda que dan a las dos habitaciones contiguas. Una de ellas es la de Ridge, obviamente. Siento curiosidad por saber quién duerme en la otra habitación, pero no la suficiente como para abrir la puerta. La única norma de la chica de Hooters es que ni se me ocurra entrar en su habitación, y no parece de las que se andan con bromas.

Cierro la puerta que da a la salita y pongo el seguro. Luego compruebo los seguros de las puertas que dan a las dos habitaciones para cerciorarme de que no entre nadie. No sé si en este departamento vive alguien más aparte de Ridge y la chica de Hooters, pero prefiero no correr riesgos.

Me quito la ropa empapada y la dejo en el lavabo para no mojar el piso. Abro la llave de la regadera y espero hasta que el agua empieza a salir caliente para entrar. Me quedo bajo el chorro y cierro los ojos, agradecida de no seguir aún sentada en la calle, bajo la lluvia. Pero, al mismo tiempo, tampoco me hace muy feliz estar donde estoy.

Nunca se me habría ocurrido pensar que el día de mi vigésimo segundo cumpleaños terminaría bañándome en un departamento desconocido y durmiendo en el sillón de un chavo al que sólo conozco desde hace dos semanas, y todo por obra y gracia de las dos personas a las que más quería y en quienes más confiaba en este mundo.

1

Dos semanas antes

Sydney

Abro la puerta corrediza del balcón y salgo. Agradezco que el sol
se haya ocultado ya tras el edificio de al lado y que el clima se
haya refrescado hasta alcanzar una temperatura que podría ser
perfectamente otoñal. Casi de inmediato, justo en el momento
en que me recuesto en el camastro, el sonido de su guitarra cruza
el patio. Le he dicho a Tori que salgo al balcón a hacer las tareas
porque no quiero admitir que la guitarra es el único motivo que
me hace salir todos los días a las ocho, puntual como un reloj.

Ya hace varias semanas que el chico del departamento que
está justo enfrente, al otro lado del patio, se sienta en su balcón y
toca durante al menos una hora. Todas las noches, yo me siento
en el mío y lo escucho.

Me he fijado en que hay otros vecinos que también salen al balcón cuando él empieza a tocar, pero ninguno de ellos es tan fiel
como yo. Me parece impensable que alguien pueda escuchar esas
canciones y no ansiar volver a oírlas un día tras otro. Pero la música siempre ha sido mi pasión, así que es posible que yo esté un
poco más encaprichada de sus melodías que los demás. Toco el
piano desde que tengo uso de razón y, aunque jamás se lo he contado a nadie, me encanta componer música. Hace dos años, cam-

23

bié de carrera y me pasé a Educación Musical. Mi intención es ser profesora de música en una escuela de primaria, aunque si mi papá se hubiera salido con la suya, aún estaría estudiando Derecho.

«Una vida mediocre es una vida desperdiciada», me soltó cuando le dije que iba a cambiar de carrera.

«Una vida mediocre.» Me pareció un comentario más divertido que insultante, puesto que mi papá es la persona más insatisfecha que he conocido jamás. Y es abogado. Qué cosas.

Termina una de las canciones que ya conozco y el chico de la guitarra empieza a tocar algo que no le había oído hasta ahora. Me había acostumbrado a su lista de reproducción no oficial, pues parece que practica las mismas canciones en el mismo orden noche tras noche. Pero nunca le había oído tocar ésta en específico. Por la forma en que repite los mismos acordes una y otra vez, tengo la sensación de que está componiendo la canción en este preciso instante. Me gusta ser testigo de ello, sobre todo porque, tras apenas unas notas, la canción nueva se convierte en mi preferida. Todos sus temas parecen originales, así que me pregunto si los interpretará en locales de la zona o si sólo los compone por diversión.

Me inclino hacia delante en el camastro, apoyo los brazos en el barandal del balcón y lo observo. Su balcón está justo al otro lado del patio, lo bastante lejos para no sentirme incómoda cuando lo miro, pero lo bastante cerca para asegurarme de que nunca lo miro cuando Hunter anda por aquí. Creo que a Hunter no le gustaría saber que estoy un poquitín enamorada del talento de este chico.

Y, sin embargo, no puedo negarlo. Cualquiera que observe la pasión con que ese joven toca la guitarra acabaría por enamorarse de su talento. Mantiene los ojos cerrados mientras toca, completamente concentrado en deslizar sus dedos sobre las cuerdas de la guitarra. Cuando más me gusta es cuando se sienta con las piernas cruzadas y la guitarra de pie entre las rodillas. Se la apoya en el pecho y la toca como si fuera un contrabajo, sin abrir los ojos ni una sola vez. Es tan fascinante observarlo que a veces me quedo mirándolo con la respiración contenida. Y ni siquiera me doy cuenta de que lo estoy haciendo hasta que aspiro en busca de aire.

Tampoco ayuda mucho que sea tan lindo. Al menos, desde aquí parece lindo. Tiene el pelo castaño claro, tan rebelde que sigue los movimientos de su cuerpo y le cae sobre la frente cuando se inclina a mirar la guitarra. Está demasiado lejos como para distinguir el color de los ojos o los rasgos de su cara, pero los detalles no tienen importancia comparados con la pasión que siente por la música. Demuestra una confianza en sí mismo que me resulta cautivadora. Siempre he admirado a los músicos que son capaces de desconectar de todo y de todos para concentrarse por completo en su música. Me gustaría tener la suficiente confianza en mí misma para ser capaz de aislarme del mundo y dejarme llevar por completo, pero nunca la he tenido.

Y este chico sí. Posee talento y seguridad. Siempre he sentido debilidad por los músicos, aunque es más que nada una fantasía. Están hechos de otra pasta. Una pasta que no los hace muy recomendables como novios.

Me mira como si pudiera escuchar mis pensamientos y luego, muy despacio, sonríe. No interrumpe la canción ni una sola vez mientras sigue observándome. El contacto visual hace que me ruborice, así que dejo caer los brazos, me apoyo de nuevo el cuaderno en el regazo y clavo la vista en sus páginas. Me molesta que me haya cachado observándolo fijamente. No es que estuviera haciendo nada malo, pero me incomoda que sepa que lo estaba mirando. Levanto de nuevo la vista y me doy cuenta de que él sigue observándome, aunque ya no sonríe. Su mirada hace que se me desboque el corazón, así que agacho la cabeza de nuevo y me concentro una vez más en el cuaderno.

«Te estás convirtiendo en una babosa, Sydney.»

—Aquí está mi chica —dice, detrás de mí, una voz reconfortante.

Echo la cabeza hacia atrás y miro hacia arriba justo en el momento en que Hunter sale al balcón. Trato de disimular mi sorpresa al verlo allí, porque supongo que debería haberme acordado de que iba a venir esta noche.

Por si acaso el Chico de la Guitarra continúa mirándome, me empeño en parecer muy concentrada en el beso que me da Hunter, ya que así parezco más una chica que sólo salió a su balcón a relajarse y menos una babosa acosadora. Le paso la mano por la nuca a mi novio cuando se inclina sobre el respaldo de la silla y me besa cabeza abajo.

—Hazme lugar —dice Hunter, y me empuja los hombros.

Obedezco y me deslizo hacia delante en el camastro mientras él levanta una pierna y se sienta detrás de mí. Apoyo la espalda en su pecho y él me rodea con los brazos.

Los ojos me traicionan cuando el sonido de la guitarra se interrumpe de forma abrupta y miro una vez más hacia el otro lado del patio. El Chico de la Guitarra, que nos está mirando fijamente, se pone de pie y luego entra en su departamento. Tiene una expresión extraña. Como si estuviera enojado.

—¿Qué tal las clases? —me pregunta Hunter.

—Demasiado aburridas para hablar de ellas. ¿Y tú? ¿Qué tal el trabajo?

—Interesante —dice, mientras me aparta el pelo de la nuca con la mano.

Me acerca los labios a la nuca y me deja un rastro de besos hasta la clavícula.

—¿Qué es tan interesante?

Me estrecha entre sus brazos, me apoya la barbilla en el hombro y nos reclinamos los dos en el camastro.

—Hoy pasó una cosa rarísima durante la comida —dice—. Estaba con uno de mis compañeros en un restaurante italiano, comiendo afuera, en la terraza, y yo le acababa de preguntar al mesero qué postre me recomendaba cuando, de repente, apareció una patrulla en la esquina. Se paró justo adelante del restaurante y bajaron dos policías pistola en mano. Empezaron a gritar órdenes en nuestra dirección y entonces nuestro mesero dijo en voz baja «Mierda». Levantó las manos muy despacio, los polis saltaron la valla de la terraza, se echaron a correr hacia donde estaba el mesero, lo obligaron a tirarse al piso y le pusieron las esposas. Allí mismo, a nuestros pies. Luego le leyeron los derechos, lo obligaron a ponerse de pie y lo escoltaron hasta la patrulla. Y entonces, el mesero se dio la vuelta y me gritó: «¡El tiramisú es excelente!». Después lo metieron en el coche y se lo llevaron de allí.

Ladeo la cabeza para mirarlo.

—¿En serio? ¿Eso ocurrió de verdad?

Hunter asiente, riendo.

—Te lo juro, Syd. Fue increíble.

—¿Y al final qué? ¿Probaron el tiramisú?

—Desde luego que lo probamos. El mejor tiramisú que he comido en mi vida. —Me besa en la mejilla y me empuja hacia delante—. Y hablando de comida, me muero de hambre. —Se pone de pie y me tiende una mano—. ¿Preparaste algo?

Acepto su mano y me ayuda a ponerme de pie.

—Comimos un poco de ensalada; puedo prepararte una si quieres.

Una vez dentro, Hunter se sienta en el sillón al lado de Tori. Mi compañera de departamento tiene un libro de texto abierto sobre el regazo y trata de concentrarse al mismo tiempo —aunque sin demasiado entusiasmo— en sus tareas y en la tele. Saco los recipientes del refrigerador y le preparo la ensalada. Me siento un poco culpable por haber olvidado que Hunter había dicho que iba a venir esta noche. Siempre que sé que va a venir, le preparo algo.

Ya llevamos casi dos años saliendo. Nos conocimos durante mi segundo año en la universidad, cuando él ya estaba en último año. Tori y él eran amigos desde hacía años. Desde que Tori se mudó a mi residencia de estudiantes y congeniamos, insistió mucho en presentármelo. Dijo que conectaríamos enseguida, y no se equivocaba. Lo hicimos oficial después de tan sólo dos citas y, desde entonces, nos ha ido de maravilla.

Bueno, tenemos nuestros altibajos, especialmente desde que él se fue a vivir a más de una hora de aquí. Cuando el semestre pasado consiguió trabajo en una gestoría, me propuso que me fuera a vivir con él. Le dije que no, que quería terminar la carrera antes de dar un paso tan importante. Pero si he de ser sincera, la verdad es que me da miedo.

La idea de irme a vivir con él me parece tan definitiva... como si con ello decidiera mi destino. Sé que en cuanto demos ese paso, el siguiente será casarnos, y luego me arrepentiré de no haber tenido la oportunidad de vivir sola. Siempre he tenido compañeros de departamento y, hasta que me pueda permitir vivir sola, seguiré compartiendo departamento con Tori. Aún no se lo he dicho a Hunter, pero lo que pasa es que se me antoja mucho vivir sola durante un año. Es algo que me prometí hacer antes de casarme. Total, dentro de dos semanas cumplo veintidós años, así que tampoco es que tenga mucha prisa por casarme.

Le llevo la cena a Hunter, que está en la salita.

—¿Por qué estás viendo eso? —le pregunta a Tori—. Lo único que hacen esas mujeres es insultarse unas a otras y perder el control.

—Precisamente por eso lo veo —contesta ella sin quitar los ojos de la tele.

Hunter me guiña el ojo, toma la cena y luego apoya los pies en la mesita de café.

—Gracias, nena. —Se voltea hacia la tele y empieza a comer—. ¿Me traerías una cervecita?

Asiento con la cabeza y regreso a la cocina. Abro el refrigerador y miro en el estante donde Hunter deja siempre sus cervezas. Me doy cuenta, mientras busco en «su» estante, de que probablemente así es como empieza todo. Primero un hueco en el refrigerador. Luego un cepillo de dientes en el baño, un cajón en mi cómoda y, a la larga, sus cosas se habrán infiltrado entre las mías de tal forma que irme a vivir sola se habrá convertido en algo imposible.

Me paso las manos por los brazos para ahuyentar la repentina sensación de malestar que me invade. Me siento como si mi futuro estuviera pasando ante mí. Y no estoy muy segura de que me guste lo que estoy imaginando.

¿Estoy lista para algo así?

¿Estoy lista para que este chico sea el chico al que tendré que servirle la cena todos los días cuando vuelva a casa del trabajo?

¿Estoy lista para sumergirme en una vida tan cómoda con él? ¿Una vida en la que yo doy clase todo el día mientras él calcula los impuestos de otra gente, y luego volvemos a casa, yo preparo la cena y le llevo «cervecitas» mientras él apoya los pies en la mesita de café y me llama «nena»? ¿Estoy lista para que nos vayamos a la cama y hagamos el amor a eso de las nueve de la noche para no estar cansados al día siguiente y poder levantarnos, vestirnos, ir a trabajar y hacer lo mismo otra vez?

—Tierra llamando a Sydney —dice Hunter. Lo oigo chasquear los dedos dos veces—. ¿Cervecita? ¿Por favor, nena?

Tomo rápidamente la cerveza, se la llevo y luego me voy directamente a mi baño. Abro la llave de la regadera, pero no entro. Cierro la puerta con seguro y me dejo caer al piso.

Tenemos una buena relación. Es bueno conmigo y sé que me quiere. Lo que no entiendo es por qué, cada vez que me imagino un futuro con él, la idea no me parece demasiado estimulante.

Ridge

Maggie se inclina hacia delante y me besa en la frente.

—Me tengo que ir.

Estoy acostado de espaldas, con la cabeza y los hombros parcialmente apoyados en la cabecera de la cama. Ella está sentada con las piernas abiertas sobre mí y me mira con cara de pena. Me molesta vivir tan lejos de ella ahora, pero al menos sirve para que el tiempo que pasamos juntos sea mucho más intenso. Le tomo las manos para que se calle y la atraigo hacia mí con la esperanza de convencerla para que no se vaya aún.

Se ríe y sacude la cabeza de un lado a otro. Me besa, fugazmente, y enseguida se inclina hacia atrás. Se aparta de mi regazo, pero no la dejo llegar muy lejos antes de abalanzarme sobre ella e inmovilizarla sobre el colchón. Le señalo el pecho.

—Quédate una noche más.

Me acerco un poco y le beso la punta de la nariz.

—No puedo. Tengo clase.

La tomo por las muñecas y le subo los brazos por encima de la cabeza; luego la beso en los labios. Sé que no se quedará una noche más. Nunca, en toda su vida, se ha saltado un día de clase a menos que estuviera tan enferma que no pudiera ni levantarse.

En cierta manera, deseo que se sienta un poquito mal ahora mismo, sólo para que se quede en la cama conmigo.

Le suelto las muñecas y voy bajando las manos por sus brazos hasta tomarle la cara. Luego le doy un último beso, antes de apartarme a regañadientes de ella.

—Vete. Pero ten cuidado. Y avisa cuando llegues a casa.

Asiente y se levanta de la cama. Se inclina por encima de mí para tomar su camiseta. Luego se la pone. La observo mientras deambula por la habitación, recogiendo la ropa que antes le quité apresuradamente.

Después de cinco años saliendo, la mayoría de las parejas ya se habrían ido a vivir juntas. Pero la media naranja de la mayoría de la gente no es Maggie. Ella defiende su independencia con tanta fiereza que resulta casi intimidante. Sin embargo, es normal, teniendo en cuenta cómo le ha ido en la vida. Desde que la conozco, cuida de su abuelo. Y antes de eso, se pasó buena parte de la adolescencia ayudándolo a él a cuidar de su abuela, que murió cuando Maggie tenía dieciséis años. Ahora que su abuelo está en una residencia de ancianos, Maggie tiene al fin la oportunidad de vivir sola mientras termina los estudios. Y aunque me gustaría mucho tenerla aquí conmigo, sé lo importante que es para ella la residencia. Así que el próximo año me tendré que aguantar mientras ella sigue en San Antonio y yo aquí, en Austin. Desde luego, no tengo la más mínima intención de abandonar Austin, y menos para ir a San Antonio.

A no ser que ella me lo pida, claro.

—Dile a tu hermano que le deseo buena suerte. —Está de pie junto a la puerta de mi habitación, lista para irse—. Y tienes que dejar de culparte, Ridge. Los músicos también tienen bloqueos, como los escritores. Ya volverás a encontrar a tu musa. Te quiero.

—Yo también te quiero.

Sonríe y sale de la habitación. Me lamento, pues sé que intenta ser positiva con todo ese rollo del bloqueo del escritor, pero no puedo dejar de preocuparme por ello. No sé si es porque ahora Brennan depende mucho de esas canciones o porque me siento vacío, pero el caso es que las palabras no me salen. Y sin letras de las que me sienta seguro, es difícil estar a gusto con el lado musical de la composición.

Mi teléfono vibra. Es un mensaje de Brennan, cosa que sólo hace que aún me sienta peor por el hecho de estar atorado.

Brennan: Ya pasaron semanas. Por favor, dime que tienes algo.

Yo: Estoy en ello. ¿Qué tal la gira?

Brennan: Bien, pero recuérdame que no deje que Warren programe tantos conciertos en la próxima etapa.

Yo: Los conciertos son lo que da a conocer su nombre.

Brennan: NUESTRO nombre. No voy a repetirte que dejes de actuar como si tú no formaras parte de esto.

Yo: No formaré parte si no consigo superar el puto bloqueo.

Brennan: A lo mejor tienes que salir más. Añadirle unos cuantos dramas innecesarios a tu vida. Romper con Maggie por el bien del arte. Lo entenderá. Las penas del corazón son buenas para la inspiración. ¿Es que nunca escuchas country?

Yo: Bien pensado. Le diré a Maggie que fue idea tuya.

Brennan: Nada que yo haga o diga haría que Maggie me odiara. Dale un beso de mi parte y ponte a escribir. El peso de nuestras carreras recae únicamente sobre tus hombros.

Yo: Patán.

Brennan: ¡Ah! ¿Es rabia eso que detecto en tu mensaje? Aprovéchala. Ve a escribir una canción rabiosa sobre lo mucho que odias a tu hermano pequeño y luego envíamela. ;)x

Yo: De acuerdo... Te la mando cuando te lleves todas las cosas que todavía guardas en tu habitación. Puede que la hermana de Bridgette se venga a vivir aquí el mes que viene.

Brennan: ¿Conoces a Brandi?

Yo: No. ¿Debería?

Brennan: Sólo si quieres vivir con dos Bridgettes.

Yo: Mierda.

Brennan: Eso mismo. Hablamos luego.

Salgo de la conversación con Brennan y le envío un mensaje a Warren.

Yo: Tenemos que seguir buscando compañero de departamento. Brennan dice que Brandi ni hablar. Dejaré que seas tú quien le dé la noticia a Bridgette, en vista de que se llevan tan bien.

Warren: De acuerdo, cabrón.

Me río y me levanto de la cama de un salto para dirigirme al patio con la guitarra. Son casi las ocho y sé que ella ya estará en su balcón. No sé muy bien hasta qué punto va a parecerle raro lo que me dispongo a hacer, pero al menos debo intentarlo. No tengo nada que perder.

2

Sydney

Estoy distraída, siguiendo el ritmo con los pies y cantando la letra que me inventé para su música, cuando él deja de tocar de repente, en mitad de una canción. Nunca deja de tocar en mitad de un tema, así que, lógicamente, miro en su dirección. Está inclinado hacia delante, mirándome con fijeza. Levanta el dedo índice, como si quisiera decir «Un momento», para después dejar la guitarra en el piso y entrar en su departamento.

¿Qué demonios se propone?

Y, ay señor... ¿por qué me pone tan nerviosa el hecho de que sea consciente de mi presencia?

Vuelve a salir al balcón con papel y un marcador.

Se pone a escribir. ¿Qué demonios escribe?

Sostiene en alto dos hojas y entorno los ojos para ver bien lo que escribió.

Un número de teléfono.

Mierda. ¿Su número de teléfono?

Dado que me quedo inmóvil durante varios segundos, el chico agita los papeles, los señala y luego me señala a mí.

Está loco. No pienso llamarlo. No puedo llamarlo. No puedo hacerle eso a Hunter.

El chico niega con la cabeza y después toma otra hoja en blanco y escribe algo más en ella. La sostiene en alto.

Envíame un mensaje.

Como sigo sin moverme, le da vuelta al papel y escribe algo más.

Tengo una ?

Una pregunta. Un mensaje. En conjunto, parece bastante inocente. Cuando vuelve a levantar el papel con su número de teléfono, tomo mi celular y lo guardo. Me quedo observando la pantalla durante unos segundos, sin saber muy bien qué escribir en el mensaje. Finalmente, me decido por un:

Yo: ¿Cuál es la pregunta?

Baja la mirada hacia su teléfono y lo veo sonreír cuando recibe mi mensaje. Deja caer el papel y se reclina en la silla para escribir. Cuando mi celular vibra, vacilo un instante antes de verlo.

Él: ¿Cantas en la regadera?

Hago un gesto de negación con la cabeza, pues mis sospechas iniciales acaban de confirmarse. No es más que un mujeriego. Es lógico, claro, siendo músico.

Yo: No sé qué clase de pregunta es ésa, pero si es tu forma de ligar, mejor que sepas que tengo novio. No pierdas el tiempo.

Le doy a la tecla de enviar y observo su reacción al leer el mensaje. Se ríe. Se ríe y eso me irrita. Sobre todo porque su sonrisa es muy... sonriente. ¿Tiene sentido lo que acabo de decir? Es que no se me ocurre otra forma de describirla. Es como si toda la cara sonriera, no sólo la boca. Me pregunto qué aspecto tendrá esa sonrisa de cerca.

Él: Te aseguro que ya sé que tienes novio, y también que ésta no es mi forma de ligar. Sólo quiero saber si cantas en la regadera. Casualmente, tengo una opinión muy elevada de las personas que cantan en la regadera, y necesito saber la respuesta a esa pregunta para decidir si te formulo la siguiente.

Leo el largo mensaje, maravillada por su rapidez a la hora de teclear. Por lo general, a los chicos no se les da tan bien como a las chicas escribir rápido, pero sus respuestas son casi instantáneas.

Yo: Sí, canto en la regadera. ¿Y tú?

Él: No, yo no.

Yo: ¿Cómo puedes tener una opinión elevada de la gente que canta en la regadera si tú no lo haces?

Él: Tal vez el motivo de que tenga una opinión elevada de la gente que sí canta en la regadera sea precisamente que yo no lo hago.

Esta conversación no tiene ningún sentido.

Yo: ¿Por qué querías averiguar esa información trascendental sobre mí?

El chico estira las piernas y las apoya en el borde del balcón. Luego se me queda viendo unos segundos antes de concentrarse de nuevo en el teléfono.

Él: Quiero saber cómo puedes cantar mis canciones si yo aún no les he puesto letra.

Me pongo de golpe roja como un tomate, abochornada. Me cachó.

Contemplo su mensaje y luego lo miro a él. Me está observando, con gesto inexpresivo.

¿Por qué demonios no se me ocurrió pensar que él me ve cuando estoy sentada aquí afuera? Nunca me había pasado por la cabeza que pudiera verme cantar al ritmo de su música. Qué demonios, hasta anoche ni siquiera se me había ocurrido que hubiera advertido mi presencia. Tomo aire y pienso que ojalá nunca hubiera establecido contacto visual con él. No sé por qué todo esto me parece tan incómodo, pero así es como me siento. Es como si de alguna manera hubiera violado su intimidad... y eso no me gusta.

Yo: Suelo preferir las canciones con letra y, como ya estaba cansada de preguntarme cuál sería la letra de tus canciones, supongo que me la inventé.

Lee el mensaje y luego me mira sin rastro alguno de su contagiosa sonrisa. No me gustan esas miradas tan serias. No me gusta el cosquilleo que me provocan en el estómago. Y tampoco me gusta lo que su sonrisa sonriente me provoca en el estómago. Ojalá se limitara a observarme con una expresión sencilla, vulgar y desprovista de toda emoción. Pero dudo que sea capaz de eso.

Él: ¿Me las enviarías?

Ay, señor. Rayos, no.

Yo: Rayos, no.

Él: ¿Por favor?

Yo: No.

Él: ¿Por favor por favor?

Yo: No, gracias.

Él: ¿Cómo te llamas?

Yo: Sydney, ¿y tú?

Él: Ridge.

Ridge. Ese nombre le queda. Rollo músico-artista-temperamental.

Yo: Mira, Ridge, lo siento, pero nadie querría escuchar las letras que escribo. ¿Es que no escribes la letra de tus propias canciones?

Empieza a escribir un mensaje, un mensaje muy largo. Desliza muy rápido los dedos sobre la pantalla mientras teclea. Tengo la sensación de que me va a mandar una novela entera. Me mira justo en el momento en que me vibra el celular.

Ridge: Digamos que estoy sufriendo un ataque grave de bloqueo del escritor. Motivo por el cual me gustaría mucho mucho que me enviaras las letras que cantas mientras yo toco. Aunque a ti te parezcan muy tontas, quiero leerlas. Te sabes todas las canciones que toco, aunque no las he interpretado delante de nadie..., excepto cuando salgo a practicar aquí afuera.

¿Cómo sabe que me sé todas sus canciones? Me llevo una mano a la mejilla, pues me ruboricé al comprender que lleva observándome más tiempo del que imaginaba. Está claro que nadie me gana en despistada en este mundo... Lo miro de nuevo y veo que está escribiendo otro mensaje, así que me concentro en el teléfono y espero.

Ridge: Lo sé por la forma en que todo tu cuerpo reacciona a la guitarra. Sigues el ritmo con los pies, mueves la cabeza... Hasta te he puesto a prueba tocando más despacio alguna canción para ver si te dabas cuenta... y siempre te percatabas. Tu cuerpo deja de responder cuando cambio algo. Así que me basta observarte para saber que tienes oído para la música. Y puesto que cantas en la regadera, seguro que no cantas mal del todo. Lo cual significa que a lo mejor también tienes talento para escribir letras de canciones. Así que, Sydney, quiero leer las letras que has escrito.

Aún estoy leyendo cuando me llega otro mensaje.

Ridge: Por favor. Estoy desesperado.

Respiro hondo, deseando con todas mis fuerzas que esta conversación no hubiera empezado nunca. No sé cómo demonios puede sacar todas esas conclusiones sin que yo me haya dado cuenta siquiera de que estaba pendiente de mí. En cierta manera, alivia mi incomodidad ante el hecho de que él me haya cachado observándolo. Pero ahora que quiere leer las letras que he escrito, me siento incómoda por una razón completamente distinta. Canto, sí, pero no lo bastante bien para dedicarme a ello de forma profesional. A mí lo que me apasiona es la música en sí, no el hecho de interpretarla. Y aunque me encanta escribir letras de canciones, nunca las he compartido con nadie. Me parece demasiado personal. Casi preferiría que me hubiera escrito sólo para echarme vulgarmente los perros.

Doy un brinco cuando me vuelve a vibrar el celular.

Ridge: Bueno, haremos un trato. Elige una de mis canciones y envíame la letra sólo de esa canción. Y luego te dejo en paz. Especialmente si la letra es muy tonta.

Me río. Y me estremezco. No está dispuesto a renunciar. Al final voy a tener que cambiarme el número.

Ridge: Ahora tengo tu número de teléfono, Sydney. No me rendiré hasta que me envíes la letra de por lo menos una canción.

Madre mía. No me va a dejar en paz.

Ridge: Y también sé dónde vives. Soy capaz de suplicarte de rodillas en tu propia puerta.

¡Ay!

Yo: Bueno. Déjate de amenazas inquietantes. Una canción. Pero antes tendré que anotar la letra mientras tocas, porque no las tengo en papel.

Ridge: Hecho. ¿Qué canción? La toco ahora mismo.

Yo: ¿Y cómo quieres que te diga qué canción, Ridge? ¡No sé cómo se titulan!

Ridge: Ya, yo tampoco. Levanta la mano cuando llegue a la que quieres que toque.

Deja el teléfono, toma la guitarra y empieza a tocar una de las canciones. No es la que yo quiero que toque, así que le digo que no con la cabeza. Pasa a otra melodía y yo sigo negando con la cabeza hasta que me llegan a los oídos los acordes de una de mis preferidas. Levanto la mano y él sonríe para después empezar a tocarla desde el principio. Abro el cuaderno, tomo una pluma y empiezo a escribir la letra que le puse a la canción.

Ridge tiene que tocarla tres veces antes de que yo termine de escribir la letra. Ya casi oscureció y no veo bien, así que tomo el teléfono.

Yo: Está demasiado oscuro para leer. Entro y te la envío, pero antes tienes que prometerme que no volverás a pedirme que lo haga.

La luz del teléfono le ilumina la sonrisa y asiente. Luego toma la guitarra y entra en su departamento.

Me voy a mi habitación y me siento en la cama mientras me pregunto si ya es demasiado tarde para cambiar de idea. Tengo la sensación de que esta conversación me estropeó la cita de las ocho en el patio. Ahora ya no podré volver a salir sólo para escu-

40

charlo. Me gustaba más cuando creía que él ignoraba mi presencia. Era como tener mi propio espacio y mi propio concierto. Ahora estaré demasiado pendiente de él para disfrutar escuchando su música. Me fastidia que arruinara ese momento.

Le envío la letra a regañadientes, luego pongo el teléfono en silencio, lo dejo encima de la cama y me voy a la salita con la esperanza de olvidar lo que acaba de ocurrir.

Ridge

Es buena. Muy buena. A Brennan le va a encantar. Ya sé que si Brennan accede a usar las letras, tendremos que pedirle a Sydney que nos firme una cesión de los derechos y que tendremos que pagarle algo. Pero vale la pena, sobre todo si el resto de las letras son tan buenas como ésta.

Pero la pregunta es... ¿estará dispuesta a ayudarnos? Es obvio que no confía mucho en su propio talento, pero eso es lo que menos me preocupa ahora. Lo que más me preocupa es cómo convencerla para que me envíe más letras. Y cómo conseguir que escriba conmigo. Dudo que su novio lo acepte. Sin duda, es el tipo más patán que he visto en mi vida. Es un sinvergüenza, sobre todo después de lo que vi anoche. El tipo va y sale al balcón, besa a Sydney y se sienta abrazadito a ella en el camastro como si fuera el novio más atento del mundo. Y entonces, en cuanto ella se da la vuelta, va y sale al balcón con la otra tipa. Sydney debía estar en la regadera, porque salieron los dos como si tuvieran el tiempo contado. En un abrir y cerrar de ojos, ella ya estaba sentada encima de él metiéndole la lengua en la boca. Y no era la primera vez. Lo he visto en tantas ocasiones que ya perdí la cuenta.

La verdad es que no me corresponde a mí contarle a Sydney que el tipo con el que sale se está tirando a su compañera de departamento. Y menos aún decírselo en un mensaje. Pero si Maggie me estuviera engañando, estoy segurísimo de que querría saberlo. Lo que pasa es que no conozco lo suficiente a Sydney para contarle algo así. Por lo general, la persona que suelta la noticia es también la que acaba pagando los platos rotos. Sobre todo cuando la persona engañada no quiere creerlo. Podría enviarle una nota anónima, pero lo más probable es que el cabrón de su novio consiguiera convencerla de que no es cierto.

De momento, no voy a hacer nada. No me corresponde, y hasta que no la conozca un poco mejor lo normal es que no confíe en mí. Me vibra el teléfono en el bolsillo y lo tomo con la esperanza de que sea Sydney, que decidió enviarme más letras, pero es un mensaje de Maggie.

Maggie: Ya casi llego. Nos vemos dentro de dos semanas.

Yo: No te dije que me enviaras un mensaje cuando casi hubieras llegado a casa, te dije que me enviaras un mensaje cuando hubieras llegado a casa. Deja de escribir mientras manejas.

Maggie: Bueno.

Yo: ¡Que lo dejes!

Maggie: ¡Bueno!

Tiro el teléfono sobre la cama y me niego a responderle. No pienso darle motivos para que me escriba hasta que llegue a casa. Me voy a la cocina a buscar una cerveza y luego me siento junto a Warren, que se quedó dormido en el sillón. Tomo el control remoto y pulso la tecla de información para saber qué estaba viendo.

Porno.

Lo suponía. No es capaz de ver nada a menos que salgan chavas desnudas. Me dispongo a cambiar de canal, pero me quita el control.

—Es mi noche.

No sé si fue Warren o Bridgette quien propuso lo de repartirnos la tele, pero desde luego es la peor idea de todos los tiempos. Sobre todo porque aún no tengo muy claro qué noche me toca a mí, aunque, técnicamente, el departamento sea mío. Tengo suerte si consigo que me paguen la renta una vez cada tres meses. Lo tolero porque Warren es mi mejor amigo desde la escuela y Bridgette..., bueno, es tan egoísta que ni siquiera se me antoja empezar una conversación con ella. Lo evito desde que Brennan le permitió mudarse aquí hace seis meses. Lo cierto es que ahora no me preocupa el dinero, porque trabajo y porque Brennan me pasa una parte de los ingresos del grupo, así que no le doy mayor importancia. No sé cómo Brennan conoció a Bridgette, ni qué relación tienen, pero aunque no haya sexo de por medio, está claro que a él le importa esa chica. No lo acabo de entender, pues no parece que Bridgette tenga ninguna cualidad destacable, aparte de lo bien que le queda el uniforme de Hooters.

Y, lógicamente, nada más ocurrírseme esa idea, recuerdo lo que Maggie dijo cuando supo que Bridgette vendría a vivir con nosotros:

—Me da igual que se mude aquí. Lo peor que podría ocurrir sería que me engañaras. Porque entonces tendría que cortar contigo y te haría pedazos el corazón, y los dos nos quedaríamos hechos polvo de por vida. Y estarías tan deprimido que no se te volvería a parar nunca. Así que si me engañas, asegúrate de que sea la mejor cogida de tu vida, porque también será la última.

Maggie no tiene por qué temer que la engañe, pero el escenario que me pintó era lo bastante deprimente para que ni siquiera me atreva a mirar a Bridgette cuando lleva puesto el uniforme.

¿Por qué demonios estoy divagando así?

Por eso tengo el bloqueo del escritor, porque últimamente no puedo concentrarme en las cosas importantes. Regreso a mi habitación a escribir en papel la letra que Sydney me acaba de enviar y empiezo a trabajar en adaptarla a la música. Quiero enviarle un mensaje para decirle lo que pienso de su letra, pero no lo hago. Debería dejarla en ascuas un poquito más. Ya sé lo nervioso que pone enviarle a alguien un trocito de ti para luego sentarte a esperar su opinión. Si la hago esperar lo suficiente, puede que cuando le diga que es brillante ya esté ansiosa por enviarme más letras.

Tal vez sea un poco cruel, pero Sydney no tiene ni idea de lo mucho que la necesito. Ahora que estoy bastante seguro de haber encontrado a mi musa, tengo que hacer las cosas bien para que no se me escape.

3

Sydney

Si no le gustó, al menos podría haberme dado las gracias. Ya sé que no debería molestarme, pero me molesta. Sobre todo porque yo no quería enviársela. Tampoco esperaba que me aplaudiera, pero me fastidia que me haya insistido tanto para que se la enviara y que luego me ignore.

Y desde hace casi una semana tampoco sale al balcón a la hora de siempre. He estado a punto de enviarle un mensaje muchas veces, pero si lo hago, parecerá que me importa lo que piense de la letra. Y no quiero que me importe. Sin embargo, por lo decepcionada que me siento, sé que me importa. Odio desear que le haya gustado mi letra, pero es que el simple hecho de haber colaborado en una canción es bastante emocionante de por sí.

—La comida debería llegar dentro de un rato. Voy a sacar la ropa de la secadora —dice Tori.

Abre la puerta de la calle y yo me siento en el sillón. Justo en ese momento, me llegan desde el exterior los familiares acordes de una guitarra. Tori cierra la puerta después de salir y, aunque quiero ignorarlo, me echo a correr hacia mi habitación y salgo discretamente al balcón con los libros en la mano. Si me hundo lo bastante en la silla, puede que ni siquiera me vea.

Pero está mirando directamente hacia mi balcón cuando salgo. No me saluda con una sonrisa ni con una inclinación de cabeza cuando me siento. Se limita a seguir tocando, así que siento curiosidad por saber si se propone fingir que nuestra conversación de la semana pasada no se produjo. En cierta manera, espero que así sea, porque a mí sí me gustaría fingir que no se produjo.

Toca las canciones que ya conozco y no tardo mucho en olvidarme de la vergüenza que me produce el hecho de que haya considerado que mi letra era una estupidez. Intenté advertírselo.

Termino las tareas mientras él toca, cierro los libros y, tras reclinarme en la silla, cierro los ojos. Guarda silencio durante un minuto y empieza a tocar la melodía cuya letra le mandé. En mitad de la canción, la guitarra enmudece durante varios segundos, pero me niego a abrir los ojos. Sigue tocando y, en ese momento, me vibra el celular y llega un mensaje.

Ridge: No cantas.

Lo miro y me doy cuenta de que me está observando con una sonrisa. Baja de nuevo la mirada hacia la guitarra y se observa las manos mientras termina de tocar la canción. Luego toma el teléfono y me envía otro mensaje.

Ridge: ¿Quieres saber qué me pareció la letra?

Yo: No, estoy bastante segura de que ya sé lo que piensas. Ha pasado una semana desde que te la envié. No te preocupes. Ya te dije que era muy tonta.

Ridge: Ya, bueno, siento lo del silencio. Tuve que irme de la ciudad durante unos días. Una urgencia familiar.

No sé si dice la verdad o no, pero el hecho de que asegure haber estado fuera de la ciudad ahuyenta mi temor de que no haya salido al balcón por mi culpa.

Yo: ¿Todo bien?

Ridge: Sí.

Yo: Me alegro.

Ridge: Sólo lo voy a decir una vez, Sydney. ¿Estás lista?

Yo: Oh, no. Voy a apagar el teléfono.

Ridge: Sé dónde vives.

Yo: Genial.

Ridge: Eres increíble. Tu letra... Es tan perfecta para la canción que no sé ni cómo explicarlo. ¿De dónde demonios sacas todo eso? ¿Y por qué no admites que necesitas DEJARLO salir? No te lo quedes dentro. Le estás haciendo un flaco favor al mundo con tu modestia. Ya sé que prometí no pedirte más, pero fue sólo porque no me esperaba lo que me diste. Quiero más. Dame más, dame más, dame más.

Se me escapa un largo suspiro. Hasta este momento, ni siquiera sabía lo mucho que me importaba su opinión. Aún no me atrevo a mirarlo. Sigo observando mi teléfono durante mucho más tiempo del que me llevó leer el mensaje. Ni siquiera le respondo, porque aún estoy saboreando el cumplido. Si me hubiera dicho que le encantaba, habría recibido su opinión con alivio y luego habría pasado a otra cosa. Pero las palabras que acaba de escribir son como escalones apilados unos sobre otros, y cada elogio me ha ayudado a subir un peldaño hasta llegar a la cima del mundo.

Carajo. Creo que ese mensaje acaba de darme suficiente confianza en mí misma para enviarle la letra de otra canción. Jamás lo habría imaginado. Jamás habría pensado que pudiera sentirme tan entusiasmada.

—Ya llegó la comida —informa Tori—. ¿Quieres cenar aquí afuera?

Aparto la mirada del teléfono para voltearme hacia ella.

—Eh... Sí, claro.

Tori regresa al balcón con la comida.

—No me había fijado nunca en ese chico, pero caray... —dice mirando fijamente a Ridge mientras él toca la guitarra—. Está buenísimo, y eso que no me gustan los rubios.

—No es rubio. Tiene el pelo castaño.

—No, es rubio —opina—. Pero rubio oscuro, o sea que bueno. Casi castaño. Me gusta la mata rebelde, y ese cuerpazo compensa el detalle de que no tenga el pelo oscuro —continúa Tori. Toma una bebida y se reclina en su silla sin dejar de observar a Ridge—. Me estoy volviendo muy caprichosa, ¿no? ¿Qué más da de qué color tenga el pelo? Total, cuando se lo toque estaremos a oscuras...

Niego enérgicamente con la cabeza.

—Tiene muchísimo talento —afirmo.

Aún no he respondido a su mensaje, pero tampoco parece que lo esté esperando. Se observa las manos mientras toca, sin prestarnos la más mínima atención.

—Me pregunto si estará soltero —dice Tori—. Me gustaría saber qué otros talentos tiene...

No tengo ni idea de si está soltero, pero la forma en que Tori está pensando en él hace que se me revuelva el estómago. Mi compañera de departamento es increíblemente guapa y sé muy bien que, en caso de proponérselo, no le costaría averiguar qué otros talentos tiene Ridge. En cuestión de chicos, siempre consigue lo que quiere. Y nunca me había importado hasta ahora.

—No te conviene enrollarte con un músico —le digo, como si yo tuviera la suficiente experiencia para dar consejos—. Además, estoy bastante segura de que Ridge tiene novia. Lo vi en el balcón con una chica hace unas cuantas semanas.

Técnicamente, no es mentira. Es cierto que una vez lo vi con una chica.

Tori me mira.

—¿Sabes cómo se llama? ¿Por qué sabes cómo se llama?

Me encojo de hombros como si no fuera para tanto. Porque, con sinceridad, no es para tanto.

—La semana pasada necesitaba ayuda con la letra de una canción y le envié una mía por teléfono.

—¿Tienes su teléfono? —dice incorporándose en la silla.

De repente me pongo a la defensiva, pues no me gusta el tono acusatorio de su voz.

—Relájate, Tori. Ni siquiera lo conozco. Lo único que hice fue mandarle un mensaje con la letra de una canción.

Se ríe.

—No te estoy juzgando, Syd —dice al tiempo que levanta ambas manos como si quisiera defenderse—. Por mucho que quieras a Hunter, si tienes una oportunidad con ése y no la aprovechas —continúa mientras hace un gesto con la mano en dirección a Ridge—, te mato.

Pongo los ojos en blanco.

—Sabes que yo nunca le haría algo así a Hunter.

Suspira y se reclina de nuevo en su silla.

—Sí, ya lo sé.

Las dos estamos mirando a Ridge cuando termina la canción. Entonces él toma el teléfono y teclea algo. Luego se centra de nuevo en la guitarra, justo en el momento en que me vibra el celular, y empieza a tocar otra canción.

Tori intenta quitarme el teléfono, pero yo lo tomo antes y lo pongo fuera de su alcance.

—Es de él, ¿verdad? —me pregunta.

Leo el mensaje.

Ridge: Cuando Barbie se vaya, quiero más.

Me estremezco, porque no puedo permitir de ninguna de las maneras que Tori lea este mensaje. Para empezar, porque acaba de insultarla. Y, además, porque si lo leyera le daría una interpretación completamente distinta a la segunda parte del mensaje. Lo borro y le doy al botón de encendido para bloquear el teléfono por si Tori consigue quitármelo.

—Estás coqueteando —dice en tono burlón. Toma su plato vacío y se pone de pie—. Que te diviertas sexteando.

Uf. Me molesta que me crea capaz de hacerle algo así a Hunter. Ya me ocuparé más tarde de dejarle las cosas claras. Mientras tanto, saco mi cuaderno y busco la página en la que anoté la letra de la canción que Ridge está tocando ahora mismo. La copio en un mensaje, pulso la tecla de enviar y entro a toda prisa en el departamento.

—Estaba todo buenísimo —digo cuando dejo el plato en el fregadero—. Creo que es mi restaurante italiano favorito de todo Austin.

Me dirijo al sillón y me dejo caer al lado de Tori tratando de no darle importancia al hecho de que crea que estoy engañando a Hunter. Cuanto más a la defensiva me ponga, menos posibilidades tendré de que me crea cuando intente negárselo.

—Ay, eso me recuerda... —empieza a decir—. Hace un par de semanas pasó una cosa divertidísima en ese restaurante italiano. Estaba comiendo con... mi mamá y estábamos afuera, en la terraza. El mesero nos estaba diciendo qué había de postre y, de repente, un coche de la policía llegó a toda velocidad haciendo rechinar las llantas y con la sirena puesta...

Contengo la respiración, pues temo oír el resto de la historia.

¿Qué demonios pasa? Hunter me dijo que estaba con un compañero de trabajo. La probabilidad de que los dos estuvieran en el mismo restaurante pero no juntos es algo más que una coincidencia.

Pero... ¿por qué iban a mentir y ocultarme que estaban juntos?

Se me encoge el corazón. Creo que voy a vomitar.

¿Cómo han podido...?

—Syd, ¿te encuentras bien? —dice Tori, que me observa con un gesto de sincera preocupación—. Pareces a punto de vomitar.

Me tapo la boca con una mano, pues me temo que es posible que tenga razón. No puedo responder de inmediato. Ni siquiera consigo reunir las fuerzas suficientes para mirarla. Intento dejar la mano quieta, pero me doy cuenta de que me tiembla junto a la boca.

¿Por qué iban a salir a comer juntos y no decirme nada? Nunca salen juntos sin mí. No tendrían motivos para salir juntos a menos que estuvieran planeando algo.

Planeando algo.

Oh.

Un momento.

Me llevo una mano a la frente y muevo la cabeza hacia delante y hacia atrás. Me siento como si estuviera protagonizando el momento más ridículo de mis casi veintidós años de existencia. Pues claro que estaban juntos. Pues claro que me están ocultando algo. El sábado que viene es mi cumpleaños.

No sólo me siento increíblemente estúpida por haber pensado que podrían hacerme algo así, sino que me siento imperdonablemente culpable.

—¿Estás bien? —pregunta Tori.

—Sí —digo asintiendo.

Decido no mencionar el detalle de que sé que estaba con Hunter. Me sentiría aún peor si les estropeara la sorpresa.

—Creo que la comida italiana me cayó un poco mal. Enseguida vuelvo.

Me pongo de pie, me voy a mi habitación y me siento en el borde de la cama para recuperar la compostura. Me invade una mezcla de incertidumbre y culpabilidad. Incertidumbre, porque sé que ninguno de los dos haría lo que por un momento pensé que habían hecho. Culpabilidad, porque, aunque haya sido un único segundo, los creí capaces de ello.

Ridge

Tenía el presentimiento de que lo de la primera letra que me entregó fuera sólo un golpe de suerte, pero después de ver la segunda que me envió y adaptarla a la música, le escribo un mensaje a Brennan. Ya no tengo excusa para no hablarle de ella.

Yo: Estoy a punto de enviarte un par de canciones. No hace falta que me digas qué te parecen, porque sé que te van a encantar. Así que pasemos a otra cosa, porque necesito que me ayudes a resolver un dilema.

Brennan: Mierda, cuando dije lo de Maggie estaba bromeando. No la habrás dejado sólo para encontrar la inspiración, ¿verdad?

Yo: Hablo en serio. Conocí a una chica y estoy convencido de que el cielo la ha enviado sólo para nosotros.

Brennan: Lo siento, güey. No me gusta ese rollo. Bueno, a lo mejor si no fueras mi hermano... Pero no, güey, paso.

Yo: Déjate de estupideces, Brennan. Sus letras. Son perfectas. Y le salen sin el menor esfuerzo. Creo que la necesitamos. No escribo canciones como ésas desde... Bueno, nunca las he escrito. Sus letras son perfectas, debes echarles un vistazo, porque necesito que te gusten y que accedas a comprárselas.

Brennan: ¿De qué demonios hablas, Ridge? No podemos contratar a nadie para que nos escriba las letras. Querrá un porcentaje de los derechos de autor, y entre tú, yo y los chicos de la banda, no nos va a salir a cuenta.

Yo: Voy a ignorar lo que dijiste hasta que le eches un vistazo al correo electrónico que acabo de enviarte.

Dejo el teléfono y empiezo a pasear de un lado a otro de la habitación para que tenga tiempo de echarle un vistazo a lo que acabo de enviarle. El corazón me late desbocado y estoy sudando a pesar de que no hace nada de calor en la habitación. No puedo aceptar que me diga que no, porque me da miedo enfrentarme a otros seis meses dándome contra un muro de cemento si no podemos contar con Sydney.

Al cabo de unos minutos me vibra el teléfono. Me dejo caer sobre la cama y lo tomo.

Brennan: De acuerdo. Averigua lo que estaría dispuesta a aceptar y házmelo saber.

Sonrío, lanzo el teléfono al aire y me entran ganas de gritar. Cuando me calmo lo suficiente para escribirle un mensaje a Sydney, tomo de nuevo el teléfono y me pongo a pensar. No quiero asustarla, porque sé que todo esto es completamente nuevo para ella.

Yo: Me preguntaba si podríamos hablar en algún momento. Tengo que hacerte una propuesta. Y no seas mal pensada, que es algo relacionado con la música.

Sydney: Bueno. No puedo decir que me entusiasme la idea, porque me pone nerviosa. ¿Quieres que te llame cuando termine de trabajar?

Yo: ¿Trabajas?

Sydney: Sí, en la biblioteca del campus. Turno de mañana, normalmente, excepto este fin de semana.

Yo: Ah, supongo que por eso no me había dado cuenta. Normalmente, no me levanto hasta después de la hora de comer.

Sydney: Entonces ¿quieres que te llame cuando regrese a casa?

Yo: Envíame un mensaje. ¿Crees que podremos quedar en algún momento este fin de semana?

Sydney: Supongo, pero tendré que decírselo a mi novio. No quiero que lo descubra por su cuenta y piense que me utilizas para algo que no sea escribirte letras.

Yo: Bueno. Me parece bien.

Sydney: Si quieres, puedes venir a mi fiesta de cumpleaños mañana por la noche. Así será más fácil, porque él también estará.

Yo: ¿Mañana es tu cumpleaños? Pues te felicito por adelantado. Y me parece bien. ¿A qué hora?

Sydney: No estoy segura. Se supone que no sé nada. Mañana por la noche te envío un mensaje, cuando descubra algo más.

Yo: Bueno.

Sinceramente, no me gusta la idea de que su novio esté allí. Me gustaría hablar a solas con ella, porque aún no he decidido qué hacer con respecto a lo que sé que está ocurriendo entre ese patán y la compañera de departamento de Sydney. Pero necesito que acceda a ayudarme antes de que se le parta el corazón, así que puede que mi silencio haya sido algo egoísta. Admiro el hecho de que ella quiera ser sincera con su novio, aunque él no se lo merezca. Lo cual me hace pensar en que quizá debería hablarle de todo esto a Maggie, aunque hasta el momento ni siquiera se me había ocurrido que pudiera ser importante.

Yo: Hola, ¿cómo está mi chica?

Maggie: Ocupada. Esta tesis no hace más que darme en la madre. ¿Cómo está mi chico?

Yo: Bien. Muy bien. Creo que Brennan y yo encontramos a alguien que está dispuesto a escribirnos letras. Es muy buena, tanto que ya casi termino dos canciones desde que te fuiste el fin de semana pasado.

Maggie: ¡Ridge, es genial! Me muero de ganas de leerlas. ¿El fin de semana que viene?

Yo: ¿Vienes tú o voy yo?

Maggie: Voy yo. Quiero pasar un rato por la residencia de ancianos. Te quiero.

Yo: Te quiero. No te olvides de nuestra videollamada de esta noche.

Maggie: Tranquilo, que no se me olvida. Ya elegí la ropa que voy a ponerme...

Yo: Espero que sea una broma cruel. Sabes que ropa es lo que menos quiero ver.

Maggie: ;)

Ocho horas aún.

Tengo hambre.

Dejo el teléfono a un lado. Abro la puerta de mi habitación y retrocedo un paso cuando toda la porquería acumulada al otro lado se me empieza a caer encima. Primero la lámpara, luego la mesita auxiliar en la que estaba apoyada y luego la mesita auxiliar en la que estaban apoyadas la lámpara y la otra mesita auxiliar.

Maldita sea, Warren.

Estas bromas se nos están empezando a ir de las manos. Empujo con el brazo el sillón, que está apoyado contra la puerta de la habitación. Lo desplazo de nuevo hacia la salita, salto por encima y me dirijo a la cocina.

Con mucho cuidado, unto de pasta de dientes una galleta Oreo, vuelvo a taparla y la aprieto suavemente. Luego la meto de nuevo en el paquete, con el resto de las galletas Oreo de Warren, y lo cierro. Justo en ese momento me vibra el teléfono.

Sydney: ¿Puedes hacerme un favor?

No tiene ni idea de los muchos favores que le haría ahora mismo. Digamos que estoy sometido a su voluntad.

Yo: ¿Qué pasa?

Sydney: ¿Puedes echar un vistazo a la puerta de nuestro balcón y decirme si ves alguna actividad sospechosa en mi departamento?

Mierda. ¿Lo sabe? ¿Qué quiere que le diga? Ya sé que es egoísta por mi parte, pero la verdad es que no quiero contarle lo de su novio hasta que haya tenido la oportunidad de hablar con ella acerca de las letras.

Yo: Okey. Espera.

Me dirijo al balcón y miro hacia el otro lado del patio. No veo nada fuera de lo común. De todas maneras, ya casi oscureció, así que tampoco se distingue gran cosa. No sé muy bien qué es lo que pretende que averigüe, así que intento no dar muchos detalles cuando le respondo.

Yo: Está todo muy tranquilo.

Sydney: ¿En serio? ¿Están subidas las persianas? ¿No hay nadie dentro?

Vuelvo a mirar. Las persianas están subidas, pero lo único que veo desde aquí es el resplandor de la tele.

Yo: No parece que haya nadie en casa. ¿No ibas a celebrar tu fiesta de cumpleaños esta noche?

Sydney: Eso pensaba yo. La verdad es que estoy muy confundida.

Detecto movimiento en una de las ventanas y veo a su compañera de departamento, que entra en la salita. El novio de Sydney la sigue de inmediato y ambos se sientan en el sillón, pero sólo les veo los pies.

Yo: Espera. Tu novio y tu compañera de departamento acaban de sentarse en el sillón.

Sydney: Bueno. Siento haberte molestado.

Yo: Espera. ¿Y lo de esta noche? ¿Aún vas a celebrar tu fiesta de cumpleaños?

Sydney: No lo sé. Hunter me dijo que va a llevarme a cenar en cuanto vuelva a casa del trabajo, pero suponía que era mentira. Sé que

Tori y él comieron juntos hace un par de semanas, pero ellos no saben que lo sé. Obviamente, estaban planeando algo, así que creía que era una fiesta de cumpleaños sorpresa, pero es que sólo podía ser hoy.

Hago una mueca. Los cacha mintiendo y lo único que se le ocurre pensar es que estaban juntos porque le estaban preparando una fiesta sorpresa. Dios mío. Ni siquiera conozco a este tipo, pero ahora mismo siento la imperiosa necesidad de presentarme ahí y darle una golpiza.

Es el cumpleaños de Sydney. No puedo decírselo el día de su cumpleaños. Respiro hondo y decido enviarle un mensaje a Maggie para pedirle consejo.

Yo: Tengo una pregunta. ¿Estás ocupada?

Maggie: No. Dime.

Yo: Imagina que es tu cumpleaños y que alguien a quien conoces descubrió que yo te engaño. ¿Querrías saberlo justo ese día? ¿O preferirías que esa persona esperara para contártelo cuando ya hubiera pasado el día?

Maggie: Si se trata de un caso hipotético, te voy a matar por provocarme un ataque al corazón. Si no se trata de un caso hipotético, te voy a matar por provocarme un ataque al corazón.

Yo: Ya sabes que no soy yo. No es tu cumpleaños. ;)

Maggie: ¿Quién está engañando a quién?

Yo: Hoy es el cumpleaños de Sydney, la chica de la que te hablé, la que nos escribe las letras. Da la casualidad de que sé que su novio la está engañando, y me encuentro en la situación de que creo que debería contárselo, porque está empezando a sospechar.

Maggie: Caray. No me gustaría estar en tu lugar. Pero si ella sospecha y tú estás seguro de que él la está engañando, tienes que decírselo, Ridge. Si no se lo cuentas, estás mintiendo sin querer.

Yo: Uf. Ya suponía que dirías eso.

Maggie: Buena suerte. Pero el fin de semana que viene te mato por provocarme un ataque al corazón.

Me siento en la cama y empiezo a escribirle un mensaje a Sydney.

Yo: No sé muy bien cómo decirte esto, Sydney. No estarás manejando ahora mismo, ¿verdad?

Sydney: ¡Bien! Hay gente en mi casa, ¿verdad? ¿Mucha gente?

Yo: No, no hay nadie aparte de ellos dos. En primer lugar, te pido disculpas por no habértelo contado antes. No sabía cómo hacerlo, porque tampoco es que nos conozcamos mucho. En segundo lugar, siento decírtelo justo el día de tu cumpleaños, pero me siento como un imbécil por haber esperado tanto. Y en tercer lugar, lamento que tengas que enterarte a través de un mensaje, pero no quiero que vuelvas a tu departamento sin saber antes la verdad.

Sydney: Me estás asustando, Ridge.

Yo: Bueno, te lo voy a decir de golpe, ¿de acuerdo? Hace algún tiempo que hay algo entre tu compañera de departamento y tu novio.

Pulso la tecla de enviar y cierro los ojos, consciente de que le estoy destrozando el día de su cumpleaños. Y puede que también todos los días que vengan después.

Sydney: Ridge, son amigos desde hace años, desde antes de que yo conociera a Hunter. Creo que lo has malinterpretado todo.

Yo: Si entiendes por amistad meterle la lengua hasta la garganta a un tipo mientras te sientas con las piernas abiertas sobre él, entonces lo siento. Sin embargo, estoy convencido de que no me equivoco. Hace semanas que sucede. Salen al balcón, supongo que cuando tú estás en la regadera, porque nunca están afuera mucho rato. Pero pasa muy a menudo.

Sydney: Si me estás diciendo la verdad, ¿por qué no me lo dijiste la primera vez que hablamos?

Yo: ¿Y cómo se le cuenta algo así a alguien, Sydney? ¿Hay algún momento apropiado? Te lo cuento porque estás empezando a sospechar, así que es un momento tan apropiado como cualquier otro.

Sydney: Por favor, dime que todo esto no es más que tu retorcido sentido del humor, porque no tienes ni idea de lo que le estás haciendo a mi corazón ahora mismo.

Yo: Lo siento, Sydney. De verdad.

Espero una respuesta con paciencia, pero ya no vuelve a escribirme. Contemplo la posibilidad de enviarle otro mensaje, pero sé que necesita tiempo para asimilar todo esto.

Mierda, si seré tonto... Ahora seguro que está enojada conmigo, aunque no puedo culparla. Me parece que ya puedo ir despidiéndome de las letras.

La puerta de mi habitación se abre de repente, Warren entra hecho una furia y me avienta una galleta. La esquivo y se estrella directamente contra la cabecera de la cama, detrás de mí.

—¡Cabrón! —me grita Warren.

Da media vuelta, sale muy enojado de la habitación y cierra de un portazo.

4

Sydney

Debo de estar en estado de *shock*. ¿Cómo demonios pudo acabar así el día? ¿Cómo pasa una chica de tener una mejor amiga, un novio, una bolsa y un techo sobre la cabeza a estar desnuda, helada y con el corazón destrozado en la regadera de un desconocido, contemplando la pared durante media hora seguida? Juro por Dios que si esto es una retorcida broma de cumpleaños a mi costa, nunca volveré a dirigirle la palabra a nadie. Nunca más. A nadie.

Sin embargo, sé que no es una broma. Pensar así es hacerme ilusiones. Nada más cruzar la puerta del departamento e irme derechita hacia Hunter, supe que todo lo que Ridge me había contado era cierto. Sin perder ni un segundo, le pregunté a Hunter si se estaba acostando con Tori, y la cara que pusieron ambos me habría parecido cómica de no ser porque, de un único y cruel golpe, me destrozaron el corazón por completo y aniquilaron mi confianza en los demás. Al ver que no era capaz de negarlo, me dieron ganas de dejarme caer al piso y ponerme a llorar. Sin embargo, en lugar de eso, me fui a mi cuarto y empecé a recoger mis cosas.

Tori entró llorando en mi habitación. Intentó explicarme que no significaba nada, que el sexo siempre había sido algo sin importancia entre ellos, incluso antes de conocerme. Oír a Tori decir que para ellos no significaba nada es lo que más me dolió. Si supusiera algo para uno de los dos, al menos podría entender la traición. Pero el hecho de que me asegurara que no significaba nada y aun así sucediera, me dolió más que cualquier otra cosa que pudiera haber dicho. Estoy bastante convencida de que fue justo entonces cuando le di el puñetazo.

Tampoco ayuda mucho el hecho de que haya perdido mi trabajo apenas unos minutos después de que Ridge me contara lo de Hunter y Tori. Creo que en las bibliotecas está bastante mal visto que los becarios se pongan a llorar y a lanzar libros contra la pared en mitad de su turno, pero... es que estaba ordenando la sección de novela romántica justo cuando me enteré de que el chico con el que salgo desde hace dos años se acuesta con mi compañera de departamento. Las portadas ñoñas y románticas que tenía justo delante, en el carrito, me enojaron de verdad.

Cierro la llave de la regadera de Ridge, salgo y luego me visto.

Físicamente, me siento mejor después de ponerme ropa seca, pero a cada minuto que pasa noto el corazón más y más pesado. Cuanto más tiempo transcurre, más voy asimilando la realidad. En tan sólo dos horas, perdí por completo los dos últimos años de mi vida.

Eso es mucho tiempo para invertirlo en las dos personas en las que, supuestamente, más confiaba. No sé si habría terminado casándome con Hunter, ni si habría sido el papá de mis futuros hijos, pero me duele pensar que yo confiaba lo bastante en él para imaginar que tal vez pudiera desempeñar esos papeles y, en cambio, haya resultado ser una persona radicalmente opuesta a lo que yo creía.

Supongo que el hecho de haberme equivocado con él me enoja más que el de que me haya engañado. Si no soy capaz de juzgar de forma adecuada a las personas más próximas a mí, entonces no puedo confiar en nadie. Nunca. Los odio por haberme arrebatado eso. Ya no importa quién entre en mi vida a partir de ahora, siempre me mostraré escéptica.

Regreso a la salita y me encuentro todas las luces apagadas excepto la de la lámpara que hay junto al sillón. Le echo un vistazo a mi teléfono; apenas son las nueve. Me han llegado varios mensajes mientras estaba en la regadera, así que me siento en el sillón y empiezo a leerlos.

Hunter: Llámame, por favor. Tenemos que hablar.

Tori: No estoy enojada contigo por haberme pegado. Llámame, por favor.

Hunter: Estoy preocupado por ti. ¿Dónde estás?

Ridge: Lamento no habértelo contado antes. ¿Estás bien?

Hunter: Te llevo la bolsa. Sólo tienes que decirme dónde estás.

Dejo caer el teléfono en la mesita de café y me reclino en el sillón. No tengo ni idea de lo que voy a hacer. Lógicamente, no pienso volver a hablar con ninguno de los dos, pero... ¿en qué situación me coloca eso? Ahora mismo no puedo permitirme un departamento propio, pues la ayuda económica no me llegará hasta dentro de un mes. No tengo suficiente dinero ahorrado para pagar el depósito ni dar de alta todos los servicios hasta entonces. La mayoría de los amigos que he hecho desde que estudio en la universidad viven aún en residencias de estudiantes, así que hospedarme con ellos está descartado. Básicamente, existen dos opciones: llamar a mis papás o iniciar una especie de relación plural con Tori y Hunter con el único fin de ahorrar dinero.

Ninguna de esas dos opciones se me antoja mucho esta noche y, precisamente por ello, agradezco que Ridge me deje quedarme hoy en su departamento. Por lo menos, me ahorro el dinero del hotel. No tengo ni idea de adónde iré cuando me despierte por la mañana, pero para eso aún faltan por lo menos doce horas. Hasta entonces, me dedicaré a odiar al universo entero y a compadecerme de mí misma.

¿Y qué mejor forma de compadecerme de mí misma que emborrachándome?

Necesito alcohol. Urgentemente.

Voy a la cocina y empiezo a registrar las alacenas. Oigo la puerta del dormitorio de Ridge. Volteo la cabeza por encima del hombro y lo miro cuando sale de su habitación.

Tiene el pelo castaño claro, no hay duda. Toma eso, Tori.

Lleva una camiseta desteñida y *jeans* y va descalzo. Me observa con aire interrogante mientras se acerca a la cocina. Me incomoda un poco que me haya cachado buscando en sus alacenas, así que me alejo de él antes de que me vea ruborizarme.

—Necesito una copa —digo—. ¿Tienes algo de alcohol?

Está mirando su teléfono, escribiendo otro mensaje. O no es capaz de hacer dos cosas a la vez, o está enojado porque hoy no he sido muy simpática con él.

—Lamento haberme comportado como una histérica contigo, Ridge, pero tienes que admitir que mi reacción estaba más que justificada teniendo en cuenta el día que llevo.

Como si nada, se mete el teléfono en el bolsillo y me mira desde el otro lado de la barra de desayuno, pero decide no responder a mi torpe disculpa. Frunce los labios y levanta una ceja.

Me gustaría darle un manotazo a esa ceja engreída para que vuelva a su lugar. ¿Qué demonios le pasa a este tipo? Lo peor que le hice fue la seña del dedo medio.

Hago un gesto de impaciencia, cierro la última alacena y luego regreso al sillón. Se está comportando como un imbécil, dada mi situación. A pesar de que lo conozco desde hace muy poco, tenía la sensación de que era un tipo muy agradable, pero casi preferiría volver a mi departamento con Tori y con Hunter.

Tomo el teléfono, esperando ver otro mensaje de Hunter, pero es de Ridge.

Ridge: Si no me miras cuando hablas, será mejor que sigas con los mensajes.

Leo el mensaje varias veces, tratando de encontrarle sentido, pero por más que lo lea, sigo sin entenderlo. Empiezo a preocuparme: ¿y si es un tipo raro y me tengo que largar? Lo miro y me doy cuenta de que me está observando. Ve mi expresión confusa, pero sigue sin explicarse. En lugar de eso, empieza a escribir otra vez. Cuando me llega el mensaje, me concentro en la pantalla del teléfono.

Ridge: Soy sordo, Sydney.

¿Sordo?

Vaya.

Un momento. ¿Sordo?

Pero... ¿cómo? Si hemos hablado un montón de veces.

Repaso mentalmente las últimas semanas, desde que empezamos a charlar, pero no consigo recordar ni una sola vez en que lo haya oído hablar.

¿Por eso pensó Bridgette que yo era sorda?

Contemplo mi teléfono y me invade una sensación de incomodidad. La verdad es que no sé cómo sentirme. Sí sé que sentirme traicionada es injusto, pero no puedo evitarlo. Creo que tengo que añadir esta sensación a mi lista de «Formas que el mundo tiene de traicionar a Sydney el día de su cumpleaños». O sea, no sólo no me cuenta que sabía que mi novio me estaba poniendo los cuernos, sino que también se le olvida comentarme que es sordo.

Bueno, tampoco es que tuviera la obligación de decirme que es sordo. Es sólo que... No sé. Me duele un poco que no haya compartido ese detalle conmigo.

Yo: ¿Por qué no me habías dicho que eres sordo?

Ridge: ¿Y tú por qué no me habías dicho que no lo eres?

Ladeo la cabeza al leer su mensaje y me siento aún más humillada. Tiene toda la razón.

En fin... Por lo menos esta noche no me oirá llorar hasta que me quede dormida.

Yo: ¿Tienes algo de alcohol?

Ridge lee mi mensaje, se ríe y, finalmente, asiente. Se acerca al mueble que está debajo del fregadero y toma una botella de detergente. Luego toma dos vasos del estante y los llena con... ¿detergente líquido?

—¿Qué demonios estás haciendo? —le pregunto.

En vista de que no se da la vuelta, me acuerdo de que no me oye y me golpeo la frente con la palma de la mano. Voy a tardar un poco en acostumbrarme. Me acerco a él. Cuando deja la botella de Pine-Sol sobre la barra y levanta ambos vasos, agarro la botella de detergente, leo la etiqueta y, por último, levanto una ceja. Él se ríe y me ofrece un vaso. Olisquea el contenido y me indica, por gestos, que haga lo mismo. Me lo acerco a la nariz con gesto vacilante y me llega el penetrante aroma del whisky. Acerca su vaso, brinda con el mío y nos bebemos el contenido de un trago. Aún me estoy recuperando del horrible sabor cuando Ridge toma el teléfono y me envía otro mensaje.

Ridge: Nuestro otro compañero de departamento tiene un problema con el alcohol, así que tenemos que esconderlo.

Yo: ¿Su problema es que lo odia?

Ridge: Su problema es que no le gusta pagárselo y se toma el de los demás.

Asiento con la cabeza, tomo la botella de detergente y sirvo otros dos chupes. Repetimos la ceremonia y también nos lo tomamos de un trago. Hago una mueca cuando el líquido abrasador me quema la garganta primero y el pecho después. Sacudo la cabeza y, por último, abro los ojos.

—¿Sabes leer los labios? —le pregunto.

Se encoge de hombros y luego toma un pedazo de papel y una pluma que, oportunamente, están en la barra, junto a él.

Depende de los labios.

Supongo que tiene sentido.

—¿Puedes leer los míos?

Asiente y toma de nuevo la pluma.

En general sí. Más que nada, he aprendido a anticipar lo que la gente va a decir. La mayoría de las pistas me las proporcionan el lenguaje corporal y la situación en sí.

—¿A qué te refieres? —pregunto.

Me apoyo en la barra con ambas manos y doy un saltito para sentarme en la barra de desayuno. Es la primera vez que conozco a una persona sorda, y la verdad es que no imaginaba que me planteara tantas preguntas. A lo mejor es que ya estoy un poco contenta o simplemente que no quiero que Ridge se vaya a su habitación. No quiero quedarme sola y ponerme a pensar en Hunter y Tori.

Ridge deja el cuaderno, toma mi teléfono y me lo pasa. Luego acerca uno de los bancos de la barra de desayuno y se sienta cerca de mí.

Ridge: Si estoy en una tienda y la cajera me habla, la mayoría de las veces intuyo lo que me está preguntando. Y lo mismo con una mesera en un restaurante. Es bastante sencillo adivinar lo que dice la gente cuando se trata de una conversación rutinaria.

Yo: Pero ¿y ahora mismo? Ésta no es una conversación rutinaria. Dudo que tengas a muchas pordioseras pasando la noche en tu sillón, así que... ¿cómo sabes lo que estoy diciendo?

Ridge: Porque básicamente me estás haciendo las mismas preguntas que me hace cualquier persona al descubrir que soy sordo. Es la misma conversación, pero con una persona distinta.

Ese comentario me inquieta, porque no quiero parecerme en absoluto a esas personas. Tiene que ser bastante aburrido eso de responder las mismas preguntas una y otra vez.

Yo: Bueno, pues entonces no quiero saberlo. Cambiemos de tema.

Ridge me mira y sonríe.

Mierda. No sé si es el whisky o el hecho de que llevo dos horas soltera, pero esa sonrisa me produce un considerable cosquilleo en el estómago.

Ridge: Hablemos de música.

—Bueno —digo asintiendo con la cabeza.

Ridge: Esta noche quería hablarte de ello. Ya sabes, antes de arruinarte la vida y todo eso. Quiero que escribas letras para mi grupo. Para las canciones que ya compuse y, si te animas, puede que también para futuras canciones.

Hago una pausa antes de contestar. Mi primera reacción es preguntarle sobre su grupo, porque hace tiempo que me muero de ganas de ver actuar a este chico. Mi segunda reacción es preguntarle cómo demonios es capaz de tocar la guitarra si no oye, pero no quiero ser «de esas personas». Mi tercera reacción es decir automáticamente que no, porque acceder a darle más letras significa mucha presión. Una presión que ahora mismo no necesito, dado que hoy mi vida se desmoronó.

Niego con la cabeza.

—No, creo que no quiero hacerlo.

Ridge: Te pagaríamos.

Ese comentario capta mi atención. De repente, me doy cuenta de que acaba de entrar en escena una tercera opción.

Yo: ¿De qué clase de paga estamos hablando? Sigo creyendo que estás como loco por pedirme que te ayude con las letras, pero es posible que me hayas tomado en un momento de absoluta desesperación e indigencia, dado que soy una pordiosera. No me vendría mal un poco de dinero extra.

Ridge: ¿Por qué te empeñas en decir que eres una pordiosera? ¿No tienes adónde ir?

Yo: Bueno, podría quedarme con mis papás, pero eso significaría tener que cambiar de universidad en el último año y retrasarme dos semestres. También podría quedarme con mi compañera de departamento, pero no sé si me gustaría mucho oírla cogiéndose a mi novio de los dos últimos años mientras yo intento dormir.

Ridge: Qué irónica eres.

Yo: Sí, supongo que esa palabra me define bien.

Ridge: Puedes quedarte aquí. La verdad es que estábamos buscando otro compañero de depa. Si nos ayudas con las canciones, puedes quedarte gratis hasta que te recuperes.

Leo el mensaje dos veces, muy despacio, y luego niego con la cabeza.

Ridge: Sólo hasta que encuentres otro lugar.

Yo: No. Ni siquiera te conozco. Además, tu novia, la mesera de Hooters, ya me odia.

Ridge se ríe al leer el comentario.

Ridge: Bridgette no es mi novia. Y no para mucho en casa, así que no tienes que preocuparte por ella.

Yo: Todo esto es muy raro.

Ridge: ¿Qué otras opciones tienes? Ni siquiera tienes dinero para un taxi. Dependes de mí, al parecer.

Yo: Sí tengo dinero para un taxi. Dejé la bolsa en el departamento, pero no quería subir a recogerla, así que no tenía forma de pagarle al conductor.

Ridge frunce el ceño al leer mi mensaje.

Ridge: Si quieres, te acompaño a recogerla.

Levanto la vista para mirarlo.
—¿Estás seguro? —le pregunto.
Ridge sonríe y se dirige hacia la puerta de la calle, así que lo sigo.

Ridge

En la calle sigue lloviendo y sé que Sydney acaba de ponerse ropa seca después de bañarse, así que cuando llegamos al pie de la escalera tomo el teléfono y le envío un mensaje.

Yo: Espérame aquí, así no volverás a mojarte. Voy yo a recogerla.

Ella lee el mensaje y niega con la cabeza. Luego me mira.

—No, voy contigo —dice.

La verdad es que me gusta que no reaccione ante mi sordera tal como me esperaba. Casi todo el mundo se siente incómodo porque no sabe muy bien cómo comunicarse conmigo. La mayoría de las personas terminan por levantar la voz y hablar muy despacio, más o menos como Bridgette. Supongo que creen que al hablar más alto sucederá una especie de milagro que me permitirá oír. Sin embargo, lo único que consiguen cuando me hablan como si fuera idiota es que tenga que contener la risa. Por supuesto, sé que no pretenden ser irrespetuosos. Es simple ignorancia, no pasa nada. Ya estoy tan acostumbrado que ni siquiera me doy cuenta.

Pero sí me he fijado en la reacción de Sydney... porque en realidad no ha habido reacción. Nada más al saberlo, se sentó en la barra de la cocina y siguió platicando como si nada, aunque haya pasado de hablar a escribir mensajes. Y la verdad es que ayuda que escriba tan rápido.

Cruzamos el patio corriendo hasta llegar a la escalera que sube a su departamento. Empiezo a subir y me doy cuenta de que ella se quedó paralizada junto al primer escalón. Su expresión es de inquietud y, de repente, me siento mal por no haberme dado cuenta de lo duro que esto debe de ser para ella. Sé que probablemente esté mucho más dolida de lo que deja ver. Enterarte de que tu mejor amiga y tu novio te traicionaron tiene que ser difícil... y no hace ni un día que lo descubrió. Bajo de nuevo la escalera, le tomo la mano y sonrío para tranquilizarla. La jalo de la mano; ella respira hondo y empieza a subir conmigo. Me da un golpecito en la espalda antes de que lleguemos a su puerta y me volteo.

—¿Puedo esperar aquí? —dice—. No quiero verlos.

Asiento con la cabeza; me alegra que leerle los labios sea tan fácil.

—Pero... ¿moco zas a medirles mi pulsa?

Bueno, eso me parece que dijo. Me río, pues sé que posiblemente le haya leído mal los labios. Repite la pregunta al ver mi expresión confusa, pero sigo sin entenderla. Le enseño el teléfono para que me envíe un mensaje.

Sydney: Pero... ¿cómo vas a pedirles mi bolsa?

Sí, me había confundido un poco.

Yo: Recuperaré tu bolsa, Sydney. Espérame aquí.

Asiente con la cabeza. Escribo un mensaje mientras me acerco a la puerta y llamo. Transcurre un minuto y no abre nadie, así que vuelvo a llamar, esta vez con más fuerza, pensando que a lo mejor antes fui demasiado delicado y no me oyeron. La cerradura gira y la amiga de Sydney aparece en la puerta. Me observa con curiosidad durante un instante y luego mira hacia atrás. La puerta se abre un poco más y aparece Hunter, que me mira con suspicacia. Dice algo que parece «¿Puedo ayudarte en algo?». Levanto el teléfono y le muestro el mensaje que escribí, que dice que vine para recuperar la bolsa de Sydney. Hunter baja la vista, lo lee y luego niega con la cabeza.

—¿Y tú quién demonios eres? —dice.

Al parecer, no le gustó mucho que me haya presentado de parte de Sydney. La chica desaparece de la puerta y Hunter la abre un poco más; luego cruza los brazos sobre el pecho y me lanza una mirada furiosa. Yo me señalo una oreja y niego con la cabeza para que entienda que no oigo lo que dice.

Hunter hace una pausa, luego echa la cabeza hacia atrás, se ríe y desaparece de la puerta. Miro a Sydney, que sigue de pie en lo alto de la escalera, observándome con una expresión de inquietud. Está pálida y le guiño un ojo para que sepa que todo va bien. Hunter regresa, apoya una hoja de papel en la puerta y empieza a escribir. Levanta el papel para que yo lo lea.

¿Te la estás tirando?

Carajo, maldito cerdo. Señalo el papel y la pluma, y él me los pasa. Escribo la respuesta y se lo devuelvo todo. Hunter lee lo que escribí y aprieta la mandíbula. Luego arruga el papel, lo avienta al piso y, un segundo después, antes de que me dé tiempo a reaccionar, me da un puñetazo.

Encajo el golpe, a sabiendas de que debería haber estado preparado. La chica vuelve a aparecer y me doy cuenta de que está gritando, aunque no sé a quién le grita ni qué dice. Me alejo un paso de la puerta y, en el mismo momento, Sydney aparece junto a mí y se precipita al interior del departamento. La sigo con la mirada mientras corre por el pasillo, desaparece en una habitación y sale enseguida con una bolsa en la mano. La otra chica se planta delante de ella y le apoya ambas manos en los hombros. Sydney echa un brazo hacia atrás, cierra el puño y le da un puñetazo a la otra en plena cara.

Hunter trata de interponerse en el camino de Sydney para que ésta no pueda salir del departamento, así que le doy un golpecito en el hombro. Cuando se voltea, le doy un puñetazo en toda la nariz y él se tambalea. Sydney abre mucho los ojos y me mira. La tomo de la mano y la saco a rastras del departamento, en dirección a la escalera.

Por suerte, la lluvia cesó, y nos echamos los dos a correr para regresar a mi casa. Volteo la vista atrás un par de veces para asegurarme de que no nos sigue nadie. Llegamos al otro lado del patio, subimos mi escalera y abro la puerta para que Sydney pueda entrar corriendo. Luego la cierro, me agacho y me apoyo las manos en las rodillas para recuperar el aliento.

Maldito patán. No sé qué vería Sydney en él, pero el hecho de que haya salido con ese tipo me hace pensar que a lo mejor esta chica no está muy bien de la cabeza.

La miro, esperando verla hecha un mar de lágrimas, pero no: se está riendo. Está sentada en el piso tratando de recuperar el aliento y riéndose a mandíbula batiente. No puedo evitar sonreír al ver su reacción. Y el hecho de que le haya dado un puñetazo a su compañera de departamento en plena cara sin vacilar siquiera un momento... Tengo que reconocerlo, Sydney es más dura de lo que había pensado en un principio.

Me mira y respira hondo para tranquilizarse. Luego articula un «gracias» mientras sostiene en alto la bolsa. Se pone de pie y, tras apartarse el pelo mojado de la cara, se dirige a la cocina. Abre unos cuantos cajones hasta que encuentra un trapo y lo toma. Lo coloca bajo la llave, luego se voltea y me indica por señas que me acerque. Cuando llego junto a ella, me apoyo en la barra mientras Sydney me sujeta la barbilla y me gira la cara hacia la izquierda. Me roza el labio con el trapo y esbozo un gesto de dolor. Ni siquiera me había dado cuenta de que me dolía hasta que me tocó. Aparta el trapo, manchado de sangre, y después de volver a enjuagarlo bajo el agua me lo pone de nuevo en la boca. Me doy cuenta de que tiene la mano muy roja, así que se la tomo para echarle un vistazo. Ya se le está empezando a hinchar.

Le quito el trapo de la mano y me limpio el resto de la sangre de la cara. Luego agarro una bolsa de plástico con cierre del estante, abro el congelador y la lleno de cubitos de hielo. Le aplico el hielo en la mano mientras le indico por señas que se lo deje un rato. Me apoyo de nuevo en la barra y tomo mi teléfono.

Yo: Le diste un buen puñetazo. Se te está hinchando la mano.

Me escribe con una sola mano, apoyada en la barra, y deja el hielo sobre la otra.

Sydney: Será porque no es el primer puñetazo que le doy hoy a Tori. Aunque a lo mejor está hinchada porque tú no eres el primero que le pegó hoy a Hunter.

Yo: Caray, me dejas impresionado. O aterrorizado. ¿Tres puñetazos es tu media diaria?

Sydney: Tres puñetazos es mi media de toda la vida.

Me río.

Se encoge de hombros y deja el teléfono. Luego retira el hielo que aún tiene sobre la mano y me lo acerca a la boca.

—Se te está hinchando el labio —dice.

Me aferro a la barra, detrás de mí. Me incomoda un poco lo tranquila que parece Sydney en esta situación. Me asaltan imágenes de Maggie y no puedo evitar preguntarme qué pensaría de esta escena si entrara en el departamento ahora mismo.

Necesito distraerme.

Yo: ¿Quieres un pastel de cumpleaños?

Sydney sonríe y asiente.

Yo: No debería manejar, puesto que esta noche me has convertido en un alcohólico enojado, pero si se te antoja caminar, en Park's Dinner tienen unos postres fabulosos, y está a un kilómetro de aquí, más o menos. Creo que ya no volverá a llover.

—Voy a cambiarme —dice señalando la ropa que lleva.

Saca varias prendas de su maleta y se dirige de nuevo al baño. Vuelvo a ponerle el tapón a la botella de Pine-Sol y la escondo otra vez en el mueble.

5

Sydney

No interactuamos mucho mientras comemos. Estamos sentados en uno de los gabinetes, ambos con la espalda apoyada en la
pared y las piernas estiradas cada uno sobre nuestro asiento. Observamos en silencio a la multitud que llena el restaurante y no
puedo dejar de preguntarme cómo debe de sentirse Ridge al no
oír nada de lo que pasa a nuestro alrededor. Tal vez sea demasiado directa, pero tengo que preguntarle lo que me ronda por la
cabeza.

> Yo: ¿Qué se siente al ser sordo? ¿Es como tener un secreto que na-
> die más conoce? ¿Como tener ventaja sobre los demás porque el
> hecho de no oír mejora tus otros sentidos y te concede poderes
> sobrenaturales, cosa que nadie puede adivinar con sólo mirarte?

Prácticamente se atraganta con la bebida al leer mi mensaje. Se
ríe y me doy cuenta de que su risa es el único sonido que le he
oído emitir. Sé que algunas personas sordas pueden hablar, pero
a él no lo he oído pronunciar una sola palabra en toda la noche.
Ni siquiera para dirigirse a la mesera. Se limita a señalar lo que
quiere del menú o a anotarlo.

Ridge: Si te soy sincero, no se me había ocurrido nunca verlo así. Pero me gusta que tú lo veas de ese modo. En realidad, no pienso en ello para nada. Para mí es completamente normal. No puedo compararlo con nada, porque es lo único que conozco.

Yo: Lo siento, me estoy comportando otra vez como una de esas personas, ¿verdad? Supongo que pedirte que compares ser sordo con no ser sordo es como pedirme a mí que compare ser chica con ser chico.

Ridge: No te disculpes, me gusta que te interese lo suficiente para preguntarme. La mayoría de las personas se sienten un poco incómodas, así que no dicen nada. Me he dado cuenta de que cuesta bastante hacer amigos, pero eso también es bueno. Los pocos amigos que tengo son auténticos, así que en el fondo la sordera resulta útil para alejarme de pendejos ignorantes y superficiales.

Yo: Me alegra saber que no soy una pendeja ignorante y superficial.

Ridge: Ojalá pudiera decir lo mismo de tu ex.

Suspiro. Ridge tiene razón, pero ¡mierda!, cómo duele saber que me tragué todas las mentiras de Hunter.

Dejo el teléfono y me como el resto de mi pastel.

—Gracias —le digo cuando suelto el tenedor.

La verdad es que me había olvidado de que era mi cumpleaños hasta que Ridge se ofreció a llevarme a comer pastel.

Se encoge de hombros, como si no fuera para tanto, pero sí lo es. Después del día que llevo, me cuesta creer que en estos momentos esté de un humor más o menos aceptable. Ridge es el responsable de ello, porque de no haber sido por él, no sé dónde estaría ahora mismo ni en qué estado emocional me encontraría.

Toma un trago de su refresco y luego se sienta muy erguido en el gabinete. Señala la puerta con la cabeza y yo hago un gesto afirmativo, indicándole que ya podemos irnos.

Ya se me bajó el alcohol y, cuando salimos del restaurante y nos sumergimos de nuevo en la oscuridad, me doy cuenta de que está empezando a dolerme la cabeza otra vez. Supongo que Ridge me ve la expresión, porque me pasa un brazo por los hombros y me los aprieta con suavidad. Luego deja caer el brazo y toma el teléfono.

Ridge: Por si te sirve de algo, ese tipo no te merece.

Yo: Ya lo sé, pero aun así me duele haber pensado en algún momento que sí me merecía. Y, sinceramente, me duele más lo que me hizo Tori que lo ocurrido con Hunter. Con Hunter sólo estoy enojada.

Ridge: Ya, bueno, yo ni siquiera lo conozco, pero también estoy bastante enojado con él. No me imagino cómo debes de sentirte tú. Me sorprende que no hayas contraatacado con algún perverso plan de venganza.

Yo: No soy tan inteligente. Ojalá lo fuera, porque ahora mismo sólo pensaría en la venganza.

Ridge deja de caminar y se voltea para mirarme. Levanta una ceja y sonríe con cierto aire malévolo. Me hace reír, porque de su sonrisa deduzco que está tramando algo.

—Bueno —digo, y asiento a pesar de que aún ni siquiera sé lo que está a punto de proponer—. Mientras no acabemos en la cárcel...

Ridge: ¿Sabes si deja el coche abierto?

—¿Pescado? —pregunto arrugando la nariz en un gesto de asco.

Hacemos una paradita en un súper que está cerca del complejo de departamentos y Ridge está comprando en este momento un pez entero, enorme y lleno de escamas. Supongo que todo esto tiene algo que ver con su elaborado plan de venganza, aunque a lo mejor es sólo que tiene hambre.

Ridge: Necesitamos cinta adhesiva.

Lo sigo hasta la sección de ferretería, donde elige un rollo grande de cinta adhesiva resistente.

Pescado fresco y cinta adhesiva.

Aún no sé muy bien qué tiene pensado, pero creo que me gusta el giro que está tomando el asunto.

Ya de vuelta en el complejo, le señalo el coche de Hunter. Subo corriendo al departamento de Ridge para tomar la llave de repuesto que aún guardo en la bolsa mientras él enrolla la cinta adhesiva en torno al pez.

Yo: ¿Qué es lo que te propones hacer exactamente con ese pez?

Ridge: Observa y aprende, Sydney.

Nos acercamos al coche de Hunter y Ridge abre la puerta del pasajero. Me pide que corte varios pedazos de cinta adhesiva mientras él explora bajo el asiento del pasajero. Observo con atención —por si acaso tengo que vengarme de alguien en el futuro— y lo veo sujetar el pez a la parte inferior del asiento. Le paso unos cuantos trozos más de cinta adhesiva y trato de contener la risa mientras él termina de fijar el pescado fresco. Una vez que se convence de que ya no se va a soltar, sale del coche, cierra la puerta y echa un vistazo a su alrededor con una mirada de lo más inocente. Yo me tapo la boca con la mano para tratar de contener la risa, pero él aparenta gran calma y tranquilidad.

Nos alejamos del coche como si nada y, una vez en la escalera de su departamento, nos reímos.

Ridge: Su coche empezará a oler a muerto en cuestión de veinticuatro horas. Y jamás descubrirá el motivo.

Yo: Eres lo peor. Me atrevería a decir que no es la primera vez que haces algo así.

Sigue riendo cuando entramos en el departamento. Nos quitamos los zapatos en la puerta y Ridge deja la cinta adhesiva en la barra de la cocina. Voy al baño y, antes de salir, me aseguro de quitarle el seguro a la puerta que comunica con su habitación. Todas las luces de la salita están apagadas, excepto la lámpara que está junto al sillón. Me acuesto y reviso los mensajes por última vez antes de poner el teléfono en silencio.

Ridge: Buenas noches. Lamento que tu cumple haya sido un asco.

Yo: Gracias a ti fue mucho mejor de lo que podría haber sido.

Meto el teléfono bajo la almohada y me tapo. Cierro los ojos y, en cuanto se impone el silencio, se me borra la sonrisa de los labios. Noto que se me llenan los ojos de lágrimas, así que me tapo la cabeza con la cobija y me preparo para una larga y triste noche. El respiro que me dio Ridge estuvo bien, pero ahora ya no hay nada que me distraiga del hecho de que éste es el peor día de mi vida. Me cuesta entender que Tori haya sido capaz de hacerme algo así. Ya hace casi tres años que es mi mejor amiga. Se lo explicaba todo, confiaba plenamente en ella. Le contaba cosas que jamás le habría contado a Hunter.

¿Qué sentido tiene poner en peligro esa amistad a cambio de sexo?

Nunca me había sentido tan mal. Me tapo los ojos con la cobija y empiezo a llorar.

«Feliz cumpleaños, Sydney.»

Tengo la cabeza tapada con la almohada, pero no por ello dejo de oír el sonido de piedritas que crujen bajo unos zapatos. ¿Quién hace tanto ruido al caminar por un camino de piedras? ¿Y cómo es que yo lo oigo?

Un momento. ¿Dónde estoy?

¿De verdad existió el día de ayer?

Abro los ojos a regañadientes y me encuentro con la luz del sol, así que me cubro mejor la cabeza con la almohada y me doy un minuto para acostumbrarme. El ruido parece acercarse; me quito la almohada de la cabeza y abro un ojo para echar un vistazo. Lo primero que veo es una cocina que no es la mía.

Ah, sí. Ya me acordé. Estoy en el sillón de Ridge y veintidós años es la peor edad que se puede tener.

Termino de quitarme la almohada de la cabeza y se me escapa un gruñido al cerrar de nuevo los ojos.

—¿Quién eres tú y por qué estás durmiendo en mi sillón?

Doy un brinco y abro los ojos de golpe al oír una voz profunda que no puede estar a más de un metro de mí. Dos ojos me observan. Apoyo nuevamente la cabeza en el sillón para separarme un poco de esos ojos curiosos y tratar de ver mejor a quien los lleva pegados.

Es un tipo. Un tipo al que nunca había visto antes. Está sentado en el piso, justo delante del sillón, con un plato entre las manos. Sumerge una cuchara en el plato y luego se la mete en la boca. Oigo de nuevo el ruido de las piedras pisoteadas, aunque imagino que no son piedras lo que está comiendo.

—¿Eres la nueva compañera de departamento? —pregunta con la boca llena.

Niego con la cabeza.

—No —murmuro—. Soy amiga de Ridge.

Ladea la cabeza y me observa con recelo.

—Ridge sólo tiene un amigo —dice el tipo—. Yo.

Se mete otra cucharada llena de cereales en la boca sin abandonar mi espacio personal.

Apoyo las palmas de las manos en el sillón y me siento para no tenerlo justo delante de la cara.

—¿Celoso? —le pregunto.

El tipo sigue observándome.

—¿Cómo se apellida?

—¿Quién?

—Tu buen amigo Ridge —dice en plan altanero.

Hago un gesto de impaciencia y dejo caer la cabeza hacia el respaldo del sillón. No sé quién demonios es este tipo, pero la verdad es que no tengo el menor interés en competir con él acerca de quién es más amigo de Ridge.

—No sé cómo se apellida Ridge. Ni sé cuál es su segundo nombre. Lo único que sé de él es que tiene un gancho de derecha fantástico. Y si estoy durmiendo en tu sillón es porque el que era mi novio desde hace dos años decidió que sería divertido tirarse a mi compañera de departamento y, la verdad, no se me antojaba mucho quedarme a ver.

Asiente y luego se traga lo que tiene en la boca.

—Se apellida Lawson. Y no tiene segundo nombre.

Por si la mañana no era ya lo bastante complicada, Bridgette aparece en el pasillo en ese momento y entra en la cocina.

El tipo del piso se mete otra cucharada de cereales en la boca y, tras desviar al fin su incómoda mirada de mí, se fija en Bridgette.

—Buenos días, Bridgette —dice con un tono tan extraño como sarcástico—. ¿Dormiste bien?

Ella le lanza una mirada fugaz y pone los ojos en blanco.

—Vete al diablo, Warren —le suelta.

Él se voltea de nuevo hacia mí, esta vez con una sonrisa malévola.

—Así es Bridgette —dice—. Finge que me odia durante el día, pero de noche... me adora.

Me río, pues no acabo de creer que Bridgette sea capaz de adorar a nadie.

—¡Mierda! —grita la chica al tiempo que se apoya en la barra de desayuno para no tropezar—. ¡Carajo! —Le da una patada a una de mis maletas, que aún sigue en el piso junto a la barra—. Si tu amiguita va a quedarse aquí, ¡dile que se lleve sus cosas a su habitación!

Warren hace una mueca, como si temiera por mí, y luego voltea la cabeza hacia Bridgette.

—¿Quién te crees que soy, tu criada? Díselo tú.

Bridgette señala la maleta con la que estuvo a punto de tropezar.

—SACA... TUS... COSAS... DE... LA... COCINA —grita antes de regresar a su habitación violentamente.

Una vez más, Warren voltea la cabeza hacia mí, despacio, y se ríe.

—¿Por qué cree que eres sorda?

Me encojo de hombros.

—No tengo ni idea. Llegó a esa conclusión anoche y no quise llevarle la contraria.

Warren ríe de nuevo, esta vez en un tono de voz más alto.

—Ah, ya, todo un clásico —dice—. ¿Tienes mascota?

Niego con la cabeza.

—¿Estás en contra del porno?

No sé muy bien por qué empezamos a jugar a Veinte Preguntas, pero respondo de todas formas.

—No estoy en contra del cine porno, pero sí de protagonizar una peli porno.

Asiente y considera mi respuesta un segundo más de lo necesario.

—¿Tienes amigos pesados?

Niego con la cabeza.

—Mi mejor amiga es una puta traidora y ya no nos hablamos.

—¿Cuáles son tus hábitos a la hora de bañarte?

Me entra la risa.

—Una vez al día, aunque de vez en cuando me lo salte. No más de quince minutos.

—¿Cocinas?

—Sólo cuando tengo hambre.

—¿Limpias lo que ensucias?

—Seguramente mejor que tú —respondo; me fijé en que usó su camiseta como servilleta por lo menos tres veces durante esta conversación.

—¿Escuchas música disco?

—Preferiría comer alambre de espinas.

—Bueno, okey —dice—. Supongo que puedes quedarte.

Subo los pies al sillón y me siento con las piernas cruzadas.

—No sabía que me estuvieras entrevistando.

Echa un vistazo a mis maletas y luego me observa de nuevo.

—Es obvio que necesitas un lugar donde quedarte, y nosotros tenemos una habitación vacía. Si no te instalas tú, Bridgette quiere traerse a su hermana el mes que viene... y eso es lo último que Ridge y yo necesitamos.

—No puedo quedarme aquí —digo.

—¿Por qué no? Si no mal entiendo, ibas a pasar el día buscando departamento de todas formas. ¿Qué tiene éste de malo? Ni siquiera tendrás que caminar mucho para llegar hasta aquí.

Me dan ganas de decirle que el problema es Ridge. Ha sido muy amable, pero creo que ésa es precisamente la cuestión. No llevo soltera ni veinticuatro horas y no me gusta el hecho de que, en lugar de haber pasado la noche consumida por pesadillas protagonizadas por Hunter y Tori, tuve un sueño un tanto inquietante en el que aparecía un Ridge demasiado atento.

No le explico a Warren que Ridge es el motivo por el que no puedo quedarme. En parte porque sólo serviría para que Warren volviera a acribillarme con preguntas, y también porque Ridge acaba de entrar en la cocina y nos está observando.

Warren me guiña el ojo, luego se pone de pie y se dirige al fregadero con su plato. Mira a Ridge.

—¿Conoces a nuestra nueva compañera de departamento? —le pregunta.

Ridge le dice algo por señas. Warren niega con la cabeza y le responde también por señas. Me reclino en el sillón y observo su conversación silenciosa, un tanto perpleja de que Warren conozca la lengua de signos. Me pregunto si la habrá aprendido para poder comunicarse con Ridge. ¿O serán hermanos? Warren se ríe y Ridge me lanza una mirada antes de regresar a su habitación.

—¿Qué dijo? —pregunto, pues de repente me asalta el temor de que Ridge ya no me quiera aquí.

Warren se encoge de hombros y empieza a dirigirse a su habitación.

—Justo lo que imaginaba que diría. —Entra en su dormitorio y regresa al poco con unas llaves en la mano y una gorra puesta—. Dice que ya llegaron a un acuerdo. —Se pone los zapatos junto a la puerta—. Me voy a trabajar. Ésa es tu habitación, por si quieres llevar tus cosas. Aunque tendrás que arrinconar toda la basura de Brennan.

Abre la puerta, sale del departamento y luego se voltea.

—Por cierto, ¿cómo te llamas?

—Sydney.

—Bueno, Sydney, bienvenida al lugar más raro en el que vivirás en toda tu vida —dice, y cierra la puerta.

No sé si me gusta todo esto, pero... ¿qué alternativa tengo? Tomo el teléfono, que aún está bajo la almohada, y empiezo a escribirle un mensaje a Ridge, porque no recuerdo que anoche llegáramos a ningún acuerdo acerca de las condiciones para vivir aquí. Antes de que me dé tiempo de terminarlo, recibo uno suyo:

Ridge: ¿Te parece bien quedarte?

Yo: ¿Y a ti?

Ridge: Yo pregunté primero.

Yo: Supongo. Pero sólo si a ti te parece bien.

Ridge: Bueno, pues supongo que eso significa que somos compañeros de departamento.

Yo: Si somos compañeros de departamento, ¿podrías hacerme un favor?

Ridge: ¿Cuál?

Yo: Si alguna vez vuelvo a tener novio, no hagas como Tori y te acuestes con él, ¿okey?

Ridge: No puedo prometerte nada.

Segundos más tarde, sale de su habitación y se acerca a mis maletas. Las toma y las lleva a la puerta del otro cuarto. La abre y señala el interior del dormitorio con un gesto de la cabeza para indicarme que entre con él. Me pongo de pie y lo sigo. Deja mis maletas sobre la cama y luego vuelve a tomar su teléfono.

Ridge: Brennan aún guarda muchas cosas aquí. Voy a meterlo todo en cajas y las dejaré en un rincón hasta que pueda venir a recogerlas. Aparte de eso, será mejor cambiar las sábanas.

Me lanza una mirada recelosa para darme a entender cuál es el estado de las sábanas, y yo me río. Luego señala el baño.

Ridge: Compartimos el baño. Cuando lo uses, cierra el seguro de la puerta que da al pasillo y los de las dos que dan a las habitaciones. Lógicamente, no te oiré cuando estés dentro, así que a menos que quieras que entre a lo bruto, asegúrate de poner el seguro.

Se dirige al baño y acciona un interruptor que hay en el lado exterior de la puerta. Es el que enciende y apaga las luces de adentro. Luego se concentra de nuevo en el teléfono.

Ridge: Puse interruptores en el exterior porque así es más fácil avisarme, ya que si alguien toca a la puerta no lo oigo. Enciende y apaga el interruptor si tienes que entrar en el baño, para que yo lo sepa. Todo el departamento está diseñado así. En el exterior de mi habitación hay un interruptor que enciende y apaga las luces, por si me necesitas. Pero siempre llevo el teléfono encima, así que también puedes mandarme un mensaje.

Me enseña dónde están las sábanas limpias y retira todo lo que queda en la cómoda mientras yo cambio la cama.

—¿Necesitaré muebles?

Ridge niega con la cabeza.

Ridge: Los deja todos. Puedes utilizarlos.

Asiento con la cabeza mientras contemplo la habitación que, inesperadamente, se ha convertido en mi nuevo hogar. Le sonrío a Ridge para que sepa que le agradezco mucho su ayuda.

—Gracias.

Él me devuelve la sonrisa.

Ridge: Si necesitas algo, estaré en mi habitación trabajando durante unas cuantas horas. Esta tarde tengo que ir a comprar. Si quieres, puedes acompañarme y buscar lo que necesites para el departamento.

Sale del dormitorio caminando de espaldas y se despide. Me siento en el borde de la cama y le devuelvo el saludo mientras él cierra la puerta. Luego me dejo caer de espaldas en la cama y suspiro de alivio.

Ahora que ya tengo un lugar para vivir, lo único que necesito es un trabajo. Y puede que un coche, pues Tori y yo compartíamos el suyo. Y luego puede que llame a mis papás para decirles que me cambié de casa.

O tal vez no. Antes pasaré aquí un par de semanas para ver cómo van las cosas.

Ridge: Ah, por cierto, no fui yo quien te escribió en la frente.

¿Qué?

Corro hacia la cómoda y, por primera vez en todo el día, me miro al espejo. Llevo lo siguiente escrito en la frente con tinta negra: «Alguien te escribió en la frente».

Ridge

Yo: Buenos días. ¿Cómo va esa tesis?

Maggie: ¿Quieres que lo suavice un poco o de verdad me estás proporcionando una oportunidad de desahogarme?

Yo: Una clarísima oportunidad. Desahógate.

Maggie: Estoy fatal, Ridge. No puedo más. Paso un montón de horas al día trabajando en ella y lo único que se me antoja es darle una golpiza a mi computadora, como en la peli *Trabajo basura*. Si esta tesis fuera un bebé, lo daría en adopción sin pensármelo dos veces. Y si esta tesis fuera un cachorrito peludo y lindísimo, lo dejaría en mitad de un cruce muy transitado y me largaría a toda velocidad.

Yo: Bueno, y luego darías media vuelta, lo recogerías y te pasarías toda la noche jugando con él.

Maggie: Hablo en serio, Ridge, creo que me estoy volviendo loca.

Yo: Bueno, ya sabes lo que pienso.

Maggie: Sí, ya sé lo que piensas. No quiero hablar de eso ahora.

Yo: Eras tú la que quería desahogarse. No tienes por qué soportar todo ese estrés.

Maggie: Para.

Yo: No puedo, Maggie. Ya sabes cómo me siento y no pienso guardarme mi opinión cuando los dos sabemos que tengo razón.

Maggie: Y precisamente por eso nunca me quejo delante de ti, porque siempre acabamos igual. Te pedí que pares, Ridge. Por favor, para. Basta.

Yo: Bueno.

Yo: Lo siento.

Yo: Ahora es cuando me escribes un mensaje para decir «No pasa nada, Ridge. Te quiero».

Yo: ¿Hola?

Yo: No me hagas esto, Maggie.

Maggie: Pero bueno, ¿es que ni siquiera puedo ir a mear? ¡Caray!, no estoy enojada. Simplemente no quiero hablar del tema. ¿Cómo estás?

Yo: Uf. Bien. Tenemos una nueva compañera de departamento.

Maggie: Pensaba que no se mudaba hasta el mes que viene.

Yo: No, no es la hermana de Bridgette. Es Sydney. La chica de la que te hablé hace unos días, ¿te acuerdas? Cuando le conté que su novio la engañaba, se quedó en la calle. Warren y yo la dejamos quedarse hasta que encuentre otro lugar. Te caerá bien.

Maggie: Entonces te creyó cuando le explicaste que su novio la engañaba, ¿no?

Yo: Sí. Al principio se enojó conmigo por no habérselo dicho antes, pero ya tuvo unos cuantos días para reflexionar, así que supongo que va asimilándolo. Bueno, ¿a qué hora llegas el viernes?

Maggie: No estoy segura. Diría que depende de si consigo trabajar lo suficiente en la tesis, pero no pienso volver a mencionártela. Así que llegaré cuando llegue.

Yo: Pues entonces supongo que nos veremos cuando nos veamos. Te quiero. Avisa cuando salgas.

Maggie: Yo también te quiero. Y sé que sólo estás preocupado. No espero que estés de acuerdo con todas mis decisiones, pero al menos quiero que las entiendas.

Yo: Las entiendo, cariño. En serio. Te quiero.

Maggie: Yo también te quiero.

Dejo caer la cabeza con brusquedad contra la cabecera de la cama y me paso las manos por la cara, completamente frustrado. Por supuesto que entiendo su decisión, pero no puedo decir que me guste. Sin embargo, ella está tan desesperadamente decidida que, la verdad, no sé cómo hacérselo comprender.

Me pongo de pie y me guardo el teléfono en el bolsillo trasero; luego me dirijo a la puerta de la habitación. Al abrirla, me invade un aroma que, sin duda, es el del mismísimo cielo.

Tocino.

Warren me observa desde la mesa del comedor y sonríe al tiempo que señala su plato lleno de comida.

—Esa chica es un buen partido —dice utilizando la lengua de signos—. Los huevos dan asco, pero me los como porque no quiero quejarme, no vaya a ser que no vuelva a cocinarnos nunca más. El resto está buenísimo.

Utiliza la lengua de signos sin verbalizar lo que está diciendo. Por lo general, Warren verbaliza siempre que utiliza este lenguaje, por respeto a las demás personas que nos rodean. Cuando no lo hace, significa que quiere mantener una conversación privada conmigo.

Como la charla silenciosa que estamos manteniendo ahora mismo, mientras Sydney está en la cocina.

—Y hasta me preguntó cómo tomamos el café —dice por señas.

Echo un vistazo a la cocina y Sydney me sonríe. Le devuelvo el gesto y me sorprende encontrarla de tan buen humor esta mañana. Desde que volvimos de nuestra excursión al supermercado, hace unos cuantos días, ha pasado la mayor parte del tiempo en su habitación. Ayer, en un momento determinado, Warren entró para preguntarle si quería cenar algo y se la encontró llorando en la cama, así que salió de nuevo y la dejó sola. Me habría gustado ir a ver cómo estaba, pero la verdad es que no puedo hacer nada para animarla. Necesita tiempo, así que me alegra que al menos hoy se haya levantado de la cama.

—Y no la mires ahora, Ridge, pero... ¿ya te fijaste en lo que lleva puesto? ¿Viste ese vestido? —Cierra el puño, se muerde los nudillos y hace una mueca de dolor, como si el simple hecho de mirarla le resultase insufrible.

Niego con la cabeza y me siento frente a él.

—Ya la miraré más tarde.

Warren sonríe.

—Me alegra que su novio la haya engañado. Si no, sólo tendría restos de galletas Oreo rellenas de pasta de dientes para desayunar.

Me río.

—Bueno, así no tendrías que cepillarte los dientes.

—Es la mejor decisión de nuestra vida —dice—. A lo mejor luego la convencemos para que pase la aspiradora con ese vestido mientras nosotros la miramos sentaditos en el sillón.

Warren se ríe de su propio comentario, pero yo no me atrevo ni a sonreír. Creo que no se ha dado cuenta de que utilizó la lengua de signos y verbalizó a la vez. Antes de que pueda decírselo, una galleta pasa volando junto a mi cabeza y se estrella contra la cara de Warren. Da un salto hacia atrás, sorprendido, y mira a Sydney, que se dirige hacia la mesa con una expresión de «no sabes con quién te estás metiendo» en la cara. Me pasa un plato de comida, luego deja otro para ella en la mesa y se sienta.

—Lo dije en voz alta, ¿verdad? —pregunta Warren.

Le digo que sí con la cabeza y entonces se voltea hacia Sydney, que sigue fulminándolo con la mirada.

—Bueno, al menos te estaba echando un piropo —dice al tiempo que se encoge de hombros.

Sydney se ríe y asiente una vez, como si Warren tuviera razón. Luego toma su teléfono y empieza a escribir un mensaje. Me lanza una mirada breve y sacude un poco la cabeza cuando el teléfono empieza a vibrarme en el bolsillo. Me escribió algo, pero, al parecer, quiere que sea discreto. Como quien no quiere la cosa, me meto la mano en el bolsillo, tomo el teléfono y leo el mensaje debajo de la mesa.

Sydney: No te comas los huevos.

La miro y levanto una ceja como preguntando qué demonios les pasa a los huevos. Ella envía tranquilamente otro mensaje mientras mantiene una conversación con Warren.

Sydney: Les eché lavavajillas y talco. Así aprenderá a no volver a escribirme en la frente.

Yo: ¿Qué demonios...? ¿Y cuándo se lo piensas decir?

Sydney: No pienso decírselo.

Warren: ¿Qué son esos mensajitos que se están enviando Sydney y tú?

Levanto la vista y me encuentro a Warren con el teléfono en la mano, mirándome fijamente. Toma el tenedor, pica otro pedazo de huevo y la imagen me hace reír. Warren se abalanza entonces por encima de la mesa y me quita el teléfono de las manos. Luego empieza a leer los mensajes. Intento recuperar el celular, pero él extiende el brazo para ponerlo fuera de mi alcance. Se queda inmóvil unos segundos mientras lee y, de inmediato, escupe el trozo de huevo en el plato. Me avienta el teléfono y toma su vaso de agua. Bebe muy despacio, vuelve a dejarlo en la mesa y luego, tras empujar la silla hacia atrás, se pone de pie.

Señala a Sydney.

—Acabas de regarla, nena —dice—. Esto es la guerra.

Sydney le sonríe con aire de suficiencia y una mirada desafiante en los ojos. En cuanto Warren entra en su habitación y cierra la puerta, la sonrisita arrogante desaparece de su cara y se voltea hacia mí con los ojos muy abiertos.

Sydney: ¡Ayúdame! Necesito ideas. ¡No sé hacer bromas!

Yo: No, ya vi. ¿Lavavajillas y talco? Necesitas ayuda de verdad. Menos mal que el maestro está de tu lado.

Sonríe y empieza a comerse el desayuno.

Ni siquiera he tenido tiempo de comerme el primer bocado cuando Bridgette sale de su habitación, sin sonreír. Se va directa a la cocina y procede a servirse un plato de comida. Warren regresa de su habitación y vuelve a sentarse a la mesa.

—Me fui sólo para crear un efecto dramático —dice—. Aún no había terminado de desayunar.

Bridgette se sienta, come un trozo de tocino y luego mira a Sydney.

—¿LO... HICISTE... TÚ? —pregunta señalando la comida con un gesto muy exagerado.

Ladeo un poco la cabeza, porque le está hablando a Sydney de la misma manera en que me habla a mí. Como si fuera sorda.

Miro a Sydney, que se limita a asentir a modo de respuesta. Vuelvo a mirar a Bridgette.

—¡GRA... CIAS! —dice, y se mete en la boca un trozo de huevo.

Lo escupe de inmediato en el plato. Tose, toma apresuradamente y luego se levanta de la mesa. Mira a Sydney de nuevo.

—¡NO... HAY... QUIEN... SE... COMA... ESTA... MIERDA!

Vuelve a la cocina, tira la comida a la basura y después se va a su habitación. Los tres nos reímos en cuanto cierra la puerta. Cuando nos tranquilizamos, miro a Warren.

—¿Por qué cree Bridgette que Sydney es sorda?

Warren se ríe.

—Aún no lo sabemos —dice—. Pero de momento no se nos antoja sacarla de su error.

Me río por fuera, pero por dentro me siento algo confundido. No sé cuándo empezó Warren a hablar de Sydney y de sí mismo en plural, pero creo que no me gusta.

La luz de mi habitación se enciende y se apaga, así que cierro la computadora portátil y me dirijo a la puerta. La abro y Sydney está en el pasillo con el computadora en la mano. Me entrega una hoja de papel.

Ya terminé las tareas de toda la semana. Hasta limpié el departamento entero, menos la habitación de Bridgette, claro. Warren no me deja ver la tele porque no es mi noche, aunque no sé qué quiere decir eso. Así que se me ocurrió que podía pasar un rato contigo, ¿quieres? Tengo que mantener la mente ocupada, porque si no empezaré a pensar otra vez en Hunter, y luego empezaré a compadecerme de mí misma, y entonces querré beber Pine-Sol, aunque en realidad no quiero Pine-Sol, porque no quiero convertirme en una alcohólica enojada como tú.

Sonrío, me hago a un lado y le indico que entre en mi habitación. Echa un vistazo a su alrededor. El único lugar en el que uno puede sentarse es la cama, así que la señalo. Me siento y me coloco la computadora sobre el regazo. Ella se sienta en la otra punta de la cama y hace lo mismo.

—Gracias —dice sonriendo.

Abre su computadora y se concentra en la pantalla.

He intentado ignorar el consejo de Warren acerca de fijarme en el vestido que lleva Sydney, pero la verdad es que es difícil no mirar, sobre todo después del descarado comentario de mi amigo. No sé muy bien qué rollo se traen Warren y Bridgette, pero me fastidia que Sydney y él parezcan haber encajado tan bien.

Y aún me fastidia más que me fastidie. Yo no la veo de esa manera, así que no entiendo muy bien qué hago aquí sentado pensando en esa cuestión. Y si Sydney estuviera al lado de Maggie, no tendría la menor duda de que Maggie es más mi tipo físicamente hablando. Es chiquita, de ojos oscuros y pelo largo y lacio. Sydney es todo lo contrario. Es más alta que Maggie —de estatura media, digamos—, pero tiene un cuerpo mucho más definido y con muchas más curvas que mi novia. Es obvio que Sydney llena el vestido a la perfección, por eso le gustó a Warren. Bueno, al menos se cambió y se puso unos *shorts* antes de presentarse en mi habitación. Eso ayuda un poco. Las camisetas que lleva suelen ser demasiado grandes y se le caen por los hombros, lo cual me hace pensar que cuando hizo las maletas se llevó muchas camisetas de Hunter.

Maggie siempre tiene el pelo lacio, mientras que el de Sydney es difícil de definir. Da la sensación de que cambia según el clima, aunque eso no tiene por qué ser malo. La primera vez que la vi sentada en el balcón, pensé que tenía el pelo castaño oscuro, pero no, era porque lo tenía mojado. Después de pasar más o menos una hora tocando la guitarra aquella noche, el pelo ya se le había secado por completo y le caía en ondas rubias por debajo de los hombros. Hoy, en cambio, es una maraña de rizos recogidos en un chongo informal en lo alto de la cabeza.

Sydney: Deja de mirarme.

Mierda.

Me río y trato de salir de ese rodeo interno, o lo que demonios sea, que acabo de dar.

Yo: Pareces triste.

La primera noche que pasó aquí parecía más contenta que ahora. Supongo que ha tardado algún tiempo en asimilar la realidad.

Sydney: ¿Hay alguna forma de que podamos hablar a través de la computadora? Me resulta mucho más fácil que con los mensajes de teléfono.

Yo: Claro. ¿Cuál es tu apellido? Te añado en Facebook.

Sydney: Blake.

Abro mi computadora y busco el nombre. Cuando encuentro su perfil, le envío una solicitud de amistad. La acepta al momento y me envía un mensaje.

Sydney: Hola, Ridge Lawson.

Yo: Hola, Sydney Blake. ¿Mejor?

Asiente.

Sydney: ¿Eres programador?

Yo: ¿Ya estás chismeando mi perfil? Sí. Trabajo desde casa. Me gradué hace dos años, tengo el título de ingeniero informático.

Sydney: ¿Cuántos años tienes?

Yo: 24.

Sydney: Por favor, dime que tener 24 es mejor que tener 22.

Yo: Te irá bien a los 22. Puede que no esta semana, ni la próxima, pero la cosa mejorará.

Suspira, se lleva una mano a la nuca y se la frota. Luego sigue tecleando.

Sydney: Lo extraño. ¿No te parece una locura? Y también a Tori. Sigo odiándolos y quiero verlos sufrir, sin embargo extraño lo que tenía con Hunter. Está empezando a dolerme de verdad. Cuando lo supe, pensé que estaría mejor sin él, pero ahora me siento perdida.

No quiero ser muy duro a la hora de responder, pero tampoco soy una chica, así que no voy a decirle que lo que siente es normal. Porque, para mí, no es normal.

Yo: Sólo extrañas la idea que te habías formado de él. No eras feliz con él, ni siquiera antes de saber que te estaba engañando. Estabas con él porque te resultaba cómodo. Extrañas la relación, pero no extrañas a Hunter.

Me mira y ladea la cabeza, al tiempo que entorna los ojos y me observa unos segundos antes de concentrarse de nuevo en la pantalla de la computadora.

Sydney: ¿Cómo puedes decir que no era feliz con él? Sí lo era. Hasta que descubrí lo que estaba haciendo, estaba sinceramente convencida de que era el hombre de mi vida.

Yo: No. No lo estabas. Querías que lo fuera, pero no era lo que sentías de verdad.

Sydney: Ahora mismo te estás comportando como un imbécil, ¿lo sabías?

Dejo la computadora a un lado y me acerco al escritorio. Tomo mi cuaderno y una pluma, vuelvo a la cama y me siento junto a ella. Abro el cuaderno por la página en la que tengo anotada la primera letra que me envió.

Lee esto, escribo en la parte superior de la página. Le dejo el cuaderno en el regazo.

No me hace falta leerlo —escribe—. *Lo escribí yo.*

Me acerco más a ella, tomo el cuaderno y luego rodeo con un círculo unas cuantas líneas del estribillo.

Lee estas frases como si no las hubieras escrito tú.

A regañadientes, baja la vista hacia la libreta y lee el estribillo.

> No me conoces tanto como crees.
> Me sirvo dos, pero quiero tres.
> Oh, vives una mentira,
> vives una mentira.
>
> Crees que estamos bien, pero no es verdad.
> Podrías haberlo arreglado, perdiste tu oportunidad.
> Oh, vives una mentira,
> vives una mentira.

Cuando estoy seguro de que tuvo tiempo suficiente para leer el estribillo, tomo la pluma y escribo: *Estas palabras te salieron de dentro, Sydney. Puedes engañarte diciéndote que estabas mejor con él, pero lee la letra que tú misma escribiste. Analiza lo que sentías cuando la pensaste.* Trazo un círculo alrededor de unas cuantas líneas más y luego leo las frases al mismo tiempo que ella.

> Un giro a la derecha, llantas humeantes.
> Veo otra vez tu sonrisa, ¿por qué esta prisa?,
> ¿esta prisa?

Pisas a fondo el acelerador,
todo se ha vuelto borroso, ya no te conozco.
No te conozco.

La miro y me doy cuenta de que sigue observando el papel. Una lágrima le cae por la mejilla, pero se la seca enseguida.

Toma la pluma y empieza a escribir: *Sólo son palabras, Ridge.*

Contesto: *Son tus palabras, Sydney. Palabras que salieron de ti. Dices que te sientes perdida sin él, pero es que ya te sentías perdida cuando estabas con él. Lee el resto.*

Respira hondo y se concentra de nuevo en la página.

Frena, te grito, estamos fuera de la ciudad.
La carretera es mala, ¿es que no te basta?
No te basta.

Me miras, vas derecho hacia un árbol.
Abro la puerta, ya estoy harta.
Estoy harta.

Y entonces digo:

No me conoces tanto como crees.
Me sirvo dos, pero quiero tres.
Oh, vives una mentira,
vives una mentira.

Crees que estamos bien, pero no es verdad.
Podrías haberlo arreglado,
perdiste tu oportunidad.
Oh, vives una mentira,
vives una mentira.

6

Sydney

Sigo contemplando las palabras del cuaderno.

¿Tiene razón? ¿Las escribí porque era así como me sentía real-mente?

Nunca pongo demasiada atención cuando redacto letras, porque siempre he creído que nadie las leería, así que tampoco importa mucho lo que signifiquen las palabras. Pero, ahora que lo pienso, el hecho de que no reflexione sobre lo que escribo tal vez signifique que, en realidad, sí son un reflejo de lo que siento. Para mí, es más difícil hacer letras de canciones cuando uno tiene que inventarse los sentimientos que se esconden detrás. Es entonces cuando hay que pensarlas mucho, cuando no son sinceras de verdad.

Caray... Ridge tiene toda la razón. Escribí esa letra hace sema-nas, bastante antes de saber lo de Hunter y Tori.

Me apoyo en la cabecera y abro de nuevo la computadora.

Yo: Está bien, tú ganas.

Ridge: No es una competencia. Sólo intento ayudarte a entender que tal vez esta ruptura sea exactamente lo que necesitabas. No te conozco muy bien, pero, basándome en las letras que escribiste, creo que ansiabas la oportunidad de pasar algo de tiempo sola.

Yo: Bueno, dices que no me conoces muy bien, pero a mí me parece que me conoces mejor que yo misma.

Ridge: Lo único que sé de ti es lo que dices en esa letra. Y ya que hablamos de esto, ¿te gustaría repasarla? Estaba pensando en adaptarla a la música para enviársela a Brennan y, bueno, no me caerían mal un par de orejas. ¿Lo entiendes?

Me río y le doy un codazo.

Yo: Claro, ¿qué tengo que hacer?

Se pone de pie y toma su guitarra. Luego hace un gesto con la cabeza en dirección al balcón. No quiero salir. No importa que en realidad ya estuviera a punto de dejar a Hunter, porque estoy segura de que no estaba lista para abandonar a Tori. Y salir al balcón me distraería demasiado.

Arrugo la nariz y niego con la cabeza. Ridge mira hacia mi departamento, al otro lado del patio. Luego aprieta los labios hasta convertirlos en una fina línea y asiente para decirme que lo entiende. Regresa a la cama y se sienta a mi lado.

Ridge: Quiero que cantes la letra mientras yo toco. Te observaré, para asegurarme de que las palabras encajan con el lugar que tienen que ocupar en la partitura.

Yo: Ni hablar. No pienso cantar delante de ti.

Ridge resopla y hace un gesto de impaciencia.

Ridge: ¿Tienes miedo de que me ría de lo mal que cantas? ¡NO TE OIGO, SYDNEY!

Me dedica esa sonrisa suya tan irritante.

Yo: Cierra el pico. Bueno.

Deja el teléfono y empieza a tocar la canción. Cuando se supone que debe entrar la letra, me mira y yo me quedo paralizada. Pero no porque esté nerviosa: me quedo paralizada porque lo estoy haciendo otra vez, estoy conteniendo el aliento porque verlo tocar es..., bueno, increíble.

No pierde el ritmo a pesar de que yo entro tarde. En lugar de eso, empieza otra vez desde el principio y toca de nuevo los compases iniciales. Me sacudo de encima ese patético respeto reverencial y empiezo a cantar la letra. Muy probablemente, jamás me atrevería a cantar así, mano a mano, delante de nadie, pero resulta bastante útil que Ridge no me oiga. Sin embargo, no me quita el ojo, y eso se me hace un tanto inquietante.

Hace una pausa al final de cada estrofa y toma notas en una hoja. Me inclino hacia él para ver qué está escribiendo: está añadiendo notas musicales en una partitura en blanco, junto a la letra.

Señala una de las líneas y luego toma su teléfono.

Ridge: ¿En qué tono cantas esta línea?

Yo: Si.

Ridge: ¿Crees que sonaría mejor si la cantaras en un tono un poco más alto?

Yo: No lo sé, pero podemos probar.

Vuelve a tocar la segunda parte de la canción. Sigo su consejo y la canto en un tono más alto. Y, para mi sorpresa, tiene razón. Suena mejor.

—¿Cómo lo supiste? —le pregunto.

Se encoge de hombros.

Ridge: Sólo lo sabía.

Yo: Pero... ¿cómo? Si no oyes, ¿cómo sabes lo que suena bien y lo que no?

Ridge: No me hace falta oírlo. Lo percibo.

Muevo la cabeza de un lado a otro, sin comprenderlo. Puedo llegar a entender que haya aprendido a tocar la guitarra: con mucha práctica, un buen profesor y siglos de estudio, es posible que haya llegado a tocar así. Pero eso no explica cómo es capaz de saber en qué tono debe cantar una voz y, sobre todo, por qué un tono suena mejor que otro.

Ridge: ¿Qué pasa? Pareces confundida.

Yo: Es que lo estoy. No entiendo cómo puedes diferenciar las vibraciones, o como sea que dices que percibes la música. Estoy empezando a pensar que Warren y tú están poniendo en práctica la broma suprema y sólo finges ser sordo.

Ridge se ríe y luego retrocede sobre la cama hasta apoyar la espalda en la cabecera. Se sienta muy erguido y se coloca la guitarra a un costado. Luego separa las piernas y da una palmadita en el espacio vacío que queda entre ellas.

¿Qué demonios...? Espero no haber abierto los ojos tanto como creo. No pienso sentarme tan cerca de él. Niego con la cabeza.

Él hace un gesto de impaciencia y toma su teléfono.

Ridge: Ven aquí. Sólo quiero enseñarte cómo percibo la música. Supéralo y deja ya de pensar que estoy intentando seducirte.

Vacilo durante unos cuantos segundos más, pero su expresión de inquietud me hace pensar que estoy actuando de una forma bastante inmadura. Me arrastro hacia él, luego me doy la vuelta y, con mucho cuidado, me siento delante de él, pero con la espalda a unos cuantos centímetros de su pecho. Ridge coloca la guitarra delante de mí y me rodea el cuerpo con el otro brazo para colocarlo en la posición adecuada. Se acerca más la guitarra, y eso me obliga a pegarme a él. Luego se inclina hacia un lado para tomar su teléfono.

Ridge: Ahora voy a tocar un acorde, y quiero que me digas dónde lo notas.

Le hago un gesto de asentimiento y él vuelve a apoyar la mano en la guitarra. Toca un acorde y lo repite varias veces. Luego hace una pausa y yo tomo el teléfono.

Yo: Lo noto en tu guitarra.

Ridge niega con la cabeza y vuelve a tomar el teléfono.

Ridge: Ya sé que lo notas en la guitarra, tontita. Pero... ¿con qué parte del cuerpo lo percibes?

Yo: Tócalo otra vez.

Esta vez cierro los ojos y trato de tomármelo en serio. Le pregunté cómo percibe la música y está tratando de explicármelo, así que lo mínimo que puedo hacer es esforzarme por entenderlo. Toca el acorde unas cuantas veces más y yo intento concentrarme, pero percibo la vibración en todas partes, sobre todo en la guitarra que tengo pegada al pecho.

Yo: No sabría decirlo, Ridge. La verdad es que lo percibo en todas partes.

Me empuja hacia delante y me aparto. Él deja la guitarra a un lado, se pone de pie y sale de la habitación. Espero, aunque me pregunto con curiosidad qué estará haciendo. Cuando vuelve, lleva algo escondido en el puño. Lo extiende ante mí y yo acerco la palma de la mano.

Tapones para los oídos.

Se coloca de nuevo detrás de mí, yo retrocedo hasta apoyarme otra vez en su pecho y, por último, me pongo los tapones. Cierro los ojos y echo la cabeza hacia atrás, hasta apoyársela en el hombro. Él me rodea con los brazos, toma la guitarra y me la acerca al pecho. Me doy cuenta de que tiene la cabeza ligeramente apoyada en la mía y, de repente, comprendo que estamos en una posición muy íntima. Nunca me había sentado así con ningún chico a menos que estuviera saliendo en serio con él.

Y es raro, porque con Ridge me parece de lo más natural. Como si él no pensara en nada que no fuera la música. Y eso me gusta, porque sé que si estuviera sentada en esta posición con Warren, él no tendría las manos en la guitarra, precisamente.

Noto que mueve un poco los brazos y deduzco que está tocando, aunque no oigo nada. Me concentro en la vibración y trato de dirigir toda la atención hacia el movimiento que percibo dentro del pecho. Cuando consigo localizar exactamente dónde lo siento, me acerco una mano al pecho y me doy un golpecito. Ridge asiente despacio y luego sigue tocando.

Continúo notando vibraciones en el pecho, pero esta vez mucho más abajo. Desplazo la mano y él asiente de nuevo.

Me aparto un poco y me volteo para mirarlo.

—Caray.

Sube los hombros y sonríe con timidez. Es encantador.

Yo: Es increíble. Aún no entiendo cómo puedes tocar un instrumento así de bien, pero al menos ahora sé cómo percibes la música.

Se encoge de hombros, como si le incomodara el cumplido, y me encanta que sea tan modesto, porque sin la menor duda es la persona con más talento que conozco.

—Caray —repito mientras muevo la cabeza de un lado a otro.

Ridge: Bueno, ya. No me gustan los cumplidos. Es incómodo.

Dejo el teléfono y los dos pasamos de nuevo a la computadora.

Yo: De acuerdo, pues entonces no seas tan bueno. Creo que no te das cuenta de que tienes un don increíble, Ridge. Ya sé que dices que te esfuerzas mucho, pero lo mismo hacen miles de personas que no son sordas y, desde luego, no componen canciones como las tuyas. Es decir, bueno, ahora que me explicaste lo de la guitarra lo entiendo, pero... ¿y las voces? ¿Cómo carajos sabes qué sonido tiene una voz o en qué tono debería cantar?

Ridge: En realidad, no diferencio el sonido de las voces. Jamás he sentido a nadie cantar de la forma en que «oigo» una guitarra. Puedo encajar las voces en una canción y crear una melodía porque he analizado muchísimas canciones y he aprendido qué tonos encajan con qué notas basándome en la música escrita. No es que me salga de forma natural, tengo que esforzarme muchísimo. Pero adoro la música y, aunque no puedo escucharla, he aprendido a comprenderla y a amarla de una forma distinta. Con las melodías me cuesta aún más. A veces escribo una canción y Brennan me dice que no sirve porque o bien se parece demasiado a una canción que ya existe, o bien a quienes sí oyen no les suena todo lo bien que yo había imaginado.

Que le quite toda la importancia que quiera, pero no me cabe duda de que estoy sentada junto a un genio de la música. Detesto que piense que su talento procede únicamente del esfuerzo. Bueno, seguro que ayuda, porque para que un talento destaque hay que trabajarlo, incluso en el caso de los superdotados. Pero es que su don es asombroso. Y, en cierta manera, me entristece, porque pienso en lo que podría llegar a hacer si no fuera sordo.

Yo: ¿No oyes nada de nada?

Niega con la cabeza.

Ridge: Antes utilizaba audífonos, pero la verdad es que me resultaban más incómodos que útiles. Tengo sordera profunda, así que los audífonos no me servían de nada a la hora de percibir voces o el sonido de mi guitarra. Cuando los usaba, captaba ruidos, pero no era capaz de descifrarlos. Si te soy sincero, los audífonos no eran más que un recordatorio constante de que soy sordo. Sin ellos, ni siquiera lo pienso.

Yo: ¿Por qué decidiste aprender a tocar la guitarra si sabías que jamás podrías oír su sonido?

Ridge: Brennan. Él quiso aprender cuando éramos niños, así que aprendimos juntos.

Yo: ¿El chico que vivía antes aquí? ¿Cuánto hace que lo conoces?

Ridge: Veintiún años. Es mi hermano pequeño.

Yo: ¿También toca en tu grupo?

Ridge me mira, un tanto confundido.

Ridge: ¿No te he hablado de nuestro grupo?

Le digo que no con la cabeza.

Ridge: Es el cantante. También toca la guitarra.

Yo: ¿Cuándo es su próxima presentación? Me gustaría ir.

Se ríe.

Ridge: Yo no toco. Es un poco complicado. Brennan insiste en que yo tengo la misma participación que él en la propiedad del grupo porque compongo casi toda la música. Por eso hablo de mí mismo como si formara parte del grupo. A mí me parece absurdo, pero Brennan está convencido de que sin mí no estaríamos donde estamos, así que de momento lo acepto. Pero dado que creo que está a punto de alcanzar el éxito, tarde o temprano lo obligaré a replantearse esos términos. No me gusta sentirme como si me estuviera aprovechando de él.

Yo: Si él no tiene esa sensación, está claro que tú tampoco deberías tenerla. ¿Y por qué no tocas con ellos?

Ridge: Lo he hecho alguna que otra vez. Pero no es fácil, porque no oigo el resto de las cosas que ocurren en el grupo cuando tocamos un tema, así que tengo la sensación de que los despisto un poco cuando subo al escenario con ellos. De todas formas, ahora mismo están de gira y yo no puedo acompañarlos, así que me limito a enviarle a Brennan lo que escribo.

Yo: ¿Por qué no puedes ir con ellos de gira? ¿No trabajas desde casa?

Ridge: Otras obligaciones. Pero la próxima vez que actúen en Austin, te llevaré a verlos.

«Te llevaré.» Creo que esa parte del mensaje me gustó un poquito demasiado.

Yo: ¿Cómo se llama el grupo?

Ridge: Sounds of Cedar.

Cierro de golpe la computadora y me volteo para mirar a Ridge.
—¡No me digas!
Ridge asiente y luego se inclina para abrir de nuevo mi computadora.

Ridge: ¿Nos conoces?

Yo: Sí. Todo el campus los ha escuchado, sobre todo porque el año pasado se presentaban allí prácticamente todos los fines de semana. Hunter los adora.

Ridge: ¿Sí? Vaya, creo que es la primera vez que desearía tener un admirador menos. Entonces ¿has visto tocar a Brennan?

Yo: Sólo fui una vez con Hunter, y era uno de los últimos conciertos, pero sí. Es más, creo que tengo la mayoría de sus canciones en el teléfono.

Ridge: Vaya, qué pequeño es el mundo. Resulta que estamos a punto de cerrar un contrato para grabar un disco y por eso estoy tan estresado con las canciones. Y por esa razón necesito que me ayudes.

Yo: ¡Ay, Dios mío! Acabo de darme cuenta de que estoy escribiendo letras para... ¡SOUNDS OF CEDAR!

Dejo a un lado la computadora, me acuesto boca abajo sobre la cama y empiezo a gritar al tiempo que pataleo.

¡Caray, caray, caray! Esto es la onda.

Recupero la compostura, sin hacer caso de las carcajadas de Ridge, y vuelvo a sentarme muy erguida otra vez. Tomo la computadora otra vez.

Yo: Así que... ¿la mayoría de las canciones las escribiste tú?

Ridge asiente.

Yo: ¿Escribiste la letra de la canción *Algo*?

Asiente de nuevo. La verdad es que me cuesta creer que todo esto esté pasando. Saber que todas esas canciones las ha escrito él y estar aquí, sentada a su lado, me parece de lo más emocionante.

Yo: Voy a ponerme a escuchar tu canción. Puesto que tú has analizado mi letra, ahora me toca a mí analizar la tuya.

Ridge: Esa canción la escribí hace dos años.

Yo: Ya, pero salió de ti igualmente. Son palabras que te salieron de dentro, Ridge. ;)

Toma una almohada y me la lanza a la cabeza. Me río, abro la carpeta de música de mi teléfono, busco la canción y pulso la tecla de reproducir.

Algo

No puedo decirte adiós
y sigo preguntándome el motivo,
pero lo único que se me ocurre
es la verdad que esquivo.

Es difícil empezar de nuevo,
seguir mirando el retrovisor,
pero algo se acerca,
algo perfecto a tu alrededor,
sólo espera un poco más.

Encontrarás algo que querías vivir,
algo que necesitabas,
algo que querías repetir.
Y ese sentimiento es maravilloso.

Lo descubrirás si escuchas,
entre todos los besos,
lo que funcionaba
y acabaste echando de menos.
Oh, sí, eso es lo que debes hacer.

Creía que seguiríamos
siempre igual, sin cambiar,
y supongo que has encontrado
alguien a quien culpar.

Y en el fondo de mi corazón
y de mi mente sé que es un juego,
que nuestros deseos y esperanzas
no avivarán el fuego.
Sólo espera un poco más.

Encontrarás algo que querías vivir,
algo que necesitabas,
algo que querías repetir.
Y ese sentimiento es maravilloso.

Lo descubrirás si escuchas,
entre todos los besos,
lo que funcionaba
y acabaste echando de menos.
Oh, sí, eso es lo que debes hacer.

No tienes que sorprenderte,
porque siempre sabrás
que lo que teníamos era de verdad.
De verdad.
Pero ahora ya no está,
no está.

Encontrarás lo que querías.
Encontrarás lo que querías.
Encontrarás lo que querías.
Encontrarás lo que querías.
Encontrarás lo que querías.

Cuando termina la canción, me siento muy erguida en la cama. Me gustaría preguntarle ahora mismo por la letra y su significado, pero no sé si quiero. Se me antoja volver a escucharla cuando Ridge no esté mirándome, porque la verdad es que me cuesta mucho concentrarme si no deja de observarme. Me mira tan tranquilo, con la barbilla apoyada en las manos. Trato de ocultar la sonrisa, pero no es fácil. Veo el inicio de una sonrisa en sus labios justo antes de que se concentre en el teléfono.

Ridge: ¿Por qué tengo la sensación de que acabas de convertirte en una fan entregada?

Probablemente porque es así.

Yo: No soy una fan entregada. No seas tan creído. He visto lo malvado que puedes llegar a ser cuando planeas una venganza y he sufrido tu grave problema de alcoholismo en mis propias carnes, así que no es que esté maravillada contigo.

Ridge: Mi papá era alcohólico de verdad. Esos comentarios no tienen gracia.

Levanto la vista para disculparme, me siento un tanto incómoda.
—Lo siento, estaba bromeando —digo.

Ridge: Yo también bromeo.

Le doy una patada en la rodilla y lo fulmino con la mirada.

Ridge: Bueno, bromeo a medias. Mi papá es alcohólico, pero me importa una mierda que hagas bromas al respecto.

Yo: No puedo. Ya no me parece divertido.

Se ríe y, acto seguido, se impone un silencio incómodo. Sonrío y bajo la mirada de nuevo hacia el teléfono.

> Yo: Ay, Dios mío. ¿Me firmas un autógrafo?

Hace un gesto de impaciencia.

> Yo: Por favor... ¿puedo tomarme una foto contigo? Ay, Dios, ¡estoy en la cama de Ridge Lawson!

Estoy muerta de risa, pero a Ridge no le hace gracia.

> Yo: Ridge Lawson, ¿me firmas los pechos?

Deja la computadora a un lado, se inclina hacia el buró, toma un marcador y, por último, se voltea hacia mí.

No quiero su autógrafo, en serio. Habrá cachado que lo decía en broma, ¿no?

Le quita el tapón al marcador, se abalanza rápidamente sobre mí y, tras obligarme a acostarme de espaldas, me acerca el marcador a la frente.

¿Es que quiere firmarme la cara?

Doblo las rodillas para crear una barrera mientras intento quitarle las manos.

Carajo, es muy fuerte.

Me pone una rodilla encima de la mano y me inmoviliza el brazo sobre la cama. Con el otro brazo me sujeta la mano con la que estoy intentando alejarle la cara y me la inmoviliza también sobre la cama. Me río, grito y sacudo la cabeza sin parar, pero cada vez que me muevo, a él se le mueve el marcador mientras trata de firmarme un autógrafo en la frente.

No puedo con él, así que finalmente suspiro y dejo la cabeza muy quieta para que no siga pintándome toda la cara.

Se levanta de un salto, le vuelve a poner el tapón al marcador y me sonríe con aire de suficiencia.

Tomo de nuevo mi computadora.

Yo: Ya no eres mi maestro de bromas. Acabas de empezar oficialmente una guerra a tres bandas. Perdona, tengo que irme a buscar
mi venganza en Google.

Cierro la computadora y salgo en silencio de la habitación mientras Ridge sigue riéndose de mí. Cuando cruzo la salita para ir a
mi dormitorio, Warren me mira. Dos veces.

—Deberías haberte quedado aquí conmigo a ver una peli
porno —dice al notar mi cara pintarrajeada de marcador.

Ignoro su comentario.

—Ridge y yo acabamos de discutir las normas de la tele —mien-
to—. Me toca los jueves.

—De eso ni hablar —dice Warren—. Mañana es jueves. Los
jueves veo la peli porno de los jueves por la noche.

—Ahora ya no. Supongo que tendrías que haberme preguntado por mis hábitos televisivos cuando me entrevistaste.

Warren suelta un gruñido.

—Bueno. Quédate con los jueves, pero sólo si te pones el vestido que llevabas antes.

Me entra la risa.

—Voy a quemar ese vestido.

Ridge

—¿Por qué le toca la tele a Sydney esta noche? —me pregunta Warren usando la lengua de signos. Se deja caer en el sillón, a mi lado—. Sabes que me encantan los jueves por la noche. Los viernes no trabajo.

—No he hablado con ella sobre las noches de tele.

Warren lanza una mirada malhumorada hacia la habitación de Sydney.

—Será mentirosa... ¿Cómo la conociste?

—A través de la música. Escribe canciones para el grupo.

Warren abre los ojos muy grandes y se incorpora en el sillón. Se voltea para observarme como si acabara de traicionarlo.

—¿Y no crees que es un detalle que tu representante debería conocer?

Me río y le contesto por señas.

—Tienes razón. Oye, Warren, Sydney nos está escribiendo letras oficialmente.

Frunce el ceño.

—¿Y no crees que tu representante tendría que haber llegado a un acuerdo económico con ella? ¿Qué porcentaje vamos a darle?

—Ninguno. Se sentiría culpable por cobrar un porcentaje cuando ni siquiera paga la renta, así que de momento nos quedamos así.

Warren se pone de pie y está fulminándome con la mirada.

—¿Cómo sabes que puedes confiar en ella? ¿Y si alguna de las canciones que ha ayudado a escribir triunfa? ¿Y si se convierte en el sencillo del álbum y de repente decide que quiere un porcentaje? ¿Y por qué demonios ya no escribes tú las letras?

Suspiro. Hemos discutido esta cuestión tantas veces que me entra dolor de cabeza.

—No puedo. Sabes que no puedo. Sólo será un tiempo, hasta que supere el bloqueo. Y relájate, Sydney está de acuerdo en cedernos por escrito todas sus colaboraciones.

Se deja caer de nuevo sobre el sillón, frustrado.

—Bueno, procura no meter a nadie más en el grupo sin consultármelo antes, ¿de acuerdo? Me siento como si pasaras de mí cuando no me cuentas las cosas. —Cruza los brazos sobre el pecho y hace un puchero.

—Oh, ¿mi pequeñín hace pucheritos?

Me inclino hacia él y lo abrazo, aunque intenta zafarse de mí. Me subo encima de él y le doy un beso en la mejilla, pero Warren empieza a darme puñetazos en el brazo para intentar liberarse. Me río, le suelto la cara y luego miro a Sydney, que acaba de entrar en la salita. Nos está mirando fijamente. Warren me pasa una mano por el muslo y me apoya la cabeza en el hombro. Yo le doy una palmadita en la mejilla mientras los dos seguimos observando a Sydney, muy serios. Al final, la chica niega con la cabeza y regresa a su habitación.

En cuanto la oímos cerrar la puerta, nos separamos.

—Ojalá por las noches odiara a Bridgette un poco más de lo que lo hago, porque está claro que Sydney me necesita —dice Warren.

Me río, porque sé que, en vista de la semanita que ha tenido Sydney, lo más probable es que haya jurado ignorar a los hombres.

—Lo que necesita esa chica es tener la oportunidad de pasar algo de tiempo sola.

Warren niega con la cabeza.

—No, lo que esa chica necesita es a mí, está clarísimo. A ver si se me ocurre alguna broma que incluya tener sexo conmigo.

—Bridgette —le recuerdo. No sé por qué se lo recuerdo. Nunca le recuerdo a Bridgette cuando me habla de otras chicas.

—Mira que te gusta fastidiar los sueños —me dice por señas.

Se reclina en el sillón en el mismo momento en que me llega un mensaje.

Sydney: ¿Puedo hacerte una pregunta?

Yo: Sólo si me prometes que nunca volverás a empezar una pregunta preguntándome si puedes hacerme una pregunta.

Sydney: Está bien, cabrón. Sé que ni siquiera debería estar pensando en él, pero me muero de curiosidad. ¿Qué escribió Hunter en aquel papel cuando fuimos a recoger mi bolsa? ¿Y qué le respondiste tú para que te diera un puñetazo?

Yo: Estoy de acuerdo en que no deberías estar pensando en él, pero la verdad es que me sorprende que hayas tardado tanto en preguntármelo.

Sydney: ¿Y?

Uf. No me gusta la idea de repetírselo al pie de la letra, pero quiere saberlo, así que...

Yo: Escribió: «¿Te la estás tirando?».

Sydney: Ay, Dios mío. ¡Si será cerdo!

Yo: Pues sí.

Sydney: ¿Y tú qué le contestaste para que te pegara?

Yo: Le escribí: «¿Por qué crees que vine a recoger su bolsa? Le di cien dólares por lo de esta noche y me debe el cambio».

Releo el mensaje, pero ya no estoy seguro de que sea tan divertido como me pareció entonces.

Desvío rápidamente la mirada hacia la puerta de su habitación, que acaba de abrirse de golpe. Sydney entra disparada en la salita, se dirige a toda prisa hacia el sillón. No sé si es por su expresión o por las manos que van por mí, pero me cubro de inmediato la cabeza y me escondo detrás de Warren. A éste no le hace mucha gracia la idea de que lo utilicen como escudo humano, así que se levanta de un salto. Sydney sigue dándome manotazos en los brazos hasta que me encojo en el sillón en posición fetal. No quiero reírme, pero es que pega como una chica. Esto no es nada comparado con lo que le vi hacerle a Tori.

Finalmente se aleja y yo me destapo la cabeza, no muy convencido. Regresa a su habitación y la sigo con la mirada hasta que cierra de un portazo.

Warren está ahora junto al sillón, con las manos apoyadas en las caderas. Me mira primero a mí y luego dirige la mirada hacia la puerta de Sydney. Levanta las palmas de las manos, niega con la cabeza y, a continuación, se retira a su habitación.

Creo que debería pedirle disculpas a Sydney. Era una broma, pero entiendo que se haya enojado. Toco un par de veces a su puerta. No me abre, así que le escribo un mensaje.

Yo: ¿Puedo entrar?

Sydney: Depende. ¿Tienes billetes más pequeños de cien esta vez?

Yo: Lo siento, en aquel momento me pareció divertido.

Transcurren unos cuantos segundos. Luego se abre la puerta y Sydney se hace a un lado. Levanto las cejas y sonrío con una expresión que pretende ser inocente. Ella me lanza una mirada asesina y regresa a su cama.

Sydney: No es lo que me habría gustado que dijeras, pero entiendo por qué lo hiciste. Es un imbécil, y supongo que yo también habría querido hacerlo enojar en ese momento.

Yo: Es un imbécil, pero probablemente yo debería haber reaccionado de otra manera. Lo siento.

Sydney: Sí, eso es verdad. Tal vez en lugar de insinuar que soy una puta podrías haberle dicho algo tipo «Ojalá tuviera esa suerte».

Su comentario me hace reír y se me ocurre una respuesta alternativa.

Yo: También podría haberle dicho: «Sólo cuando tú le eres fiel. O sea, nunca».

Sydney: Podrías haberle dicho: «Pues la verdad es que no. Estoy perdidamente enamorado de Warren».

Bueno, al menos es capaz de bromear sobre el tema. La verdad es que me siento mal por lo que le dije a Hunter, pero en aquel momento me pareció extrañamente apropiado.

Yo: La verdad es que anoche no trabajamos mucho. ¿Estás de humor para componer hermosas canciones conmigo?

7

Sydney

Ridge deja la guitarra por primera vez en más de una hora. No nos hemos escrito ningún mensaje, porque estábamos muy concentrados. Me encanta que se nos dé tan bien trabajar juntos. Él toca la misma canción una y otra vez mientras yo estoy acostada en su cama con un cuaderno delante. Escribo la letra tal y como me sale, así que en la mayoría de las ocasiones acabo arrugando el papel, lanzándolo a la otra punta de la habitación y empezando de cero otra vez. Pero esta noche logré terminar casi toda la letra de una canción y él sólo me tachó dos líneas que no le gustaban. Yo diría que hemos progresado, ¿no?

Hay algo que me encanta en estos ratos que pasamos escribiendo canciones. Cuando componemos juntos, las preocupaciones y los pensamientos sobre todo lo que no funciona en mi vida desaparecen sin más. Es genial.

Ridge: Bueno, ahora haremos toda la canción. Siéntate para que pueda verte cantarla. Quiero asegurarme de que esté perfecta antes de enviársela a Brennan.

Ridge comienza a tocar la canción y yo empiezo a cantar. Me observa con mucha atención, y la verdad es que la sensación de que su mirada esté analizando cada uno de mis movimientos me pone un poco nerviosa. A lo mejor es porque no puede expresarse hablando, pero el resto de su persona parece compensar ese detalle.

Aunque resulte muy fácil leerlo, lo cierto es que eso sólo ocurre cuando él quiere. La mayor parte de las veces consigue ocultar sus expresiones y me resulta muy difícil saber qué demonios está pensando. Es el rey del terreno no verbal. Estoy segurísima de que, con esas miradas que es capaz de lanzar, no le haría falta hablar ni aunque pudiera hacerlo.

Me siento incómoda mirándolo mientras me observa cantar, así que cierro los ojos y trato de recordar la letra a medida que él va tocando la canción. Me resulta extraño cantar si él está a pocos centímetros de mí. Cuando escribí la letra, él estaba tocando, es cierto, pero en su balcón, a unos doscientos metros de donde estaba yo. Y por mucho que me esfuerce en fingir que en aquel momento estaba escribiendo sobre Hunter, la verdad es que a quien me imaginaba cantando la letra era a Ridge.

Algo más

¿Por qué no quieres
que nos vayamos de aquí?
Podemos vivir como tú querías,
un día aquí y otro allí.

Seré tu hogar,
construiremos el nuestro los dos,
porque si estamos juntos es muy difícil
que nos sintamos solos.

Tendremos todo lo que siempre hemos querido,
incluso algo más,
algo más.

Ridge deja de tocar la guitarra, así que, naturalmente, yo paro de cantar. Abro los ojos y descubro que me está mirando con una de sus inexpresivas expresiones.

Retiro lo dicho. Esa expresión no es en absoluto inexpresiva. Está pensando. Sé, por la forma en que entrecierra los ojos, que se le acaba de ocurrir una idea.

Aparta un momento la mirada para tomar su teléfono.

Ridge: ¿Te importa que intente algo?

Yo: Sólo si me prometes que nunca volverás a proponer algo preguntándome si me importa que intentes algo.

Ridge: Buen intento, pero no tiene sentido.

Me río y luego levanto la cabeza para mirarlo. Asiento con prudencia, pues me da un poco de miedo eso que se dispone a «intentar». Se arrodilla y se inclina hacia delante, al tiempo que me apoya las dos manos en los hombros. Trato de contener una exclamación, aunque sin demasiado éxito. No sé qué se propone ni por qué se me acerca tanto, pero... Carajo.

Carajo.

¿Por qué se me ha desbocado así el corazón?

Me empuja hasta que quedo acostada de espaldas en la cama. Luego se da la vuelta, toma la guitarra y la deja junto a mí, a un lado, mientras él se acuesta al otro lado.

«Calma, corazón. Por favor. Ridge tiene sentidos supersónicos, es capaz de percibir tus latidos a través de las vibraciones del colchón.»

Se me acerca aún más y, por la forma en que vacila, sé que no está muy seguro de que vaya a permitirle seguir acercándose.

Voy a permitírselo. Vaya si se lo voy a permitir.

No deja de mirarme mientras estudia su siguiente movimiento. Estoy convencida de que no tiene intención de ligar conmigo, pero sea lo que sea lo que está a punto de hacer, parece mucho más inquietante que si sólo pretendiera besarme. Me mira el cuello y el pecho como si estuviera buscando una parte de mi cuerpo en concreto. Detiene la mirada en mi abdomen, la deja ahí un instante y, por último, vuelve a fijarla en el teléfono.

Ay, señor. ¿Qué va a hacer? ¿Ponerme las manos encima? ¿Quiere sentir cómo canto su canción? Para notarlo, tiene que tocar y para tocar, necesita las manos. Sus manos. Tocándome.

Ridge: ¿Confías en mí?

Yo: Ya no confío en nadie. Esta semana se ha agotado toda mi confianza.

Ridge: ¿Puedes recuperarla durante aproximadamente cinco minutos? Quiero sentir tu voz.

Respiro hondo y luego lo miro. Sigue acostado a mi lado. Finalmente, le digo que sí con la cabeza. Aparta el teléfono sin dejar de mirarme. Me observa como si quisiera advertirme que debo conservar la calma, aunque lo que está consiguiendo es justo lo contrario. Ahora mismo, estoy al borde de un ataque de pánico.

Se aproxima aún más y me pasa un brazo por debajo de la nuca.

Oh.

Ahora está aún más cerca.

Acaba de poner la cara justo encima de la mía. Me pasa un brazo por encima del cuerpo y me apoya la guitarra en el costado, muy cerca de ambos. Sigue observándome con esa mirada que, supuestamente, debería tener un efecto tranquilizador.

Pero no es así. La verdad es que no me tranquiliza en absoluto.

Baja la cabeza hasta mi pecho y apoya una mejilla sobre mi camiseta.

Vaya, genial. Ahora seguro que percibe lo alborotado que tengo el corazón. Cierro los ojos, muerta de vergüenza, pero no tengo tiempo para eso, porque Ridge empieza a rasguear las cuerdas de la guitarra, junto a mí. Me doy cuenta de que está tocando con ambas manos, una por debajo de mi nuca y la otra por encima de mi cuerpo. Tiene la cabeza apoyada en mi pecho y su pelo me hace cosquillas en el cuello. Digamos que está desparramado encima de mí para poder sujetar la guitarra con ambas manos.

Ay, por favor.

¿Y espera que cante?

Intento calmarme controlando la respiración, pero es difícil en esta posición. Como ya es habitual cuando no entro a tiempo, Ridge ni se inmuta y empieza de nuevo desde el principio. Cuando llega al momento en que me toca entrar, empiezo a cantar. Bueno, por así decirlo. Lo hago en voz muy baja, porque aún no logro volver a llenarme los pulmones de aire.

Tras las primeras frases, consigo que mi voz suene firme. Cierro los ojos y hago todo lo posible por imaginar que estoy sentada en su cama, sin más, igual que durante la última hora.

> Yo llevaré mi maleta
> y tú tus viejos mapas.
> Podemos vivir según las reglas
> o no volver jamás.

> Sentir la brisa
> nunca ha sido tan hermoso.
> Contemplaremos las estrellas
> bajo el cielo luminoso.

> Tendremos todo lo que siempre hemos querido,
> incluso algo más,
> algo más.

Cuando termina el último acorde, no se mueve. Deja las manos inmóviles sobre la guitarra. Sigue con la oreja firmemente pegada a mi pecho. Me noto la respiración más agitada después de haber cantado una canción entera, y la cabeza de Ridge se eleva un poco cada vez que tomo aire.

Suelta un suspiro profundo y, luego, levanta la cabeza y se deja caer de espaldas sin establecer contacto visual conmigo.

Guardamos silencio durante unos minutos. No sé muy bien por qué se muestra tan indiferente, pero estoy tan nerviosa que no me atrevo a hacer movimientos bruscos. Ridge aún tiene un brazo bajo mi nuca y no parece dispuesto a retirarlo, así que sigo sin tener muy claro si ya terminó con su pequeño experimento.

Y tampoco estoy muy segura de si podría moverme.

«Sydney, Sydney, Sydney, ¿qué estás haciendo?»

Estoy segurísima y convencidísima de que ésta no es la reacción que quiero tener ahora mismo. Hace una semana que rompí con Hunter. Lo último que quiero —o necesito— es enamorarme de este chico.

Aunque creo que eso podría haber ocurrido antes de esta última semana.

Mierda.

Ladeo la cabeza para mirarlo. Él también me está mirando, pero no sé muy bien qué intenta transmitir esa expresión. Si tuviera que descifrarla, diría que está pensando algo así: «Este, oye, Sydney. Tenemos los labios muy cerca. ¿Por qué no les hacemos un favor y terminamos de unirlos?».

Deja caer la mirada hacia mis labios y me quedo admiradísima ante mi capacidad telepática. Entreabre ligeramente los labios carnosos mientras toma aire varias veces, muy despacio.

En realidad, lo oigo respirar, lo cual no deja de sorprenderme, porque es otro de los ruidos sobre los cuales parece ejercer un control absoluto. Me gusta la idea de que ahora mismo no sea capaz de controlarlo. Por mucho que me esfuerce en no querer atarme a ningún chico, de ser fuerte e independiente, ahora mismo sólo puedo pensar en lo mucho que me gustaría que Ridge ejerciera un control absoluto sobre mí. Quiero que domine la situación poniéndose encima de mí, pegando esos increíbles labios que tiene a los míos y obligándome a depender por completo de él para poder seguir respirando.

Me llega un mensaje al teléfono, cosa que interrumpe mi claramente desbocada imaginación. Ridge cierra los ojos y se voltea hacia el otro lado. Suspiro, pues sé que no escuchó el mensaje, así que lo de darse la vuelta fue decisión suya. Eso quiere decir que ahora mismo me siento un poco rara por el hecho de estar manteniendo este intenso diálogo interno conmigo misma. Con una mano, busco a tientas detrás de mi cabeza hasta que encuentro el teléfono.

Hunter: ¿Ya estás preparada para hablar?

Hago un gesto de impaciencia. «Bonita manera de estropear el momento, Hunter.» Esperaba que, después de haberme pasado días ignorando sus mensajes y sus llamadas, lo hubiera cachado. Niego con la cabeza y le contesto.

Yo: Tu actitud roza el acoso. Deja de contactar conmigo. Ya terminamos.

Ridge

«Deja ya de sentirte culpable, Ridge. No hiciste nada malo. No estás haciendo nada malo. El corazón te late así sólo porque nunca habías oído cantar a nadie. Fue emocionante. Tuviste una reacción normal ante un acontecimiento emocionante. Eso es todo.»

Sigo con los ojos cerrados y el brazo bajo la nuca de Sydney. Debería retirarlo, pero aún estoy tratando de recuperarme.

Y me muero de ganas de escuchar otra canción.

Puede que todo esto la esté incomodando, pero tengo que conseguir que supere esa sensación, porque no se me ocurre ninguna otra forma de poder hacerlo.

Yo: ¿Puedo tocar otra canción?

Sydney tiene el teléfono en la mano y le está enviando un mensaje a alguien que no soy yo. Me pregunto si estará escribiendo a Hunter, pero no me atrevo a mirar la pantalla del teléfono... por mucho que se me antoja hacerlo.

Sydney: Está bien. ¿La primera no te provocó ningún efecto?

Me río. Creo que me provocó demasiados efectos, más de los que me gustaría admitir. Y estoy casi seguro de que a Sydney también le resultó obvio por la forma en que me pegué a ella hacia el final de la canción. Pero sentir su voz y los efectos que estaba teniendo en el resto de mi cuerpo era mucho más importante que lo que me estaba causando la propia Sydney.

Yo: Nunca había «escuchado» a nadie de esa forma. Fue increíble. Ni siquiera sé cómo describirlo. O sea, tú estabas aquí, y además eras tú quien cantaba, así que supongo que no hace falta que te lo describa. Pero no lo sé. Ojalá pudieras sentirlo igual que yo.

Sydney: No tienes que darme las gracias, supongo. Tampoco es que yo haya hecho nada demasiado profundo.

Yo: Siempre había querido sentir a alguien cantar una de mis canciones, pero sería un poco raro hacer esto con uno de los chicos de la banda. Me entiendes, ¿verdad?

Se ríe y luego asiente.

Yo: Voy a tocar la que practicamos anoche y luego me gustaría volver a tocar ésta. ¿Estás bien? Si estás cansada de cantar, dímelo.

Sydney: Estoy bien.

Deja el teléfono y me acomodo de nuevo sobre su pecho. En mi interior se libra una dura batalla. La parte izquierda de mi cerebro me dice que esto no está bien, pero la derecha quiere oírla cantar otra vez; mi estómago no da señales de vida y mi corazón se acaricia con una mano mientras se da puñetazos en la cara con la otra.

Tal vez nunca vuelva a disponer de otra oportunidad como ésta, así que le paso el brazo por encima y empiezo a tocar. Cierro los ojos y busco el latido de su corazón, que ha disminuido un poco el ritmo desde la última canción. Noto la vibración de su voz en la mejilla y se me encoge el corazón. Es tal como me imaginaba que sonaría una voz durante una canción, pero multiplicado por mil. Me concentro en la fusión de su voz con las vibraciones de la guitarra y me siento completamente abrumado.

Quiero percibir el registro de su voz, pero es muy difícil sin utilizar las manos. Alejo la mano de la guitarra y dejo de tocar. En el mismo instante, ella deja de cantar. Le digo que no con la cabeza y trazo un círculo en el aire con el dedo, pues quiero que siga cantando aunque yo ya no esté rasgueando las cuerdas.

Ella retoma la letra y yo continúo con la oreja pegada con firmeza a su pecho, pero ahora también le apoyo una mano en el estómago. La noto tensar los músculos bajo mi palma, pero no deja de cantar. Percibo su voz en todas partes: en la cabeza, en el pecho, bajo la mano...

Me relajo sobre su cuerpo y escucho, por primera vez en mi vida, el sonido de una voz.

Le paso un brazo a Maggie por la cintura y la acerco hacia mí. Noto que opone resistencia, así que la jalo con más fuerza. No quiero que se vaya a casa, todavía no. Me da un manotazo en la frente y trata de alejarme de su pecho y de zafarse de mí al mismo tiempo.

Me acuesto de espaldas para permitir que se levante, pero en lugar de eso empieza a darme cachetadas en las mejillas. Abro los ojos y veo la cara de Sydney sobre mí. Mueve los labios, pero lo veo todo un poco borroso y no sé qué está diciendo. Por no decir que la luz estroboscópica no ayuda mucho.

Un momento. Yo no tengo luces estroboscópicas.

Me siento de golpe en la cama. Sydney me da mi teléfono y empieza a escribirme un mensaje con el suyo. Pero no tengo batería. ¿Nos quedamos dormidos?

Las luces. Las luces se encienden y se apagan.

Le quito el teléfono a Sydney y consulto la hora: son las 8.15. También leo el mensaje que estaba intentando enviarme.

Sydney: Hay alguien llamando a la puerta de tu habitación.

Siendo viernes, su día libre, seguro que Warren no está levantado a estas horas.

Viernes.

Maggie.

¡MIERDA!

Me levanto de un salto de la cama, agarro a Sydney por las muñecas y la obligo a ponerse de pie. Parece sorprendida por mi ataque de pánico, pero tiene que largarse como sea a su habitación. Abro la puerta del baño y le indico por señas que se vaya por ahí. Ella entra en el baño, pero luego se voltea e intenta regresar a mi habitación. La tomo por los hombros y la obligo a entrar de nuevo en el baño. Ella me aleja las manos enojada y señala otra vez hacia mi dormitorio.

—¡Quiero mi teléfono! —exclama señalando mi cama.

Tomo su celular y escribo un mensaje antes de devolvérselo.

Yo: Lo siento, pero creo que es Maggie. No puede encontrarte aquí, porque se hará una idea equivocada.

Le devuelvo el teléfono, lee el mensaje y después me mira.

—¿Quién es Maggie? —pregunta.

¿Que quién es Maggie? ¿Cómo demonios es posible que no se acuerde...?

Oh.

¿Puede ser que hasta ahora no le haya hablado de Maggie?

Agarro otra vez su teléfono.

Yo: Mi novia.

Lee el mensaje y tensa la mandíbula. Vuelve a mirarme, muy despacio; luego me quita el teléfono, agarra la manija y entra otra vez en el baño. Me cierra la puerta en la cara.

Bueno, esa reacción sí que no me la esperaba.

Pero no tengo tiempo de más, porque la luz de mi habitación sigue parpadeando. Me dirijo rápidamente a la puerta del dormitorio, quito el seguro y la abro.

Warren está en la puerta con un brazo apoyado en el marco. No hay ni rastro de Maggie.

El pánico desaparece de inmediato cuando entro de nuevo en el dormitorio y me dejo caer sobre la cama. La cosa podría haberse puesto muy fea. Miro a Warren, porque tiene que haber algún motivo para que esté aquí.

—¿Por qué no respondes a mis mensajes? —me pregunta desde la puerta utilizando la lengua de signos.

—Se me murió el teléfono.

Tomo el celular y lo pongo en su base de carga, sobre el buró .

—Pero tú nunca dejas que se te muera el teléfono.

—Siempre hay una primera vez para todo —le respondo.

Asiente, pero con un gesto irritado, receloso. Un gesto que más bien quiere decir «me estás ocultando algo».

O a lo mejor es sólo que estoy paranoico.

—Acabo de echarle un vistazo a la habitación de Sydney. —Levanta una ceja en un gesto de sospecha—. No estaba.

Lanzo una mirada rápida al baño y luego miro de nuevo a Warren preguntándome si debería mentirle. Lo único que hicimos fue quedarnos dormidos.

—Ya lo sé. Estaba aquí.

Sigue observándome con esa expresión severa.

—¿Toda la noche?

Asiento, tan tranquilo.

—Estábamos trabajando en las letras. Y nos quedamos dormidos, supongo.

Se está comportando de una forma extraña. Si no fuera porque lo conozco muy bien, diría que está celoso. Un momento. Lo conozco muy bien. Y sé que está celoso.

—¿Te molesta, Warren?

Se encoge de hombros y me responde de nuevo por señas.

—Pues sí. Un poco.

—¿Por qué? Pasas casi todas las noches en la cama de Bridgette.

Niega con la cabeza.

—No se trata de eso.

—¿De qué se trata, entonces?

Deja de mirarme y, justo antes de que deje escapar el aliento, percibo una expresión de incomodidad en su cara. Hace el gesto del nombre de Maggie y luego vuelve a mirarme.

—No puedes hacerlo, Ridge. Tomaste tu propia decisión hace años, y ya intenté decirte entonces lo que pensaba al respecto. Pero ahora estás metido de lleno en ello, y si tengo que ser el amigo pesado que te lo recuerda constantemente, lo seré.

Hago una mueca, porque, en cierta manera, me enoja la forma en que se refirió a mi relación con Maggie.

—No vuelvas a utilizar la expresión «metido de lleno en ello» para referirte a mi relación con Maggie.

Parece un poco arrepentido.

—Ya sabes a qué me refiero, Ridge.

Me pongo de pie y me acerco a él.

—¿Cuánto hace que eres mi mejor amigo? —Le pregunto.

Se encoge de hombros.

—¿Eso es todo lo que soy para ti? ¿Tu mejor amigo? Creía que era mucho más que eso.

Me dedica una sonrisita irónica, como si estuviera intentando resultar gracioso, pero yo no me río. Cuando comprende hasta qué punto me molestaron sus comentarios, se pone serio de golpe.

—Diez años —contesta.

—Diez. Diez años. Creo que me conoces muy bien para pensar así, Warren.

Asiente, pero la expresión de su cara sigue siendo de duda.

—Adiós —le digo por señas—. Cierra la puerta al salir.

Me doy la vuelta y me dirijo a la cama. Cuando miro de nuevo hacia la puerta, Warren ya no está.

8

Sydney

¿Por qué estoy tan enojada? No hicimos nada.

¿O sí?

Ni siquiera sabría decir qué demonios pasó anoche antes de que nos quedáramos dormidos. Técnicamente, no pasó nada, aunque en realidad sí, y supongo que por eso estoy tan enojada: porque no entiendo nada.

Primero se pasa dos semanas enteras sin contarme lo de Hunter. Luego se le olvida mencionar que es sordo, aunque en realidad no tengo derecho a molestarme por eso. No es algo que debiera sentirse obligado a contarme.

Pero... ¿lo de Maggie?

¿Su novia?

Llevamos tres semanas hablando... ¿cómo es que no se le ha ocurrido mencionar que tiene novia?

Es igual que Hunter. Tiene un pito y un par de pelotas, pero no corazón. O sea, clavado a Hunter. Creo que debería empezar a llamarlo Hunter. Debería llamar Hunter a todos los chavos. Sí, a partir de ahora me referiré a todos los hombres como Hunter.

Mi papá tendría que dar gracias al cielo por que no esté estudiando Derecho, porque soy la persona menos capacitada para juzgar el carácter de los demás que ha pisado jamás la faz de la tierra.

Ridge: Falsa alarma. Sólo era Warren. Lo siento.

Yo: VETE-AL-DIABLO.

Ridge: ???

Yo: Ni me hables.

Paso unos cuantos segundos contemplando fijamente mi silencioso teléfono, y luego alguien toca a la puerta del baño. Ridge la abre y entra en mi habitación. Estira las manos con las palmas hacia arriba, como si no tuviera ni idea de por qué estoy enojada. Me río, pero no suelto una carcajada precisamente alegre.

Yo: Para esta conversación vamos a necesitar la computadora. Tengo mucho que decir.

Abro mi computadora mientras él regresa a su habitación. Le doy un minuto para conectarse y luego entro en nuestro chat.

Ridge: ¿Te importaría explicarme por qué estás tan enojada?

Yo: Uf... A ver, cuento los motivos. 1) Tienes novia. 2) Tienes novia. 3) ¿Por qué, si tienes novia, estaba yo en tu HABITACIÓN? 4) ¡Tienes novia!

Ridge: Tengo novia. Sí. Y estabas en mi cuarto porque habíamos decidido trabajar juntos en las letras. No recuerdo que anoche ocurriera nada entre nosotros que pueda justificar esta reacción por tu parte. ¿O me equivoco?

Yo: Ridge, ¡han pasado tres semanas! Hace tres semanas que te conozco y no has mencionado ni UNA SOLA VEZ que tuvieras novia. Y ya que hablamos de Maggie, ¿acaso sabe que vivo aquí?

Ridge: Sí, se lo cuento todo. Mira, te juro que si lo omití no fue intencionadamente. Es sólo que no ha surgido el tema en ninguna conversación que hayamos mantenido.

Yo: Bueno, puede que se te olvidara mencionarla, pero no creas que también me haré de la vista gorda con todo lo demás.

Ridge: Y aquí es donde me confundo, porque no tengo muy claro qué crees que hicimos.

Yo: Eres como todos los hombres.

Ridge: ¿Eh? Supongo.

Yo: ¿Estás seguro de que tu reacción a la posibilidad de que antes fuera ella la que estaba llamando a la puerta fue normal e inocente? Te aterrorizaba la idea de que me viera contigo, y eso significa que estabas haciendo algo que no querrías que Maggie viera. Ya sé que lo único que hicimos fue quedarnos dormidos, pero... ¿qué me dices de la FORMA en que nos quedamos dormidos? ¿Crees que no le habría importado saber que dormimos abrazados toda la noche y que tenías la cara prácticamente pegada a mi pecho? Y no sólo eso: por si no te acuerdas, la otra noche me senté entre tus piernas. ¿Tu novia te habría sonreído y te habría dado un beso si hubiera entrado justo en ese momento? Lo dudo. Estoy casi convencida de que me habría llevado un puñetazo.

¡Uf! ¿Por qué estoy tan enojada? Doy un ligero golpe con la cabeza contra la cabecera de la cama, frustrada.

Instantes más tarde, Ridge aparece en la puerta, entre el baño que compartimos y mi habitación. Se está mordisqueando la comisura del labio inferior. Parece bastante más tranquilo que cuando estuvo aquí hace unos minutos. Entra despacio en el dormitorio y se sienta en el borde de la cama con la computadora sobre el regazo.

Ridge: Lo siento.

Yo: Sí, está bien, lo que tú digas. Lárgate.

Ridge: En serio, Sydney. No lo había pensado de esa manera. Lo último que quiero es que las cosas se compliquen entre nosotros. Me caes bien, me divierto contigo. Pero si en algún momento te he dado a entender que podía pasar algo entre tú y yo, lo siento.

Suspiro y trato de contener las lágrimas.

Yo: No estoy enojada porque creyera que podía pasar algo entre nosotros, Ridge. No QUIERO que pase nada entre nosotros. No llevo soltera ni una semana. Estoy enojada porque ha habido un momento —o puede que dos— en que hemos estado a punto de cruzar esa línea, por mucho que ninguno de los dos quisiera hacerlo. Y tú eres responsable de tus actos, pero el hecho de que yo no supiera que tienes novia es muy injusto. Me siento como si...

Apoyo la cabeza en la cabecera y cierro los ojos con fuerza el tiempo suficiente para volver a tragarme las lágrimas.

Ridge: ¿Te sientes como si qué?

Yo: Me siento como si hubieras estado a punto de convertirme en una Tori. Anoche te habría besado, sin dudarlo, y a pesar de que ni siquiera sabía que tienes una relación con otra persona, me habría convertido en una Tori. Y yo no quiero ser como ella, Ridge. No puedo explicar lo mucho que me duele su traición, y nunca, jamás, quiero hacerle lo mismo a otra chica. Y por eso estoy enojada. Ni siquiera conozco a Maggie, pero me has hecho sentir como si ya la hubiera traicionado. Y aunque seas inocente, no puedo dejar de culparte.

Ridge termina de leer mi mensaje y luego, muy despacio, se acuesta de espaldas en la cama. Se lleva las manos a la frente y respira hondo. Los dos permanecemos inmóviles mientras reflexionamos sobre la situación. Tras unos cuantos minutos de silencio, Ridge vuelve a sentarse erguido.

Ridge: Ni siquiera sé qué decir ahora mismo, aparte de que lo siento. Tienes razón. Aunque estaba convencido de que sabías lo de Maggie, entiendo perfectamente lo que acabas de decir. Pero también quiero que sepas que nunca le haría algo así. Claro que no me gustaría que Maggie viera lo que ocurrió anoche entre tú y yo, pero sólo porque ella no entiende el proceso de componer música. Es algo muy íntimo y, dado que soy sordo, tengo que usar las manos o las orejas para comprender cosas que a los demás les llegan de forma natural. Y eso fue lo que ocurrió. No estaba buscando nada. Sólo sentía curiosidad, sólo estaba intrigado. Y me equivoqué.

Yo: Lo entiendo. No se me ocurrió, ni por un segundo, pensar que tuvieras otras intenciones cuando me pediste que te cantara. Pero esta mañana ha pasado todo muy rápido y aún estaba intentando recuperarme del hecho de haberme despertado en tu cama viendo parpadear las luces. Y entonces vas tú y me sueltas la palabra «novia» en toda la cara. Han sido demasiadas cosas juntas. Pero te creo cuando dices que estabas convencido de que me habías hablado de ella.

Ridge: Gracias.

Yo: Sólo prométeme una cosa. Prométeme que tú nunca serás un Hunter y que yo nunca, jamás, seré una Tori.

Ridge: Te lo prometo. De hecho, es imposible, porque somos muchísimo más inteligentes que ellos.

Levanta la vista y me sonríe con su sonrisa sonriente, lo cual me obliga a responder automáticamente con el mismo gesto.

> Yo: Y ahora, largo, que quiero seguir durmiendo, porque alguien se pasó toda la noche babeando encima de mis pechos y roncando como un oso.

Se ríe, pero me envía un último mensaje antes de irse.

> Ridge: Me hace mucha ilusión que la conozcas. Creo que te caerá muy bien.

Cierra la computadora, se pone de pie y regresa a su habitación.

Yo cierro la mía y me tapo la cabeza con las cobijas.

No me gusta nada desear, en lo más profundo de mi corazón, que Ridge no tuviera novia.

—No, ya se mudó —dice Bridgette.

Tiene el celular apoyado en el hombro y, por su tono de voz, deduzco que acaba de contarle a su hermana que ya me instalé en la habitación libre. Bridgette ni se inmuta por el hecho de que esté en la misma habitación que ella y sigue hablando de mí.

Ya sé que no haberle aclarado aún que no soy sorda es un poco cruel, pero... ¿qué le hace pensar que no sé leer los labios?

—No sé, es amiga de Ridge. No tendría que haberle hecho caso cuando me pidió que bajara a buscarla, y encima mientras llovía a cántaros, para acompañarla al departamento. Parece que su novio la echó de casa y no tenía adónde ir.

Toma un banco y se sienta a la barra de la cocina dándome la espalda. Se ríe de algo que dijo la persona que está al otro lado de la línea.

—A mí me lo vas a decir. Parece que le gusta recoger vagabundos, ¿no?

Tomo el control remoto, pero lo sujeto con fuerza para intentar no tirárselo a la cabeza.

—Te dije que no me preguntaras por Warren —dice con un suspiro—. Sabes que me pone de los putos nervios, pero es que..., carajo, no puedo mantenerme alejada de él.

¿Cómo? ¿Oí bien? ¿Acaso Bridgette tiene... sentimientos?

Tiene suerte de que Warren me caiga bien, porque de lo contrario el control remoto le habría aterrizado ahora mismo en esa cabecita tan linda. También tiene suerte de que alguien esté tocando a la puerta con el suficiente alboroto para alejar de mis pensamientos la idea de causarle algún daño.

Bridgette se pone de pie y se voltea para mirarme al tiempo que señala la puerta.

—¡ESTÁN... TOCANDO... A... LA... PUERTA!

Y, en lugar de ir a abrir, se larga a su habitación y cierra la puerta. Muy hospitalaria, sí señora.

Me pongo de pie y me acerco a la entrada, bastante convencida de que será Maggie. Pongo la mano en la manija de la puerta y respiro hondo.

Vamos allá.

Abro y me encuentro con una de las mujeres más hermosas que he visto en mi vida. Tiene el pelo lacio, de color azabache, y le cae sobre unos hombros de bronceado natural. Su expresión es sonriente. De hecho, toda su cara parece radiante. Es una cara llena de hermosos dientes blancos que me sonríen y me obligan a devolver la sonrisa, aunque la verdad es que no querría hacerlo.

Tenía la esperanza de que fuera fea. No sé por qué.

—¿Sydney? —dice.

Es sólo una palabra, pero por su voz intuyo que es sorda, como Ridge. Sin embargo, a diferencia de él, ella habla. Y la verdad es que pronuncia muy bien.

—¡Tú debes de ser su novia! —digo con fingido entusiasmo.

¿De verdad es fingido? Puede que no. Su desenvoltura me hace sentir alegre y risueña, y tal vez hasta me haga un poco de ilusión conocerla.

Es raro.

Da un paso al frente y me abraza. Cierro la puerta y Maggie se quita los zapatos y se dirige al refrigerador.

—Ridge me ha hablado mucho de ti —dice al tiempo que abre un refresco. Luego se acerca al estante para tomar un vaso—. Creo que es genial que lo ayudes con ese bloqueo del escritor. El pobrecillo lleva meses sufriendo. —Llena el vaso de hielo y refresco—. Bueno, ¿qué tal te va aquí? Veo que has sobrevivido a Bridgette. Y Warren tiene que ser un verdadero pesado, ¿no?

Me observa con aire expectante, pero yo aún estoy sorprendida por el hecho de que sea tan... ¿agradable? ¿Simpática? ¿Alegre?

Le devuelvo la sonrisa y me apoyo en la barra. Estoy pensando en cómo debería comunicarme con ella. Me habla como si me oyera, así que me dirijo a ella del mismo modo.

—Me gusta vivir aquí. Nunca había vivido con tanta gente, así que aún me estoy acostumbrando.

Sonríe y se coloca un mechón de pelo detrás de la oreja.

Uf. Tiene bonitas hasta las orejas.

—Bien —dice—. Ridge me contó que tuviste un cumpleaños de mierda la semana pasada y que te llevó a comer pastel, pero eso no compensa que no pudieras celebrarlo.

Voy a ser sincera: me inquieta un poco que Ridge le haya contado que me llevó a comer pastel. Me inquieta porque a lo mejor es verdad que Ridge se lo cuenta todo. Y también me inquieta porque parece que a mí no me cuenta nada. Aunque tampoco es que yo me haya ganado ese derecho.

Dios mío, odio los sentimientos. O tal vez odio mi conciencia. Siempre están en guerra y no sé a quién preferiría desconectar.

—Así que —dice— esta noche vamos a salir a celebrarlo.

Guardo silencio.

—¿Vamos? —pregunto al fin.

Maggie asiente.

—Sí. Tú, yo, Ridge y Warren, si no está ocupado. Podemos decirle a Bridgette, aunque es absurdo. —Pasa junto a mí, camino de la habitación de Ridge, y luego se voltea para mirarme—. ¿Estarás lista dentro de una hora?

—Eh... —Me encojo de hombros—. Claro.

Abre la puerta de la habitación de Ridge y se cuela dentro. Me quedo inmóvil, escuchando. ¿Por qué estoy escuchando?

Oigo la risa de Maggie al otro lado de la puerta cerrada y me encojo como si me hubieran dado un puñetazo.

Sí. Esto va a ser muy divertido.

Ridge

—¿Seguro que no quieres quedarte en casa esta noche?

Maggie niega con la cabeza.

—Esa pobre chica tiene que divertirse un poco después de la semanita que lleva. Y yo estoy tan agobiada con las prácticas y la pinche tesis que necesito salir. —Se inclina sobre mí y me besa en la barbilla—. ¿Quieres que tomemos un taxi para que puedas beber o prefieres conducir?

Sabe perfectamente que no bebo cuando estoy con ella, así que no sé por qué intenta utilizar siempre la psicología inversa conmigo.

—Buen intento —le digo utilizando la lengua de signos—. Prefiero conducir.

Se ríe.

—Tengo que ir a arreglarme. Nos vamos dentro de una hora.

Trata de levantarse, pero la sujeto por la cintura y la obligo a acostarse de espaldas en la cama. Sé muy bien que nunca tarda más de media hora en arreglarse. Lo cual significa que nos sobran unos treinta minutos...

—Entonces, te ayudo a quitarte la ropa. —Le paso la camiseta por la cabeza y la vista se me va hacia el finísimo y complicadísimo brasier de encaje que trae. Sonrío—. ¿Es nuevo?

Asiente y me dedica una sonrisa muy sensual.

—Lo compré para ti. Se abrocha por delante, como a ti te gusta.

Se lo desabrocho.

—Gracias. Ardo en deseos de probármelo.

Se ríe y me da una palmada en el brazo. Le quito el brasier, luego me coloco sobre ella y bajo la cabeza para besarla.

Dedico la siguiente media hora a recordarme lo mucho que la he extrañado. Me recuerdo cuánto la quiero. Me recuerdo lo bien que me siento cuando estamos juntos. Me lo recuerdo una y otra vez, porque durante esta última semana me he sentido como si estuviera empezando a olvidarlo.

Yo: Te quiero listo dentro de treinta minutos. Esta noche salimos.

Warren: Yo no voy, mañana entro temprano.

No. Tiene que venir. No puedo salir sólo con Maggie y Sydney.

Yo: Sí vienes. Te quiero listo dentro de treinta minutos.

Warren: No, no voy. Que se diviertan.

Yo: Vienes. 30.

Warren: No voy.

Yo: Vienes.

Warren: No.

Yo: Sí.

Warren: No.

Yo: Por favor... Me lo debes.

Warren: ¿Qué demonios te debo yo a ti?

Yo: Vamos a ver... Un año de renta, para empezar.

Warren: Eso es un golpe bajo, güey. Está bien.

Menos mal. No sé cómo se pone Sydney cuando bebe, pero si tiene tan poco aguante como Maggie, no creo que yo solo pueda controlarlas a las dos.

Voy a la cocina y me encuentro a Maggie junto al fregadero, tomando la botella de Pine-Sol. La levanta para preguntarme si quiero un chupe, pero le digo que no con la cabeza.

—Pienso que ahorraré un poco de lana si me tomo un par de chupes antes de salir. ¿Crees que Sydney quiera?

Me encojo de hombros, pero busco el teléfono para preguntárselo.

Yo: ¿Se te antoja un chupe antes de salir?

Sydney: No, gracias. Creo que esta noche no voy a tomar, pero ustedes no se detengan.

—No quiere —le digo a Maggie por señas.

Warren sale en ese momento de su habitación y ve a Maggie sirviéndose un trago de la botella de Pine-Sol.

Mierda. Adiós al escondite.

Pero el tipo ni siquiera parpadea cuando la ve rellenar el vaso.

—Que sean dos —le dice—. Si Ridge va a obligarme a salir esta noche, voy a agarrar una peda que hará que se arrepienta.

Ladeo la cabeza.

—¿Desde cuándo sabes tú que eso no es detergente? —le pregunto por señas.

Se encoge de hombros.

—Eres sordo, Ridge —responde—. Te sorprenderías si supieras la cantidad de veces que estoy detrás de ti sin que te enteres.

Toma el chupe que le sirvió Maggie y, de repente, los dos dirigen la atención hacia algo que está a mi espalda. La cara de sorpresa de ambos me obliga a volteame para averiguar qué están mirando.

Oh, vaya...

No tendría que haberme dado la vuelta.

Sydney acaba de salir de su habitación, aunque la verdad es que no tengo muy claro que sea ella. Esta chica no lleva una camiseta ancha ni va por ahí sin maquillaje y con el pelo recogido. Esta chica lleva un sencillísimo vestido negro sin tirantes y lleva suelta una abundante cabellera rubia sobre la que me sorprendo pensando que probablemente tiene tan buen olor como aspecto.

Pasa por mi lado sonriendo y dice «gracias» a Warren o a Maggie; uno de los cuales probablemente acaba de decirle que está muy guapa. Les sonríe, pero de repente grita «¡No!», justo en el momento en que una lluvia de líquido me alcanza por la espalda.

Me volteo y veo a Maggie y a Warren tosiendo y escupiendo en el fregadero. Warren toma directamente de la llave y pone cara de que lo que sea que acaba de tomarse no le hizo disfrutar, precisamente.

—¿Qué demonios...? —dice Maggie mientras se seca los labios con la cara fruncida.

Sydney entra corriendo en la cocina tapándose la boca con una mano. Mueve la cabeza de un lado a otro, como si intentara contener la risa, pero al mismo tiempo parece arrepentida.

—Lo siento —repite una y otra vez.

¿Qué demonios acaba de pasar?

Warren recupera la compostura y luego se voltea hacia Sydney. Habla y emplea la lengua de signos a la vez, cosa que le agradezco. Es imposible que sepa lo aislado que se siente uno entre un grupo de personas que oyen, pero siempre utiliza ese lenguaje cuando yo estoy en la misma habitación.

—¿Acabamos de estar a punto de tomarnos un chupe entero de detergente?

Mira a Sydney fijamente. Ella responde y Warren me va traduciendo su respuesta a la lengua de signos.

—Se suponía que no se lo tenían que tomar ustedes, sino Ridge. Y no, no era detergente de verdad, idiota. No quería matarlo. Sólo es jugo de manzana con vinagre.

Intentó hacerme una broma.

Y le salió mal.

Empiezo a reírme y le envío un mensaje.

Yo: Buen intento. Te agradezco el esfuerzo, aunque te haya salido el tiro por la culata.

Me hace una seña del dedo medio. Miro a Maggie, que por suerte se está riendo.

—Yo no podría vivir aquí —dice.

Se acerca al refrigerador, toma la leche y sirve una taza para ella y otra para Warren para quitarse el sabor agrio.

—Vamos —dice Warren, después de tomarse la leche y dejar la taza en el fregadero—. Maneja tú, Ridge, porque dentro de tres horas yo no seré capaz de caminar.

9

Sydney

No tengo ni idea de adónde vamos, pero hago todo lo posible por parecer animada. Voy en el asiento trasero con Warren, que me está hablando del grupo y explicándome cuál es su papel en él. Le formulo las preguntas adecuadas y asiento en los momentos adecuados, pero la verdad es que tengo la cabeza en otro lugar.

Ya sé que no puedo esperar que el sufrimiento y la tristeza desaparezcan tan rápido, pero hoy ha sido el peor día desde mi cumpleaños. Me doy cuenta de que el dolor que he sentido hasta ahora no ha sido tan malo porque durante esta semana Ridge ha estado a mi lado. No sé si es porque siempre aporta un toque de humor a la situación o porque en realidad me estoy enamorando de él, pero los momentos que he pasado con él han sido los únicos en los que me he sentido mínimamente feliz. Han sido los únicos momentos en los que no he pensado en lo que Hunter y Tori me hicieron.

Pero ahora que lo veo en el asiento delantero tomándole la mano a Maggie..., no me gusta. No me gusta la manera en que la acaricia con el pulgar hacia delante y hacia atrás. No me gusta el modo en que ella lo mira. Y lo que menos me gusta es la forma en que él la mira a ella. No me gustó cómo entrelazaron los dedos al terminar de bajar la escalera del departamento. No me gustó la manera en que él le abrió la puerta del coche y luego le apoyó una mano en la parte baja de la espalda para ayudarla a entrar. No me ha gustado la conversación silenciosa que mantuvieron mientras él daba marcha atrás. No me gustó cuando él se rió de algo que ella dijo, ni cuando la atrajo hacia sí para darle un beso en la frente. Y no me gusta tampoco que todas estas cosas me hagan sentir como si los buenos momentos que hemos vivido a lo largo de la semana hubieran pasado a la historia.

No ha cambiado nada. No ha ocurrido nada importante entre nosotros y sé que seguiremos igual que hasta ahora. Seguiremos escribiendo letras juntos. Tal vez quiera volver a oírme cantar. Continuaremos comportándonos tal como nos hemos comportado desde que nos conocemos, así que esta situación no debería preocuparme.

En el fondo de mi corazón, sé que no quería que pasara nada con él, especialmente en esta etapa de mi vida. Sé que tengo que estar sola. Quiero estar sola. Pero también sé que el motivo de que esta situación me confunda tanto es que albergaba ciertas esperanzas. Aunque no esté lista para que ocurra algo ahora mismo, creía que al menos existiría esa posibilidad. Tal vez mañana, me decía. Tal vez surgiera algo entre nosotros cuando yo estuviera preparada para ello.

Pero ahora que Maggie entró en escena, me doy cuenta de que entre nosotros no puede existir ese «tal vez mañana». Que nunca habrá un «tal vez mañana». La quiere, y es obvio que ella siente lo mismo, y no puedo culparlos, porque lo que tienen es hermoso. La forma en que se miran el uno al otro, la forma en que se comportan y se preocupan el uno por el otro, es algo que no existía entre Hunter y yo... y ni siquiera me había dado cuenta.

Tal vez mañana yo también lo encuentre, pero no será con Ridge. Y saberlo hace que desaparezca el rayo de esperanza que, por pequeño que fuera, asomaba entre la tormenta que fue esta semana.

Dios mío, qué deprimida estoy.

Odio a Hunter.

Y odio a Tori con todas mis fuerzas.

Y ahora mismo, me siento tan patéticamente triste que hasta me odio a mí misma.

—¿Estás llorando? —me pregunta Warren.

—No.

Hace un gesto afirmativo.

—Sí. Sí estás llorando.

Le digo que no con la cabeza.

—No estoy llorando.

—Pero estabas a punto —dice mirándome con compasión. Me pasa un brazo por los hombros y me atrae hacia sí—. Anímate, nena. A lo mejor esta noche conoces a alguien capaz de sacarte al imbécil de tu ex de esta preciosa cabecita.

Me río y le doy una palmada en el pecho.

—A mí no me importaría hacerlo, pero a Bridgette no le gusta compartir —dice—. Es de esa clase de víboras, por si no te habías dado cuenta.

Me río de nuevo, pero cuando mi mirada y la de Ridge se encuentran en el espejo retrovisor, mi sonrisa se esfuma. Tiene la mandíbula apretada y me mira fijamente a los ojos durante unos segundos antes de volver a concentrarse en la calle.

La mayoría de las veces su expresión me resulta indescifrable, pero juraría que vi un destello de celos en sus ojos. Y no me gusta que me haga sentir bien que Ridge se ponga celoso al verme apoyada en el hombro de Warren.

Cumplir veintidós años me pudrió el alma. ¿Quién soy y por qué tengo estas reacciones tan horribles?

Dejamos el coche en el estacionamiento de una discoteca. Ya vine aquí unas cuantas veces con Tori, así que me alegra no encontrarme en un lugar totalmente desconocido. Warren me da la mano y me ayuda a bajar del coche. Luego me pasa un brazo por los hombros y nos dirigimos juntos a la puerta de la discoteca.

—Vamos a hacer un trato —me dice—. Yo mantengo las manos alejadas de ti esta noche para que los chavos no crean que estás locamente enamorada de mí. Odio a las acompañantes y me niego a hacer ese papel. Pero si alguien te agobia, sólo tienes que mirarme y hacerme una señal y yo me plantaré a tu lado para ayudarte.

Le hago un gesto afirmativo.

—Parece un buen plan. ¿Qué clase de señal quieres que te haga?

—No sé. Podrías pasarte la lengua por los labios con gesto seductor. O apretarte los pechos.

Le doy un codazo en el costado.

—También podría rascarme la nariz, ¿no?

Se encoge de hombros.

—Bueno, supongo que también vale.

Abre la puerta y entramos los cuatro en la discoteca. La música resulta ensordecedora y, nada más cerrarse la puerta, Warren se acerca para gritarme algo al oído.

—Normalmente hay gabinetes abiertos en el piso de arriba. ¡Vamos allí!

Me toma la mano con más fuerza y luego se voltea hacia Ridge y Maggie para indicarles que nos sigan.

No me ha hecho falta utilizar el código secreto que Warren y yo acordamos, y eso que ya llevamos aquí más de dos horas. He bailado con varias personas, pero en cuanto termina la canción, me obligo a sonreír con educación y regreso al gabinete. Maggie y Warren parecen haber agotado considerablemente las existencias de alcohol del local, pero Ridge no ha probado ni una gota. Y yo, aparte de un chupe que Warren casi me obligó a tomar cuando llegamos, tampoco he bebido nada.

—Me duelen los pies —digo.

Maggie y Ridge han bailado un par de veces canciones lentas, así que me he obligado a no mirarlos.

—¡No! —dice Warren tratando de convencerme para que me ponga de pie otra vez—. ¡Quiero bailar!

Le digo que no con la cabeza. Está borracho y grita mucho, y cada vez que intento bailar con él, acaba por machucarme los pies casi tanto como machuca los pasos de baile.

—Yo bailo contigo —le dice Maggie.

Pasa por encima de Ridge para salir del gabinete y Warren le toma la mano. Se van los dos al piso de abajo para bailar y, por primera vez, Ridge y yo nos quedamos solos en el gabinete.

No me gusta la idea.

Me gusta la idea.

No me gusta.

Me gusta.

Lo que decía, tengo el alma podrida. Corrompida y podrida.

Ridge: ¿Te diviertes?

Pues la verdad es que no, pero le digo que sí con la cabeza porque no quiero ser la típica plasta que, sólo porque se siente despechada, quiere que todo el mundo se sienta tan desgraciado como ella.

Ridge: Quiero decirte algo, y a lo mejor meto la pata al hacerlo, pero estoy intentando mejorar esa costumbre mía de ocultarte cosas involuntariamente.

Levanto la vista para mirarlo y asiento.

Ridge: Warren está enamorado de Bridgette.

Leo dos veces el mensaje. ¿Por qué sintió la necesidad de contármelo? A menos que piense que a mí me gusta Warren.

Ridge: Siempre fue un mujeriego, así que quería aclarártelo. No quiero que vuelvan a hacerte daño. Eso es todo.

Yo: Agradezco que te preocupes, pero no hace falta. En serio. No me interesa.

153

Sonríe.

Yo: Tenías razón. Maggie me cae bien.

Ridge: Sabía que sería así. Le cae muy bien a todo el mundo. Es muy simpática.

Levanto la vista y miro a mi alrededor cuando empieza a sonar una canción de Sounds of Cedar. Me desplazo hasta el fondo del gabinete para mirar por encima del barandal. Warren y Maggie están junto a la cabina del DJ: Warren está hablando con él mientras Maggie baila al lado.

Yo: Pusieron una de tus canciones.

Ridge: ¿En serio? Típico, cuando Warren anda cerca. ¿Es *Huida*?

Yo: Sí. ¿Cómo lo sabes?

Ridge se lleva la palma de una mano al pecho y sonríe.

Yo: Caray. ¿Eres capaz de distinguir así tus canciones?

Asiente.

Yo: ¿Cuál es la historia de Maggie? Se comunica muy bien. Baila muy bien. ¿Su nivel de sordera es distinto al tuyo?

Ridge: Sí, ella tiene una sordera leve. Con ayuda de un audífono, lo oye casi todo. Por eso habla tan bien. Y baila tan bien. Yo me limito a las lentas cuando quiere que baile con ella, porque no oigo las canciones.

Yo: ¿Y por eso Maggie habla y tú no? ¿Porque ella puede oír?

Me lanza una mirada rápida, de apenas unos segundos, y luego se concentra de nuevo en el teléfono.

Ridge: No. Yo también podría hablar si quisiera.

Debería parar. Lo más probable es que estas preguntas le estén molestando, pero siento demasiada curiosidad.

Yo: Y entonces ¿por qué no lo haces?

Se encoge de hombros, pero no responde a mi mensaje.

Yo: No, en serio, me gustaría saberlo. Tiene que haber un motivo. Imagino que hablar te haría las cosas más fáciles.

Ridge: No hablo y ya está. Me va bastante bien tal como hago las cosas ahora.

Yo: Sí, especialmente cuando estás con Maggie y Warren. ¿Para qué hablar, si ya lo hacen ellos por ti?

Pulso enviar antes de darme cuenta de que probablemente no debería haber dicho lo que dije. Sin embargo, me he dado cuenta de que Maggie y Warren hablan muchas veces por él. Han pedido por él en todas las ocasiones en que la mesera se ha acercado a nuestro gabinete, y también he visto a Warren hacerlo varias veces a lo largo de la semana en distintas situaciones.

Ridge lee mi mensaje y me mira de inmediato. Tengo la sensación de que hice que se sienta incómodo, así que me arrepiento enseguida de lo que acabo de decir.

Yo: Lo siento. Sonó bastante mal, no era eso lo que pretendía decir. Me refería a que da la sensación de que dejas que hagan por ti cosas que no necesariamente tendrían que hacer si tú hablaras.

Mi explicación parece molestarle más que el mensaje inicial. Tengo la impresión de que estoy metiendo la pata cada vez más.

Yo: Lo siento, ya paro. No soy quién para juzgar tu situación, porque es obvio que no puedo meterme en tu piel. Sólo estaba intentando entenderlo.

Me mira y empieza a mordisquearse la comisura del labio inferior. Me he fijado en que ése es un gesto muy típico de él cuando está concentrado en algo. Sigue mirándome de una forma que hace que se me seque la garganta. Desvío la mirada para meterme el popote en la boca y tomar un sorbo del refresco que pedí. Cuando vuelvo a mirarlo, está escribiendo otra vez.

Ridge: Dejé de verbalizar a los nueve años.

El mensaje me pone aún más nerviosa que su mirada. Y no sé por qué.

Yo: ¿Antes hablabas? ¿Por qué dejaste de hacerlo?

Ridge: Es largo de explicar, puede que tarde un poco en escribirlo.

Yo: No pasa nada, ya me lo contarás en casa con la computadora.

Se desliza hasta el fondo del gabinete y echa un vistazo por encima del barandal. Sigo su mirada hasta Warren y Maggie, que continúan revoloteando cerca de la cabina del DJ. Al ver que están ocupados, se aparta del barandal y se echa hacia delante apoyando los codos sobre la mesa al tiempo que empieza a escribir.

Ridge: No parece que tengan muchas ganas de irse, así que supongo que tenemos tiempo. Brennan y yo no tuvimos mucha suerte con nuestros papás. Los dos tenían problemas de adicción. Y puede que sigan teniéndolos, aunque no lo sabemos, porque ya hace años que no hablamos con ninguno de los dos. Nuestra mamá se pasó la mayor parte de nuestra infancia en la cama, con muchos de calmantes. Nuestro papá se pasó la mayor parte de nuestra infancia de bar en bar. Cuando tenía cinco años, me inscribieron en un colegio para sordos. Y allí fue donde aprendí la lengua de signos. Al volver a casa, se la enseñaba a Brennan, porque ni mi papá ni mi mamá la conocían. Así funciona, pero se la enseñaba porque yo tenía cinco años y, hasta entonces, nunca había mantenido una conversación con nadie. Estaba tan desesperado por comunicarme con los demás que obligué a mi hermano de dos años a aprender signos que significaban «galleta» o «ventana» para poder tener a alguien con quien hablar.

Se me encoge el estómago. Levanto la vista para mirar a Ridge, pero sigue escribiendo.

Ridge: Imagínate que en tu primer día de colegio descubres que sí existe una forma de comunicarse. Cuando vi a otros niños mantener conversaciones con las manos, me quedé maravillado. Había pasado los primeros cinco años de mi vida sin saber siquiera qué significaba comunicarse. En el colegio me enseñaron a formar palabras utilizando la voz, a leer y a usar los signos. Dediqué los siguientes años a practicar con Brennan todo lo que aprendía. Con el tiempo, llegó a usar la lengua de signos con tanta fluidez como yo. Por una parte, quería que Brennan la aprendiera, pero, por otra, no quería utilizarlo a él como método para comunicarme con mis papás. Así que cuando hablaba con ellos verbalizaba las palabras. No oía mi propia voz, claro, y sé que las voces de los sordos suenan distintas, pero necesitaba una forma de comunicarme con ellos, ya que no conocían la lengua de signos. Un día estaba hablando con mi papá y él le dijo a Brennan que me mandara callar y que hablara por mí. Yo no entendí por qué, pero mi papá estaba enojado. A partir de entonces, ocurría lo mismo cada vez que intentaba hablar con mi papá: siempre le ordenaba a Brennan que no me dejara pronunciar las palabras. Mi hermano traducía a la lengua de signos lo que mi papá quería que me dijera. Al final entendí que mi papá no quería que hablara porque no le gustaba cómo sonaba mi voz. Le daba vergüenza que yo fuera sordo. No quería que hablara cuando estábamos en público, porque entonces todo el mundo sabría que yo era sordo. Así que me mandaba callar cada vez que hablaba. Un día en casa se enojó tanto porque yo siguiera hablando que empezó a gritarle a Brennan. Supuso que, como yo continuaba verbalizando, mi hermano no me estaba transmitiendo el mensaje de que él no quería que hablara. Aquel día estaba muy borracho y se dejó llevar por la rabia, cosa que tampoco era rara. Pero le dio un golpe tan fuerte a Brennan en un lado de la cabeza que lo dejó inconsciente.

Se me llenan los ojos de lágrimas y tengo que respirar hondo para calmarme.

Ridge: Sólo tenía seis años, Sydney. Seis. Nunca quise volver a darle a mi papá un motivo para que le pegara, así que aquél fue el último día que hablé en voz alta. Supongo que con el tiempo se convirtió en una costumbre.

Deja el teléfono sobre la mesa y cruza los brazos delante de él. No parece que esté esperando mi respuesta. Tal vez ni siquiera desee una respuesta. Me observa y sé que ve las lágrimas que me caen por las mejillas, aunque no percibo reacción alguna. Respiro hondo y luego estiro la mano para tomar una servilleta y secarme los ojos. Ojalá no me viera reaccionar de este modo, pero no pude contenerme. Sonríe despacio y empieza a acercar una mano por encima de la mesa para tomar la mía, pero justo en ese momento Maggie y Warren reaparecen en el gabinete.

Ridge retira rápidamente la mano y los mira. Maggie tiene los brazos sobre los hombros de Warren y se está riendo sin motivo aparente. Warren intenta aferrarse al respaldo del banco del gabinete: da la sensación de que él también necesita apoyarse en algo, pero no consigue agarrarse a ninguna parte. Ridge y yo nos ponemos de pie para ayudarlos. Ridge separa a Maggie de Warren y yo ayudo a éste a pasarme un brazo por encima de los hombros. Él apoya la frente en la mía.

—Syd, me alegra mucho que tu novio te engañara. Me alegra mucho que hayas venido a vivir con nosotros.

Me río y le aparto la cara. Ridge señala la salida con la cabeza y yo le hago un gesto afirmativo. Otra copa y a este par tendremos que sacarlos de aquí en brazos.

—Me gusta ese vestido que te pones, Syd. El azul, ¿sabes? Pero no vuelvas a ponértelo, por favor. —Warren apoya la cabeza en la mía mientras nos dirigimos a la escalera—. No me gusta ver tu traserito dentro de ese vestido, porque creo que estoy enamorado de Bridgette, pero ese vestido me hace enamorarme de tu traserito.

Caray. Debe de estar muy borracho si admitió que tal vez esté enamorado de Bridgette.

—Ya te dije que iba a quemar ese vestido —le contesto entre risas.

—Bien —dice con un suspiro.

Llegamos a la salida y me doy cuenta de que Ridge lleva a Maggie a cuestas. Ella le echó los brazos al cuello y tiene los ojos cerrados. Cuando llegamos al coche y Ridge intenta ponerla de pie, Maggie abre los ojos. Trata de dar un paso, pero acaba tropezando. El chico abre la puerta de atrás y ella prácticamente cae dentro del coche. La empuja hacia el otro lado del asiento y Maggie se recuesta contra la puerta y vuelve a cerrar los ojos. Ridge se aparta y le indica a Warren que suba. Su amigo da un paso hacia delante y acerca la cara a la de Ridge. Le da una palmadita en la mejilla y dice:

—Lo siento mucho por ti, amiguito. Supongo que te resulta muy difícil no besar a Sydney, porque a mí me está costando mucho y ni siquiera me gusta tanto como a ti.

Warren sube al coche y se deja caer junto a Maggie. Me alegra que esté demasiado borracho para haber traducido a la lengua de signos lo que acaba de decir, porque sé que Ridge no ha entendido ni una palabra. Lo adivino porque ahora mismo Ridge me está mirando con expresión de perplejidad. Pero finalmente se ríe y le levanta a Warren la pierna que aún le cuelga fuera del coche. Se la empuja hacia el interior y luego cierra la puerta, pero yo aún sigo dando vueltas a las palabras de Warren.

Ridge estira el brazo, pone la mano en la manija de la puerta del pasajero y luego la abre. Doy un paso al frente, pero me quedo inmóvil en cuanto me coloca la otra mano en la parte baja de la espalda.

Levanto la vista y me encuentro frente a frente con su mirada. Me deja la mano en la parte baja de la espalda mientras me obligo, muy despacio, a salvar el hueco que me separa del coche. En cuanto empiezo a inclinar el cuerpo para sentarme, él retira la mano y espera hasta que termino de entrar en el coche. Luego cierra la puerta.

Apoyo la cabeza en el asiento y cierro los ojos, abrumada por lo que ese gesto tan sencillo me hizo sentir.

Lo oigo sentarse al volante y poner el coche en marcha, pero sigo con los ojos cerrados. No quiero mirar a Ridge. No quiero sentir lo que siento cuando lo miro. No me gusta pensar que, a cada minuto que paso con él, mi sensación de ser una Tori aumenta.

Me llega un mensaje, así que tengo que abrir los ojos. Ridge tiene el teléfono en la mano y me está mirando.

Ridge: No suele hacer estas cosas. No más de un par o tres de veces al año. Pero últimamente está muy agobiada y le gusta salir. Le cae bien.

Yo: No la estaba juzgando.

Ridge: Lo sé. Sólo quiero que sepas que no es una alcohólica enojada como yo.

Me guiña un ojo y me río. Me volteo hacia el asiento de atrás y veo a Warren medio desplomado encima de Maggie. Los dos están fuera de combate. Me doy la vuelta y le escribo un mensaje a Ridge.

Yo: Gracias por contarme todo eso hace un rato. No tenías que hacerlo y sé que seguramente no querías, pero gracias.

Me mira de reojo y luego vuelve a concentrarse en su teléfono.

Ridge: Jamás le he contado esa historia a nadie. Ni siquiera a Brennan. Era tan pequeño que es probable que ni se acuerde.

Deja el teléfono, mete la marcha atrás y empieza a retroceder.

¿Por qué será que la única pregunta que me gustaría hacerle ahora mismo es, precisamente, la menos apropiada? Quiero preguntarle si se lo ha contado a Maggie, pero lo cierto es que la respuesta no debería importarme. No debería importarme en absoluto, pero me importa.

Mientras maneja, tiende la mano para encender el radio, lo cual me confunde. No puede escucharla, así que... ¿qué más le da que esté encendido o apagado?

Y entonces me doy cuenta de que no lo hizo por él.

Lo hizo por mí.

Ridge

Tras una parada en un restaurante abierto las veinticuatro horas, nos detenemos frente al complejo de departamentos y estaciono el coche.

Yo: Toma la comida y abre la puerta mientras yo los despierto.

Sydney toma las dos bebidas y la bolsa de comida. Se encamina hacia el departamento mientras yo abro la puerta trasera del coche. Muevo a Warren para despertarlo y lo ayudo a salir. Luego despierto a Maggie y hago lo mismo con ella. Aún está demasiado aturdida para caminar, así que la tomo en brazos y cierro la puerta del coche. Me aseguro de que Warren sube la escalera delante de mí, porque tengo la sensación de que puede caerse en cualquier momento.

Cuando entramos en el departamento, Warren se va dando tumbos a su habitación y yo llevo a Maggie a la mía. La dejo sobre la cama, le quito los zapatos y luego la ropa. La tapo con las cobijas y después vuelvo al comedor, donde Sydney ya sacó la comida de la bolsa. Es casi medianoche y no hemos comido nada desde el mediodía. Me siento frente a ella.

Yo: Bueno, ahora que ya te conté uno de mis secretos más oscuros, te toca a ti contarme alguno de los tuyos.

Los dos tenemos el teléfono sobre la mesa mientras comemos. Sydney sonríe y procede a responder con un mensaje.

Sydney: O sea, ¿que tienes más de un secreto oscuro?

Ridge: Ahora estamos hablando de ti. Si vamos a trabajar juntos, tengo que saber dónde me estoy metiendo. Háblame de tu familia. ¿Algún alcohólico enojado?

Sydney: No, sólo unos cuantos patanes irritados. Mi papá es abogado y no soporta la idea de que yo no esté haciendo Derecho. Mi mamá es ama de casa. No ha trabajado ni un solo día en su vida. Es una mamá estupenda, pero también una de esas mamás perfectas, ¿sabes? Imagínate un cruce de *Leave It to Beaver* y *Las mujeres perfectas*.[1]

Yo: ¿Hermanos?

Sydney: No. Hija única.

Yo: No te hacía hija única. Aunque tampoco hija de un abogado.

Sydney: ¿Por qué? ¿Porque no soy una niña pretenciosa y mimada?

Le sonrío y hago un gesto afirmativo.

---

[1] *Leave It to Beaver*: serie emitida en Estados Unidos entre los años 50 y 60 que relataba las aventuras de una familia perfecta y típicamente estadounidense. *Las mujeres perfectas*: película de 2004 (existe una versión anterior, de 1975) basada en el libro homónimo de Ira Levin, clásico de la ciencia ficción que narra el misterioso enigma de las mujeres de una población llamada Stepford, siempre hermosas, modélicas y sumisas. (*N. de la T.*)

Sydney: Bueno, gracias. Lo intento.

Yo: No pretendo parecer insensible, pero... si tu papá es abogado y mantienes relación con tu familia, ¿por qué no los llamaste la semana pasada cuando no tenías adónde ir?

Sydney: Lo primero que me inculcó mi mamá es que no quería que fuera como ella. No tenía estudios y, por tanto, siempre ha dependido económicamente de mi papá. Me crio para que fuera independiente y económicamente responsable, así que siempre me he enorgullecido de no tener que pedirles ayuda. A veces me cuesta, sobre todo cuando realmente necesito su ayuda, pero siempre me las arreglo. Y no me gusta pedirles ayuda porque mi papá me recordaría, sin demasiada amabilidad, que si estuviera estudiando Derecho, él estaría pagándome los estudios.

Yo: Perdona, ¿significa eso que te estás pagando tú la universidad? Y que si te cambiaras a Derecho, ¿te la pagaría tu papá?

Sydney asiente.

Yo: Pues no parece muy justo.

Sydney: Como ya te dije, mi papá es un patán. Pero tampoco me gusta ir por ahí culpando a mis papás de todo. Tengo muchos motivos para sentirme agradecida. Me crié en un hogar más o menos normal, tanto mi papá como mi mamá siguen vivos y están bien de salud y, hasta cierto punto, me apoyan. Son mejores que la mayoría de los papás, aunque también peores que unos cuantos. No me gusta nada la gente que se pasa la vida echando la culpa a sus papás de todas las cosas malas que les pasan.

Yo: Sí, estoy completamente de acuerdo, y por eso me emancipé a los dieciséis. Decidí tomar las riendas de mi propia vida.

Sydney: ¿En serio? ¿Y qué pasó con Brennan?

Yo: Me lo llevé. En el tribunal creían que estaba con mis papás, pero en realidad vivía conmigo. Bueno, y con Warren. Somos amigos desde que teníamos catorce años. Tanto su papá como su mamá son sordos y por eso conoce la lengua de signos. Cuando me independicé, permitieron que Brennan y yo nos quedáramos en su casa. Mis papás aún tenían la custodia de Brennan, pero, por lo que a ellos respecta, creo que les hice un enorme favor al quitárselo de encima.

Sydney: Bueno, la verdad es que lo de los papás de Warren fue un detallazo increíble.

Yo: Sí, son muy buena gente. No entiendo por qué Warren ha salido así...

Sydney se ríe.

Sydney: ¿Siguieron haciéndose cargo de Brennan cuando te fuiste a la universidad?

Yo: No, en realidad sólo nos quedamos siete meses con ellos. Cuando cumplí los diecisiete, nos trasladamos a un departamento. Dejé los estudios y saqué el GED[2] para poder entrar antes en la universidad.

Sydney: Caray... O sea, que tú criaste a tu hermano.

Yo: No exactamente. Brennan vivía conmigo, pero no necesitaba que nadie lo criara. Él tenía catorce años cuando nos fuimos a vivir solos, y yo diecisiete. Por mucho que me hubiera gustado decir que yo era el adulto maduro y responsable, era más bien al revés. Nues-

---

[2] GED: General Educational Development, título equivalente a la educación secundaria, válido para acceder a la mayoría de las facultades y aceptado también por la mayoría de las empresas. (*N. de la T.*)

tro departamento se convirtió en el lugar favorito de todos los que nos conocían, y Brennan salía de fiesta tanto como yo.

Sydney: Eso me sorprende. Te ves tan responsable...

Yo: Bueno, supongo que no me desmadré tanto como habría sido de esperar al vivir solo desde tan joven. Por suerte, todo el dinero que teníamos se iba en pagar la renta y las facturas, así que no me metí en cosas raras. Nos gustaba divertirnos, eso es todo. Creamos el grupo cuando Brennan tenía dieciséis años y yo diecinueve, y la verdad es que nos ocupaba mucho tiempo. Ese mismo año empecé a salir con Maggie y, después de conocerla, senté bastante la cabeza.

Sydney: ¿Estás con Maggie desde los diecinueve?

Respondo con un gesto afirmativo, pero no le envío ningún mensaje. Prácticamente no he tocado la comida con tanto escribir, así que tomo la hamburguesa. Sydney hace lo mismo y comemos en silencio hasta que terminamos. Luego nos ponemos de pie y recogemos la mesa. Por último, Sydney me saluda con la mano y se va a su habitación. Yo me siento en el sillón y enciendo la tele. Después de unos quince minutos cambiándole, me decido por un canal de películas. Los subtítulos están desactivados, pero no me molesto en volver a ponerlos. Estoy demasiado cansado para leer y seguir la peli al mismo tiempo.

La puerta de la habitación de Sydney se abre y sale ella. Parece sorprenderse un poco al ver que aún estoy despierto. Lleva una de sus camisetas anchas y tiene el pelo húmedo. Entra otra vez en su habitación y vuelve a salir con el teléfono. Luego se sienta en el sillón a mi lado.

Sydney: No tengo sueño. ¿Qué estás viendo?

Yo: No lo sé, pero acaba de empezar.

Sube los pies y apoya la cabeza en el brazo del sillón. Ella está mirando la pantalla, pero yo la estoy mirando a ella. Tengo que admitirlo, la Sydney que salió de fiesta esta noche no se parece en nada a la que está acostada a mi lado en el sillón. El maquillaje desapareció, ya no lleva la cabellera perfectamente arreglada y hasta luce unos cuantos agujeros en la ropa. No puedo evitar reírme al mirarla. Si yo fuera Hunter, me estaría dando cabezazos contra la pared ahora mismo.

Está a punto de tomar el teléfono cuando mira en mi dirección. Me dan ganas de concentrarme en la tele y fingir que no acaba de cacharme mirándola, pero eso haría que la situación fuera aún más incómoda. Por suerte, no parece importarle que la estuviera mirando, porque se concentra por completo en su celular.

Sydney: ¿Cómo es que lo estás viendo sin subtítulos?

Yo: Estoy demasiado cansado para leer. A veces me gusta ver pelis sin subtítulos para tratar de adivinar lo que dicen.

Sydney: Me gustaría probarlo. Quita el volumen y la vemos juntos a lo sordo.

Me río. ¿Verla a lo sordo? Ésta sí que es buena. Apunto hacia la televisión con el control y pulso la tecla de silencio. Sydney vuelve a poner atención a la tele, pero, una vez más, a mí me cuesta dejar de mirarla a ella.

No entiendo esta repentina obsesión por observarla, pero parece que no soy capaz de dejar de hacerlo. Está a pocos centímetros de mí. No nos estamos tocando. No estamos hablando. Ni siquiera me está mirando. Y, sin embargo, el simple hecho de fijarme así en ella me hace sentir terriblemente culpable, como si estuviera haciendo algo malo. Pero mirando no hago daño a nadie... ¿Por qué me siento tan culpable, entonces?

Intento sacudirme de encima ese sentimiento, pero en lo más profundo de mi corazón sé muy bien lo que está ocurriendo.

No me siento culpable únicamente por estar mirándola. Me siento culpable por lo que siento al hacerlo.

Ya me han despertado así dos veces seguidas. Aparto la mano que me está dando cachetadas y abro los ojos. Warren está de pie justo a mi lado. Me deja un pedazo de papel encima del pecho y luego me da otro golpecito en un lado de la cabeza. Se dirige a la puerta, toma las llaves y se va a trabajar.

¿Por qué se va a trabajar tan temprano?

Tomo el teléfono y veo que son las seis de la mañana. Bueno, creo que en realidad llega tarde.

Me siento en el sillón y veo que Sydney sigue acurrucada en la otra punta, profundamente dormida. Tomo el papel que Warren me ha dejado sobre el pecho y lo leo.

¿Qué tal si te vas a tu habitación y duermes en la cama con tu novia?

Arrugo la nota y me pongo de pie. Luego me acerco al bote y oculto el papelito en el fondo. Regreso al sillón, le pongo una mano a Sydney en el hombro y la despierto. Ella se acuesta de espaldas, se frota los ojos y me mira.

Al verme, sonríe. Y ya está. Lo único que ha hecho ha sido sonreír, pero de repente me arde el pecho y noto como si una ola de calor me estuviera recorriendo el cuerpo entero. Reconozco la sensación, y eso no es bueno. Nada bueno. No me sentía así desde los diecinueve años.

Desde que empecé a sentir algo por Maggie.

Le señalo su habitación para darle a entender que debería irse a la cama y luego, rápidamente, doy media vuelta y me dirijo a la mía. Me quito los *jeans* y la camiseta y, muy despacio, me meto en la cama junto a Maggie. Le rodeo el cuerpo con los brazos, la atraigo hacia mi pecho y me paso la siguiente media hora recitando una letanía de recordatorios para quedarme dormido.

«Estás enamorado de Maggie.»

«Maggie es la mujer perfecta para ti.»

«Y tú el hombre perfecto para ella.»
«Te necesita.»
«Eres feliz cuando estás con ella.»
«Estás con la única chica con la que quieres estar.»

10

Sydney

Ya hace dos semanas que Ridge y yo no trabajamos juntos en las letras. Unos cuantos días después de que Maggie volviera a casa, Ridge tuvo que ausentarse durante seis días debido a una urgencia familiar. No concretó en qué consistía la urgencia, pero me acordé de la vez en que, cuando yo aún vivía con Tori, desapareció del balcón durante un tiempo. En aquella ocasión también se excusó diciendo que se trataba de un asunto familiar.

Basándome en las conversaciones telefónicas que he oído a Warren mantener con Brennan, sé que la urgencia no tuvo nada que ver con su hermano. Pero Ridge nunca me ha hablado de más familia, aparte de Brennan. Cuando volvió hace unos cuantos días, le pregunté si todo iba bien y me dijo que sí, que todo bien. No parecía muy dispuesto a dar más detalles, así que intento recordarme a mí misma que su vida privada no es asunto mío.

Me he concentrado en las clases y, de vez en cuando, intento escribir alguna que otra letra. Pero cuando no tengo la música que la acompaña no es lo mismo. Ya hace unos días que Ridge regresó, pero se ha pasado la mayor parte del tiempo encerrado en su habitación tratando de ponerse al día con el trabajo. No dejo de preguntarme si habrá otros motivos para que haya decidido mantener las distancias.

He pasado bastante tiempo con Warren y he descubierto más cosas acerca de su relación con Bridgette. Con ella, sin embargo, no he vuelto a coincidir, así que, por lo que yo sé, sigue pensando que soy sorda.

Según lo que me ha contado Warren, su relación es cualquier cosa menos típica. Warren no la conocía antes de que Bridgette se mudara aquí hace seis meses, pero Brennan y ella son amigos desde hace muchos años. Warren dice que Bridgette y él no se llevan nada bien y que durante el día cada uno está en su rollo. Pero de noche, la cosa cambia por completo: ha intentado darme más detalles de los que quiero oír, así que lo obligo a callarse cuando empieza a contar demasiado.

Ahora mismo, por ejemplo, me gustaría mucho que se callara, porque está en medio de uno de esos momentos de contar demasiado. Tengo clase dentro de treinta minutos y estoy intentando leer un capítulo de última hora, pero él está empeñado en contarme lo que hicieron anoche: que si él no le dejó quitarse el uniforme de Hooters porque le gusta interpretar papeles, que si... Ay, Dios mío, ¿por qué creerá que me interesa escuchar todo esto?

Por suerte, Bridgette sale de su habitación y creo que ésta es, muy probablemente, la primera vez que me alegro de verla.

—Buenos días, Bridgette —dice Warren mientras la sigue con la mirada por toda la salita—. ¿Dormiste bien?

—Vete al diablo, Warren —le contesta ella.

Empiezo a entender que ésta es su forma de saludarse por las mañanas. Bridgette entra en la cocina y me lanza una mirada; luego le lanza otra mirada a Warren, que está sentado en el sillón a mi lado. Lo observa con los ojos entornados y luego se voltea hacia el refrigerador. Ridge está a la mesa del comedor, concentrado en su computadora.

—No me gusta que la tengas todo el día pegada a ti —dice Bridgette dándome la espalda.

Warren me mira y se ríe. Al parecer, Bridgette sigue pensando que no la oigo, pero a mí no me parece muy divertido que hable mal de mí.

Bridgette se voltea con brusquedad y mira a Warren.

—¿Te parece divertido? —le pregunta—. Está claro que esta tipa está enamoradita de ti, y tú ni siquiera me respetas lo bastante para mantenerte alejado de ella hasta que salga de casa. —Vuelve a darnos la espalda—. Primero le cuenta a Ridge ese rollo lacrimógeno para que la deje vivir aquí y ahora se aprovecha de que manejas la lengua de signos para coquetear contigo.

—Basta, Bridgette.

Warren ya no se ríe, porque se dio cuenta de lo blancos que se me pusieron los nudillos de tanto apretar el libro. Creo que tiene miedo de que le estampe a Bridgette mi edición de tapa dura en la cabeza. Y hace bien en tenerlo.

—Basta tú, Warren —le espeta ella, que se voltea otra vez para mirarlo a la cara—. O dejas de meterte en la cama conmigo por la noche o dejas de coger con ella en el sillón durante el día.

Me dejo caer el libro sobre el regazo con un golpe seco y luego empiezo a patalear contra el piso de rabia, de frustración y de enojo puro y duro. No soporto a esta tipa ni un segundo más.

—¡Bridgette, por favor! —le grito—. ¡Cállate! Calla, calla... ¡cállate! ¡Carajo! No sé por qué crees que soy sorda, pero te aseguro que no soy ninguna puta ni utilizo la lengua de signos para ligar con Warren. ¡Ni siquiera la conozco! Y a partir de ahora, por favor, ¡deja de gritar cuando hables conmigo!

Bridgette ladea su preciosa cabecita y se queda boquiabierta por la sorpresa. Me observa en silencio durante varios segundos. Nadie mueve un dedo en la sala. A continuación, la chica centra la atención en Warren y el dolor sustituye a la rabia en su mirada. Aleja la vista en cuanto el sufrimiento se hace patente y se va derechita a su habitación.

Miro un segundo a Ridge, que me está observando y, seguramente, preguntándose qué demonios acaba de pasar. Dejo caer la cabeza hacia el respaldo del sillón y suspiro.

Tenía la esperanza de que todo esto me hiciera sentir bien, pero la verdad es que no es así en absoluto.

—Bueno, adiós a mis proyectos de interpretar todos los papeles sexuales que me había imaginado. Muchas gracias, Sydney.

—Vete al diablo, Warren —le digo.

Empiezo a entender por qué Bridgette lo trata como lo hace.

Dejo el libro a un lado, me pongo de pie y me acerco a la puerta de Bridgette. Toco, pero no me abre. Vuelvo a tocar, giro la manija y empujo un poco la puerta para echar un vistazo al interior.

—¿Bridgette?

Una almohada se estrella con un golpe sordo contra el otro lado de la madera.

—¡Fuera de mi habitación ahora mismo!

La ignoro y abro un poco más, hasta que puedo verla. Está sentada en la cama, con las rodillas dobladas y apoyadas en el pecho. Cuando me ve entrar en el dormitorio, se seca rápidamente los ojos y se voltea hacia el otro lado.

Está llorando y, de repente, me siento como una mierda. Me acerco a su cama y me acomodo en el borde, lo más lejos de ella que puedo. Bueno, puede que me sienta mal por lo que pasó, pero sigo teniéndole un miedo terrible.

—Lo siento —digo.

Hace un gesto de impaciencia y se deja caer de espaldas en la cama con un resoplido.

—No es verdad —dice—. Pero no te culpo. Me lo merecía.

Ladeo un poco la cabeza. ¿De verdad acaba de reconocer que se lo merecía?

—No te voy a mentir, Bridgette. Eres un poco víbora.

Se ríe en voz baja y luego se tapa los ojos con un brazo.

—Carajo, ya lo sé. Me enojo mucho con la gente, pero es que no puedo evitarlo. No es que mi objetivo en esta vida sea ser una víbora.

Me acuesto en la cama, a su lado.

—Pues no lo seas. Cuesta más trabajo ser una víbora que no serlo.

Ella niega con la cabeza.

—Eso lo dices porque tú no eres una víbora.

Suspiro. Tal vez ella no me considere una víbora, pero está claro que últimamente me siento como si lo fuera.

—Por si te sirve de algo, soy peor de lo que imaginas. Tal vez no exprese mis sentimientos de la misma forma que tú, pero lo cierto es que tengo malos pensamientos. Y últimamente, también malas intenciones. Estoy empezando a pensar que no soy tan simpática como creía.

Bridgette guarda silencio durante unos segundos, sin reaccionar ante mi confesión. Al final deja escapar un largo suspiro y se sienta en la cama.

—¿Puedo hacerte una pregunta, ahora que sé que puedes contestarme?

Yo también me incorporo y le hago un gesto afirmativo.

—¿Tú y Warren están...? —empieza a decir, pero se interrumpe—. La verdad es que parece que se llevan muy bien y sentía curiosidad por saber si...

Sonrío, porque sé adónde quiere ir a parar, así que interrumpo ese hilo de pensamiento.

—Warren y yo somos amigos y nunca seremos más que amigos. Está extrañamente enamorado de no sé qué mesera histérica de Hooters que conoce.

Bridgette sonríe, pero enseguida deja de hacerlo y me mira con fijeza.

—¿Desde cuándo sabe Warren que yo te creía sorda?

Reflexiono acerca de las últimas semanas.

—¿Desde la mañana siguiente a mi llegada? —Esbozo una mueca. Sé que Warren está a punto de experimentar ese lado de Bridgette que todos conocemos tan bien—. Pero no seas dura con él, Bridgette. Por extraña que sea la forma que tienen de demostrarlo, él te aprecia de verdad. Puede que hasta te quiera, pero eso lo dijo estando borracho, así que no estoy muy segura.

Si es posible oír cómo se detiene un corazón, acabo de oír el suyo frenarse en seco y derrapar.

—¿Dijo eso?

Asiento.

—Hace un par de semanas. Estábamos saliendo de una discoteca y él estaba muy ebrio, pero dijo que estaba casi seguro de que te quería. Supongo que no debería contártelo, pero...

Baja la vista hacia el piso y guarda silencio durante unos segundos; luego vuelve a mirarme.

—¿Sabes?, la mayoría de las cosas que dice una persona cuando está borracha son más auténticas y sinceras que las que esa misma persona dice cuando está sobria.

Hago un gesto afirmativo, aunque en realidad no sé muy bien si se trata de una verdad universal o de una verdad de Bridgette. Se pone de pie, se aproxima rápidamente a la puerta y la abre.

Oh, no.

Está a punto de matar a Warren y en parte es culpa mía. Me pongo de pie y corro hacia la puerta, dispuesta a asumir la culpa por haberle contado a Bridgette lo que dijo Warren. Sin embargo, cuando llego a la salita me encuentro a Bridgette pasándole una pierna por encima a Warren y sentándose con las piernas abiertas sobre él. Él abre los ojos muy grandes y la mira aterrorizado, lo que me lleva a pensar que lo que está haciendo Bridgette no es en absoluto habitual.

La chica agarra la cara de Warren entre las manos y él, con gesto vacilante, le apoya las manos en la cintura. Bridgette suspira, mirándolo fijamente a los ojos.

—Me cuesta creer que me esté enamorando de un patán tan imbécil como tú —le dice.

Él se le queda viendo durante varios segundos mientras asimila sus palabras. Luego, de repente, le sube las manos hasta la nuca y se funden en un beso. Él se pone de pie sin soltar a Bridgette. Y después, sin detenerse siquiera a tomar aire, se la lleva directamente a su habitación y cierra la puerta a su espalda.

Sonrío porque es muy probable que Bridgette sea la única chica del mundo capaz de llamar a alguien patán y de declararle su amor en la misma frase. Y, curiosamente, Warren es, con toda probabilidad, uno de los pocos tipos del mundo a los que un gesto así puede resultarle atractivo.

Están hechos el uno para el otro.

Ridge: ¿Cómo demonios lo lograste? Yo esperaba que saliera y lo estrangulara aquí mismo. Y tú pasas dos minutos con ella y va y se echa en sus brazos.

Yo: En realidad no es tan mala como parece.

Ridge: ¿Seguro?

Yo: Bueno, quizá sí. Pero es algo digno de admiración, ¿no? Que sea tan consecuente consigo misma.

Ridge sonríe, deja el teléfono y desvía de nuevo la vista hacia la computadora. Hay algo distinto en él. No sabría decir exactamente de qué se trata, pero se lo veo en los ojos. Parece distraído. O triste. ¿O tal vez sólo cansado?

En realidad, creo que su expresión muestra un poco de las tres cosas a la vez, y me siento mal por él. Cuando empezamos a hablar parecía tener un control absoluto sobre su vida, pero ahora que lo conozco algo mejor, empiezo a pensar que no es así. El chico que está frente a mí ahora mismo parece sumido en el caos... y eso que apenas empecé a rascar la superficie.

Ridge: Aún voy un poco retrasado con el trabajo, pero creo que esta noche ya me habré puesto al día. Si se te antoja que trabajemos en una nueva canción, ya sabes dónde estoy.

Yo: Me parece genial. Esta tarde tengo grupo de trabajo, pero a las siete ya estaré en casa.

Me sonríe sin demasiadas ganas y se va a su habitación. Estoy empezando a comprender la mayoría de sus expresiones... y la mirada que acaba de lanzarme era, sin la menor duda, de nerviosismo.

Ridge

Como no se ha presentado en mi cuarto, deduje que no se le antojaba mucho escribir letras esta noche, así que me dije «Está bien, no importa».

Pero pasan unos minutos de las ocho y la luz de mi habitación parpadea. No puedo ignorar la descarga de adrenalina que acabo de experimentar. Me digo que si mi cuerpo está reaccionando así es sólo porque me apasiona componer música, pero si ése fuera el caso, ¿por qué no siento el mismo entusiasmo cuando escribo letras en solitario? ¿O con Brennan?

Cierro los ojos, dejo la guitarra a un lado con suavidad y respiro hondo. Ya hace semanas que no compartimos estos momentos. Desde la noche en que me dejó oírla cantar, cosa que cambió por completo la dinámica de nuestra relación laboral.

Pero ella no tiene la culpa, claro. Ni siquiera sé si la tengo yo. Supongo que la culpa es de la naturaleza, porque la atracción es una perra y tengo que dominarla como sea.

Puedo hacerlo.

Abro la puerta de mi habitación y me hago a un lado para que entre, cargada con su cuaderno y su computadora. Se acerca a la cama muy tranquila y se deja caer sobre el colchón. Luego abre la computadora. Yo también me siento y abro la mía.

Sydney: Hoy no podía concentrarme en clase, porque lo único que quería era escribir letras. Pero no me permití hacerlo, porque me salen mucho mejor cuando tú tocas. Lo extrañaba. Al principio creía que no iba a gustarme porque me ponía nerviosa, pero la verdad es que me encanta escribir letras. Me encanta, me encanta, me encanta. Vamos allá, estoy lista.

Está sonriéndome y dando alegres palmaditas sobre el colchón.

Le devuelvo la sonrisa, me apoyo en la cabecera de la cama y empiezo con las notas iniciales de una canción nueva en la que he estado trabajando. Aún no la termino, pero espero adelantar mucho esta noche con la ayuda de Sydney.

Toco la canción varias veces y ella a ratos me observa y a ratos escribe. Utiliza las manos para indicarme que pare, que retroceda, que pase al siguiente estribillo o que vuelva a tocar la canción desde el principio. La observo atentamente mientras toco y seguimos protagonizando esta especie de danza durante más de una hora. Tacha mucho y va poniendo un montón de caras raras, cosa que me hace pensar que no se la está pasando muy bien que digamos.

Al final se sienta y arranca la hoja del cuaderno para luego arrugarla y tirarla al bote. Cierra la libreta de golpe y mueve la cabeza de un lado a otro.

Sydney: Lo siento, Ridge. A lo mejor es sólo que estoy agotada, pero ahora mismo no me sale nada. ¿Te importa si lo dejamos para mañana por la noche?

Le respondo con un gesto afirmativo y me esfuerzo por ocultar mi decepción. No me gusta verla tan frustrada. Toma su computadora y su cuaderno y se encamina hacia su habitación. Antes, sin embargo, se voltea y dice:

—Buenas noches.

En cuanto desaparece, salto de la cama y empiezo a rebuscar en el bote. Encuentro la hoja arrugada, me la llevo a la cama y la aliso.

> Mirándolo desde aquí,
> tan lejano todavía,
> lo quiero junto a mi corazón,
> lo quiero aquí ~~lo quiero.~~
> Tal vez ~~un día de estos~~ mañana.

Hay frases al azar, algunas tachadas y otras no. Las leo todas para tratar de encontrarles un sentido.

> Correría por ~~él~~ ti si pudiera ponerme de pie,
> pero ya no tengo fe.
> No puedo ser suya ahora,
> ~~¿por qué no me lleva lejos de aquí?~~

Al leer sus palabras, me siento como si estuviera invadiendo su intimidad. Pero... ¿es así? Técnicamente, estamos trabajando juntos, por lo que debería tener derecho a leer lo que escribe mientras lo hace.

Pero hay algo distinto en esta canción. Y me parece diferente porque no tengo la sensación de que hable de Hunter.

Más bien me parece que podría referirse a mí.

No debería estar haciendo esto. No debería estar tomando el teléfono en este preciso instante y, desde luego, no debería estar pensando en cómo convencerla para que me ayude a acabar la canción esta noche.

Yo: No te enojes, pero estoy leyendo la letra. Creo que ya sé por qué te sientes frustrada.

Sydney: ¿Podría ser porque se me da fatal escribir letras y en realidad sólo tenía dentro un par de ellas?

Tomo la guitarra y me dirijo a su habitación. Toco y abro la puerta, suponiendo que aún está visible, pues no han pasado ni dos minutos desde que salió de mi habitación. Me acerco a la cama y me siento; tomo su pluma y su cuaderno y dejo sobre este último la letra que escribió. Escribo una nota y se la paso:

> *No debes olvidar que el grupo para el que escribes las canciones está formado por hombres. Ya sé que no es fácil escribir desde un punto de vista masculino, porque está claro que no eres un hombre. Si dejas de escribir esta letra desde tu propio punto de vista y tratas de darle un enfoque nuevo, puede que te salga sola. A lo mejor te está costando porque sabes que la cantará un hombre, pero los sentimientos salen de ti. Intenta darle la vuelta, a ver qué pasa.*

Lee mi nota y luego toma la pluma y se acuesta en la cama. Me mira y señala la guitarra con un gesto de la cabeza, dándome a entender que quiere intentarlo. Me deslizo hasta quedar sentado en el piso, coloco la guitarra en posición vertical y me la apoyo en el pecho. Cuando estoy trabajando en los acordes de un tema nuevo, me ayuda tocar de esta forma porque así percibo mejor las vibraciones.

Cierro los ojos, apoyo la cabeza en la guitarra y empiezo a tocar.

11

Sydney

Ay, Dios mío. Ya está haciéndolo otra vez. Esa cosa tan fascinante que hace.

Ya lo había visto tocar así la guitarra, pero antes de saber que no se oía a sí mismo. Pensaba que a lo mejor colocaba de esa manera para rasguear las cuerdas desde un ángulo distinto, pero ahora sé que lo hace para poder sentir mejor la música. No sé por qué, pero conocer ese detalle hace que me guste aún más observarlo mientras toca.

Debería estar trabajando en la letra, pero lo contemplo mientras toca la canción entera sin abrir los ojos ni una sola vez. Cuando termina, bajo rápidamente la vista hacia el cuaderno, porque sé que está a punto de abrir los ojos y mirarme. Finjo que estoy escribiendo y él gira la guitarra para colocarla en la posición normal. Luego se apoya en mi cómoda y empieza a tocar la misma canción otra vez.

Me concentro en la letra y pienso en lo que me dijo antes. Ridge tiene razón. No he tenido en cuenta el hecho de que será un chavo quien la cante. Me he concentrado en trasladar mis sentimientos al papel. Cierro los ojos y trato de imaginarme a Ridge cantando la canción.

Trato de imaginarme cómo sería hablar con sinceridad de lo que siento por él y me inspiro en eso para avanzar en la letra. Abro los ojos y tacho la primera frase de la canción. Después empiezo a reescribir la primera estrofa.

> ~~Mirándolo desde aquí~~
> Me parece muy lejano todavía,
> pero me acerco un poco cada día
> y pienso que ha de ser para mí.

Creo que el verdadero motivo de que esta noche no sea capaz de escribir es que cada línea que traslado al papel habla de Ridge... y sé que él se va a dar cuenta. Sacó la letra del bote y la leyó, o sea que seguramente ya se hizo una idea. Aun así... ahí está, esperando a que termine la canción. Me centro en la segunda estrofa y trato de no perder de vista su consejo.

> Correría por ~~él~~ ti si pudiera ponerme de pie,
> ~~Pero no puedo pedírselo~~
> pero en lo que quiero no tengo fe,
> porque lo que quiero eres tú.

Sigo repasando la letra que ya escribí, tachando algunas líneas y cambiando otras mientras Ridge toca la canción varias veces.

> ~~Si pudiera ser suya, esperaría~~
> Y si no puedo ser tuyo ahora,
> esperaré aquí, contando las horas,
> a que vengas y me lleves más lejos todavía.
> Tal vez mañana.
> Tal vez mañana.

La página es un desastre y ya no se entiende nada, así que la dejo a un lado y tomo el cuaderno para volver a escribir toda la letra. Ridge deja de tocar unos minutos mientras la paso en limpio.

Cuando levanto la vista hacia él, me señala la página para darme a entender que quiere leer lo que escribí. Asiento.

Se acerca a la cama y se acomoda a mi lado, inclinándose un poco para leer lo que he escrito hasta ahora.

Soy perfectamente consciente de que sabe leer entre líneas y de que no se le escapará que la letra tiene que ver más con él que con Hunter, así que siento una oleada de pánico. Se acerca un poco el cuaderno, aunque aún sigue sobre mi regazo. Tiene el hombro pegado al mío y la cara tan cerca que seguramente notaría mi aliento en la mejilla... si fuera capaz de respirar. Me obligo a dirigir la mirada al mismo lado que la suya: hacia la letra escrita en la página que tengo sobre el regazo.

> Quiero ignorar tus palabras.
> Te vuelves hacia mí,
> me alejo de ti.

Ridge toma la pluma y tacha la última línea. Luego ladea un poco la cabeza para mirarme. Se señala con la pluma y traza unos garabatos en el aire para decirme que querría cambiar algo.

Le hago un gesto afirmativo, inquieta y temerosa de que no le haya gustado. Apoya la pluma en el papel, junto a la línea que acaba de tachar. Hace una pausa de varios segundos antes de escribir y se voltea lentamente para mirarme de nuevo. Me fijo en su expresión de nerviosismo y me pregunto qué la estará provocando. Despacio, aparta la mirada de mis ojos y la deja resbalar por mi cuerpo hasta concentrarse de nuevo en la página. Respira hondo, expulsa el aire con gran lentitud y luego empieza a escribir la nueva letra. Lo observo con atención mientras escribe la letra de toda la canción, tratando de descifrar lo que añade.

TAL VEZ MAÑANA

> Me parece muy lejano todavía,
> pero me acerco un poco cada día
> y pienso que ha de ser para mí.

Correría por ti si pudiera ponerme de pie,
pero en lo que quiero no tengo fe,
porque lo que quiero eres tú.

Estribillo:
Y si no puedo ser tuyo ahora,
esperaré aquí, contando las horas,
a que vengas
y me lleves más lejos todavía.
Tal vez mañana.
Tal vez mañana.

Quiero ignorar tus palabras.
te vuelves hacia mí, me alejo de ti.
Pero Cupido me ha lanzado dos flechas.

Huelo tu perfume en mis sábanas,
tu imagen entra por las ventanas,
verdades escritas que no decimos.

(Repetir estribillo)

Dices que está mal, pero es muy bonito.
Me alejas de ti, luego me acercas un poquito.
Frases que no terminamos, como nuestra canción.

Esto no puede acabar bien, lo sabemos.
Trazamos líneas que luego desdibujamos.
Por ella sufro, por ti me muero.

(Repetir estribillo)

Cuando termina de escribir, deja la pluma sobre el papel. Se voltea una vez más para mirarme y no sé si está esperando que reaccione ante lo que acaba de escribir, pero es que no puedo. Estoy intentando negarme a pensar que haya algo de verdad tras esa letra, pero me viene a la mente lo que dijo la primera noche que escribimos juntos: «Son tus palabras, Sydney. Palabras que salieron de ti».

En aquel momento me estaba diciendo que siempre hay algo de verdad tras la letra de una canción, pues procede del interior de la persona que la escribió. Miro de nuevo el final de la página.

Por ella sufro, por ti me muero.

Ay, señor. No puedo. Yo no he buscado esto. No lo quiero.

Pero me siento tan bien... Sus palabras me caen bien, su cercanía me cae bien, que su mirada busque la mía me desboca el corazón... Juro por mi vida que no entiendo cómo algo tan maravilloso puede estar tan mal.

No soy una mala persona.

Ridge no es una mala persona.

¿Cómo es posible que dos buenas personas cargadas de buenas intenciones terminen sintiendo algo que nace de esa bondad y que, al mismo tiempo, es tan horrible?

Ridge parece cada vez más preocupado. Aparta la mirada de mí y toma el teléfono.

Ridge: ¿Estás bien?

Ja. ¿Lo estoy? Claro. Por eso me sudan las palmas de las manos y me cuesta respirar; por eso estoy aferrada a la sábana de la cama, porque es la única manera de no hacer con las manos algo que jamás me perdonaría.

Le digo que sí con la cabeza y luego lo aparto con suavidad para ponerme de pie y dirigirme al baño. Cierro la puerta después de entrar y me apoyo en ella; cierro los ojos y me repito mentalmente el mantra que llevo semanas repitiendo.

«Maggie. Maggie. Maggie. Maggie. Maggie.»

Ridge

Tras unos cuantos minutos, regresa finalmente a la habitación.
Me sonríe, se acerca a la cama y toma el teléfono.

Sydney: Lo siento. Estaba mareada.

Yo: ¿Te encuentras bien?

Sydney: Sí, sólo quería un poco de agua. Me gusta mucho la letra,
Ridge. Es perfecta. ¿Quieres que volvamos a tocarla o lo dejamos ya
por esta noche?

La verdad es que me encantaría que volviéramos a tocarla, pero
Sydney parece cansada. También daría cualquier cosa por volver
a oírla cantar, pero no creo que sea buena idea. Ya me atormenté
bastante mientras escribía el resto de la letra. Sin embargo, el hecho de que, obviamente, estuviera escribiendo sobre ella no me
detuvo, porque en ese momento sólo podía pensar en que ¡estaba
escribiendo! Hacía meses que no era capaz de escribir una letra y,
en apenas unos minutos, fue como si la niebla se hubiera disipado
y las palabras hubieran empezado a surgir sin esfuerzo. Y habría

seguido, de no ser porque tenía la sensación de haber ido ya demasiado lejos.

Yo: Lo dejamos por esta noche. Estoy muy contento con esta canción, Syd.

Me sonríe, tomo la guitarra y regreso a mi habitación.

Dedico los siguientes minutos a transferir la letra al programa de música que tengo en la computadora y a añadir los acordes de guitarra. Una vez introducida toda la información, pulso la tecla de enviar, cierro el programa y le escribo un mensaje a Brennan.

Yo: Te acabo de enviar un borrador inicial con letra. Me gustaría mucho que Sydney pudiera escucharla, así que si tienes tiempo esta semana de trabajar en una versión acústica, envíamela, por favor. Creo que le caería muy bien poder escuchar por fin algo que ella misma creó.

Brennan: Le estoy echando un vistazo ahora mismo. Detesto tener que admitirlo, pero creo que no te equivocaste con esta chica. Está claro que el cielo la envió sólo para nosotros.

Yo: Eso parece.

Brennan: Dame una hora. No estoy muy ocupado ahora mismo, a ver qué puedo hacer.

¿Una hora? ¿Va a enviármela esta misma noche? Le escribo inmediatamente un mensaje a Sydney.

Yo: Intenta no quedarte dormida. Puede que tenga una sorpresita para ti dentro de un rato.

Sydney: Eh... bueno.

Cuarenta y cinco minutos más tarde, recibo un correo de Brennan con un archivo adjunto que se llama «Primera versión, *Tal vez mañana*». Lo abro en el teléfono, busco unos audífonos en el cajón de la cocina y me dirijo a la habitación de Sydney. Abre la puerta en cuanto toco y me deja pasar. Me acerco a la cama, me siento y le indico que se siente a mi lado. Me observa con gesto interrogante, pero se acerca a la cama. Le paso los audífonos y doy una palmadita sobre la almohada, de modo que se acuesta en la cama y se pone los audífonos. Sigue observándome no muy convencida, como si creyera que estoy a punto de hacerle una broma pesada.

Me acuesto junto a ella, me apoyo en un codo y luego pulso la tecla de reproducir. Dejo el teléfono en la cama, entre los dos, y entonces la observo.

Pasados unos segundos, voltea la cabeza hacia mí. Leo las palabras «Ay, Dios mío» en sus labios y la veo mirarme como si acabara de regalarle el mundo entero.

Y me siento de maravilla.

Sydney sonríe, se tapa la boca con una mano y se le llenan los ojos de lágrimas. Echa la cabeza hacia atrás y contempla el techo, supongo que porque se siente incómoda por haber reaccionado con tanta emoción. No debería sentirse así. Es exactamente lo que esperaba de ella.

Sigo observándola mientras escucha la canción y distingo en su cara una mezcla de emociones. Sonríe, exhala, cierra los ojos... Al terminar la canción, me mira y mueve los labios.

—Otra vez.

Sonrío y pulso de nuevo la tecla de reproducir del teléfono. Sigo observándola, pero en cuanto empieza a mover los labios y me doy cuenta de que está cantando la canción, mi sonrisa desaparece arrastrada por algo que no esperaba sentir en absoluto.

Celos.

Nunca en toda mi vida, en todos los años que llevo habitando un mundo de silencio, había deseado tanto oír algo como deseo ahora oír su voz. Deseo tanto oírla que me resulta físicamente doloroso. Me siento como si las paredes de mi pecho me estuvieran aplastando el corazón, y ni siquiera me doy cuenta de que le puse una mano en el pecho hasta que ella se voltea hacia mí, sobresaltada. Le digo que no con la cabeza, pues no quiero que deje de cantar. Ella hace un ligero gesto de asentimiento, pero los latidos de su corazón se aceleran por segundos bajo mi mano. Noto la vibración de su voz en la palma, pero la tela que me separa de su piel me impide percibir su voz como a mí me gustaría. Desplazo la mano hacia arriba, hasta apoyársela en la base de la garganta, hasta dejar los dedos y la palma completamente inmóviles en su cuello. Me acerco más a ella, le pego el pecho al costado, porque la abrumadora necesidad de oírla me domina por completo y ni siquiera me permito pensar en dónde están trazadas las líneas invisibles.

La vibración de su voz se interrumpe y noto que traga saliva al voltearse para mirarme, embargada por los mismos sentimientos que inspiraron la mayoría de los versos de esta canción.

«Dices que está mal, pero es muy bonito.»

No existe otra forma de describir lo que siento. Sé que está mal la forma en que pienso en ella y lo que ella me hace sentir, pero no hago más que luchar contra lo bonito que me parece estar con Sydney.

Ya no canta. Aún tengo la mano apoyada en su garganta y ella continúa con la cara volteando hacia mí. Subo un poco la mano, hasta rozarle la mandíbula. Paso un dedo por el cable de los audífonos y se los quito. Bajo de nuevo los dedos hacia su mandíbula y, poco a poco, le paso la mano por detrás de la nuca. Mi mano se adapta tan perfectamente a la forma de su nuca que es como si estuviera hecha para sujetarla así. Muy despacio, la atraigo hacia mí y ella voltea ligeramente el cuerpo en mi dirección. Mi pecho y el suyo se encuentran y experimento una fuerza tan poderosa que todo mi cuerpo pide a gritos que lo funda con el suyo hasta el último rincón.

Ella me acerca las manos al cuello y, muy despacio, me apoya las palmas en la piel para después subir los dedos y hundírmelos en el pelo. Tenerla tan cerca hace que me sienta como si hubiéramos creado nuestro propio espacio privado, como si el mundo exterior no pudiera entrar aquí ni nuestro mundo interior pudiera salir.

Noto su aliento en los labios y, aunque no puedo oír su respiración, me imagino que debe de sonar igual que cuando percibo el latido de un corazón. Apoyo la frente en la suya y algo, una especie de murmullo, me surge de lo más hondo del pecho y me sube hasta la garganta. El sonido que siento brotar de mis labios hace que Sydney abra la boca, como si quisiera contener una exclamación, y la forma en que separa ligeramente los labios me impulsa a cubrirlos con los míos de inmediato en busca del alivio que anhelo con tanta desesperación.

Y alivio es exactamente lo que obtengo cuando nuestros labios se unen. Es como si de repente liberara todos los sentimientos reprimidos y negados que ella me inspira y consiguiera respirar por primera vez desde que la conozco.

Ella sigue acariciándome el pelo con los dedos y yo le sujeto la nuca con más fuerza, la atraigo hacia mí. Dejo que mi lengua se deslice en su interior y busque la suya. Su cuerpo es cálido y suave, y las vibraciones de sus gemidos empiezan a abandonar su boca para perderse directamente en la mía.

Cierro muy despacio los labios sobre los suyos, pero enseguida vuelvo a abrirlos y repetimos el beso, aunque esta vez con menos titubeos y más desesperación. Sus manos me recorren la espalda y yo dejo resbalar una de las mías hasta apoyársela en la cintura, mientras exploro el interior de su boca y nuestras lenguas inician una increíble danza al ritmo de una canción que sólo nuestras bocas oyen. La desesperación y la velocidad con que nos dejamos llevar por este beso deja claro que ambos intentamos obtener lo máximo del otro antes de que termine este momento.

Porque los dos sabemos que tiene que terminar.

Le rodeo la cintura con firmeza cuando mi corazón empieza a partirse en dos: una de las mitades se queda donde ha estado siempre, con Maggie, pero la otra se va hacia la chica que está pegada a mí.

Nada, en toda mi vida, me había parecido tan bonito y, al mismo tiempo, tan terriblemente doloroso.

Aparto los labios de los suyos y los dos jadeamos en busca de aire, pero no puedo moverme porque ella sigue abrazándome con desesperación. Me niego a permitir que nuestros labios vuelvan a unirse mientras intento decidir a cuál de las dos mitades de mi corazón quiero salvar.

Apoyo la frente en la de ella, cierro los ojos y empiezo a tomar y a expulsar aire con rapidez. Ella no intenta besarme de nuevo, pero percibo un cambio en los movimientos de su pecho: si antes se esforzaba por respirar, ahora procura contener las lágrimas. Me aparto, abro los ojos y la miro.

Tiene los ojos cerrados con fuerza, pero las lágrimas se le escapan de todos modos. Voltea la cara, se tapa la boca con una mano y trata de acostarse de lado, de alejarse de mí. Me apoyo en las manos y contemplo lo que acabo de hacerle.

Le hice lo único que prometí no hacerle nunca.

Convertirla en una Tori.

Me estremezco y apoyo la frente en un lateral de su cabeza, con los labios pegados a su oreja. Le busco una mano y tomo la pluma que hay sobre el buró. Le doy la vuelta a su mano y acerco la punta de la pluma a la palma.

Lo siento mucho.

Le beso la palma de la mano, me levanto de la cama y me alejo. Ella abre los ojos el tiempo necesario para mirarse la mano. Luego cierra el puño con fuerza, se lleva la mano al pecho y empieza a sollozar con la cara hundida en la almohada. Tomo mi guitarra, mi teléfono y mi vergüenza... y la dejo completamente sola.

12

Sydney

No quiero levantarme de la cama. No quiero ir a clase. Y, desde luego, no quiero salir otra vez a buscar trabajo. No quiero hacer nada que no sea seguir tapándome los ojos con la almohada, porque sólo así puedo establecer una barrera adecuada entre yo misma y todos los espejos de este departamento.

No quiero mirarme en el espejo porque temo verme tal como soy ahora mismo. Una chica que no tiene sentido moral ni respeto por las relaciones de los demás.

No puedo creer que anoche besara a Ridge.

No puedo creer que él me besara a mí.

Y no puedo creer que me pusiera a llorar en cuanto él se alejó de mí y vi la expresión de su cara. No creía que fuera posible concentrar tanto dolor y arrepentimiento en una misma expresión. Ver lo arrepentido que estaba Ridge de haber compartido ese momento conmigo fue uno de los golpes más duros que mi corazón ha tenido que asimilar. Me dolió más que lo que me hizo Hunter. Me dolió más que lo que me hizo Tori.

Pero por mucho que me doliera ver su expresión de arrepentimiento, eso no fue nada comparado con la vergüenza y la culpa que sentí al pensar en lo que le había hecho a Maggie. En lo que Ridge le había hecho a Maggie.

En cuanto me puso la mano en el pecho y se me acercó, supe que tenía que levantarme de la cama y pedirle que saliera de la habitación.

Pero no lo hice. No pude.

Cuanto más se acercaba y más nos mirábamos el uno al otro, más me consumía la necesidad. No era una necesidad básica, como por ejemplo la de beber agua cuando tengo sed o la de comer cuando tengo hambre. Era una insaciable necesidad de alivio. Alivio del anhelo y del deseo que he reprimido durante tanto tiempo.

Jamás me había dado cuenta de lo poderoso que puede ser el deseo. Nos va consumiendo por dentro, estimulando nuestros sentidos al máximo. Cuando nos encontramos en ese momento, estimula nuestro sentido de la vista, y lo único que podemos hacer es concentrarnos en la persona que tenemos delante. Estimula también nuestro sentido del olfato y, de repente, percibimos que la otra persona lleva el pelo recién lavado o una camiseta recién sacada de la secadora. Estimula también nuestro sentido del tacto y hace que se nos erice la piel, que notemos un cosquilleo en las yemas de los dedos, que anhelemos que nos toquen. Estimula el sentido del gusto, y de repente nuestros labios se sienten hambrientos y deseosos. Y lo único capaz de satisfacerlos es el alivio que nos produce otra boca en busca de lo mismo.

Pero... ¿cuál de mis sentidos estimuló más el deseo?

El oído.

En cuanto Ridge me puso los audífonos y empezó a sonar la música, se me puso de punta el vello de los brazos, sentí escalofríos y tuve la sensación de que los latidos del corazón se me adaptaban lentamente al compás de la música.

Por mucho que Ridge anhelara también ese sentido, no podía experimentarlo. En ese momento, ni siquiera todos sus otros sentidos combinados pudieron compensar la falta del que él más deseaba: Ridge anhelaba oírme tanto como yo anhelaba que me oyera.

Lo que ocurrió entre nosotros no ocurrió porque fuéramos débiles. Ridge no me pasó la mano por la mandíbula primero y por la nuca después sólo porque yo estuviera justo delante y le dieran ganas de enredarse con alguien. No pegó su cuerpo al mío sólo porque me considere atractiva y supiera que sería agradable. No me separó los labios con los suyos sólo porque le guste besar y estuviera seguro de que nadie se enteraría.

Por mucho que ambos intentáramos resistirnos, todas esas cosas ocurrieron entre nosotros porque lo que sentimos el uno por el otro está empezando a ser más fuerte que el deseo. Es fácil luchar contra el deseo, sobre todo porque la única arma que éste posee es la atracción.

Pero no es tan fácil cuando se intenta ganarle la guerra al corazón.

La casa está muy silenciosa desde que me desperté hace más de una hora. Cuanto más tiempo paso aquí acostada pensando en lo que ocurrió anoche, menos ganas tengo de enfrentarme a Ridge. Pero sé que debemos hablar de ello, que cuanto más esperemos, más nos costará afrontarlo.

Me visto a regañadientes y entro en el baño para cepillarme los dientes. Su habitación está en silencio: suele acostarse tarde y levantarse tarde, así que decido dejarlo dormir. Esperaré en la salita. Tengo la esperanza de que Bridgette y Warren estén muy ocupados en alguna cama o durmiendo aún, porque esta mañana no me veo capaz de soportarlos a ninguno de los dos.

Abro la puerta de la salita.

Me quedo inmóvil.

«Media vuelta, Sydney. Media vuelta y regresa a tu habitación.»

Ridge está de pie ante la barra de desayuno. Sin embargo, no es la imagen de Ridge lo que me deja del todo petrificada. Es la de la chica que está entre sus brazos. La chica a la que está pegado. La chica a la que está mirando directamente como si fuera lo único que le ha importado, que le importa y que le importará en esta vida. Es la chica que se interpone entre mi «tal vez mañana» y yo.

Warren sale de su habitación en ese momento y los ve juntos en la cocina.

—Hola, Maggie, pensaba que no venías hasta dentro de un par de semanas.

Maggie se voltea completamente al oír la voz de Warren. Ridge desvía la mirada de Maggie a mí. Tensa el cuerpo, se yergue, se aleja un poco de ella.

Sigo sin poder moverme; de lo contrario, ya habría puesto tierra de por medio entre estos tres y yo.

—Estaba a punto de irme —vocaliza Maggie utilizando al mismo tiempo la lengua de signos y mirando a Warren. Ridge se aleja un paso de ella, deja de mirarme y se concentra de nuevo en Maggie—. Ayer ingresaron a mi abuelo en el hospital. Llegué anoche. —Se da la vuelta y le da a Ridge un breve beso en los labios; después se dirige a la puerta—. No es nada grave, pero me quedaré con él hasta que lo den de alta mañana.

—Vaya, lo siento —dice Warren—. Pero estarás aquí el fin de mi fiesta, ¿no?

¿Fiesta?

Maggie asiente y retrocede un paso hacia Ridge. Le echa los brazos al cuello y él le rodea la cintura: dos sencillos movimientos que hacen pedazos fragmentos enormes de mi corazón.

Ridge apoya los labios en los de ella y cierra los ojos. Le toma la cara entre las manos, echa la cabeza hacia atrás y la mueve hacia delante para darle un beso en la punta de la nariz.

Ay.

Maggie sale del departamento sin haber notado siquiera mi presencia. Ridge cierra la puerta tras ella y se voltea para mirarme con una expresión indescifrable.

—¿Qué hacemos hoy? —pregunta Warren mirándonos de forma alternativa a Ridge y a mí.

Ninguno de los deja de mirar al otro para responder. Transcurridos unos segundos, Ridge mueve los ojos de manera casi imperceptible hacia su habitación. Luego mira a Warren y le dice algo utilizando la lengua de signos mientras yo regreso a mi dormitorio.

Es increíble que, a lo largo de los tres últimos minutos, haya tenido que enviar a mis órganos tantos recordatorios de cosas que deberían ser tan sencillas como habituales.

«Toma aire, suelta aire.»

«Contrae, dilata.»

«Late, late, descansa. Late, late, descansa.»

«Inspira, espira.»

Cruzo el baño y me acerco a la puerta del dormitorio de Ridge. Está claro que quiere hablar, y yo sigo pensando que enfrentarse ahora a lo ocurrido es mejor que esperar. Sin duda es infinitamente mejor que no enfrentarse a ello.

El trayecto por el baño es de apenas unos pasos, así que no debería llevarme más de unos cuantos segundos, pero de alguna manera consigo alargarlo hasta tardar cinco minutos enteros. Nerviosa, apoyo una mano en la manija de la puerta, luego la abro y entro en su dormitorio.

Ridge está entrado por la otra puerta en el mismo instante en que yo cierro la del baño. Nos quedamos los dos inmóviles, mirándonos. Estas miraditas van a tener que acabarse, porque mi pobre corazón ya no puede soportarlas más.

Nos acercamos los dos a su cama, pero me detengo antes de sentarme. Deduzco que vamos a mantener una conversación seria, así que levanto un dedo y doy media vuelta para ir en busca de mi computadora.

Cuando regreso, Ridge ya está sentado en la cama con su computadora, así que tomo asiento, me apoyo en la cabecera y abro la mía. Aún no me ha enviado ningún mensaje, así que soy yo la primera en escribir.

Yo: ¿Estás bien?

Pulso la tecla de enviar y, tras leer mi pregunta, Ridge se voltea hacia mí con una expresión de ligera perplejidad. Luego se concentra otra vez en su computadora y empieza a teclear.

Ridge: ¿En qué sentido?

Yo: En todos, supongo. Imagino que no te resultó fácil ver a Maggie después de lo que ocurrió anoche entre nosotros, así que sólo quería saber si estás bien.

Ridge: Creo que ahora mismo estoy un poco confundido. ¿No estás enojada conmigo?

Yo: ¿Debería?

Ridge: Teniendo en cuenta lo que pasó anoche, diría que sí.

Yo: Tengo el mismo derecho a estar enojada contigo que tú a estar enojado conmigo. No digo que no esté disgustada, pero... ¿en qué iba a ayudarnos que me enojara contigo?

Lee mi mensaje y expulsa el aire con fuerza al tiempo que apoya también la cabeza en la cabecera. Cierra los ojos un momento antes de incorporarse otra vez para responderme.

Ridge: Maggie se presentó aquí anoche, más o menos una hora después de que regresé a mi habitación. Estaba convencido de que entrarías hecha una furia y le contarías que soy un imbécil por haberte besado. Y esta mañana, en la cocina, cuando te vi en la puerta de tu habitación, me puse a temblar.

Yo: Jamás se lo contaría, Ridge.

Ridge: Te lo agradezco. ¿Y ahora qué?

Yo: No lo sé.

Ridge: Preferiría que no lo barriéramos debajo de la alfombra y fingiéramos que no pasó nada, porque no creo que eso nos funcione. Tengo muchas cosas que decir, y me da la sensación de que si no las digo ahora no lo haré nunca.

Yo: Yo también tengo mucho que decir.

Ridge: Tú primero.

Yo: No, tú primero.

Ridge: ¿Y si escribimos los dos al mismo tiempo? Cuando hayamos terminado, pulsamos la tecla de enviar los dos a la vez.

Yo: Hecho.

No tengo ni idea de lo que se propone decirme, pero no permito que influya en lo que necesito decirle yo. Escribo exactamente lo que quiero que sepa, luego hago una pausa y espero a que él termine de teclear. Cuando al final acaba, nos miramos el uno al otro, él hace un gesto afirmativo y pulsamos la tecla de enviar.

Yo: Creo que lo que ocurrió ayer entre nosotros sucedió por muchos motivos. Está claro que nos sentimos atraídos el uno por el otro, que tenemos muchas cosas en común y, si la situación fuera otra, creo sinceramente que nos iría muy bien juntos. Me veo a tu lado, Ridge: eres inteligente, tienes talento, eres divertido, compasivo, sincero y también un poco malo, cosa que me gusta. ;) Y anoche... ni siquiera sé cómo describirlo. Nunca había sentido nada parecido al besar a alguien. Aunque no todos esos sentimientos son buenos. También hay mucha culpa entre ellos.

Aunque la idea de estar juntos tenga sentido, por otro lado no lo tiene en absoluto. No puedo salir de una relación de una forma tan dolorosa y aspirar a encontrar la felicidad unas cuantas semanas después. Es demasiado rápido y quiero estar sola un tiempo, independientemente de lo que pueda sentir ahora.

No sé qué piensas tú y, la verdad, me da pánico enviarte este mensaje, porque deseo que estemos los dos en la misma onda. Quiero que los dos trabajemos juntos para intentar superar lo que sentimos y que podamos seguir componiendo música juntos, siendo amigos y haciéndole bromas absurdas a Warren. No estoy preparada para renunciar a todo eso, pero si el hecho de que yo esté aquí te resulta demasiado duro o te hace sentir culpable cuando estás con Maggie, me iré. Sólo tienes que decirlo y me iré. Bueno, no espero que lo DIGAS, claro. Sólo tienes que ESCRIBIRLO y me iré. (Perdona el chiste malo a tus expensas, pero es que esta conversación es demasiado seria.)

Ridge: En primer lugar, lo siento. Siento haberte puesto en esa situación. Siento que anoche no pudiera ser más fuerte. Siento haber roto la promesa que te hice, que jamás me convertiría en un Hunter. Pero, sobre todo, siento haberme ido anoche y haberte dejado llorando en tu cama. Largarme y dejar las cosas de aquella manera fue lo peor que podría haber hecho.

Quería volver y hablar contigo, pero, cuando finalmente reuní el valor necesario, apareció Maggie. Si hubiera sabido que iba a venir, te habría advertido. Después de lo que te hice anoche y después de haberte visto la cara esta mañana, cuando nos encontraste juntos, sé que es una de las peores cosas que podría haber hecho.

No tengo ni idea de lo que te pasa a ti por la cabeza, pero debo decirte algo, Sydney. Da igual lo que sienta por ti, da igual que crea que juntos podría irnos muy bien, porque nunca, nunca la dejaré. La amo. La amo desde el momento en que la conocí y la amaré hasta el día en que me muera.

Pero, por favor, no dejes que eso reste valor a lo que siento por ti. Nunca creí que fuera posible sentir algo sincero por más de una persona, pero tú me has convencido de lo terriblemente equivocado que estaba. No quiero mentirme a mí mismo y decirme que no me importas y, desde luego, tampoco voy a mentirte a ti. Sólo quiero que entiendas cómo son las cosas y que nos demos la oportunidad de superar esto, porque estoy convencido de que podemos. Si existen dos personas en este mundo capaces de aprender a ser sólo amigos, somos tú y yo.

Cada uno lee el mensaje del otro. Leo el suyo más de una vez. No esperaba que fuera tan directo y sincero, sobre todo al aceptar lo que siente por mí. En ningún momento he albergado la esperanza de que se plantee dejar a Maggie por mí. Ése sería el peor desenlace de toda esta historia. Si la dejara e intentáramos construir una relación a partir de ahí, jamás funcionaría. Toda nuestra relación se basaría en la traición y el engaño, y esas dos cosas jamás han sido, ni serán, la mejor base para una relación.

Ridge: Caray, estoy impresionado. Qué maduros somos.

Su comentario me hace reír.

Yo: Sí, es verdad.

Ridge: Sydney, no puedo expresar lo mucho que me ha ayudado tu mensaje. En serio, me siento como si me hubiera quitado de encima el peso de los nueve planetas (porque, sí, Plutón siempre será un planeta para mí) que me aplastaban el pecho desde que me separé de ti ayer por la noche. Pero saber que no me odias, que no estás enojada y que no estás tramando una terrible venganza... me hace sentir muy bien. Gracias.

Yo: Espera. Yo no he dicho en ningún momento que no esté tramando una terrible venganza. ;) Pero, ya que estamos siendo tan sinceros, ¿puedo hacerte una pregunta?

Ridge: ¿Qué te dije acerca de empezar una pregunta preguntándome si puedes hacerme una pregunta?

Yo: Ay, Dios mío, ¿cómo pude haberte besado? Eres INSUFRIBLE.

Ridge: Ja, ja, ja. ¿Cuál es la pregunta?

Yo: Estoy preocupada. Está claro que el hecho de que nos sintamos atraídos el uno por el otro supone un problema. ¿Cómo vamos a superarlo? Quiero componer música contigo, pero también sé que las situaciones que se han dado entre nosotros y que podrían incomodar a Maggie se han producido mientras componíamos música. Sé que soy demasiado irresistible cuando estoy en plan creativo y me gustaría saber qué debo hacer para disminuir mi atractivo. Si es que es posible, claro.

Ridge: Sigue siendo así de egocéntrica. Resulta poco atractivo, y si continúas, no seré capaz de volver a mirarte hasta dentro de una semana.

Yo: Bueno. Pero... ¿qué hago con la atracción que siento por ti? Cuéntame algún defecto personal que pueda grabarme en la memoria.

Se ríe.

Ridge: Me levanto tan tarde los domingos que ni siquiera me cepillo los dientes hasta el lunes.

Yo: No está mal para empezar, pero quiero más.

Ridge: Veamos. Una vez, cuando Warren y yo teníamos quince años, me enamoré de una chica. Warren no sabía que me gustaba, así que me pidió que le pidiera que saliese con él. Lo hice y la chica dijo que sí, porque al parecer ella también estaba enamorada de Warren. Le dije a Warren que había contestado que no.

Yo: ¡Ridge! ¡Eso es horrible!

Ridge: Lo sé. Yo también necesito conocer algún defecto tuyo.

Yo: Cuando tenía ocho años, fuimos a Coney Island. Yo quería un helado, pero mis papás no me lo compraron porque llevaba una camiseta nueva que Doña Perfecta no quería que me manchara. En ese momento pasamos junto a un bote y vi un helado de cono medio deshecho que alguien había tirado. Cuando mis papás no veían, lo tomé y empecé a comérmelo.

Ridge: Sí, es bastante asqueroso, pero sólo tenías ocho años, así que en realidad no cuenta. Necesito algo más reciente, de la escuela o de la universidad.

Yo: ¡Ah! Una vez en la escuela fui a dormir a casa de una chica a la que no conocía mucho. Cogimos. No me gustaba ese rollo y fue bastante desagradable, pero tenía diecisiete años y sentía mucha curiosidad.

Ridge: No, Sydney, eso no sirve como defecto. Caray, échame una mano.

Yo: Me gusta cómo huele el aliento de los cachorritos de perro.

Ridge: Mejor. Yo no oigo mis propios pedos, así que a veces se me olvida que los demás sí pueden oírlos.

Yo: Caray... Sí, ésa es la clase de confesión que me hace verte bajo una luz definitivamente distinta. Creo que estaré bien durante una temporada.

Ridge: Un defecto tuyo más y ya estaremos los dos igual de asqueados.

Yo: Hace unos cuantos días, cuando bajaba del autobús del campus, me fijé en que el coche de Tori no estaba. Tomé la llave que aún guardo y me colé en el departamento porque necesitaba unas cuantas cosas que se me habían olvidado allí. Antes de irme, abrí todas sus botellas de licor y escupí dentro.

Ridge: ¿En serio?

Respondo con un gesto afirmativo, porque me da demasiada vergüenza escribir la palabra «sí». Se ríe.

Ridge: Bueno, creo que la cosa va bien. Nos vemos aquí esta noche a las ocho, a ver si podemos trabajar en alguna canción. Si necesitamos tomarnos un descanso de vez en cuando para reforzar nuestra «repulsividad» con unos cuantos defectos más, sólo tienes que decírmelo.

Yo: Hecho.

Cierro mi computadora y voy a levantarme de la cama, pero Ridge me toma la muñeca. Me volteo y me doy cuenta de que me está observando con una expresión muy seria. Estira el brazo y toma una pluma; luego me sujeta la mano y escribe: *Gracias*.

Aprieto los labios y hago un gesto afirmativo. Él me suelta la mano y vuelvo a mi habitación intentando ignorar el hecho de que ni todos los detalles repulsivos del mundo podrían impedir que mi corazón reaccionase ante un gesto así. Bajo la vista y me contemplo el pecho.

«Oye, corazón. ¿Me escuchas? Tú y yo nos hemos declarado la guerra oficialmente.»

Ridge

En cuanto sale de mi habitación y la puerta se cierra tras ella, cierro los ojos y expulso el aire.

Me alegra que no esté enojada. Me alegra que no quiera vengarse. Me alegra que se muestre razonable.

Y también me alegra que, al parecer, tenga más fuerza de voluntad que yo, porque nunca me he sentido tan débil como cuando estoy con ella.

13

Sydney

No ha cambiado gran cosa nuestra forma de practicar las canciones, excepto que ahora lo hacemos a por lo menos un metro y medio de distancia. Hemos terminado un par de canciones desde «el beso» y, aunque la primera noche estuvimos los dos un poco incómodos, ahora parece que le hemos vuelto a agarrar el modo. No hemos hablado del beso ni de Maggie, y tampoco hemos comentado por qué él ahora toca en el piso mientras yo escribo sola en la cama. No hay motivos para comentarlo, porque ambos somos muy conscientes de ese cambio.

El hecho de que los dos hayamos admitido que nos sentimos mutuamente atraídos no parece haber acabado con esa atracción como ambos deseábamos. Para mí, es como si hubiera un elefante en la habitación. Cuando estoy con Ridge, tengo la sensación de que ocupa tanto espacio que me aplasta contra la pared y me obliga a expulsar hasta el último aliento. No paro de repetirme que las cosas mejorarán, pero ya pasaron casi dos semanas desde el beso y, la verdad, no me está resultando más fácil.

Por suerte, tengo dos entrevistas de trabajo la semana que viene, y si me contratan, al menos pasaré más tiempo fuera de casa. Warren y Bridgette trabajan y estudian, así que no están mucho por aquí. Ridge, en cambio, trabaja desde casa, así que nunca se me va de la cabeza que los dos estamos solos en este departamento la mayor parte del día.

Aun así, de todos los momentos del día, el que más detesto es el que Ridge pasa en la regadera. Y eso significa que detesto este preciso instante, pues ahí es donde está ahora. Odio el camino que toman mis pensamientos cuando sé que está justo al otro lado de la pared, completamente desnudo.

«Carajo, Sydney.»

Lo oigo cerrar la llave del agua y abrir la cortina de la regadera y cierro los ojos con fuerza, tratando de no imaginármelo. Probablemente, sería un buen momento para poner un poco de música que me impida oír mis propios pensamientos.

En cuanto se cierra la puerta del baño que da a su dormitorio, alguien toca a la puerta de la calle. Me levanto con alegría de la cama y me dirijo a la salita para dejar de pensar en que, ahora mismo, Ridge estará en su habitación vistiéndose.

Ni siquiera me molesto en echar un vistazo y ver quién es antes de abrir, lo cual es un descuido inaceptable por mi parte. Abro la puerta sin más y me encuentro a Hunter con expresión avergonzada en lo alto de la escalera. Me observa, con una mirada arrepentida e inquieta. Me derrumbo sólo de verlo. Han pasado varias semanas desde la última vez que lo vi y estaba empezando a olvidarme de su aspecto.

El pelo, oscuro, le ha crecido considerablemente desde entonces, y eso me recuerda que siempre era yo quien le pedía cita en la peluquería. Que ni siquiera se haya tomado la molestia de hacerlo por sí mismo lo convierte, a mis ojos, en alguien aún más patético.

—¿Quieres que le dé a Tori el teléfono de tu peluquero? Traes el pelo fatal.

Al oír el nombre de Tori, hace una mueca de dolor. A lo mejor es el hecho de que no me arrojara directamente en sus brazos lo que provocó esa mirada apenada.

—Tú te ves muy bien —dice, y remata el comentario con una sonrisa.

—Es que estoy muy bien —contesto, aunque no sé si le estoy mintiendo o no.

Se pasa una mano por la mandíbula y empieza a voltearse, como si se arrepintiera de haber venido.

¿Por qué está aquí? ¿Cómo sabe dónde vivo?

—¿Cómo supiste dónde encontrarme? —pregunto ladeando la cabeza en un gesto de curiosidad.

Durante una fracción de segundo, lo veo mirar al otro lado del patio, hacia el departamento de Tori. Es obvio que no quiere que me dé cuenta de lo que está pensando, porque eso sólo serviría para arrojar luz sobre el hecho de que sigue visitando regularmente a Tori.

—¿Podemos hablar? —me pregunta.

Ya no detecto en su voz esa seguridad en sí mismo que siempre tenía.

—Si te dejo entrar y te convenzo de que se acabó, ¿dejarás de enviarme mensajes?

Hace un breve gesto de asentimiento, así que me alejo un poco y entra en el departamento. Me acerco a la mesa del comedor y tomo una silla para que le quede claro que nada de ponerse cómodo sentándose en el sillón. Se acerca a la mesa mientras echa un vistazo a su alrededor, seguramente tratando de buscar información acerca de quién vive conmigo.

Toma el respaldo de la silla y la desplaza con lentitud. Localiza un par de zapatos de Ridge que están junto al sillón. Me alegra que los haya visto.

—¿Ahora vives aquí? —me pregunta, en un tono tenso y controlado.

—De momento —le respondo con voz aún más controlada.

Estoy muy orgullosa de poder mantener la calma, porque mentiría si dijera que no me duele verlo. Le entregué dos años de mi vida, y tampoco es que pueda borrar de un tachón todo lo que sentía por él. Los sentimientos tardan en desaparecer, de modo que siguen ahí. Lo que pasa es que ahora están mezclados y enredados con un intenso odio. Me confunde sentirme así al ver a

Hunter, porque jamás creí que pudiera llegar a detestar al hombre que ahora tengo delante. Jamás creí que pudiera traicionarme como lo hizo.

—¿Crees que es seguro? ¿Instalarte en casa de un tipo extraño al que apenas conoces? —dice.

Me lanza una mirada de desaprobación mientras se sienta, como si aún tuviera derecho a juzgar algún aspecto de mi vida.

—Tori y tú no me dejaron muchas más opciones, ¿no crees? Me convirtieron en cornuda y en pordiosera el día de mi cumpleaños. Si acaso deberían felicitarme por haber manejado tan bien la situación. O sea que ni se te ocurra pensar que puedes venir aquí a juzgarme.

Resopla, enojado, y luego se apoya en la mesa, cierra los ojos y se frota la frente con las palmas de las manos.

—Sydney, por favor. No vine para discutir ni para darte un montón de excusas. Vine para decirte que lo siento.

Si hay algo que me gustaría obtener de él, es una disculpa. Bueno, en realidad me gustaría obtener dos cosas: una disculpa seguida de una despedida.

—Bueno, pues aprovecha que estás aquí —digo en voz baja—. Adelante. Dime cuánto lo sientes.

Ya no parezco tan segura de mí misma. En realidad, tengo ganas de darme un puñetazo, porque mi frase sonó muy triste y apenada... y es lo último que quiero que piense acerca de cómo me siento.

—Lo siento, Sydney —dice escupiendo las palabras rápidamente, con desesperación—. Lo siento, lo siento de verdad. Ya sé que no sirve de mucho, pero lo que hay entre Tori y yo siempre ha sido distinto. Hace años que nos conocemos y, bueno, ya sé que no es excusa, pero nuestra relación ya era sexual incluso antes de que llegaras tú. No había nada más. Era sólo sexo, pero cuando entraste en escena ni Tori ni yo supimos poner fin a algo que sucedía desde hacía años. Ya sé que no tiene mucho sentido, pero lo que tenía con ella era completamente distinto a lo que tenía contigo. Te quiero. Y si me das la oportunidad de demostrártelo, no volveré a dirigirle la palabra a Tori.

El corazón me late tan rápido como cuando descubrí que se acostaban juntos. Trato de controlar la respiración en un intento de no saltar por encima de la mesa y darle una golpiza a Hunter. También tengo los puños apretados en un intento de no saltar por encima de la mesa y besarlo. Jamás volvería con él, pero ahora mismo estoy muy confundida, porque extraño muchísimo lo que teníamos. Era sencillo y bonito, y yo jamás había sufrido tanto como durante estas últimas semanas.

Lo que más me confunde es el hecho de que no sufro tanto por no poder estar con Hunter como por no poder estar con Ridge.

Mientras estoy aquí sentada, me doy cuenta de que me afecta más el hecho de que Ridge haya entrado en mi vida que el de que Hunter haya salido de ella. ¿No es enfermizo?

Antes de que pueda contestar, la puerta de la habitación de Ridge se abre y él sale. Lleva unos *jeans*, nada más. Me pongo tensa al notar cómo reacciona mi cuerpo a su presencia. Aun así, me encanta la idea de que Hunter esté a punto de voltearse y ver a Ridge así.

Ridge se detiene a pocos pasos de la mesa al ver a Hunter sentado frente a mí. Desvía la mirada de mi ex hacia mí justo en el momento en que Hunter se voltea para averiguar a quién estoy mirando. Veo la expresión de preocupación que invade la cara de Ridge, acompañada de un destello de rabia. Me lanza una mirada severa y sé exactamente lo que está pensando ahora mismo. Se está preguntando qué demonios hace Hunter aquí, igual que yo. Le hago un gesto afirmativo para tranquilizarlo. Luego desvío la mirada hacia su habitación y le transmito, en silencio, que Hunter y yo necesitamos un poco de privacidad.

Pero Ridge no se mueve. No le gustó lo que acabo de decirle, o sea, que vuelva a su habitación. Por la cara que pone, no se fía de dejar a Hunter a solas conmigo. Tal vez se deba a que no podría oírme si, por el motivo que fuera, necesitara que regresara de inmediato. Sea lo que sea, no parece nada cómodo con lo que le pedí. A pesar de ello, asiente y da media vuelta para irse a su habitación, aunque no sin antes lanzarle a Hunter una mirada de advertencia.

Hunter se voltea otra vez hacia mí, pero su expresión ya no es de arrepentimiento.

—¿Qué demonios era eso? —pregunta con la voz rebosante de celos.

—Eso era Ridge —respondo con firmeza—. Creo que ya se conocen, ¿no?

—¿Es que están...? O sea... ¿tú y él...?

Antes de que me dé tiempo de responder, Ridge entra de nuevo en la salita con su computadora y se va derechito al sillón. Se sienta y, sin dejar de observar a Hunter en ningún momento, abre la computadora y apoya los pies en la mesita de café que tiene delante.

El hecho de que Ridge se niegue a dejarme a solas con Hunter me gusta, y mucho.

—No es que sea asunto tuyo —le digo—, pero no, no estamos saliendo. Tiene novia.

Hunter se concentra de nuevo en mí y se ríe entre dientes. No sé qué es lo que le parece tan divertido, pero me enoja. Cruzo los brazos mientras lo fulmino con la mirada y me reclino en la silla.

Él se echa hacia delante y me mira directamente a los ojos.

—Por favor, Sydney, no me digas que todo esto no te parece irónico.

Al ver que no entiendo lo que quiere decir, se ríe otra vez.

—Estoy intentando explicarte que lo que ocurrió entre Tori y yo era algo puramente físico. Que no significaba nada para ninguno de los dos, pero tú ni siquiera haces el esfuerzo de entenderlo. Y ahora resulta que te estás comiendo con los ojos a tu compañero de departamento, que da la casualidad de que está enamorado de otra mujer. ¿Y no ves la hipocresía de tus acciones? No me digas que no te has acostado con él en los dos meses que llevas aquí. ¿Cómo es posible que no te des cuenta de que lo que están haciendo ustedes es exactamente lo mismo que hicimos Tori y yo? No puedes justificar tus actos si no perdonas los míos.

Intento que no se me abra la boca del todo. Intento controlar la rabia que siento. Intento no saltar por encima de la mesa y darle un puñetazo entre esos ojos de mirada acusadora. Pero he aprendido por las malas que dar puñetazos no es tan agradable como lo pintan.

Me concedo unos momentos para recuperar la calma antes de contestar. Miro a Ridge, que sigue observándome. Por la expresión de mi cara, sabe que Hunter acaba de pasarse de la raya. Ridge sujeta con las manos la pantalla de la computadora, dispuesto a hacerlo a un lado si necesito ayuda.

Pero no la necesito. Está todo controlado.

Me enfrento a Hunter, después de apartar la mirada de Ridge, y me concentro en esos ojos que tantas ganas tengo de arrancarle de la cara.

—Ridge tiene una novia maravillosa que no se merece ser engañada y, por suerte para ella, su chico sabe lo mucho que vale. Dicho lo cual, te equivocas cuando afirmas que me estoy acostando con él, porque no es así. Los dos sabemos lo injusto que sería para su novia, así que no nos dejamos llevar por la atracción. Deberías saber que por el simple hecho de que una chica te la ponga dura ¡no tienes que ir a metérsela necesariamente!

Me levanto con brusquedad de la mesa en el mismo momento en que Ridge deja a un lado la computadora y se pone de pie.

—Vete, Hunter. Lárgate —le digo, incapaz de seguir mirándolo ni un segundo más.

El mero hecho de que haya podido pensar que Ridge y yo nos parecemos en algo a él me enoja muchísimo. Así que le conviene largarse.

Se pone de pie y se va directamente hacia la puerta. La abre y se larga sin molestarse en dirigir la vista atrás. No sé muy bien si se fue con tanta facilidad porque al final entendió que no estoy dispuesta a volver con él o porque Ridge parecía más que dispuesto a darle una patada en el trasero.

Tengo la agradable sensación de que no volveré a saber de él.

Aún tengo la mirada clavada en la puerta cuando me suena el teléfono. Lo saco del bolsillo y me volteo hacia Ridge. Tiene el celular en la mano y me está observando, preocupado.

Ridge: ¿Para qué vino?

Yo: Quería hablar.

Ridge: ¿Sabías que iba a venir?

Miro a Ridge después de leer su mensaje y, por primera vez, me doy cuenta de que está apretando la mandíbula y de que no parece precisamente contento. Casi me atrevería a tachar su reacción de ligero ataque de celos, pero no quiero admitirlo.

Yo: No.

Ridge: ¿Por qué lo dejaste entrar?

Yo: Quería oírlo disculparse.

Ridge: ¿Y lo hizo?

Yo: Sí.

Ridge: No vuelvas a dejarlo entrar.

Yo: No tenía la menor intención de hacerlo. Por cierto, ahora mismo te estás comportando como un imbécil.

Levanta la vista para mirarme y se encoge de hombros.

Ridge: Es mi departamento y no quiero verlo por aquí. No vuelvas a dejarlo entrar.

No me gusta la actitud que está adoptando, y, para ser sincera, que se haya referido al departamento como suyo no me cayó nada bien. Es como un golpe bajo para recordarme que dependo de él. No me molesto en responder. De hecho, lanzo el teléfono al sillón para que deje de mandarme mensajes y regreso a mi habitación.

Cuando llego a la puerta de mi cuarto, las emociones me pasan factura. No sé si es por haber visto a Hunter y haber vuelto a experimentar toda una serie de dolorosos sentimientos o si es porque Ridge se está comportado como un patán. Sea lo que sea, se me llenan los ojos de lágrimas, y me da rabia permitir que cualquiera de los dos motivos me afecte de ese modo.

Ridge me toma del hombro y me obliga a darme la vuelta para que lo mire. Sin embargo, yo clavo la mirada en la pared, a su espalda. Ni siquiera tengo ganas de mirarlo a los ojos. Me pone de nuevo el teléfono en la mano porque quiere que lea lo que escribió, pero yo no tengo ganas. Intento lanzar el celular al sillón otra vez, pero él lo intercepta y trata de obligarme a tomarlo de nuevo. Lo hago, pero pulso el botón de encendido hasta que se apaga y entonces lo aviento otra vez hacia el sillón. Lo miro a los ojos y percibo una expresión furiosa. Retrocede dos pasos hasta la mesita de café, saca una pluma del cajón y se acerca otra vez a mí. Me toma la mano, pero yo lo alejo, pues sigo sin querer saber qué es lo que tiene que decirme. Ya tuve bastantes disculpas por esta noche. Intento alejarme de él, pero me toma el brazo y me lo apoya en la puerta, sujetándolo con fuerza mientras escribe algo. Cuando termina, quito el brazo y observo a Ridge mientras lanza la pluma al sillón y se va a su habitación. Luego miro lo que escribió.

Déjalo entrar la próxima vez, si él es lo que realmente quieres.

Mi barrera se desmorona. Al leer sus palabras cargadas de rabia, las pocas fuerzas que me quedaban para contener las lágrimas se desvanecen. Entro a toda prisa en mi dormitorio y me dirijo al baño. Abro la llave, me echo jabón en las manos y empiezo a frotar sus palabras para borrarlas de mi brazo mientras lloro. Ni siquiera levanto la vista cuando se abre la puerta que da a su habitación, pero de reojo veo que Ridge la cierra después de entrar y se acerca lentamente hacia mí. Aún me estoy frotando la tinta y sollozando cuando él toma el bote de jabón.

Se echa un poco en la palma de la mano y luego me sujeta la muñeca. La ternura de su tacto es como un latigazo que me deja una cicatriz en el corazón. Me echa jabón en la muñeca, donde empieza lo que escribió, y me enjabona el resto del brazo mientras yo dejo caer la otra mano y me aferro al borde del lavabo sin impedirle que borre sus propias palabras.

Se está disculpando.

Frota las letras con los pulgares y va borrándolas bajo el agua.

Yo sigo mirándome el brazo, pero sé que él me está mirando a mí. Me doy cuenta de lo mucho que me cuesta respirar al tenerlo tan cerca, así que intento hacerlo más despacio hasta que ya no me queda rastro alguno de tinta en la piel.

Ridge toma una toalla y me seca el brazo; a continuación, me suelta. Me llevo el brazo al pecho y me lo sujeto con la otra mano, sin saber muy bien qué hacer. Finalmente, me atrevo a mirarlo y ya no consigo recordar por qué estoy enojada con él.

Su expresión es reconfortante y de arrepentimiento a la vez... y quizá un poco nostálgica. Da media vuelta, sale del baño y regresa segundos más tarde con mi teléfono. Lo enciende y me lo da mientras se apoya en el lavabo, todavía con una expresión triste.

Ridge: Lo siento, no quería decir eso. Pensé que a lo mejor te estabas planteando aceptar sus disculpas y eso me molestó. Te mereces a alguien mejor que él.

Yo: Se presentó sin avisar. Jamás volvería con él, Ridge. Pero pensaba que tal vez una disculpa suya me ayudaría a superar la traición un poco más rápido.

Ridge: ¿Y te ayudó?

Yo: La verdad es que no. Estoy aún más enojada que antes de que se presentara aquí.

Mientras Ridge lee mi mensaje, me doy cuenta de que se va relajando. Su reacción ante mi situación con Hunter raya los celos, y detesto que eso me haga sentir bien. Detesto que cada vez que algo relacionado con Ridge me hace sentir bien, me invadan de inmediato los sentimientos de culpa. ¿Por qué todo tiene que ser tan difícil entre nosotros?

Ojalá dejáramos de complicarnos tanto, pero no tengo ni idea de cómo conseguirlo.

Ridge: Podríamos escribir una canción rabiosa sobre él. A lo mejor ayuda.

Me mira con una sonrisa ladina, cosa que hace que me derrita por dentro. Pero luego los sentimientos de culpa me paralizan otra vez.

Por una vez, sería bonito que no me consumiera la vergüenza.

Respondo con un gesto afirmativo y lo sigo a su habitación.

Ridge

Estoy otra vez sentado en el piso. No es el lugar más cómodo para tocar, pero es mucho mejor que estar en la cama a su lado. Cuando invado su espacio personal, o ella el mío, me cuesta mucho concentrarme en la música.

Me pidió que toque una de las canciones que solía tocar cuando salía al balcón a practicar, así que hemos estado trabajando en ese tema. Sydney está acostada boca abajo, escribiendo en su cuaderno. Borrando y escribiendo, borrando y escribiendo. Yo estoy aquí sentado, en el piso, pero ni siquiera toco. Ya he repetido la canción las veces suficientes para que se sepa la melodía de memoria, así que ahora me limito a esperar mientras la observo.

Me encanta lo intensamente que se concentra en las letras, como si estuviera en su propio mundo y yo no fuera más que un afortunado observador. De vez en cuando, se coloca tras la oreja un mechón de pelo que insiste en caerle sobre la cara. Lo que más me gusta es ver cómo borra las palabras. Cada vez que acerca la goma al papel, Sydney se sujeta el labio superior con los dientes inferiores y se lo mordisquea.

Y detesto que eso sea lo que más me gusta ver, porque no tendría que ser así. Despierta en mi mente un montón de «y si...», y

216

entonces empiezo a imaginarme cosas que no tendría que imaginar. Me imagino a mí mismo acostado en la cama, a su lado, mientras escribe. Me imagino que se mordisquea el labio mientras yo estoy a unos pocos centímetros de distancia, mirando el cuaderno. Me imagino que levanta la cabeza y me mira, que se da cuenta de lo que provocan en mí esos pequeños gestos inocentes. Me imagino que se acuesta boca arriba y me invita a crear con ella secretos que nunca saldrán de esta habitación.

Cierro los ojos, dispuesto a hacer lo imposible por detener esos pensamientos. Me hacen sentir tan culpable como si realmente los estuviera llevando a la práctica. Más o menos como me sentí hace un par de horas, cuando creí que existía la posibilidad de que Hunter y ella volvieran juntos.

Estaba enojado.

Estaba celoso.

La situación me despertó ideas y sentimientos que sé que no debería tener, y me cago de miedo. Hasta ahora, nunca había sentido celos, y la verdad es que no me gusta la persona en la que me están convirtiendo. Sobre todo porque los celos que siento no tienen nada que ver con la chica con la que mantengo una relación de verdad.

Doy un brinco cuando algo me da en plena frente. Abro inmediatamente los ojos y miro a Sydney. Sigue en la cama, pero se está riendo y señala mi teléfono. Lo tomo y leo el mensaje que me envió.

Sydney: ¿Te estás durmiendo? Aún no terminamos.

Yo: No. Estaba pensando.

Se desplaza un poco en la cama para hacerme lugar y da unas palmaditas a su lado, sobre el colchón.

Sydney: Pues ven a pensar aquí, así puedes leer lo que escribí. Ya tengo casi toda la letra, pero me atoré con el estribillo. No estoy muy segura de lo que quieres.

No hemos comentado abiertamente el hecho de que ya no escribimos juntos en la cama. Pero ella está concentrada en la letra, así que más me vale dejarme de estupideces y hacer yo lo mismo. Dejo la guitarra, me pongo de pie y después me dirijo a la cama y me acuesto a su lado. Le tomo el cuaderno de las manos y lo abro delante de mí para ver qué escribió.

Sydney huele muy bien.

Mierda.

Intento bloquear de alguna manera mis sentidos, pero sé que es perder el tiempo, así que, en lugar de eso, me concentro en lo que escribió y enseguida me asombra que la letra le haya salido con tanta facilidad.

¿Por qué no dejamos de
complicarnos así?
Tú charla con tus amigos
y yo me distraigo por aquí.

Pero tú sabes
que sólo quiero
estar a tu lado,
mi lugar verdadero.

Y tú sabes que no,
que no se me escapa
la forma en que me sigues
con la mirada.

Después de leer lo que escribió, le devuelvo el cuaderno y tomo el teléfono. La letra me confundió un poco, porque no es lo que yo esperaba. No sé muy bien si me gusta.

Yo: Pensaba que íbamos a escribir una canción rabiosa sobre Hunter.

Se encoge de hombros, pero enseguida empieza a teclear una respuesta.

Sydney: Lo intenté, pero es que el tema de Hunter ya no me inspira. No tienes por qué usar la letra si no te gusta. Puedo probar algo diferente.

Me quedo mirando su mensaje, sin saber muy bien cómo responder. No me gusta la letra, pero no porque no sea buena. Es porque lo que escribió me hace pensar en que es capaz de leerme la mente de algún modo.

Yo: Me encanta.

Sonríe y dice «Gracias». Se acuesta de espaldas y me sorprendo a mí mismo prestando más atención de la que debería a este momento, esta noche y ese vestido tan escotado que lleva. Cuando la miro a los ojos, me doy cuenta de que está observándome y de que sabe perfectamente lo que estoy pensando ahora mismo. Los ojos no mienten, por desgracia.

Dado que ninguno de los dos aparta la mirada, me veo obligado a tragarme el enorme nudo que se me formó en la garganta.

«No te metas en líos, Ridge.»

Menos mal que decidió sentarse precisamente ahora.

Sydney: No estoy muy segura de dónde quieres que entre el estribillo. Esta canción es algo más rápida que las que hemos trabajado hasta ahora. Escribí tres estribillos diferentes, pero no me gusta cómo suena ninguno de ellos. Estoy atorada.

Yo: Déjame verte cantarla otra vez.

Me levanto y tomo la guitarra; luego regreso a la cama, pero esta vez me siento en el borde. Nos volteamos el uno hacia el otro para vernos las caras y yo toco mientras ella canta. Cuando llegamos al estribillo, deja de cantar y se encoge de hombros para indicarme que es ahí donde se atora. Le tomo el cuaderno y leo la letra unas cuantas veces. Vuelvo a mirar a Sydney, aunque de forma relativamente discreta, y escribo lo primero que me pasa por la cabeza.

> Y debo confesar
> que me he encendido
> al ver cómo te mueves
> cuando llevas ese vestido.

> Me hace pensar
> que quiero ser
> el único hombre
> al que desees mirar.

Dejo de escribir y la miro de nuevo, sintiendo todas y cada una de las palabras que escribí para el estribillo. Creo que los dos sabemos que todo lo que escribimos tiene que ver con el otro, pero eso no parece detenernos. Si seguimos viviendo momentos como éste, repletos de palabras demasiado sinceras, los dos acabaremos metiéndonos en un lío. Bajo rápidamente la vista hacia el papel, pues se me están ocurriendo más versos.

> Oh, oh, oh, oh,
> estoy metido en un lío.
> Oh, oh, oh, oh,
> estoy metido en un buen lío.

Me niego a volver a mirarla mientras escribo. Me concentro en las palabras que, de algún modo, parecen fluirme de los dedos siempre que estamos juntos. No me cuestiono qué las inspira ni qué significan.

No me lo cuestiono... porque es obvio.

Pero es arte. Y el arte es sólo una forma de expresión. Y una forma de expresión no es lo mismo que un acto, por mucho que a veces lo parezca. Escribir letras no es lo mismo que comunicarle abiertamente a alguien tus sentimientos.

¿O sí?

Mantengo la mirada clavada en el papel y sigo escribiendo las palabras que, con sinceridad, me gustaría no sentir.

Cuando termino de escribir, estoy tan aturdido que ni siquiera me permito observar su reacción. Le devuelvo enseguida el cuaderno, me coloco la guitarra en posición y empiezo a tocar para que ella pueda practicar el estribillo.

14

Sydney

No me está mirando. Ni siquiera sabe que no estoy cantando la letra. No puedo. Lo he escuchado tocar esta canción decenas de veces en su balcón, pero hasta ahora nunca le había encontrado emoción ni sentido.

El hecho de que ni siquiera pueda mirarme hace que la canción resulte aún más íntima. Como si de algún modo este tema se hubiera convertido en una canción para mí. Le doy la vuelta al cuaderno, pues no quiero volver a leer la letra. Esta canción es, sencillamente, otra de esas cosas que tampoco debería haber pasado..., aunque estoy segura de que ya se convirtió en mi preferida.

Yo: ¿Crees que Brennan podría hacer una primera versión de ésta? Me gustaría oírla.

Le doy un golpecito con el pie después de enviar el mensaje y luego, cuando me mira, le señalo el teléfono con la barbilla. Lo toma para leer el mensaje y asiente. Sin embargo, no contesta ni me mira. Bajo la mirada hacia mi teléfono cuando el silencio se impone en la habitación ante la ausencia del sonido de su guitarra. No me gusta lo incómoda que se volvió de repente la situación, así que intento platicar de lo que sea para llenar el vacío. Me acuesto de espaldas y, aunque sólo sea para romper la calma tensa que nos rodea, tecleo una pregunta a la que ya hace algún tiempo que le doy vueltas.

Yo: ¿Por qué ya no practicas nunca en el balcón, como antes?

Esa pregunta provoca que me mire de inmediato, pero por poco tiempo. Deja resbalar la mirada por mi cara y luego por mi cuerpo hasta concentrarse de nuevo en el teléfono.

Ridge: ¿Y por qué iba a hacerlo? Tú ya no estás ahí afuera.

Y así, sin más, su sincera respuesta derriba mis murallas y manda al carajo toda mi fuerza de voluntad. Nerviosa, empiezo a mordisquearme el labio inferior y luego, muy despacio, levanto la mirada hacia él. Me está observando como si deseara ser un tipo como Hunter, que sólo se preocupa de sí mismo.

Y no es el único que lo desea.

Ahora mismo, mi deseo de ser como Tori es tan intenso que casi me resulta doloroso. Quiero ser igual que ella y, durante unos minutos, no respetarme a mí misma ni respetar a Maggie. Sólo el tiempo suficiente para que Ridge pueda hacer todo lo que la letra de su canción manifiesta que quiere hacer.

Me mira los labios y se me seca la boca.

Deja resbalar la mirada hacia mi pecho y mi respiración se vuelve aún más irregular que antes.

Continúa bajando hacia mis piernas y tengo que cruzarlas, pues la forma en que su mirada penetra en mi cuerpo me hace pensar que ve a través del vestido que traigo puesto.

Luego cierra los ojos con fuerza, y saber el efecto que provoco en él hace que deduzca que lo que dice su letra es mucho más cierto de lo que a él le gustaría.

«Me hace pensar que quiero ser el único hombre al que desees mirar.»

De repente, Ridge se pone de pie, lanza el teléfono sobre la cama, entra en el baño y cierra de un portazo. Lo oigo correr la cortina de la regadera y abrir la llave.

Me dejo caer de espaldas en la cama y suelto todo el aliento que he estado conteniendo. Me siento aturdida, confundida y enojada. No me gusta la situación que nosotros mismos hemos creado. Y sé muy bien que, por mucho que hayamos logrado controlarnos, nada de todo esto es inocente.

Me siento y luego me pongo rápidamente de pie. Tengo que salir de esta habitación antes de que me asfixie por completo. Justo cuando me alejo de la cama, el teléfono de Ridge vibra sobre ella. Le echo un vistazo.

Maggie: Hoy te extraño muchísimo. Cuando hayas terminado de escribir con Sydney, ¿hacemos una videollamada? Tengo ganas de verte.

Me quedo viendo su mensaje.

Detesto su mensaje.

Detesto que Maggie sepa que estábamos escribiendo.

Detesto que Ridge se lo cuente todo.

Quiero que estos momentos sean de Ridge y míos, de nadie más.

Ya pasaron dos horas desde que Ridge salió de la regadera y aún no me atrevo a abandonar mi habitación. Pero me estoy muriendo de hambre y necesito ir a la cocina. Lo que pasa es que no quiero ver a Ridge, porque no me gusta cómo dejamos antes las cosas. No me gusta que los dos sepamos lo poco que nos faltó esta noche para cruzar la línea.

Mejor dicho, no me gusta que hayamos cruzado esa línea. Aunque no verbalicemos lo que pensamos y sentimos, escribirlo en la letra de una canción no hace que sea menos perjudicial.

Alguien toca a mi puerta y, consciente de que lo más probable es que se trate de Ridge, el corazón me traiciona y se me desboca en el pecho. No me molesto en levantarme para ir a abrir, porque

él mismo lo hace justo después de tocar. Me muestra unos audífonos y su teléfono, dándome a entender que quiere que escuche
algo. Le hago un gesto afirmativo y, tras acercarse a la cama, me
pasa los audífonos. Pulsa la tecla de reproducir y se sienta en el
piso a pesar de que me moví para hacerle lugar en la cama. La
canción empieza a sonar y, a lo largo de los tres minutos siguientes, apenas respiro. Ridge y yo no dejamos de mirarnos ni una
sola vez durante la canción.

Metido en un lío

¿Por qué no dejamos de
complicarnos así?
Tú charla con tus amigos
y yo me distraigo por aquí.

Pero tú sabes
que sólo quiero
estar a tu lado,
mi lugar verdadero.

Y tú sabes que no,
que no se me escapa
la forma en que me sigues
con la mirada.
Y yo debo confesar
que me he encendido
al ver cómo te mueves
cuando llevas ese vestido.

Me hace pensar
que quiero ser
el único hombre
al que desees mirar.

Oh, oh, oh, oh,
estoy metido en un lío.
Oh, oh, oh, oh,
estoy metido en un buen lío.

Te veo por ahí
algunos días,
tú con tus cosas
y yo con las mías.

Pero tú sabes
que sólo quiero
estar a tu lado,
mi lugar verdadero.

Y tú sabes que no,
que no se me escapa
la forma en que me sigues
con la mirada.

Y yo debo confesar
que me he encendido
al ver cómo te mueves
cuando llevas ese vestido.

Me hace pensar
que quiero ser
el único hombre
al que desees mirar.

Oh, oh, oh, oh,
estoy metido en un lío
Oh, oh, oh, oh,
estoy metido en un buen lío.

Ridge

Maggie: Adivina quién va a tener la suerte de verme mañana.

Yo: ¿Kurt Vonnegut?

Maggie: Prueba otra vez.

Yo: ¿Anderson Cooper?

Maggie: No, pero casi.

Yo: ¿Amanda Bynes?

Maggie: Eres tan ecléctico... TÚ vas a tener la suerte de verme mañana y de pasar dos días enteros conmigo. Y ya sé que estoy intentando ahorrar, pero te compré dos brasieres nuevos.

Yo: ¿Cómo es que tuve la suerte de encontrar a la única chica que no
sólo financia, sino que también fomenta, mi tendencia al travestismo?

Maggie: Eso mismo me pregunto yo todos los días.

Yo: ¿A qué hora tendré la suerte de verte mañana?

Maggie: Bueno, eso depende de la pinche tesis, como siempre.

Yo: Ah. Bueno. Pues no hay más que decir. Pero intenta llegar antes de las seis, si puedes. La fiesta de cumpleaños de Warren es mañana por la noche, y quiero pasar un rato contigo antes de que lleguen los locos de sus amigos.

Maggie: ¡Ay, gracias por recordármelo! ¿Qué le compro?

Yo: Nada. Sydney y yo le estamos preparando la broma del siglo. Hemos pedido a todo el mundo que, en lugar de gastarse el dinero en un regalo, haga una donación a una sociedad de beneficencia. Va a enojarse mucho cuando todo el mundo empiece a entregarle las tarjetas de las donaciones que hicieron en su nombre...

Maggie: Son tremendos. Bueno, ¿llevo algo? ¿Un pastel?

Yo: No, ya lo tenemos todo. Nos sentíamos un poco mal por la broma de la fiesta «sin regalos», así que para compensar vamos a prepararle cinco pasteles distintos.

Maggie: Que uno sea de chocolate.

Yo: Está todo controlado, cariño. Te quiero.

Maggie: Yo también te quiero.

Cierro nuestra conversación y abro un mensaje no leído de Sydney.

Sydney: Se te olvidó el extracto de vainilla, desastre. Estaba en la lista. Artículo número 5. Ahora tendrás que volver a la tienda.

Yo: Pues la próxima vez escribe más claro y contéstame a los mensajes cuando estoy en el súper intentando descifrar cuál es el artículo número 5. Llego dentro de veinte minutos. Precalienta el horno y envíame un mensaje si te acuerdas de algo más.

Me río, me guardo el teléfono en el bolsillo, tomo las llaves y me voy al súper. Otra vez.

Vamos por el pastel número tres. Empiezo a creer que los que poseemos el don de la música carecemos de todo talento en el terreno culinario. Sydney y yo trabajamos muy bien juntos cuando se trata de escribir canciones, pero nuestra falta de pericia y conocimientos a la hora de mezclar unos cuantos ingredientes es francamente patética.

Sydney ha insistido en que hagamos nosotros la masa, pero yo habría preferido comprar esas mezclas que se venden ya preparadas. Aunque en realidad nos estamos divirtiendo, así que no me quejo.

Mete el tercer pastel en el horno y ajusta el temporizador. Se voltea hacia mí y dice «treinta minutos», tras lo cual se sienta sobre la barra.

Sydney: ¿Tu hermano viene mañana?

Yo: Lo intentará. Van a ser teloneros de un grupo a las siete en San Antonio, así que si recogen y cargan a tiempo, deberían llegar como a las diez.

Sydney: ¿Todo el grupo? ¿Voy a conocer a todo el grupo?

Yo: Sí. Y me juego lo que quieras a que hasta te firman los pechos.

Sydney: ¡AIXXX!

Yo: Si todas esas letras juntas forman un sonido, me alegro mucho, pero mucho, de no poder oírlo.

Se ríe.

Sydney: ¿Por qué escogieron el nombre de Sounds of Cedar para el grupo?

Cada vez que alguien me pregunta eso, me limito a decir que porque sonaba bien. Pero a Sydney no puedo mentirle. Hay algo en ella que me hace revivir ciertas historias de la infancia que no le he contado a nadie. Ni siquiera a Maggie.

Maggie me ha preguntado más de una vez por qué no hablo y de dónde viene el nombre del grupo, pero no quiero contarle nada negativo que pueda preocuparla, ni siquiera mínimamente. Ya tiene bastantes problemas en su vida, así que no es necesario añadirle mis traumas de la infancia. Son cosas que pertenecen al pasado, no tiene sentido sacarlas a la luz.

Pero con Sydney es distinto. Siente tanta curiosidad por mí, por la vida, por la gente en general... Es fácil contarle cosas.

Sydney: Oh, oh... Creo que tengo que prepararme para una buena historia, porque no pareces muy dispuesto a contestar.

Me doy la vuelta hasta quedar de espaldas a la barra sobre la que ella está sentada y me apoyo.

Yo: Te gustan las historias desgarradoras, ¿eh?

Sydney: Sí. Échala toda.

«Maggie, Maggie, Maggie.»
A menudo me sorprendo repitiendo el nombre de Maggie cuando estoy con Sydney. Sobre todo, cuando Sydney dice cosas como «Échala toda».

Las dos últimas semanas, desde nuestra plática, han ido bastante bien. Bueno, hemos tenido momentos de todo, pero por lo general uno de los dos empieza rápido a señalar defectos y rasgos de personalidad repulsivos que nos devuelven al buen camino.

Aparte de hace un par de semanas, cuando nuestra sesión de composición musical terminó en el momento en que sentí la necesidad de darme un regaderazo frío, la situación más difícil para mí se produjo hace un par de noches. Hay algo en su forma de cantar, no sé qué es. A lo mejor estoy simplemente observándola, pero me produce la misma sensación que cuando le apoyo la oreja en el pecho o una mano en la garganta. Ella cierra los ojos y empieza a cantar la letra... y la pasión y los sentimientos que brotan de ella en ese momento son tan poderosos que a veces se me olvida que ni siquiera puedo oírla.

Esa noche en particular estábamos escribiendo una canción desde cero, pero no conseguíamos comunicarnos lo bastante bien para entenderla. Necesitaba oírla y, aunque al principio los dos nos mostramos reacios, al final acabé con la cabeza apoyada en su pecho y la mano en su garganta. Mientras cantaba, me puso una mano en el pelo y empezó a acariciármelo con aire ausente.

Podría haberme quedado en aquella postura toda la noche.

Y lo habría hecho, de no ser porque cada caricia de su mano me hacía desear un poco más. Al final tuve que alejarme de ella. Pero ni siquiera estando en el piso me sentía lo bastante lejos de Sydney. La deseaba tanto... que no podía pensar en otra cosa. Al final le pedí que me contara algún defecto suyo, pero en lugar de hacerlo, se puso de pie y salió de mi habitación.

Acariciarme el pelo había sido algo muy natural para ella, teniendo en cuenta la postura en la que estábamos. Es lo que un chico le haría a su novia si la tuviera apoyada en el pecho, o lo que una chica le haría a su novio si estuvieran abrazados. Pero nosotros no somos ninguna de esas cosas.

La relación que tenemos es completamente distinta a todo lo que he experimentado hasta ahora. Sobre todo, por la proximidad física que implica el hecho de componer juntos, pero también por la necesidad que tengo, en algunas situaciones, de usar el sentido del tacto para sustituir el del oído. Así que cuando nos encontramos en una de esas situaciones, las líneas se vuelven borrosas y las reacciones involuntarias.

Por mucho que quisiera admitir que ya hemos superado la atracción mutua que sentimos, no puedo negar que la mía aumenta cada día que pasa. Aunque tampoco es que estar con ella me resulte difícil siempre. Sólo la mayoría de las veces.

Sea lo que sea lo que ocurre entre nosotros, sé que Maggie no lo aprobaría, y yo siempre intento hacer lo correcto en mi relación con ella. Aun así, y dado que no soy capaz de determinar dónde hay que trazar la línea entre lo apropiado y lo inapropiado, a veces me resulta complicado permanecer en el lado bueno.

Como ahora mismo.

Estoy mirando el teléfono, a punto de escribirle un mensaje, y ella está sentada detrás de mí, masajeándome los hombros con ambas manos para aliviar la tensión. Como últimamente hemos trabajado mucho en las canciones y yo me siento en el piso y no en la cama, ya empezó a dolerme la espalda. Y se convirtió en algo natural para ella darme un masaje cuando sabe que me duele.

Pero... ¿le permitiría hacerlo si Maggie estuviera en la habitación? Carajo, no. ¿Le digo que pare? No. ¿Debería? Desde luego que sí.

Sé, sin el menor atisbo de duda, que no quiero engañar a Maggie. Nunca he sido de esa clase de chicos, y no quiero llegar nunca a ser de esa clase de chicos. El problema es que, cuando estoy con Sydney, no pienso en Maggie. El tiempo que paso con ella estoy con ella, y ningún otro pensamiento ocupa mi mente. Pero el tiempo que paso con Maggie estoy con Maggie. No pienso en Sydney.

Es como si el tiempo que paso con Maggie y el tiempo que paso con Sydney sucedieran en dos planetas distintos. En planetas que no se cruzan y cuyas zonas horarias no se sobreponen.

Hasta mañana, por lo menos.

Hemos estado los tres juntos otras veces, pero no desde que me reconocí a mí mismo lo que siento por Sydney. Y aunque no me gustaría que Maggie supiera que empecé a sentir algo por otra persona, me da miedo que sea capaz de intuirlo.

Me repito a mí mismo que, si me esfuerzo lo suficiente, puedo aprender a controlar mis sentimientos. Pero luego Sydney hace o dice algo, o me mira de una manera determinada, y noto —literalmente— que la parte de mi corazón que le pertenece va llenándose, por mucho que yo desee que se vacíe. Me preocupa que los sentimientos sean, precisamente, la única cosa que no podemos controlar en esta vida.

15

Sydney

Yo: ¿Por qué tardas tanto? ¿Estás escribiendo una novela entera o qué?

No sé si es que le dio sueño a causa del masaje que le estoy dando en los hombros, pero hace cinco minutos largos que se quedó embobado mirando el teléfono.

Ridge: Perdona, estaba pensando.

Yo: Ya veo. Bueno, ¿Sounds of Cedar?

Ridge: Es una historia bastante larga. Voy por la computadora.

Abro Facebook en el celular para recibir sus mensajes. Cuando vuelve, se apoya en la barra de la cocina, a unos cuantos pasos de mí. Me doy cuenta de que puso distancia entre ambos, y eso me hace sentir un poco incómoda, porque sé que no debería haberle masajeado los hombros. Es demasiado, teniendo en cuenta lo que ha ocurrido entre nosotros, pero en cierta manera tengo la sensación de que es culpa mía que le duelan los hombros.

La verdad es que no se ha quejado de lo que le supone tocar en el piso, pero sé que a veces le duele. Sobre todo después de noches como la de ayer, cuando nos pasamos tres horas seguidas componiendo. Empezó a tocar en el piso porque las cosas resultan más difíciles cuando está a mi lado, en la cama. Si no estuviera tan enamorada de su forma de tocar la guitarra, no sería tan problemático.

Pero la verdad es que estoy muy enamorada de su forma de tocar la guitarra. Y me atrevería a decir que también estoy muy enamorada de él si no fuera porque la expresión «estar enamorada» no define ni de lejos lo que siento. Pero ni siquiera voy a intentar definir lo que siento por él, porque no quiero adentrarme en ese terreno. Ni ahora ni nunca.

Ridge: Llevábamos unos seis meses tocando juntos sólo por diversión cuando conseguimos nuestro primer evento de verdad en un restaurante cercano. Nos pidieron el nombre del grupo para poder anunciarlo en la agenda. Hasta entonces, ni siquiera nos considerábamos un verdadero grupo, ya que sólo tocábamos por diversión, pero aquella noche estuvimos de acuerdo en que estaría bien tener un nombre, aunque sólo fuera para eventos como el del restaurante. Por turnos, fuimos haciendo propuestas, pero parecía que no éramos capaces de ponernos de acuerdo. En un momento determinado, Brennan propuso Freak Frogs.[3] Yo me reí y le dije que sonaba a grupo punk, que necesitábamos algo que sonara un poco más acústico. Brennan se enojó y dijo que a mí ni siquiera deberían permitirme opinar sobre cómo sonaba una canción o un título, ya que..., bueno, imagínate a un hermanito de dieciséis años haciendo un chiste malo de sordos.

En cualquier caso, por aquella época Warren pensaba que Brennan era demasiado engreído, así que al final dijo que el nombre lo elegiría yo y que todos tendrían que estar de acuerdo. Brennan se enojó, se

³ Literalmente, «las ranas *freaks*». (*N. de la T.*)

largó y dijo que le daba igual, que no quería estar en el grupo. Yo sabía que sólo era uno de sus típicos berrinches. No los hacía muy a menudo, pero en esos momentos, yo lo entendía. A ver, el pobre prácticamente no tenía papás y se estaba criando solo, así que era bastante maduro para su edad, a pesar de que hiciera algún berrinche de vez en cuando. Les dije a los chicos que quería pensarlo un poco. Intenté dar con nombres que significaran algo para todos nosotros, pero especialmente para Brennan. Y recordé lo que en su día me llevó a escuchar música.

Brennan tenía dos años o así, y yo cinco. Ya te hablé de todas las cualidades que poseían mis papás, así que no volveré a entrar en ese tema. Pero, además de todas sus adicciones, también les gustaba hacer fiestas. Por la noche, cuando empezaban a llegar sus amigos, a Brennan y a mí nos mandaban a nuestras habitaciones. Me di cuenta de que, al despertarse, Brennan siempre llevaba el mismo pañal que al acostarse. Nunca se ocupaban de él, nunca le daban de cenar, ni le cambiaban el pañal. Ni siquiera comprobaban si seguía respirando. Supongo que las cosas ya eran así desde que Brennan era un bebé, pero la verdad es que yo no me di cuenta de ello hasta que empecé a ir a la escuela. Seguramente, hasta entonces, era demasiado pequeño. No nos dejaban salir de nuestra habitación durante la noche. No recuerdo por qué me daba tanto miedo salir de mi habitación, pero imagino que ya me habrían castigado por ello; si no, no me habría asustado tanto. Esperaba hasta que terminaba la fiesta y mis papás se acostaban para ir a ver cómo estaba Brennan. El problema, claro, era que yo no oía, así que no sabía cuándo paraba la música, ni tampoco cuándo se iban a la cama, porque tenía prohibido abrir la puerta de mi habitación. En lugar de arriesgarme a que me cacharan, lo que hacía era pegar la oreja al piso para percibir las vibraciones de la música. Noche tras noche, me acostaba en el piso durante quién sabe cuánto tiempo para esperar a que terminara la música. Aprendí a reconocer las canciones basándome en las vibraciones que me llegaban a través del piso, y también a adivinar qué canciones pondrían a continuación, pues siempre ponían los mismos discos todas las noches. Incluso aprendí a seguir el ritmo. Cuando por fin paraba la música, yo continuaba con la oreja pegada al piso y esperaba a que los pasos de mis papás me indicaran que ya se habían ido a su habitación. En cuanto me aseguraba de que el camino estaba despejado, iba a la habitación de Brennan y me lo llevaba a mi cama. Y así, cuando se despertaba llorando, podía ayudarlo. Lo cual me lleva de nuevo al motivo de esta historia, es decir, cómo se me ocurrió el nombre del grupo. Aprendí a distinguir acordes y sonidos gracias a todas las noches que pasé con las orejas y el cuerpo pegados al piso de madera de cedro. De ahí el nombre, Sounds of Cedar.[4]

«Inspira, espira.»
«Late, late, descansa.»
«Contrae, dilata.»
Ni siquiera me doy cuenta de que tengo los nervios a flor de piel hasta que me veo los nudillos blancos de la fuerza con la que estoy agarrando el celular. Los dos permanecemos inmóviles durante varios segundos, mientras intento alejar de mi mente la imagen del Ridge de cinco años.

Porque es devastadora.

Yo: Supongo que eso explica por qué se te da tan bien distinguir vibraciones. Y supongo que Brennan aceptó el nombre en cuanto se lo dijiste, porque ¿cómo no agradecértelo?

Ridge: Brennan no conoce esta historia. Una vez más, eres la primera persona a quien se la cuento.

Levanto la vista para mirarlo y tomo aire, pero juro por mi vida que se me olvidó cómo debo expulsarlo. Ridge está a casi un metro de mí, pero me siento como si acariciara directamente cada una de las partes de mi cuerpo sobre las que recae su mirada. Por primera vez desde hace un tiempo, el miedo se abre paso de nue-

---

[4] *Sounds of Cedar*: literalmente, «sonidos del cedro». *(N. de la T.)*

vo hasta mi corazón. El miedo a que éste sea uno de esos momentos que ninguno de los dos es capaz de resistir.

Ridge deja la computadora sobre la barra y cruza los brazos sobre el pecho. Antes de mirarme a los ojos, deja resbalar la vista por mis piernas y luego va subiéndola lentamente por todo mi cuerpo. Tiene los ojos entrecerrados, alerta. Me mira de tal forma que me dan ganas de abrir el congelador y meterme.

Detiene la vista en mis labios y luego, después de tragar saliva muy despacio, alarga una mano para tomar el teléfono.

Ridge: Apúrate, Syd. Necesito un defecto grave, y lo necesito ya.

Me obligo a sonreír, aunque todo mi ser me grita que no le escriba lo que me pide. Es como si mis dedos lucharan contra sí mismos mientras vuelan sobre la pantalla que tengo delante.

Yo: A veces, cuando me siento muy frustrada contigo, espero hasta que dejas de mirarme y me pongo a gritarte cosas muy feas.

Se ríe y luego me mira otra vez.

—Gracias —dice en silencio.

Es la primera vez que lo veo vocalizar una palabra. Y si no fuera porque ahora mismo se está alejando de mí, le suplicaría que volviera a hacerlo.

Corazón 1.

Sydney 0.

Es más de medianoche, pero por fin terminamos de ponerle la cobertura al quinto y último pastel. Ridge limpia los restos de ingredientes de la barra mientras yo termino de cubrir el molde con película transparente y lo coloco junto a los otros cuatro.

Ridge: Bueno, ¿tendré la suerte de conocer por fin a tu yo alcohólico mañana por la noche?

Yo: Pues es probable.

Sonríe y apaga la luz de la cocina. Me dirijo a la salita para apagar la tele. Warren y Bridgette deberían volver a casa dentro de más o menos una hora, así que dejo encendida la luz de la salita.

Ridge: ¿Se te hará raro?

Yo: ¿Emborracharme? No, se me da bastante bien.

Ridge: No. Me refiero a Maggie.

Levanto la vista hacia él. Está de pie delante de la puerta de su habitación, observando su teléfono. No me mira y parece nervioso por el simple hecho de haber formulado esa pregunta.

Yo: No te preocupes por mí, Ridge.

Ridge: No puedo evitarlo. Tengo la sensación de que te he puesto en una situación incómoda.

Yo: No es así. Es decir, no me malinterpretes, ayudaría bastante que no fueras tan atractivo, pero tengo la esperanza de que Brennan se parezca mucho a ti. Así, cuando mañana por la noche estés cogiendo con Maggie, yo podré emborracharme y pasar una noche loca con tu hermano pequeño.

Pulso la tecla de enviar y enseguida contengo una exclamación. ¿En qué demonios estaba pensando? No tiene gracia. Se suponía que la tenía, pero es más de medianoche y yo nunca soy graciosa después de medianoche.

Mierda.

Ridge sigue contemplando la pantalla de su teléfono. Le tiembla un poco la mandíbula y sacude ligeramente la cabeza de un lado a otro; luego me mira como si acabara de atravesarle el corazón de un disparo. Deja caer el brazo y se pasa la mano libre por el pelo; por último, da media vuelta para entrar en su habitación.

Soy... patética.

Corro hacia él y le pongo la mano en el hombro para obligarlo a voltearse. Él sacude con brusquedad el hombro para apartarme la mano, pero luego se detiene y se voltea a medias con expresión cautelosa.

—Lo dije de broma —digo muy despacio y con un gesto muy serio—. Lo siento.

Su expresión sigue siendo tensa, dura e incluso un poco decepcionada, pero levanta el teléfono y empieza a escribir de nuevo.

Ridge: Y ése es el problema, Sydney. Que tú deberías poder cogerte a quien quisieras y a mí no debería importarme una mierda.

Contengo una exclamación. Al principio, me enoja su comentario, pero luego me concentro en las dos palabras que revelan toda la verdad que se oculta tras esa afirmación: «no debería».

No dijo «no me importa una mierda». Dijo «no debería importarme una mierda».

Lo miro y veo tanto dolor en su cara que se me parte el corazón.

Ridge no quiere sentirse así. Yo no quiero que se sienta así.

¿Qué demonios le estoy haciendo?

Se pasa ambas manos por el pelo, levanta la vista hacia el techo y luego cierra los ojos con fuerza. Se queda así un buen rato, luego expulsa el aire, deja caer las manos hasta las caderas y baja la mirada hacia el piso.

Se siente tan culpable que ni siquiera puede mirarme.

Sin establecer contacto visual conmigo, levanta un brazo, me toma una muñeca y me atrae hacia sí. Me aprieta contra su pecho, me pasa un brazo por la espalda y me sujeta la nuca con la otra mano. Tengo los brazos doblados y apretujados entre su cuerpo y el mío cuándo él me apoya una mejilla en lo alto de la cabeza. Deja escapar un largo suspiro.

No me alejo para revelarle algún otro defecto mío porque no

creo que sea lo que necesita ahora mismo. Su forma de abrazarme en este instante es distinta, no se parece a todas las veces —a lo largo de estas últimas semanas— en las que hemos tenido que separarnos para poder respirar.

Ahora me abraza como si yo fuera parte de él, un apéndice herido de su corazón..., como si se diera cuenta de lo necesario que es extirpar ese apéndice.

Nos quedamos así varios minutos y empiezo a perderme en su abrazo. Su forma de estrecharme me hace intuir cómo podrían ser las cosas entre nosotros. Intento relegar esas tres palabras a un rincón de mi mente, esas tres palabras que siempre consiguen abrirse paso cuando estamos juntos.

«Tal vez mañana.»

El ruido de unas llaves al caer sobre la barra me hace volver a la realidad de un brinco. Me alejo y Ridge hace lo mismo al notar que tenso el cuerpo. Mira por encima de mi hombro, hacia la cocina, y yo me volteo completamente. Warren acaba de entrar en casa. Nos da la espalda mientras se quita los zapatos.

—Sólo voy a decirlo una vez y quiero que me escuches —dice. Sigue dándonos la espalda, pero soy la única persona del departamento que puede oírlo, así que entiendo que su comentario va dirigido sólo a mí—. Nunca la dejará, Sydney.

Se dirige hacia su habitación sin dirigir la vista atrás ni una sola vez, así que Ridge piensa que ni siquiera nos ha visto. La puerta de la habitación de Warren se cierra y yo me volteo para mirar a Ridge. Él sigue con la mirada clavada en la puerta de su amigo. Cuando la fija de nuevo en mí, veo en sus ojos todas las cosas que sé que querría decirme.

Pero no lo hace. Se limita a voltearse y a entrar en su habitación cerrando la puerta tras él.

Me quedo completamente inmóvil mientras dos enormes lágrimas me brotan de los ojos y me resbalan por las mejillas dejando tras de sí un rastro de vergüenza.

Ridge

Brennan: Me encanta la lluvia. Creo que llegaré temprano. Pero voy solo. Los chicos no pueden.

Yo: Pues nos vemos cuando llegues. Ah, y antes de irte mañana, saca todas tus cosas de la habitación de Sydney, ¿de acuerdo?

Brennan: ¿También estará? ¿Por fin voy a conocer a la chica que el cielo envió sólo para nosotros?

Yo: Sí, estará.

Brennan: Me extraña no habértelo preguntado antes, pero... ¿está buena?

Oh, no.

Yo: Ni se te ocurra. Ya pasó por demasiada mierda para que ahora la añadas a tu lista de concubinas.

Brennan: Marcando el territorio, ¿eh?

Lanzo el teléfono hacia la cama y ni siquiera me molesto en responder. Si le dejo demasiado claro que Sydney está prohibida para él, sólo conseguiré que se esfuerce más por conquistarla.

Anoche, cuando ella dijo en broma lo de tirarse a mi hermano, sólo estaba intentando ponerle un poco de humor a una situación demasiado seria, pero lo que me hizo sentir su mensaje me da pánico.

Lo que me aterrorizó no fue el hecho de que me enviara un mensaje en el que hablaba de enredarse con alguien, sino mi reacción instintiva. Me dieron ganas de aventar el celular contra la pared y hacerlo pedazos... y luego de empujarla a ella contra la pared y asegurarme de mil y una formas distintas de que no volviera a pensar jamás en otro hombre.

No me gustó sentirme así. Probablemente debería animar a Brennan. Quizá lo mejor para mi relación con Maggie sería que Sydney empezar a salir con otra persona.

Uf.

La oleada de celos que acabo de experimentar parecía más bien un tsunami.

Salgo de mi dormitorio y me dirijo a la cocina para ayudar a Sydney con los preparativos de la cena antes de que empiece a llegar todo el mundo. Freno en seco cuando la veo agachada buscando algo dentro del refrigerador. Volvió a ponerse el vestido azul.

No soporto que Warren tenga razón. Dejo resbalar lentamente la mirada por el vestido y por sus piernas bronceadas, y luego subo de nuevo. Dejo escapar el aliento y contemplo la posibilidad de pedirle que se cambie. No creo que sea capaz de soportarlo esta noche. Y menos aún cuando llegue Maggie.

Sydney se incorpora, se aleja del refrigerador y se voltea hacia la barra. Me doy cuenta de que está hablando, pero no conmigo. Saca un plato del refrigerador y sigue moviendo los labios, así que, lógicamente, recorro el resto del departamento con la mirada para averiguar con quién está hablando.

Y es entonces cuando las dos mitades de mi corazón —que de algún modo seguían conectadas por una única fibra invisible— se sueltan y se separan del todo.

Maggie está junto a la puerta del baño, mirándome fijamente. No soy capaz de descifrar su expresión, porque nunca me había mirado así hasta ahora. La mitad de mi corazón que le pertenece se deja llevar inmediatamente por el pánico.

«Pon cara inocente, Ridge. Pon cara inocente. Lo único que hiciste fue mirarla.»

Sonrío.

—Aquí está mi chica —digo utilizando la lengua de signos mientras me dirijo a ella.

El hecho de que de alguna manera consiga disimular mis sentimientos de culpa parece apaciguar su preocupación. Me devuelve la sonrisa y me echa los brazos al cuello cuando llego a su lado. Le rodeo la cintura con los brazos y la beso por primera vez desde hace dos semanas.

Dios mío, cómo la he extrañado. Me siento tan bien a su lado. Tan cómodo...

Huele bien, sabe bien, me hace mucho bien... La he extrañado muchísimo. La beso en la mejilla, en la barbilla y en la frente... y me alegra mucho que su presencia me alivie. A lo largo de los últimos días, había empezado a temer que verla no me provocara esta reacción.

—Tengo que ir urgentemente al lavabo. Muchas horas en coche.

Hace una mueca y señala la puerta que tiene a su espalda. Le doy otro beso rápido antes de que se vaya. En cuanto entra, me volteo lentamente hacia Sydney para analizar su reacción.

He sido todo lo directo y sincero que he podido con Sydney acerca de lo que siento por Maggie, pero sé que para ella no es fácil verme con mi novia. No hay nada que hacer. ¿Pongo en peligro mi relación con Maggie para ahorrarle el sufrimiento a Sydney? ¿O pongo en peligro los sentimientos de Sydney para ahorrarle sufrimiento a mi relación con Maggie? Por desgracia, no existe un término medio, ni tampoco una decisión correcta. Mis actos están empezando a partirse por la mitad, exactamente igual que mi corazón.

La miro y nuestras miradas se encuentran un segundo. Ella vuelve a concentrarse enseguida en el pastel que tiene delante y coloca las velas. Cuando termina, sonríe y me mira de nuevo. Ve mi expresión preocupada, así que se da un golpecito en el pecho y me hace un gesto de «todo bien» con la mano.

Me está tranquilizando. Todas las noches tengo que alejarme de ella a regañadientes, ahora me pongo a besuquear a mi novia delante de ella... ¿y es ella la que tiene que tranquilizarme?

La paciencia y la comprensión que Sydney está demostrando en esta situación tan complicada deberían alegrarme, pero en realidad tienen el efecto contrario. Me decepcionan, porque sólo sirven para que me guste aún más.

Vamos de mal en peor.

Curiosamente, Sydney y Maggie parecen estar divirtiéndose juntas en la cocina mientras preparan los ingredientes para hacer una sopa con carne. No soportaba quedarme allí, así que me retiré a mi habitación con la excusa de que tengo mucho trabajo. A Sydney se le da muy bien manejar la situación, pero yo no tengo ese mismo talento. Me sentía incómodo cada vez que Maggie me besaba, se me sentaba encima o me pasaba los dedos por el pecho en un gesto sensual. Aunque esto último, ahora que lo pienso, también es un poco raro. Cuando estamos por ahí no suele ser tan efusiva, así que imagino que o bien estaba marcando el territorio, o bien Sydney y ella ya han empezado a darle al Pine-Sol.

Maggie entra en mi habitación justo cuando estoy cerrando la computadora. Se arrodilla junto al borde de la cama, se echa hacia delante y va acercándose muy despacio hacia mí. Me mira con una sonrisa muy coqueta, así que dejo la computadora a un lado y le devuelvo la sonrisa.

Se me sube encima y va arrastrándose hasta que quedamos cara a cara. Entonces se sienta con las piernas abiertas sobre mí, con las rodillas apoyadas en la cama. Levanta una ceja e inclina la cabeza hacia un lado.

—Le estabas mirando el trasero —dice en lengua de signos.

Mierda.

Albergaba la esperanza de que se le hubiera olvidado.

Me río, le pongo ambas manos en las nalgas y la obligo a acercarse más a mí. Luego la suelto y pongo las manos delante de ella para contestar.

—Salí de mi habitación y me encontré con un trasero apuntando hacia mi dormitorio. Soy un hombre. Y, por desgracia, los hombres nos fijamos en esa clase de cosas.

La beso en los labios y luego me echo hacia atrás.

Maggie no está sonriendo.

—Es muy simpática —dice por signos—. Y guapa. Y divertida. Y lista. Y...

La inseguridad que percibo en sus palabras me hace sentir como un imbécil, así que le tomo ambas manos para que se esté quieta.

—Pero no es tú —le digo—. Nadie puede ser tú, Maggie. Nunca.

Sonríe sin demasiado entusiasmo, apoya las manos a ambos lados de mi cara y las deja resbalar despacio hasta llegar a mi cuello. Se inclina hacia delante y me besa en los labios con tanta vehemencia que percibo su miedo.

Un miedo que yo desperté.

Le sujeto la cara y la beso con todas mis fuerzas, dispuesto a hacer todo lo que sea para borrar sus preocupaciones. Lo último que necesita la pobre es otro agobio que añadir a su lista.

Cuando se aleja de mí, veo en su cara todos los sentimientos negativos que llevo cinco años intentando ayudarla a eliminar.

—¿Ridge?

Hace una pausa y luego deja caer la mirada mientras expulsa el aire largamente, de forma controlada. Su nerviosismo se me enreda en el corazón y me lo retuerce. Con gran cautela, vuelve a mirarme.

—¿Le has contado lo mío? ¿Lo sabe?

Busca en mis ojos la respuesta a una pregunta que jamás habría tenido que sentir la necesidad de formular.

¿Acaso aún no me conoce a estas alturas?

—No, Dios mío. Claro que no, Maggie. ¿Por qué iba a contárselo? Eso es algo que debes contarle tú si quieres, no yo. Jamás haría algo así.

Se le llenan los ojos de lágrimas y trata de contenerlas. Dejo caer la cabeza contra la cabecera de la cama. Esta chica no sabe todavía hasta dónde estaría dispuesto a llegar por ella.

Levanto la cabeza y la miro fijamente a los ojos.

—Hasta el último confín del mundo, Maggie —le digo por signos repitiéndole nuestra frase.

—Y de vuelta a casa —responde ella con una sonrisa triste.

16

Sydney

Alguien me está quitando la ropa. ¿Quién demonios me está quitando la ropa?

Empiezo a darle golpes a la mano que me está bajando los pantalones por debajo de las rodillas. Intento recordar dónde estoy, qué hago aquí y cómo llegué hasta aquí.

Fiesta.

Pastel.

Pine-Sol.

Me mancho el vestido de Pine-Sol.

Me cambio de ropa.

Tomo más Pine-Sol.

Mucho Pine-Sol.

Veo lo mucho que Ridge ama a Maggie.

Dios mío, cuánto la quiere. Lo sé por su manera de mirarla desde la otra punta de la sala. Lo sé por la forma en que la toca. Por cómo se comunica con ella.

Aún huelo el alcohol. Aún noto el sabor al pasarme la lengua por los labios.

Bailé...

Tomé más Pine-Sol...

¡Ah! El juego de los chupes. Me inventé mi propio juego de los chupes: cada vez que veía lo mucho que Ridge quiere a Maggie, tenía que tomarme un chupe. Por desgracia para mí, tuve que tomarme muchos chupes.

¿Quién demonios me está quitando los pantalones?

Intento abrir los ojos, pero no sé si lo consigo. Creo que los tengo abiertos, pero en mi mente todo sigue oscuro.

Ay, Dios mío, estoy borracha y alguien me está desnudando.

¡Me van a violar!

Empiezo a darles patadas a las manos que ya me bajaron los pantalones hasta los pies.

—¡Sydney! —grita una chica—. ¡Para!

Se está riendo. Me concentro durante un segundo y distingo la voz de Maggie.

—¿Maggie?

Se acerca y una mano suave me aparta el pelo de la cara justo en el momento en que el colchón se hunde a mi lado. Cierro los ojos con fuerza y luego me obligo a abrirlos varias veces hasta que finalmente comienzo a acostumbrarme a la oscuridad. Maggie me pone las manos sobre la blusa e intenta desabrochármela.

¿Por qué demonios sigue quitándome la ropa?

Ay, Dios mío. ¡Maggie quiere violarme!

Le doy una palmada en la mano y ella me sujeta la muñeca.

—¡Sydney! —dice entre risas—. Te vomitaste encima. Estoy intentando ayudarte.

¿Vomité? ¿Encima?

Eso explica por qué me duele tanto la cabeza. Pero no explica por qué sigo riéndome. ¿Por qué sigo riéndome? ¿Aún estoy borracha?

—¿Qué hora es? —le pregunto.

—No lo sé. De noche, creo. Pongamos... ¿medianoche?

—¿Sólo?

Maggie asiente y luego empieza a reírse conmigo.

—Le vomitaste encima a Brennan.

¿A Brennan? ¿Conocí a Brennan?

Tengo la sensación de que a Maggie le cuesta enfocar la vista cuando me mira.

—¿Te cuento un secreto? —pregunta.

Le hago un gesto afirmativo.

—Bueno, pero dudo que lo recuerde, porque me parece que aún estoy borracha.

Sonríe y se inclina hacia delante. Es tan guapa... Maggie es muy muy guapa.

—No soporto a Bridgette —dice en voz baja.

Me río. Maggie también empieza a partirse otra vez e intenta quitarme la blusa, pero se está riendo tanto que tiene que parar una y otra vez para tomar aire.

—¿Tú también estás borracha? —le pregunto.

Toma aire de nuevo, tratando de contener la risa, y luego lo expulsa.

—Muy borracha. Pensaba que ya te había quitado la blusa, pero sigue estando aquí, y no sé cuántas llevas puestas, pero... —Levanta la punta de una de las mangas, que aún continúa en el brazo, y la observa confundida—. ¿Lo ves? Ahora sí que pensaba que te la había quitado, pero aquí está otra vez.

Me incorporo un poco en la cama y la ayudo a quitarme la blusa.

—¿Por qué estoy ya en la cama si sólo es medianoche?

Se encoge de hombros.

—No entendí nada de lo que dijiste.

Es muy graciosa. Me inclino hacia el buró y enciendo la lámpara. Maggie se desliza por la cama y se deja caer al piso. Se acuesta boca abajo con un suspiro y empieza a mover los brazos, como si estuviera haciendo ángeles de nieve en la alfombra.

—No quiero acostarme todavía —le digo.

Se acuesta de espaldas y me mira.

—Pues no lo hagas. Le dije a Ridge que te dejara quedarte y seguir jugando porque nos la estábamos pasando muy bien, pero le vomitaste a Brennan encima y te mandó a la cama. —Se sienta—. Vamos a seguir jugando. Se me antoja otro pedazo de pastel.

Se apoya en las manos y se pone de pie; luego me toma las mías y me ayuda a levantarme de la cama.

Me miro.

—Pero me quitaste la ropa —digo con una mueca.

Se fija en el brasier y en los calzones que traigo.

—¿Dónde te compraste ese brasier? Es lindísimo.

—JCPenney.

—Ah. A Ridge le gustan los que se abrochan por delante, pero ese que llevas es lindísimo. Yo también quiero uno.

—Pues cómpratelo —le digo sonriendo—. Seremos gemelas de brasier.

Me lleva hacia la puerta.

—Vamos a ver si a Ridge le gusta. Quiero que me compre uno igual.

Sonrío. Espero que le guste.

—Bueno.

Maggie abre la puerta de mi habitación y me arrastra hacia la salita.

—¡Ridge! —grita.

Me río: no entiendo por qué le grita, Ridge no va a oírla.

—Eh, Warren —digo sonriendo al verlo en el sillón—. Feliz cumpleaños.

Bridgette está sentada a su lado, fulminándome con la mirada. Me mira de arriba abajo, creo que celosa porque el brasier que traigo es realmente lindísimo.

Warren niega con la cabeza y se ríe.

—Me lo habrás dicho sólo unas quinientas veces esta noche, aunque me gusta más ahora que me lo dices así, casi tal como llegaste al mundo.

Ridge está sentado al otro lado de Bridgette y sacude la cabeza igual que Warren.

—Maggie quiere saber si te gusta mi brasier —le digo a Ridge.

Le tomo la mano a Maggie para que se dé la vuelta y traduzca mis palabras a la lengua de signos.

—Es un brasier muy bonito —dice Ridge mientras lo observa con una ceja levantada.

Sonrío. Y luego frunzo la frente.

¿Acaba de...? Me suelto de un jalón de la mano de Maggie y me volteo hacia Ridge.

—¿Acabas de hablar?

Se ríe.

—¿No me hiciste una pregunta?

Lo fulmino con la mirada, sobre todo cuando a Warren le entra un ataque de risa.

En...

...la...

...madre.

«¿No es sordo?»

¿Me ha estado mintiendo todo este tiempo? ¿Fue una broma?

Me entran unas ganas locas de estrangularlo. A los dos. Me arden las lágrimas en los ojos y en cuanto me lanzo hacia delante, una mano fuerte me toma de la muñeca y me jala del brazo hacia atrás. Me doy la vuelta, miro hacia arriba y...

¿Ridge?

Me volteo hacia el sillón y veo a... ¿Ridge?

Warren está desparramado sobre el regazo de Bridgette, muriéndose de risa. El Ridge número 1 también se está riendo. Pero cuando ríe, no lo hace con toda la cara, como el Ridge número 2.

Y también tiene el pelo más corto que el Ridge número 2. Y más oscuro.

El Ridge número 2 me pasa un brazo por la cintura y me levanta completamente.

Ahora estoy cabeza abajo.

No creo que esto sea bueno para mi estómago.

Tengo la cara pegada a su espalda y el estómago aplastado contra su hombro mientras me lleva a mi habitación. Miro a Warren y al otro chico que ahora comprendo que es Brennan y cierro los ojos porque creo que voy a vomitarle encima al Ridge Número 2.

Estoy sentada en algo frío. El piso.

En cuanto entiendo dónde me dejó, explora con las manos hasta encontrar el excusado y, de repente, vuelvo a sentirme como si hubiera ingerido comida italiana. Ridge me aparta el pelo de la cara mientras lleno el excusado de Pine-Sol.

Ojalá fuera Pine-Sol de verdad, porque entonces no tendría que limpiarlo.

—¿A que el brasier que trae es precioso? —dice Maggie detrás de mí—. Ya sé que se abrocha por detrás, pero mira los tirantes... ¡son una lindura!

Noto una mano en uno de los tirantes del brasier. Me doy cuenta de que Ridge le aparta la mano a Maggie. Mueve el brazo y comprendo que le está diciendo algo por señas.

Maggie resopla.

—No quiero irme a la cama aún.

Él dice algo más y, finalmente, Maggie suspira y se dirige al dormitorio de Ridge.

Cuando termino de vomitar, Ridge me limpia la cara con un trapo. Apoyo la espalda contra la tina y levanto la cabeza para mirarlo.

No parece muy contento. De hecho, parece un poco enojado.

—Es una fiesta, Ridge —murmuro justo antes de volver a cerrar los ojos.

Me pasa las manos por debajo de los brazos y me alza completamente otra vez. Se dirige hacia... ¿su habitación? Me deja en su cama y yo me doy la vuelta y abro los ojos. Maggie me sonríe desde la almohada que tengo justo al lado.

—¡Genial!, una fiesta de pijamas —dice con una sonrisa aturdida.

Me toma la mano y me la aprieta.

—¡Genial! —digo sonriendo.

Alguien nos tapa con una cobija y cierro los ojos.

Ridge

«¿Cómo te metiste en este lío?»

Warren y yo estamos de pie junto a mi cama, contemplando a Maggie y a Sydney. Las dos están dormidas. Sydney está pegadita a Maggie en el lado izquierdo de la cama, porque el derecho ahora está empapado de vómito de Maggie.

Suspiro.

—Han sido las doce horas más largas de mi vida.

Warren asiente y luego me da una fuerte palmada en la espalda.

—Bueno —dice por señas—. Ojalá pudiera quedarme contigo y ayudarte a resucitarlas, pero será mejor que finja que tengo algo mejor que hacer y me largue.

Da media vuelta y sale de mi habitación en el preciso instante en que entra Brennan.

—Me largo —me dice por señas—. Ya saqué todas mis cosas de la habitación de Sydney.

Asiento con la cabeza y veo que mi hermano se fija en Maggie y en Sydney.

—Ojalá pudiera decir que fue divertido conocer a Sydney, pero tengo la sensación de que ni siquiera conocí a la auténtica.

Me río.

—Créeme, no la conociste. Puede que la próxima vez.

Se despide con la mano y sale de mi dormitorio.

Me volteo para observar a las dos mitades de mi corazón, muy juntas, acurrucaditas, en un lecho de ironía.

Me paso toda la mañana ayudándolas mientras se turnan para hacer viajes al bote de basura o al baño. A la hora de comer, Sydney ya dejó de vomitar y regresó a su habitación. Ahora es ya media tarde y estoy obligando a Maggie a ingerir líquidos con una cuchara y a tomarse una medicina.

—Sólo necesito dormir —dice por señas—. Estoy bien.

Se da la vuelta y se sube las cobijas hasta la barbilla.

Le coloco un mechón de pelo detrás de la oreja y luego dejo resbalar la mano hasta el hombro, donde trazo unos cuantos círculos con el pulgar. Maggie tiene los ojos cerrados y está acurrucada en posición fetal. Parece tan frágil ahora mismo... Ojalá pudiera abrazarla formando una especie de capullo a su alrededor y protegerla de todas las cosas malas que aún le reserva este mundo.

Echo un vistazo al buró y veo que la pantalla de mi teléfono se ilumina. Le coloco bien las cobijas a Maggie, me inclino para darle un beso en la mejilla y, por último, tomo el celular.

Sydney: Ya sé que has hecho mucho por mí, pero... ¿podrías decirle a Warren que baje el volumen de la peli porno que está viendo?

Me río y le envío un mensaje a Warren.

Yo: Baja el volumen de la peli porno. Está tan alto que hasta yo lo oigo.

Me pongo de pie y me dirijo a la habitación de Sydney para ver cómo está. La encuentro acostada de espaldas sobre la cama, mirando hacia el techo. Me siento en el borde y le aparto un mechón de pelo de la frente.

Ella voltea la cabeza hacia mí y sonríe; después toma el teléfono. Está tan débil que es como si el celular le pesara veinticinco kilos mientras intenta escribirme.

Se lo quito de la mano y le digo que no con la cabeza para hacerla entender que lo único que necesita ahora es descansar. Dejo el teléfono sobre su buró y me concentro de nuevo en ella. Tiene la cabeza apoyada en la almohada y el pelo le cae en ondas que le llegan hasta los hombros. Le paso los dedos por el cabello, aclarado por el sol, y me parece increíblemente suave. Sydney gira la cara hacia mi mano hasta apoyar la mejilla en ella. Le acaricio el pómulo con el pulgar y la observo mientras cierra los ojos. La letra que escribí para ella me viene de golpe a la mente: «Trazamos líneas que luego desdibujamos. Por ella sufro, por ti me muero».

¿En qué clase de hombre me convierte eso? Si no puedo evitar enamorarme de otra chica, ¿hasta qué punto me merezco a Maggie? Me niego a contestar esa pregunta, porque sé que si no merezco a Maggie, tampoco merezco a Sydney. La idea de perder a alguna de las dos, o incluso a las dos, es algo en lo que ni siquiera me atrevo a pensar. Levanto la mano y recorro con los dedos el perfil de la cara de Sydney; le acaricio la línea de nacimiento del pelo, bajo hasta la mandíbula y subo por la barbilla hasta rozarle los labios. Muy despacio, trazo la forma de su boca y noto las cálidas oleadas de aliento que van surgiendo de entre sus labios cada vez que se los rozo con los dedos. Abre los ojos y veo en ellos un profundo dolor que ya me es conocido.

Levanta una mano y me toma los dedos. Se los acerca con firmeza a la boca, los besa y luego desplaza la mano, sin soltar la mía, hasta apoyarse ambas en el estómago.

Contemplo nuestras manos juntas. Ella abre la palma, yo hago lo mismo y las unimos.

No sé gran cosa del cuerpo humano, pero me atrevería a decir que hay un nervio que va directamente de la palma de la mano al corazón.

Extendemos los dedos. Luego los entrelazamos y apretamos con suavidad en el momento exacto en que nuestras manos se unen por completo, como si estuvieran entretejidas.

Es la primera vez que le tomo la mano.

Nos quedamos mirando nuestras manos unidas durante lo que parece una eternidad. Todos los sentimientos y todos los nervios se concentran ahora en las palmas de nuestras manos, en los dedos y en los pulgares, que de vez en cuando se acarician el uno al otro.

Nuestras manos encajan perfectamente, como nosotros dos. Sydney y yo.

Estoy convencido de que en la vida hay personas que encuentran a otras personas cuyas almas son perfectamente compatibles con las suyas. Cuando eso ocurre, algunos dicen que encontraron a su alma gemela, otros que es el verdadero amor... Hay quien cree que su alma es compatible con más de una persona, y estoy empezando a darme cuenta de lo cierta que es esa afirmación. En el momento en que conocí a Maggie, hace ya años, supe que nuestras almas eran compatibles, y lo son. No cabe la menor duda.

Pero también sé que mi alma y la de Sydney son compatibles, aunque en realidad es mucho más que eso. No es sólo que nuestras almas sean compatibles... es que están en perfecta sintonía. Siento lo mismo que siente ella. Entiendo las cosas antes incluso de que ella las diga. Sé que lo que necesita es exactamente lo que yo podría darle, y que lo que ella desearía darme a mí es algo que yo ni siquiera sabía que necesitaba.

Me comprende. Me respeta. Me fascina. Me adivina. Nunca, ni una sola vez desde que nos conocemos, me ha hecho sentir que mi incapacidad para oír sea de hecho una incapacidad.

Y sólo con mirarla, me doy cuenta de que se está enamorando de mí. Lo cual es la prueba definitiva de que tengo que hacer lo que ya tendría que haber hecho hace mucho tiempo.

A regañadientes, me inclino hacia su buró y tomo una pluma. Le suelto los dedos y le abro la mano para escribirle en la palma: *Necesito que te vayas.*

Le cierro de nuevo el puño para que no lea lo que escribí mientras la estoy mirando. Y luego me alejo de allí, dejando tras de mí una mitad entera de mi corazón.

17

Sydney

Lo sigo con la mirada cuando sale y cierra la puerta. Me llevo la mano al pecho, incapaz de leer lo que escribió.

Vi la mirada de sus ojos.

Vi el corazón destrozado, los remordimientos, el miedo..., el amor.

Sigo con la mano apretada contra el pecho, sin leer lo que escribió. Me niego a aceptar que las palabras de la palma de mi mano, sean las que sean, arrasen la poca esperanza que me queda para nuestro «tal vez mañana».

Me estremezco y abro los ojos de golpe.

No sé qué es lo que me despertó, pero estaba en mitad de un profundo sueño. Está oscuro. Me siento en la cama y me llevo la mano a la frente con un gesto de dolor. Ya no tengo náuseas, pero nunca en mi vida había sentido tanta sed. Necesito agua.

Me pongo de pie y estiro los brazos por encima de la cabeza. Luego consulto la hora en el despertador: las 2.45.

Menos mal. Necesitaría otros tres días de sueño para recuperarme de esta cruda.

Me dirijo hacia el baño de Ridge cuando me invade una sensación desconocida. Me detengo antes de abrir la puerta. No sé por qué me detengo, pero de repente me siento fuera de lugar.

Me parece extraño dirigirme ahora hacia ese baño. No me siento como si me estuviera encaminando a mi propio baño. No tengo la más mínima sensación de que me pertenezca, pero sí la tenía con el baño de mi último departamento. Aquel baño era mi baño. Como si en parte fuera de mi propiedad. El departamento era como mi departamento. Y los muebles que había en él eran como mis muebles.

Pero aquí es como si nada fuera mío. Aparte de las pocas pertenencias metidas en las dos maletas que traje la primera noche, aquí no hay nada que sienta ni remotamente como mío.

¿La cómoda? Prestada.

¿La cama? Prestada.

¿La tele de los jueves por la noche? Prestada.

La cocina, la salita, toda mi habitación... Todas esas cosas son de otras personas. Me siento como si estuviera viviendo una vida prestada hasta que pueda encontrar una mejor y propia. Desde el día en que me instalé aquí, me he sentido como si todo fuera prestado.

Qué demonios, si hasta he buscado un novio prestado. Ridge no es mío. Nunca lo será. Y por mucho que me duela aceptarlo, estoy harta de esta batalla interminable contra mi corazón. Ya no puedo más. No me merezco torturarme de esta manera.

De hecho, creo que lo que necesito es irme de aquí.

De verdad.

Mudarme a otro lugar será lo único que me ayude a curarme, porque ya no puedo seguir cerca de Ridge. No, porque su presencia me destroza.

«¿Te enteras, corazón? Estamos en paz.»

Sonrío al darme cuenta de que estoy a punto de empezar a vivir mi propia vida. Me invade una sensación de logro. Abro la puerta del baño, enciendo la luz... y de inmediato me dejo caer de rodillas.

Dios mío.

Oh, no.

«No, no, no, no, ¡no!»

La tomo por los hombros y le doy la vuelta, pero está completamente inerte. Tiene los ojos en blanco y está muy pálida.

«¡Oh, Dios mío!»

—¡Ridge! —grito.

Salto por encima de ella y me dirijo a la puerta de la habitación de Ridge gritando su nombre con tanta fuerza que siento como si se me estuviera desgarrando la garganta. Intento girar la manija varias veces, pero la mano se me resbala una y otra vez.

Empieza a tener convulsiones, así que me abalanzo sobre ella, le levanto la cabeza y le acerco una oreja a los labios para asegurarme de que respira. Estoy llorando, gritando una y otra vez el nombre de Ridge. Sé que no puede oírme, pero me da pánico soltarle la cabeza.

—¡Maggie! —grito.

¿Qué estoy haciendo? No sé qué hacer.

«Haz algo, Sydney.»

Le apoyo lentamente la cabeza en el piso y me volteo completamente. Agarro la manija de la puerta con más fuerza y me pongo de pie. Abro de golpe la puerta de la habitación de Ridge y corro hacia la cama. Me subo a ella de un salto y me acerco al lado que él ocupa.

—¡Ridge! —grito zarandeándolo por los hombros.

Él levanta un codo al darse la vuelta, como para defenderse, pero lo baja enseguida al ver que estoy casi encima de él.

—¡Maggie! —grito como una histérica, mientras señalo el baño.

Ridge dirige la mirada hacia el lado vacío de su cama y de inmediato se fija en la puerta abierta del baño. En apenas unos segundos, se levanta de la cama y se arrodilla en el piso junto a ella. Antes incluso de que yo entre de nuevo en el baño, Ridge ya tiene la cabeza de Maggie entre los brazos y el resto del cuerpo sobre el regazo.

Voltea la cabeza para mirarme y me dice algo por señas. Le hago un gesto negativo con la cabeza mientras las lágrimas me siguen cayendo por las mejillas. No tengo ni idea de lo que está intentando decirme. Ridge repite los gestos y señala la cama. Miro hacia su habitación y luego vuelvo a mirarlo a él con expresión de impotencia. Ridge parece más frustrado a cada segundo que pasa.

—Ridge, ¡no sé lo que me estás pidiendo!

Se deja llevar por la frustración y le da un puñetazo al estante del lavabo. Luego se acerca una mano a la oreja como si estuviera sujetando un teléfono.

Necesita el celular.

Corro hacia su habitación y lo busco, revolviendo con desesperación la cama, las cobijas, el buró... Finalmente lo encuentro debajo de la almohada y corro de nuevo hasta él. Introduce el PIN para desbloquearlo y me lo da otra vez. Marco el número de emergencias, me acerco el teléfono a la oreja y espero el tono de llamada mientras me dejo caer de rodillas junto a ellos.

Percibo el miedo en los ojos de Ridge mientras mantiene la cabeza de Maggie apoyada contra su pecho. Me está mirando, esperando con inquietud que respondan a la llamada. De vez en cuando, apoya los labios en el pelo de Maggie para intentar que ella abra los ojos.

En cuanto responde una operadora, me bombardea con una lista de preguntas cuyas respuestas desconozco. Le doy la dirección, porque es lo único que sé, y ella vuelve a dispararme más preguntas que no sé cómo trasladarle a Ridge.

—¿Es alérgica a algo? —le pregunto a Ridge repitiendo lo que acaba de decirme la operadora.

Él se encoge de hombros y hace un gesto negativo con la cabeza, sin entenderme.

—¿Padece alguna enfermedad?

Ridge niega de nuevo con la cabeza para darme a entender que no tiene ni idea de lo que le estoy preguntando.

—¿Es diabética?

Le formulo las preguntas a Ridge una y otra vez, pero no me entiende. La operadora me bombardea a mí y yo lo bombardeo a él, pero los dos estamos tan histéricos que ni siquiera puede leerme los labios. Yo estoy llorando. Ambos estamos aterrorizados. Y frustrados por el hecho de que no podemos comunicarnos.

—¿Trae algún brazalete de alerta médica? —me pregunta la operadora.

Le levanto ambas muñecas a Maggie.

—No, no trae nada.

Levanto la mirada hacia el techo y cierro los ojos, consciente de que ahora mismo no estoy sirviendo de ninguna ayuda.

—¡Warren! —grito.

Me pongo de pie de un salto, salgo del baño y corro hasta la habitación de Warren. Abro la puerta de golpe.

—¡Warren!

Corro hasta su cama y empiezo a zarandearlo con el teléfono aún en la mano.

—¡Warren! ¡Tienes que ayudarnos! ¡Es Maggie!

Abre los ojos muy grandes, aparta las cobijas y se pone rápidamente en movimiento. Le paso el teléfono.

—¡Estoy hablando con emergencias, pero no entiendo nada de lo que Ridge intenta decirme!

Warren toma el teléfono y se lo acerca a la oreja.

—¡Tiene DRFQ! —se apresura a gritarle al aparato—. FQ fase 2. ¿DRFQ?

Lo sigo hasta el baño y lo observo mientras habla con Ridge por señas al tiempo que sostiene el teléfono en la palma de la mano, lejos de la oreja. Ridge le responde algo y Warren corre a la cocina. Abre el refrigerador, rebusca al fondo del segundo estante y toma una bolsa. Regresa a toda prisa al baño y se arrodilla junto a Ridge. Deja caer el teléfono al piso y lo aparta a un lado con la rodilla.

—¡Warren, estaban haciendo preguntas! —exclamo sin entender por qué soltó el teléfono.

—Sabemos lo que hay que hacer hasta que lleguen, Syd —dice.

Saca una jeringa de la bolsa y se la pasa a Ridge. Éste le quita el protector y le inyecta algo a Maggie en el estómago.

—¿Es diabética? —pregunto mientras contemplo con impotencia la conversación silenciosa que Ridge y Warren mantienen.

No me hacen caso, pero tampoco es de extrañar. Parece que los dos están familiarizados con la situación y yo me siento demasiado aturdida para seguir mirando. Me doy la vuelta y me apoyo en la pared; luego cierro los ojos con fuerza para intentar recuperar la calma. El silencio se prolonga unos momentos más y luego alguien empieza a golpear la puerta.

Warren se echa a correr hacia la entrada antes incluso de que yo pueda reaccionar. Deja entrar a los paramédicos y yo me hago a un lado, observando en silencio mientras todo el mundo excepto yo parece saber qué demonios está pasando.

Sigo alejándome del camino de los demás hasta que rozo el sillón con las pantorrillas y me dejo caer.

Suben a Maggie a la camilla y empiezan a empujarla hacia la puerta de la calle. Ridge los sigue apresuradamente. Warren sale de la habitación de Ridge en ese momento y le lanza un par de zapatos. Él se los pone, le dice algo por señas a su amigo y luego se va rápidamente tras la camilla.

Observo a Warren, que vuelve deprisa a su habitación. Cuando sale, lleva la camiseta y los zapatos puestos y su gorra de béisbol en la mano. Toma las llaves del coche y vuelve otra vez a la habitación de Ridge. Sale al poco con una bolsa en la que lleva las cosas de Ridge y se dirige a la puerta de la calle.

—¡Espera! —grito—. ¡El teléfono! Necesitará el teléfono.

Corro al cuarto del baño, recojo el celular de Ridge del piso y se lo llevo a Warren.

—Voy contigo —digo mientras me pongo un zapato junto a la puerta.

—No, no vienes.

Lo miro, algo sorprendida por la rudeza de su tono, mientras me pongo el otro zapato. Warren empieza a cerrar la puerta, pero se lo impido con la palma de una mano.

—¡Voy contigo! —repito, esta vez con más decisión.

Se voltea y me observa con una mirada dura.

—No te necesita allí, Sydney.

No tengo ni idea de lo que quiere decir, pero el tono de Warren me enoja. Le doy un empujón en el pecho y salgo de casa.

—Dije que voy —afirmo en tono definitivo.

Termino de bajar la escalera en el mismo momento en que la ambulancia empieza a alejarse. Ridge tiene las manos cruzadas en la nuca y la observa irse. Warren llega al pie de la escalera y, en cuanto Ridge lo ve, los dos se echan a correr hacia el coche de Ridge. Los sigo.

Warren se sienta al volante, Ridge ocupa el asiento del pasajero. Yo abro la puerta del asiento trasero y la cierro con fuerza después de acomodarme.

Warren sale del estacionamiento y acelera hasta que alcanzamos a la ambulancia.

Ridge está aterrorizado. Lo sé por la forma en que se abraza el cuerpo, por el temblor de la rodilla, por el modo en que se jala de la manga de la camiseta mientras se mordisquea el labio inferior.

Sigo sin tener ni idea de lo que le pasa a Maggie, y me da miedo que sea algo grave. Pero en cierta manera tengo la sensación de que no es asunto mío y, desde luego, no pienso preguntárselo a Warren.

El nerviosismo que emana Ridge hace que se me encoja el corazón. Me siento en el borde del asiento, extiendo un brazo y le apoyo la mano en el hombro en un gesto que pretende ser tranquilizador. Él también levanta una mano, la apoya en la mía y me la aprieta ligeramente.

Quiero ayudar a Ridge, pero no puedo. No sé cómo. Sólo soy capaz de pensar en la absoluta impotencia que siento, en lo mucho que él está sufriendo y en el miedo que me da que pueda perder a Maggie, porque es dolorosamente obvio que eso lo mataría.

Acerca la otra mano a la que yo aún tengo sobre su hombro. Me la aprieta con fuerza con las dos suyas, en un gesto desesperado, y luego inclina la cabeza hacia el hombro. Me besa el dorso de la mano y noto que una lágrima me cae sobre la piel.

Cierro los ojos, apoyo la frente en el respaldo de su asiento y lloro.

Estamos en la sala de espera.

Bueno, Warren y yo estamos en la sala de espera. Ridge está con Maggie desde que llegamos, hace una hora, y Warren no me ha dirigido la palabra ni una sola vez.

Y ése es el motivo de que yo tampoco le hable. Está claro que tiene un problema conmigo, pero no estoy de humor para defenderme, porque no le he hecho absolutamente nada que me obligue a tener que defenderme.

Me acomodo en la silla y entro en el buscador del teléfono, pues siento curiosidad por saber más acerca de lo que Warren le dijo a la operadora de emergencias.

Tecleo DRFQ en la pestaña de búsqueda y pulso la tecla intro. Me fijo de inmediato en el primer resultado de la búsqueda: «Lo que hay que saber sobre la diabetes relacionada con la fibrosis quística».

Entro en el enlace y la página me explica los diferentes tipos de diabetes, pero poco más. He oído hablar de la fibrosis quística, pero no sé lo suficiente para hacerme una idea de cómo debe de afectar a Maggie. Clico en un enlace a la izquierda de la página que dice «¿Qué es la fibrosis quística?». El corazón me empieza a latir con fuerza y se me caen las lágrimas mientras trato de asimilar las palabras que destacan en todas las páginas en las que entro, una tras otra.

«Trastorno pulmonar hereditario.»

«Potencialmente mortal.»

«Reducción de la esperanza de vida.»

«Sin tratamiento conocido.»

«Expectativa de vida: 35-40 años.»

No puedo seguir leyendo por culpa de las lágrimas que estoy derramando por Maggie. Por Ridge.

Salgo del buscador del teléfono y desvío la mirada hacia mi propia mano. Me fijo en las palabras que Ridge me escribió anoche en la palma de la mano y que aún no he leído.

Necesito que te vayas.

Ridge

Tanto Warren como Sydney se ponen de pie de un salto cuando doblo la esquina de la sala de espera.

—¿Cómo está? —me pregunta Warren por señas.

—Mejor. Está despierta.

Warren asiente y Sydney nos mira alternativamente a uno y a otro.

—El médico dice que el alcohol y la deshidratación son la causa probable de...

Dejo de usar la lengua de signos, porque Warren tiene los labios apretados, formando una línea fina, mientras observa mi explicación.

—Verbaliza para ella —le digo por señas al tiempo que señalo a Sydney con la barbilla.

Warren se voltea, mira a Sydney y luego se concentra de nuevo en mí.

—Esto no es asunto suyo —responde en silencio.

¿Qué demonios le pasa?

—Está preocupada por Maggie, Warren. Claro que es asunto suyo. Verbaliza lo que estoy diciendo.

Warren niega con la cabeza.

—No ha venido por Maggie, Ridge. Le da igual cómo esté Maggie. Lo único que le preocupa eres tú.

Me trago la rabia y luego, muy despacio, doy un paso al frente y me coloco delante de él.

—Verbaliza lo que estoy diciendo. Ya.

Warren suspira, pero no se voltea hacia Sydney. Me observa fijamente a mí mientras usa la lengua de signos y verbaliza al mismo tiempo.

—Ridge dice que Maggie está bien. Que está despierta.

Sydney relaja todo el cuerpo, se lleva las manos a la nuca y la invade el alivio. Le dice algo a Warren, que cierra los ojos, toma aire con rapidez y luego vuelve a abrirlos.

—Sydney quiere saber si tú o Maggie necesitan algo. Del departamento.

Miro a Sydney y le digo que no con la cabeza.

—Se queda esta noche en observación para controlar el nivel de azúcar en sangre. Mañana pasaré por el departamento si necesitamos algo. Voy a quedarme unos cuantos días en casa de Maggie.

Warren verbaliza de nuevo y Sydney asiente.

—Ustedes vuelvan a casa y descansen un poco.

Él asiente. Sydney da un paso al frente, me abraza con fuerza y luego retrocede.

Warren empieza a dirigirse a la salida, pero lo tomo del brazo y lo obligo a mirarme.

—No sé por qué estás molesto con ella, Warren, pero no te comportes como un imbécil. Eso ya lo hice yo.

Asiente una vez más y los dos dan media vuelta para alejarse. Sydney regresa la vista atrás un instante y me dedica una sonrisa triste. Me doy la vuelta y regreso a la habitación de Maggie.

La parte superior de la cama está ligeramente levantada y Maggie me mira cuando entro. Le pusieron un gotero para reponer fluidos. Gira lentamente la cabeza sobre la almohada para seguirme con la mirada.

—Lo siento —dice por señas.

Le digo que no con la cabeza, pues lo último que quiero o necesito ahora es una disculpa suya.

—Basta. No tienes por qué sentirte mal. Como tú dices siempre, eres joven. Y los jóvenes hacen locuras como emborracharse, tener cruda y vomitar durante doce horas seguidas.

Se ríe.

—Sí, pero como tú dices siempre, las personas con enfermedades potencialmente mortales no suelen hacerlo.

Sonrío al acercarme a su cama, luego arrastro una silla y me siento.

—Vuelvo a San Antonio contigo. Me quedaré unos cuantos días, hasta que me sienta cómodo dejándote sola.

Suspira, gira la cabeza y clava la mirada en el techo.

—Estoy bien. Sólo fue un problema de insulina. —Se voltea hacia mí para mirarme—. No hace falta que me cuides como a un bebé cada vez que pasa esto, Ridge.

Aprieto la mandíbula al oír la expresión «como a un bebé».

—No te cuido como a un bebé, Maggie. Te quiero y me ocupo de ti. Hay una diferencia.

Cierra los ojos y niega con la cabeza.

—Estoy muy cansada de tener siempre la misma conversación.

Ya. Yo también.

Me recuesto contra el respaldo de la silla y cruzo los brazos sobre el pecho sin apartar los ojos de Maggie. Hasta ahora, su negativa a recibir ayuda ha sido comprensible, pero ya no es ninguna adolescente y no entiendo por qué no permite que las cosas avancen entre nosotros.

Me echo hacia delante y le toco el brazo para que me mire y me ponga atención.

—Tienes que dejar de ser tan terca y de empeñarte en ser independiente. Si no te cuidas un poco mejor, estas breves estancias de una noche en el hospital se convertirán en cosas del pasado, Maggie. Deja que te cuide. Déjame estar a tu lado. Me paso la vida preocupándome por ti. Las prácticas te están provocando demasiado estrés, por no hablar de la tesis. Entiendo que quieras llevar una vida normal y hacer las cosas que hace la gente de nuestra edad, como ir a la universidad y tener una profesión. —Hago una pausa para pasarme las manos por el pelo y concentrarme en lo que quiero decir—. Si viviéramos juntos, podría hacer mucho más por ti. Todo sería más fácil para los dos. Y cuando pasaran estas cosas, ¡estaría ahí para ayudarte y que no te quedaras tirada en el piso del baño sufriendo convulsiones hasta morir!

«Respira, Ridge.»

Bueno, eso fue un poco idiota. Demasiado idiota.

Muevo el cuello en círculos y clavo la mirada en el piso, porque aún no estoy preparado para recibir su respuesta. Cierro los ojos y trato de contener la frustración.

—Maggie —le digo por señas mientras contemplo sus ojos bañados en lágrimas—. Te... quiero. Y me da mucho miedo salir un día del hospital sin ti a mi lado. Y será culpa mía por permitirte seguir rechazando mi ayuda.

Le tiembla el labio inferior, así que se lo sujeta con los dientes y lo mordisquea.

—En algún momento dentro de los próximos diez o quince años, Ridge, tendrás que enfrentarte a esa realidad. Un día saldrás del hospital sin mí, porque, por mucho que quieras ser mi héroe, nadie puede salvarme. No puedes salvarme de esto. Los dos sabemos que tú eres una de las pocas personas que tengo en el mundo, así que hasta que llegue el día en que yo ya no pueda valerme por mí misma, me niego a ser una carga para ti. ¿Sabes lo que eso significa para mí? ¿Saber que te puse encima toda esa presión? Si vivo sola no es simplemente porque quiera ser independiente, Ridge. Quiero vivir sola porque...

Las lágrimas le caen por las mejillas y hace una pausa para secárselas.

—Quiero vivir sola —prosigue— porque únicamente quiero ser la chica de la que estás enamorado... mientras podamos mantenerlo. No quiero ser una carga, ni una responsabilidad, ni una obligación para ti. Sólo quiero ser el amor de tu vida. Nada más. Por favor, confórmate con eso por ahora. Confórmate con eso hasta que llegue el momento en que realmente tengas que ir hasta el último confín del mundo por mí.

Se me escapa un sollozo y me inclino hacia ella para besarla. Le sujeto la cara con ambas manos, en un gesto de pura desesperación, y subo una pierna a la cama. Ella me rodea con los brazos cuando termino de echarme encima de ella para hacer todo lo que esté en mis manos para protegerla de este maldito mundo cruel.

18

Sydney

Cierro la puerta del coche de Ridge y sigo a Warren escaleras arriba, hacia el departamento. Ninguno de los dos ha pronunciado una sola palabra durante todo el trayecto desde el hospital hasta casa. Su forma de apretar la mandíbula hablaba por sí sola y, más o menos, venía a decirme algo así: «No me hables». Me he pasado todo el trayecto mirando por la ventanilla con un montón de preguntas atoradas en la garganta.

Entramos en el departamento y él avienta las llaves sobre la barra de desayuno mientras yo cierro la puerta. Ni siquiera se voltea para mirarme antes de dirigirse violentamente hacia su dormitorio.

—Buenas noches —digo.

Puede que lo haya dicho con un tono algo sarcástico, pero al menos no le grité «¡Vete al diablo, Warren!», que es lo que en realidad quería decir.

Se detiene y luego se voltea para mirarme. Lo observo con cierto nerviosismo, porque, sea lo que sea lo que se dispone a decirme, desde luego no es «buenas noches». Entorna los ojos y ladea la cabeza al tiempo que la mueve despacio de un lado a otro.

—¿Puedo hacerte una pregunta? —dice al fin, estudiándome con curiosidad

—Sólo si me prometes que nunca volverás a empezar una pregunta preguntándome si puedes hacerme una pregunta.

Estoy a punto de reírme ante mi propio uso de la frase de Ridge, pero Warren ni siquiera sonríe. La situación se voltea aún más incómoda. Cambio el peso del cuerpo de un pie a otro.

—¿Cuál es la pregunta, Warren? —digo con un suspiro.

Él cruza los brazos sobre el pecho y se acerca a mí. Me trago el nerviosismo cuando se inclina hasta quedar a pocos centímetros de mí.

—¿Es sólo que necesitas que alguien te ponga una cogida?

«Toma aire, suelta aire.»

«Contrae, dilata.»

«Late, late, descansa. Late, late, descansa.»

—¿Qué? —pregunto perpleja.

Estoy segura de que no entendí bien la pregunta.

Warren baja aún más la cabeza, hasta que sus ojos y los míos quedan a la misma altura.

—¿Es sólo que necesitas que alguien te ponga una cogida? —repite con una pronunciación más clara esta vez—. Porque si se trata de eso, te acuesto ahora mismo en el sillón y te cojo hasta que nunca más vuelvas a pensar en Ridge.

Sigue clavándome una mirada fría y despiadada.

«Piensa antes de reaccionar, Sydney.»

Durante unos cuantos segundos, me limito a negar con la cabeza en un gesto de incredulidad. ¿Por qué me dice algo tan irrespetuoso? No es propio de Warren. No sé quién es este patán que tengo delante, pero está claro que no es Warren.

Pero reacciono antes de darme el tiempo necesario para pensar. Echo un brazo hacia atrás y subo a cuatro mi media de puñetazos de toda una vida.

Mierda.

Qué daño.

Levanto la vista hacia él y veo que se está cubriendo la mejilla con una mano. Tiene los ojos muy abiertos y me observa con una expresión más de sorpresa que de dolor. Retrocede un paso y yo no dejo de mirarlo a los ojos.

Me llevo el puño al pecho, enojada porque vuelvo a tener la mano hecha polvo. Espero un poco antes de ir a la cocina en busca de hielo. Por si tengo que volver a pegarle.

Me confunde esa rabia evidente que ha mostrado hacia mí durante las últimas veinticuatro horas. Repaso mentalmente cualquier cosa que pudiera haberle dicho o hecho para motivar que me odie de esta manera.

Warren suspira y echa la cabeza hacia atrás al tiempo que se pasa las manos por el pelo. No explica sus odiosas palabras en ningún momento y yo no consigo entenderlas por mucho que me esfuerce. No le he hecho nada que merezca esa actitud tan grosera.

Aunque... a lo mejor ése es el problema. Tal vez el que yo no le haya hecho nada —o, mejor dicho, que no haya hecho nada con él— sea el motivo de que esté tan enojado.

—¿Estás celoso? —le pregunto—. ¿Por eso te has convertido en un intento patético y cruel de ser humano? ¿Porque no me he acostado contigo?

Da un paso al frente y yo retrocedo de inmediato hasta caer en el sillón. Él se agacha hasta poner los ojos a la altura de los míos.

—No quiero coger contigo, Sydney. Y, desde luego, no estoy celoso.

Se aleja del sillón. De mí.

Está consiguiendo que me cague de miedo, hasta el punto de que me planteo hacer las maletas, largarme esta misma noche y no volver a ver nunca jamás a ninguna de estas personas.

Empiezo a llorar y me tapo la cara. Lo oigo suspirar profundamente y, al momento, se deja caer en el sillón junto a mí. Subo los pies, aparto las rodillas de él y me acurruco en la otra punta del sillón. Permanecemos así sentados durante varios minutos; lo único que quiero es ponerme en pie y echar a correr hacia mi habitación, pero no lo hago. Me siento como si tuviera que pedir permiso, porque ya ni siquiera sé si sigo teniendo habitación en este departamento.

—Lo siento —se disculpa Warren al fin, rompiendo el silencio con un sonido distinto al de mi llanto—. Dios mío, lo siento. Sólo... sólo intento entender qué demonios estás haciendo.

Me seco la cara con la camiseta y lo miro. Su cara es un caos de expresiones, de pena y dolor, y no entiendo nada de lo que siente.

—¿Qué problema tienes conmigo, Warren? Siempre he sido amable contigo. He sido amable incluso con la víbora de tu novia y, créeme, no es nada fácil.

Asiente.

—Lo sé —dice exasperado—. Lo sé, lo sé, lo sé. Eres una buena persona. —Entrelaza los dedos de ambas manos y estira los brazos, para luego volver a bajarlos con un largo suspiro—. Y sé que tus intenciones son buenas. Que tienes buen corazón. Y un gancho de derecha bastante bueno —dice haciendo una mueca—. Supongo que por eso estoy tan enojado. Sé que tienes buen corazón, así que... ¿por qué demonios no te has ido ya?

Sus palabras me hacen más daño que los comentarios vulgares que me escupió hace apenas cinco minutos.

—Si tanto deseaban Ridge y tú que me fuera, ¿por qué esperaron hasta este fin de semana para decírmelo?

Mi pregunta, al parecer, toma a Warren desprevenido, porque me lanza una brevísima mirada antes de volver a desviar la vista. Sin embargo, no responde a la pregunta, sino que empieza a preparar otra.

—¿Te contó Ridge la historia de cómo conoció a Maggie? —me pregunta.

Le digo que no con la cabeza, algo confundida por el rumbo que está tomando la conversación.

—Yo tenía diecisiete años y Ridge acababa de cumplir dieciocho —dice.

Se reclina en el sillón y se contempla las manos.

Recuerdo que Ridge me contó que había empezado a salir con Maggie cuando tenía diecinueve años, pero guardo silencio y lo dejo continuar.

—Llevábamos saliendo unas seis semanas y...

Aparto ese pensamiento. Pero ya no puedo quedarme callada.

—¿Llevábamos? —pregunto en tono vacilante—. O sea, ¿tú y Ridge?

—No, burra. Maggie y yo.

Intento ocultar mi sorpresa, pero Warren ni siquiera me mira el tiempo suficiente para percibir mi reacción.

—Maggie salió conmigo antes que con Ridge. La conocí en un acto benéfico en favor de los niños sordos. Yo había ido con mis papás, que estaban en la junta de la sociedad de beneficencia. —Se coloca las manos tras la nuca y vuelve a reclinarse en el sillón—. Ridge estaba conmigo cuando la conocí. Los dos pensamos que era la chica más guapa que habíamos visto en la vida, pero, por suerte para mí, yo la vi unos cinco segundos antes que él, así que la pedí primero. Lógicamente, ninguno de los dos esperaba tener la menor oportunidad con ella. Es decir... Bueno, ya la viste. Es increíble. —Hace una pausa y luego apoya una pierna en la mesita baja que tenemos delante—. Total, que me pasé el día intentando ligar con ella. Tratando de conquistarla con mi atractivo personal y mi espectacular cuerpazo.

Me río, aunque sólo por educación.

—Aceptó salir conmigo —prosigue Warren—, así que le dije que la recogería aquel viernes a las ocho. Salimos juntos, nos reímos, la acompañé a casa y la besé. Estuvo muy bien, así que le pedí otra cita y aceptó. Salimos una segunda vez, y luego una tercera. Me gustaba. Nos llevábamos bien. Le hacían gracia mis bromas. Y también se llevaba bien con Ridge, lo cual le daba muchos puntos en mi lista personal. Tu novia y tu mejor amigo tienen que llevarse bien o uno de los dos saldrá mal. Por suerte, los tres nos llevábamos fenomenal. En nuestra cuarta cita, le pregunté si quería hacerlo oficial y aceptó. Me sentí de lo más feliz, porque sabía que Maggie era de lejos la chica más guapa con la que había salido o saldría jamás. No podía dejarla escapar, y menos antes de haber llegado al final con ella —dice riéndose.

»Recuerdo que eso fue exactamente lo que dije a Ridge aquella noche. Le dije que si había una chica en el mundo a la que quisiera desvirgar, ésa era Maggie. Le dije que saldría con ella cien veces si era necesario. Él se volteó hacia mí y, por señas, me dijo: "¿Y si fueran ciento una?". Me reí, porque no entendí qué demonios quería decir con eso. En aquel momento no entendí hasta qué punto le gustaba Maggie, ni tampoco entendía las perlas que me iba soltando. Sigo sin entenderlas. Pero si vuelvo la vista atrás y analizo la situación, si pienso en cómo se quedaba allí sentado escuchando las estupideces que yo decía sobre ella, lo que me sorprende es que tardara tanto en darme un puñetazo.

—¿Te dio un puñetazo? —pregunto—. ¿Por qué? ¿Porque hablabas de tirártela?

Warren niega con la cabeza y lo invaden de repente los remordimientos.

—No —dice en voz baja—. Porque me la tiré.

Suspira, pero luego prosigue.

—Una noche, nos quedamos a dormir en casa de Ridge y Brennan. Maggie pasaba mucho tiempo allí conmigo y ya llevábamos saliendo unas seis semanas. Ya sé que no es mucho para una chica virgen, pero para un chavo es una eternidad. Los dos estábamos acostados en la cama y ella me dijo que estaba preparada para llegar hasta el final, pero que antes de hacerlo conmigo quería contarme algo. Dijo que yo tenía derecho a saberlo, que no le parecía bien seguir adelante con la relación si yo no estaba informado. Recuerdo que me entró el pánico, que pensé que me iba a decir que era un hombre o algo así.

Me mira y levanta una ceja.

—Porque... no nos engañemos, Syd. Hay travestis que están muy buenos... —Se ríe otra vez, pero luego mira al frente—. Fue entonces cuando me habló de su enfermedad. Me habló de las estadísticas... de que no quería tener hijos... del tiempo de vida que le quedaba. Dijo que quería explicarme la verdad porque sería injusto no contársela a alguien que se planteara una relación estable con ella. Dijo que tenía pocas posibilidades de llegar a los cuarenta, incluso a los treinta y cinco. Y también me dejó claro que quería estar con alguien que lo entendiera. Que lo aceptara.

—¿Y tú no querías esa responsabilidad? —le pregunto.

Él niega lentamente con la cabeza.

—Sydney, a mí me daban igual las responsabilidades. Yo era un chavo de diecisiete años y estaba en la cama con la chica más guapa que había visto en mi vida. Lo único que ella me estaba pidiendo era que la quisiera. Cuando mencionó las palabras «futuro» y «marido», cuando dijo que no quería tener hijos, tuve que contenerme para no hacer un gesto de impaciencia, porque en mi mente aquellas cosas estaban muy muy lejos. Antes de eso quería estar con un millón de chicas. Ni se me ocurría pensar en algo tan lejano, así que hice lo que habría hecho cualquier otro chico en mi situación: tranquilizarla y decirle que su enfermedad no era un problema y que la quería. Luego la besé y le quité la ropa y la virginidad.

Deja caer la cabeza en un gesto que parece avergonzado.

—Cuando Maggie se fue al día siguiente, recuerdo que estuve faroleando delante de Ridge porque al fin me había tirado a una virgen. Probablemente le di demasiados detalles. También mencioné la conversación que Maggie y yo habíamos tenido antes y le conté lo de su enfermedad. Siempre era brutalmente sincero con él, demasiado a veces. Le dije que la situación me acobardaba un poco y que iba a dejar pasar dos semanas antes de dejarla para no quedar como un imbécil. Fue entonces cuando me pegó un puñetazo de la fregada.

Abro mucho los ojos.

—Bravo por Ridge —digo.

Warren asiente.

—Sí. Al parecer, a él le gustaba bastante más de lo que dejaba ver, pero no dijo ni una palabra y me dejó comportarme como un patán durante las seis semanas que estuve saliendo con ella.

Debería haberme dado cuenta de lo que sentía, pero Ridge es bastante más generoso que yo. Jamás habría hecho nada que pudiera poner en peligro lo que teníamos, aunque después de aquella noche me perdió todo el respeto. Y eso me dolió mucho, Sydney. Es como un hermano para mí. Me sentí como si hubiera decepcionado a la persona a la que tomaba como ejemplo.

—O sea, que tú cortaste con Maggie y Ridge empezó a salir con ella.

—Sí y no. Tuvimos una larga conversación sobre el tema aquella misma tarde, porque a Ridge se le da muy bien el rollo ese de compartir sus sentimientos. Acordamos que debíamos respetar el código fraternal de honor y que no sería muy buena idea que él empezara a salir con una chica a la que yo acababa de tirarme. Pero a Ridge le gustaba Maggie. Le gustaba mucho y, aunque sé que le costó un enorme sacrificio, esperó hasta que terminó el plazo antes de pedirle salir.

—¿El plazo?

Warren asiente.

—Sí. No me preguntes de dónde lo sacamos, pero acordamos que doce meses era un plazo más que respetable antes de poder declarar nulo el código fraternal. Supusimos que, transcurridos esos doce meses, ya habría pasado el tiempo suficiente y que, si Ridge quería pedirle salir, no resultaría tan incómodo. Era probable que para entonces ella ya hubiera salido con otras personas, por lo que no pasaría directamente de mi cama a la de Ridge. Por mucho que yo hubiera intentado aparentar que no tenía importancia, me habría resultado demasiado incómodo. Incluso para dos amigos como nosotros.

—Y durante esos doce meses... ¿supo Maggie lo que Ridge sentía por ella?

Warren niega con la cabeza.

—No, Maggie no tenía ni idea de lo mucho que le gustaba. Tanto que Ridge no tuvo ni una sola cita durante los doce meses que lo obligué a esperar. Tenía la fecha apuntada en un calendario. Lo vi una vez en su habitación. Jamás hablaba de Maggie, ni preguntaba por ella. Pero te aseguro que el mismo día en que venció el plazo empezó a tocar a la puerta de Maggie. Ella tardó un tiempo en aceptar, sobre todo porque sabía que tendría que volver a verme. Pero, a la larga, las cosas se solucionaron por sí mismas. Gracias a la persistencia de Ridge, Maggie terminó con el chico que se merecía.

Expulso el aire.

—Caray —digo—. Eso sí que es devoción.

Se voltea hacia mí e intercambiamos una mirada.

—Exacto —dice como si acabara de resumir todo lo que él se proponía decir—. Nunca he conocido a un ser humano con mayor devoción que ese chico. Es lo mejor que me ha pasado en la vida. Lo mejor que le ha pasado en la vida a Maggie.

Sube los pies al sillón y me mira abiertamente.

—Ha pasado un verdadero infierno por esa chica, Sydney. Las estancias en el hospital, los viajes para cuidar de ella..., le ha prometido el mundo entero y, a cambio, ha renunciado a casi todo. Y ella se lo merece. Es una de las personas más puras y desinteresadas que conozco. Si en este mundo hay dos personas que se merezcan, son ellos dos.

»Así que cuando veo cómo te mira a ti, me duele. Vi la forma en que se miraban el uno al otro en la fiesta la otra noche. Vi los celos en la mirada de Ridge cada vez que hablabas con Brennan. Jamás lo había visto dudar de su elección ni de los sacrificios que ha hecho por Maggie... hasta que apareciste tú. Se está enamorando de ti, Sydney. Y sé que tú lo sabes. Pero también conozco a Ridge y sé que nunca dejará a Maggie. La ama. Nunca le haría algo así. Así que cuando lo veo desgarrado entre lo que siente por ti y la convicción de que su lugar está junto a Maggie, se me hace imposible entender por qué sigues aquí. No comprendo por qué lo obligas a sufrir así. Cada día que pasas aquí, cada vez que veo a Ridge mirarte como solía mirar a Maggie... me dan ganas de empujarte hacia la maldita puerta y decirte que no vuelvas nunca jamás. Y sé que tú no tienes la culpa. Lo sé. Carajo, ni siquiera sabías la mitad de lo que estaba pasando hasta esta noche. Pero ahora ya lo sabes. Y por mucho que yo te aprecie y piense que eres una de las chavas más geniales que he conocido, no quiero volver a verte en mi vida. Especialmente ahora, que sabes la verdad acerca de Maggie. Y perdóname si te resulta demasiado cruel, pero no quiero que se te meta en la cabeza que lo que sientes por Ridge durará hasta el día en que Maggie muera. Porque Maggie no se está muriendo, Sydney. Maggie está viva. Y estará con nosotros mucho más tiempo del que el corazón de Ridge podría sobrevivir a tu presencia.

Dejo caer la cabeza entre las manos y los sollozos empiezan a brotar de lo más hondo de mi pecho. Warren me pasa un brazo por los hombros y me atrae hacia sí. No sé por quién estoy llorando ahora mismo, pero me duele tanto el corazón que lo único que quiero es arrancármelo del pecho y arrojarlo por el balcón de Ridge, porque allí es precisamente donde empezó todo este lío.

Ridge

Maggie lleva un par de horas dormida, pero yo aún no he pegado el ojo. Es lo que suele pasar cuando estoy con ella en el hospital. Después de cinco años de estancias esporádicas, he aprendido que es mucho mejor no dormir nada que dormir un par de horas de mala manera.

Enciendo la computadora y abro el chat de Sydney; le envío un saludo rápido para ver si está conectada. Aún no hemos tenido ocasión de hablar de mi petición de que se vaya, y detesto no saber si está bien. Ya sé que a estas alturas enviarle mensajitos no es lo más indicado, pero me parece aún peor no aclarar las cosas.

Me devuelve el mensaje casi al instante y el tono que utiliza ahuyenta enseguida parte de mi preocupación. No sé por qué siempre espero que reaccione de manera irracional, porque en realidad nunca ha demostrado falta de madurez en lo que respecta a mi situación.

Sydney: Sí, estoy aquí. ¿Cómo está Maggie?

Yo: Está bien. La dan de alta esta tarde.

Sydney: Me alegro. Estaba preocupada.

Yo: Gracias, por cierto. Por tu ayuda de anoche.

Sydney: No hice gran cosa. Más bien tuve la sensación de estorbar.

Yo: Pues no fue así. No me atrevo ni a pensar en lo que podría haber ocurrido si no la hubieras encontrado.

Espero un instante a que responda, pero no lo hace. Supongo que hemos llegado a ese punto de la conversación en que uno de los dos tiene que sacar el tema del que los dos sabemos que debemos hablar. Me siento responsable de toda esta situación con ella, así que hago de tripas corazón y me lanzo.

Yo: ¿Tienes un minuto? Me gustaría explicarte ciertas cosas.

Sydney: Sí, yo estoy igual.

Levanto la vista hacia Maggie, pero sigue dormida en la misma postura. Mantener esta conversación con Sydney en su presencia, por inocentes que sean nuestras intenciones, me pone nervioso. Tomo la computadora y salgo de la habitación al pasillo vacío. Me siento en el piso, junto a la puerta de la habitación de Maggie, y vuelvo a abrir la computadora.

Yo: Lo que más aprecio del tiempo que hemos pasado juntos durante los dos últimos meses es que ambos hayamos sido sinceros y coherentes. Dicho lo cual, no quiero que te vayas con una idea equivocada de los motivos por los que necesito que te mudes. No quiero que pienses que hiciste algo mal.

Sydney: No necesito ninguna explicación. Creo que ya he abusado bastante de su hospitalidad y que tú ya tienes bastantes cosas de las que preocuparte como para añadirme a mí a la mezcla. Warren me encontró un departamento esta mañana, pero no estará disponible hasta dentro de unos días. ¿Te importa si me quedo hasta entonces?

Yo: Claro que no. Cuando dije que necesitaba que te fueras, no quería decir hoy mismo. Pero sí pronto. Antes de que todo se complique demasiado y yo ya no pueda seguir huyendo.

Sydney: Lo siento, Ridge. Yo no quería que nada de esto ocurriera.

Sé que se refiere a lo que sentimos el uno por el otro. Sé exactamente a qué se refiere, porque yo tampoco quería que ocurriera. En realidad, he hecho todo lo que he podido para evitar que sucediera, pero, por algún motivo, mi corazón no ha recibido el mensaje. Sé que no ha sido premeditado por mi parte y sé que tampoco lo ha sido por la suya, así que no tiene motivos para disculparse.

Yo: ¿Por qué te disculpas? No lo hagas. Tú no tienes la culpa, Sydney. Caray, ni siquiera estoy seguro de tenerla yo.

Sydney: Bueno, cuando algo sale mal, lo normal es que alguien tenga la culpa.

Yo: Pero las cosas no han salido mal entre nosotros. Ése es el problema. Las cosas han salido demasiado bien entre nosotros. Encajamos bien. Todo en ti me parece ideal, pero...

Me interrumpo durante varios segundos para ordenar mis pensamientos, porque no quiero decir nada de lo que pueda arrepentirme. Tomo aire y luego describo lo mejor que puedo los sentimientos que me provoca toda esta situación.

Yo: No tengo la menor duda de que ambos seríamos perfectos para la vida del otro. Son nuestras vidas las que no son perfectas para nosotros.

Pasan varios minutos y no obtengo respuesta. No sé si me pasé de la raya con mis comentarios, pero, sea cual sea su reacción, tenía que decir lo que dije antes de dejarla ir. Me dispongo a cerrar la computadora cuando recibo otro mensaje suyo.

> Sydney: Si he aprendido algo de toda esta experiencia, es que Tori y Hunter no destruyeron por completo mi capacidad de confiar en los demás como pensé al principio. Tú siempre has sido sincero conmigo acerca de tus sentimientos. Nunca hemos eludido la verdad. En todo caso, hemos trabajado juntos para encontrar una forma de cambiar las cosas. Y quiero darte las gracias por ello. Gracias por enseñarme que los chicos como tú existen de verdad... y que no todos son como Hunter.

De algún modo, consigue hacerme parecer más inocente de lo que en realidad soy. No soy, ni de lejos, tan fuerte como ella cree.

> Yo: No me des las gracias, Sydney. No deberías dármelas, porque fracasé estrepitosamente al intentar no enamorarme de ti.

Me trago el nudo que se me está formando en la garganta y pulso la tecla de enviar. Decirle lo que le acabo de escribir hace que me sienta más culpable que la noche que la besé. A veces, las palabras causan más efecto en un corazón que un beso.

> Sydney: Yo fracasé antes.

Leo su último mensaje y lo definitivo de nuestra inminente despedida me golpea de lleno. Lo noto en todas y cada una de las partes de mi cuerpo y me sorprende la reacción que me provoca. Apoyo la cabeza en la pared que tengo justo detrás y trato de imaginarme mi mundo antes de que Sydney entrara en él. Era un buen mundo. Un mundo coherente. Pero entonces llegó ella y lo sacudió y lo puso al revés como si fuera una frágil y delicada bola de cristal llena de nieve. Ahora que ella se va, tengo la sensación de que la nieve está a punto de posarse de nuevo, de que mi mundo volverá a ocupar la posición correcta y todo volverá a ser silencioso y coherente. Y aunque eso debería tranquilizarme, en realidad me aterroriza. Me da un miedo espantoso pensar que jamás sentiré otra vez ninguna de las cosas que he sentido durante el poco tiempo que Sydney ha pasado en mi mundo.

Cualquiera que haya causado un impacto tan grande, se merece una despedida como es debido.

Me pongo de pie y entro de nuevo en la habitación de Maggie. Sigue durmiendo, así que me acerco a su cama, le doy un beso en la frente y le dejo una nota en la que le explico que volví al departamento para recoger unas cuantas cosas antes de que la den de alta.

Luego me voy para despedirme como es debido de la otra mitad de mi corazón.

Estoy frente a la puerta de la habitación de Sydney, preparándome para tocar. Nos dijimos todo lo que teníamos que decirnos y, probablemente, unas cuantas cosas que quizá no deberíamos habernos dicho, pero no puedo dejar de verla una última vez antes de que se vaya. Ya se habrá ido cuando yo regrese de San Antonio. No tengo intención de volver a contactar con ella después de hoy, así que saber que esta despedida es definitiva me oprime el pecho y, carajo, cómo duele.

Si pudiera observar mi situación desde el punto de vista de alguien ajeno, me animaría a mí mismo a olvidar los sentimientos de Sydney y me diría que la única persona a quien le debo mi lealtad es Maggie. Me obligaría a mí mismo a largarme de aquí y me diría que Sydney no se merece una despedida, ni siquiera después de todo lo que hemos pasado.

Pero... ¿es realmente así la vida, tan en blanco y negro? ¿Puedo definir mi situación con un simple «correcto» o «incorrecto»? ¿Es que los sentimientos de Sydney no pintan nada en todo esto, a pesar de mi lealtad hacia Maggie? No me parece bien dejarla ir sin más. Pero es injusto para Maggie no dejarla ir.

Para empezar, ni siquiera sé cómo me metí en todo este lío, pero sé que la única forma de acabar con él es evitar todo contacto con Sydney. Anoche, cuando le tomé la mano, supe que ningún defecto del mundo podría impedir que mi corazón sintiera lo que estaba sintiendo.

No me enorgullece el hecho de que Maggie ya no me llene el corazón por completo. He luchado contra ello. He luchado con todas mis fuerzas, porque no quería que ocurriera. Y ahora que la batalla está tocando a su fin, ni siquiera sé si perdí o gané. No sé a qué bando animo, y mucho menos aún en qué bando me encuentro.

Toco suavemente a la puerta de Sydney y luego apoyo ambas manos en el marco y bajo la mirada. Una parte de mí alberga la esperanza de que se niegue a abrirme, pero la otra tiene que esforzarse para no echar abajo la maldita puerta y llegar hasta ella.

Al cabo de unos segundos, estamos el uno frente al otro, y sé que es la última vez. Abre los ojos azules en un gesto de miedo y sorpresa, tal vez también de alivio, al ver que estoy ahí. No sabe qué sentir al encontrarme ante su puerta, pero su confusión me resulta reconfortante. Es bueno saber que no estoy solo en esto, que ambos compartimos la misma mezcla de sentimientos. Que estamos juntos en esto.

Sydney y yo.

No somos más que dos almas absolutamente confundidas, asustadas ante una despedida no deseada y, sin embargo, crucial.

19

Sydney

«Quieto, corazón. Quieto, por favor.»

No quiero que esté aquí, delante de mí. No quiero que me mire con esa expresión que refleja mis propios sentimientos. No quiero que sufra como lo estoy haciendo yo. No quiero que me extrañe como lo extrañaré yo. No quiero que se enamore de mí como yo lo hice de él.

Quiero que ahora mismo esté junto a Maggie. Quiero que ahora mismo quiera estar con Maggie, porque todo resultaría mucho más fácil si supiéramos que nuestros sentimientos no son un reflejo de los sentimientos del otro, sino más bien un espejo unidireccional. Si todo esto no fuera tan duro para él, a mí me resultaría más sencillo olvidarlo, aceptar su elección. Pero saber que nuestra despedida le duele a él tanto como a mí, hace que mi sufrimiento sea aún mayor.

Me está matando, porque nada ni nadie encajará en mi vida tanto como sé que él podría hacerlo. Me siento como si estuviera renunciando voluntariamente a mi única oportunidad de vivir una vida excepcional y conformándome, a cambio, con una versión mediocre sin Ridge. Las palabras de mi papá me resuenan en la mente y empiezo a preguntarme si, al fin y al cabo, no tendría razón. «Una vida mediocre es una vida desperdiciada.»

Nuestras miradas continúan enlazadas en silencio durante varios segundos más, hasta que los dos las desviamos y nos permitimos asimilar hasta el último detalle del otro.

Me recorre la cara lentamente con la mirada, como si estuviera tratando de grabarme en su memoria. Y ése es el último lugar en el que quiero estar.

Daría lo que fuera por formar parte de su presente para siempre.

Apoyo la cabeza en la puerta aún abierta de mi dormitorio y contemplo sus manos, que siguen agarradas al marco. Esas mismas manos que ya no volverán a tocar la guitarra en mi presencia. Esas mismas manos que nunca volverán a tomar las mías. Esas mismas manos que jamás me tocarán ni abrazarán de nuevo para oírme cantar.

Esas mismas manos que de repente me buscan, que me rodean, que se aferran a mi espalda en un abrazo tan estrecho que no creo que pudiera soltarme ni aunque quisiera. Pero es que no quiero. Al contrario, le devuelvo el gesto. Lo abrazo con la misma desesperación. Encuentro consuelo en su pecho mientras él me apoya la mejilla en lo alto de la cabeza. Intento que mi respiración siga el ritmo de cada una de las bocanadas de aire, irregulares y descontroladas, que pasan por sus pulmones. Pero yo respiro de forma mucho más entrecortada, porque se me están escapando las lágrimas.

La tristeza me consume y ni siquiera intento reprimirla mientras libero unas enormes lágrimas de dolor. Lloro la muerte de algo que nunca ha tenido la oportunidad de vivir.

La muerte de un nosotros.

Ridge y yo permanecemos abrazados varios minutos. Tantos que intento no contarlos por miedo a darme cuenta de que llevamos aquí de pie demasiado tiempo para que pueda considerarse un abrazo apropiado. Al parecer él también se da cuenta, pues me sube las manos por la espalda hasta llegar a los hombros y se separa un poco. Aparto la cara de su camiseta y me seco los ojos antes de mirarlo.

Cuando nuestras miradas vuelven a encontrarse, él retira las manos que aún tiene apoyadas en mis hombros y las coloca tímidamente a ambos lados de mi cara. Me mira a los ojos durante varios segundos, y su manera de estudiarme me gusta tanto que hace que me deteste a mí misma.

Me encanta cómo me mira, como si yo fuera lo único que importa ahora mismo. La única persona a la que ve. Él es la única persona a la que veo. Me viene de nuevo a la mente una parte de la letra que Ridge escribió:

«Me hace pensar que quiero ser el único hombre al que desees mirar».

Baja la mirada hacia mis labios y vuelve a subirla hacia los ojos, como si no fuera capaz de decidir si quiere besarme, mirarme o hablarme.

—Sydney —susurra.

Contengo una exclamación y me llevo una mano al pecho. Es como si el corazón se me hubiera desintegrado al escuchar su voz.

—No... hablo... muy bien —dice con un tono bajo y vacilante.

«Oh, mi pobre corazón.» Oír hablar a Ridge es casi más de lo que puedo soportar. A cada palabra que me llega a los oídos, siento la necesidad de dejarme caer de rodillas. Y ni siquiera es por el sonido de su voz o por su forma de pronunciar. Es por el hecho de que haya elegido precisamente este momento para hablar por primera vez en quince años.

Hace una pausa antes de terminar lo que quiere decir y mi corazón y mis pulmones aprovechan para recuperarse. Su voz suena exactamente como me la había imaginado después de haber escuchado su risa tantas veces. Es algo más grave que su risa, pero también es como si estuviera desenfocada. De hecho, su voz me recuerda en cierta manera a una fotografía: entiendo las palabras, pero están desenfocadas. Es como mirar una fotografía y reconocer al sujeto que aparece en ella aunque la imagen esté borrosa... más o menos como sus palabras.

Acabo de enamorarme de su voz. De esa imagen desenfocada que está pintando con sus palabras.

De enamorarme de... él.

Toma aire despacio y luego, nervioso, lo expulsa antes de continuar.

—Quiero... que escuches... esto —dice acariciándome la cabeza con ambas manos—. Nunca... nunca... lamentaré haberte conocido.

«Late, late, descansa.»

«Contrae, dilata.»

«Inspira, espira.»

Acabo de perder oficialmente la guerra contra mi corazón. Ni siquiera me molesto en verbalizar una respuesta, pues mis lágrimas ponen de manifiesto mi reacción. Ridge se inclina hacia delante y me besa en la frente; luego deja caer las manos y se aleja muy despacio. Con cada uno de los movimientos que lo alejan de mí, el corazón se me desmorona un poco más. Casi me parece oír cómo nos arrancamos el uno del otro. Casi me parece oír cómo se le parte el corazón por la mitad y se hace pedazos contra el piso, al lado del mío.

Aunque sé que debe irse, me falta un suspiro para pedirle que se quede. Quiero dejarme caer de rodillas, junto a nuestros corazones destrozados, y pedirle que me elija a mí. Mi lado patético quiere suplicarle que me bese, aunque ni siquiera me escoja a mí.

Pero la parte de mí que finalmente gana es la que mantiene el pico cerrado, la que sabe que Maggie se merece a Ridge más que yo.

Dejo las manos inmóviles junto a los costados mientras él retrocede otro paso y yo me preparo para entrar en la habitación. Seguimos mirándonos a los ojos, pero cuando me suena el teléfono en el bolsillo, doy un brinco y bajo la vista. Oigo vibrar también su celular. Sólo yo soy consciente de que ambos teléfonos sonaron a la vez, hasta que él me ve abrir mi celular en el mismo instante en que saca el suyo del bolsillo. Intercambiamos una mirada breve, pero la interrupción del mundo exterior parece habernos devuelto a la realidad de nuestra situación. Al hecho de que el corazón de Ridge pertenece a otra persona y de que esto sigue siendo una despedida.

Lo observo mientras lee su mensaje. No consigo apartar la mirada de él para leer el mío. Sea lo que sea lo que está leyendo, en su cara aparece una expresión atormentada y empieza a mover la cabeza de un lado a otro.

Esboza una mueca de dolor.

Hasta este momento, jamás había visto un corazón partirse ante mis propios ojos. Lo que Ridge acaba de leer lo destrozó por completo.

No vuelve a mirarme. Con un único y rápido movimiento, sujeta el teléfono con fuerza en la mano, como si se hubiera convertido en una extensión de su cuerpo, y se dirige hacia la puerta de la calle para abrirla de golpe. Entro en la salita y lo observo aterrada mientras me acerco también a la puerta de la calle, que ni siquiera se molestó en cerrar. Va bajando los escalones de dos en dos y salta por encima del barandal para ahorrar una fracción de segundo en su frenética carrera por llegar a donde sea que tan desesperadamente necesita llegar.

Bajo la mirada hacia mi teléfono y desbloqueo la pantalla. Me aparece el número de Maggie en el último mensaje de texto recibido. Lo abro y veo que Ridge y yo somos los únicos destinatarios. Lo leo muy despacio y reconozco al instante la conocida sucesión de palabras que nos envió a los dos.

Maggie: «Maggie se presentó aquí anoche, más o menos una hora después de que volví a mi habitación. Estaba convencido de que entrarías hecha una furia y le contarías que soy un imbécil por haberte besado».

Me dirijo inmediatamente al sillón y me siento, pues soy incapaz de soportar el peso de mi cuerpo. Las palabras de Maggie me dejaron sin aliento, me absorbieron toda la fuerza del cuerpo y me robaron la poca dignidad que aún creía conservar.

Intento recordar dónde me escribió Ridge inicialmente esas palabras.

Su computadora.

Oh, no. Nuestros mensajes.

Maggie está leyendo nuestros mensajes. No, no, no.

No lo entenderá. Sólo verá el dolor que le causan esas palabras. No verá lo mucho que Ridge ha resistido por ella.

Me llega otro mensaje de Maggie, pero no quiero leerlo. No quiero ver nuestra conversación a través de los ojos de Maggie.

Maggie: «Nunca creí que fuera posible sentir algo sincero por más de una persona, pero tú me convenciste de lo terriblemente equivocado que estaba».

Pongo el teléfono en silencio y lo dejo caer en el sillón, a mi lado. Y luego me tapo la cara con las manos y me echo a llorar.

¿Cómo pude hacerle esto?

¿Cómo pude hacerle a Maggie lo que me hicieron a mí sabiendo que es el peor sentimiento del mundo?

Nunca, en toda mi vida, me había sentido tan avergonzada.

Pasan varios minutos cargados de remordimientos antes de que me dé cuenta de que la puerta de la calle sigue abierta. Dejo el teléfono sobre el sillón y me acerco a ella para cerrarla, pero el taxi que acaba de detenerse justo delante de nuestro bloque de departamentos me llama la atención. Maggie está bajando de él justo en este momento y me mira mientras cierra la puerta. No estoy preparada para enfrentarme a ella, así que retrocedo rápidamente hasta donde no pueda verme e intento recuperar la compostura. No sé si debo ir a esconderme en mi habitación o quedarme aquí e intentar explicarle la inocencia de Ridge en toda esta situación.

Pero... ¿cómo voy a convencerla? Es obvio que leyó nuestras conversaciones. Sabe que nos besamos. Sabe que él ha admitido que siente algo por mí. Por mucho que yo intente convencerla de que Ridge ha hecho todo lo que ha podido para no sentirse así, no habrá excusa para el hecho de que el chico del que ella está enamorada haya reconocido abiertamente que siente algo por otra persona. Nada puede justificarlo y me siento como una mierda por formar parte de todo esto.

Sigo junto a la puerta abierta cuando Maggie llega a lo alto de la escalera. Me mira con una expresión severa. Sé que lo más probable es que haya venido aquí para verme a mí, así que doy un paso atrás y abro la puerta por completo. Ella baja la vista hacia el piso cuando pasa junto a mí, incapaz de mantener el contacto visual.

Y no la culpo. Yo tampoco soportaría mirarme. De hecho, creo que si fuera ella ya me habría dado un buen puñetazo.

Se aproxima a la barra de la cocina y, sin demasiada delicadeza, suelta allí la computadora de Ridge. Luego se va directamente a la habitación de su novio. La oigo revolver un rato y al final reaparece con una bolsa en una mano y las llaves del coche en la otra. Continúo inmóvil, con las manos en la puerta. Ella sigue con la vista clavada en el piso cuando pasa de nuevo junto a mí, pero esta vez hace un rápido movimiento con la mano para secarse una lágrima.

Traspasa la puerta, baja la escalera y se dirige a su coche sin pronunciar ni una sola palabra.

Habría preferido que me dijera lo mucho que me odia. Habría preferido que me diera un puñetazo y me gritara y me llamara zorra. Habría preferido que me diera un motivo para estar enojada, porque, ahora mismo, se me parte el corazón por ella y sé que nada de lo que yo diga podría hacer que se sintiera mejor. Y lo sé con absoluta certeza porque no hace mucho que pasé por la misma situación en la que Ridge y yo la pusimos a ella.

La convertimos en una Sydney.

Ridge

El tercer y último mensaje me llega cuando me estaciono delante del hospital. Sé que es el último porque está sacado de la conversación que mantuve con Sydney hace menos de dos horas. Es lo último que le escribí.

> Maggie: «No me des las gracias, Sydney. No deberías dármelas, porque fracasé estrepitosamente al intentar no enamorarme de ti».

No lo soporto más. Arrojo el teléfono al asiento del pasajero y salgo del coche; luego entro corriendo en el hospital y me dirijo a su habitación. Abro la puerta y entro precipitadamente, dispuesto a hacer lo que sea para convencerla de que me escuche.

Una vez dentro de la habitación, me derrumbo.

No está.

Me llevo las manos a la cabeza y empiezo a recorrer la habitación vacía de un lado a otro mientras intento pensar en cómo retirar todo lo dicho. Pero Maggie lo leyó todo. Hasta la última conversación que tuve con Sydney a través de la computadora. Cada sentimiento sincero que he expresado, cada broma que hemos intercambiado, cada defecto que hemos enumerado...

¿Por qué fui tan descuidado, carajo?

He vivido veinticuatro años sin experimentar jamás esta clase de odio. Es la clase de odio que anula la conciencia por completo. Es la clase de odio que justifica acciones que en otras circunstancias serían injustificables. Es la clase de odio que se siente en cada punto del cuerpo y en cada milímetro del alma. Y nunca jamás lo había experimentado hasta ahora. Nunca había odiado nada ni a nadie con tanta intensidad como me odio a mí mismo en este momento.

20

Sydney

—¿Estás llorando? —me pregunta Bridgette sin la menor compasión cuando entra por la puerta de la calle.

Warren entra inmediatamente después, pero se para en seco nada más verme.

No sé cuánto tiempo llevo sentada en el sillón, inmóvil, pero aún no es suficiente para permitirme asimilar la realidad de lo ocurrido. Sigo abrigando la esperanza de que todo sea un sueño. O una pesadilla. No es así como tenían que salir las cosas.

—¿Sydney? —pregunta Warren en tono vacilante.

Sabe que ocurre algo, porque estoy segura de que mis ojos hinchados e inyectados en sangre me delatan.

Intento pensar en una respuesta, pero no se me pasa nada. Por mucho que yo también esté metida en todo este asunto, sigo pensando que no me corresponde compartir la situación de Maggie y Ridge.

Por suerte, Warren no tiene que preguntarme qué ocurre, porque se lo ahorra la llegada de Ridge. Acaba de entrar de forma precipitada por la puerta y tanto Bridgette como Warren concentran en él toda la atención.

Ridge, sin embargo, se abre paso entre los dos y se va directamente a su habitación. Abre la puerta y luego, segundos más tarde, sale por el baño. Mira a su amigo y le dice algo por señas. Warren se encoge de hombros y contesta del mismo modo, pero no entiendo nada de la conversación.

Cuando Ridge contesta de nuevo, Warren se voltea para mirarme fijamente.

—¿De qué está hablando? —me pregunta.

Me encojo de hombros.

—No he tenido tiempo de aprender la lengua de signos desde la última vez que hablamos, Warren. ¿Cómo demonios quieres que lo sepa?

No sé de dónde me salió ese sarcasmo injustificado, pero tengo la sensación de que Warren se lo buscó.

El chico sacude la cabeza de un lado a otro.

—¿Dónde está Maggie, Sydney? —Warren señala la barra, sobre la que descansa la computadora de Ridge—. Dice que Maggie tenía su computadora, así que tuvo que pasar por aquí después de largarse del hospital.

Miro a Ridge para responder, pero no puedo negar que los celos me consumen al ver cómo reacciona cuando se trata de Maggie.

—No sé adónde fue. Se limitó a entrar, a dejar tu computadora y a recoger sus cosas. Se fue hace una media hora.

Warren traduce a la lengua de signos todo lo que le digo a Ridge. Cuando termina, éste se pasa una mano por el pelo en un gesto de frustración y luego da un paso hacia mí. Percibo dolor y furia en sus ojos y empieza a gesticular vigorosamente con ambas manos. Su rabia, más que evidente, hace que me estremezca, pero su decepción despierta mi propia rabia.

—Quiere saber cómo fuiste capaz de dejarla ir —dice Warren.

Me pongo de pie de inmediato y miro a Ridge a los ojos.

—¿Y qué esperabas que hiciera, Ridge? ¿Encerrarla en el maldito clóset? ¡No es justo que te enojes conmigo por lo que pasó! ¡No es a mí a quien no se le ocurrió borrar unos mensajes que nadie más debía leer!

No espero a que Warren termine de traducir a la lengua de signos lo que acabo de decir. Me dirijo a mi habitación y cierro de un portazo para después dejarme caer sobre la cama. Momentos más tarde, oigo cerrarse con gran estrépito la puerta del dormitorio de Ridge. Pero los ruidos no terminan ahí; me llega un estruendo de cosas que se estrellan contra la pared, una tras otra, mientras Ridge va descargando su frustración contra todo objeto inanimado que se cruza en su camino.

Alguien toca a la puerta, pero no lo oigo a causa del ruido procedente de la habitación de Ridge. Warren abre y entra; después cierra la puerta y apoya la espalda en ella.

—¿Qué pasó? —pregunta.

Volteo la cara en la dirección opuesta. No quiero contestarle, y tampoco quiero mirarlo porque sé que lo que diga sólo servirá para que se sienta decepcionado conmigo y con Ridge. Y no quiero que se sienta decepcionado con Ridge.

—¿Estás bien?

Su voz suena más cerca. Se sienta en la cama, a mi lado, y me pone la mano en la espalda, en un gesto que quiere ser tranquilizador. Ese contacto reconfortante logra que me desmorone de nuevo y oculte la cara entre los brazos. Me siento como si me estuviera ahogando, pero ya no me quedan fuerzas ni para molestarme en tomar aire.

—Le dijiste a Ridge no sé qué de unos mensajes. ¿Es que Maggie leyó algo que le disgustó?

Volteo la cabeza para mirarlo.

—Ve a preguntarle a Ridge, Warren. No me corresponde a mí hablarte de los asuntos de Maggie.

Aprieta los labios hasta formar una línea fina y luego asiente despacio mientras piensa.

—Pues yo creo que en cierta manera sí te corresponde, ¿no? ¿O es que todo esto no tiene nada que ver contigo? Y no puedo preguntárselo a Ridge: nunca lo había visto así, y, sinceramente, ahora mismo me da bastante miedo. Pero estoy preocupado por Maggie, así que necesito que me cuentes lo sucedido para ver si encuentro alguna forma de ayudar.

Cierro los ojos para tratar de dar con una respuesta sencilla a la pregunta de Warren. Los abro de nuevo para mirarlo.

—No te enojes con él, Warren. Lo único malo que hizo Ridge fue olvidarse de borrar unos cuantos mensajes.

Warren ladea un poco la cabeza y entorna los ojos, receloso.

—Si eso es lo único malo que hizo, ¿por qué Maggie no quiere saber nada de él? ¿Me estás diciendo que los mensajes que leyó no estaban mal? ¿Que lo que pasó entre Ridge y tú, sea lo que sea, no está mal?

No me gusta el tono condescendiente que adoptó su voz. Me siento en la cama y me alejo un poco para poner cierta distancia entre los dos. Después le contesto:

—El hecho de que Ridge haya sido sincero en sus conversaciones conmigo no es algo que esté mal. El hecho de que sienta algo por mí tampoco está mal, sobre todo porque sabes lo mucho que se ha esforzado por luchar contra esos sentimientos. Pero no podemos controlar los asuntos del corazón, Warren. Sólo podemos controlar nuestros actos, que es exactamente lo que hizo Ridge. Sólo sucumbió a sus sentimientos en una ocasión, durante diez segundos, pero después de eso, cada vez que la tentación asomaba su fea cabeza, Ridge echaba a andar en dirección contraria. Lo único malo que hizo fue olvidarse de borrar esos mensajes, porque con ello se le olvidó también proteger a Maggie. Olvidó protegerla de la cruda verdad: que no elegimos de quién nos enamoramos. Sólo elegimos de quién queremos seguir enamorados. —Levanto la vista hacia el techo para intentar contener las lágrimas—. Y Ridge había decidido seguir enamorado de ella, Warren. ¿Por qué Maggie no quiere entenderlo? Esto acabará con él, igual que está acabando con ella.

Me dejo caer de espaldas en la cama y Warren se queda a mi lado, inmóvil y en silencio. Transcurren unos larguísimos segundos, tras los cuales se pone de pie y se dirige lentamente hacia la puerta del dormitorio.

—Te debo una disculpa —dice.

—¿Una disculpa? ¿Por qué?

Baja la mirada hacia el piso y arrastra los pies.

—Creía que no eras lo bastante buena para él, Sydney. —Muy despacio, vuelve a mirarme a los ojos—. Pero sí lo eres. Tanto tú como Maggie. Es la primera vez desde que conozco a Ridge que no lo envidio.

Sale de la habitación; en cierto modo, me hizo sentir un poquito mejor, pero también infinitamente peor.

Sigo acostada en la cama, inmóvil, por si oigo regresar el estruendo de la rabia de Ridge, pero no oigo nada. El departamento está en completo silencio. Lo único que oímos todos es el prolongado ruido del corazón de Maggie al hacerse pedazos.

Tomo el teléfono por primera vez desde que lo puse en silencio y veo que tengo un mensaje no leído de Ridge, enviado hace tan sólo unos minutos.

Ridge: Cambié de idea. Necesito que te vayas hoy mismo.

Ridge

Meto unas cuantas cosas en una bolsa con la esperanza de necesi-
tarlas cuando llegue a su casa. Ni siquiera sé si Maggie me permitirá entrar, pero lo único que puedo hacer ahora mismo es ser
optimista, porque la alternativa es inaceptable. Es así. Me niego a
aceptar que se haya acabado.

Sé que está dolida y que ahora mismo me odia, pero tiene que
entender lo mucho que significa para mí y que nunca he buscado
lo que siento por Sydney.

Cierro de nuevo los puños, preguntándome de nuevo por
qué demonios tuve siquiera esas conversaciones con Sydney. Y
por qué no se me ocurrió borrarlas. En ningún momento se me
pasó por la cabeza que Maggie pudiera leerlas. Supongo que, en
cierto modo, no me sentía culpable. Lo que siento por Sydney no
es algo que yo haya querido, pero los sentimientos están ahí, y
negarme a sucumbir a ellos después de aquel beso me ha costado
mucho, pero mucho esfuerzo. Por sádico que parezca, hasta me
he sentido orgulloso de mí mismo por haber luchado como lo
hice.

Pero Maggie no lo verá de esa forma, y la verdad es que lo entiendo. La conozco, y si leyó todos los mensajes, estará más eno-

jada por la forma en que conecté con Sydney que por el hecho de que nos hayamos besado. Lo que siento por Sydney no es algo que pueda justificarle fácilmente.

Tomo la bolsa y el teléfono y me dirijo a la cocina para guardar la computadora. Cuando llego a la barra, veo un trocito de papel que asoma de la computadora cerrada. Al abrirla, me encuentro una nota adhesiva pegada a la pantalla.

Ridge:

No tenía la más mínima intención de leer tus mensajes privados, pero al abrir tu computadora me los encontré allí mismo, en la pantalla. Lo leí todo, pero ojalá no lo hubiera visto nunca. Por favor, dame tiempo para asimilarlo antes de presentarte aquí. Me pondré en contacto contigo cuando esté preparada para hablar, dentro de unos cuantos días.

Maggie

¿Unos cuantos días?

Por favor, que no esté hablando en serio. Mi pobre corazón no resistirá unos cuantos días así. Tendré suerte si consigo sobrevivir al día de hoy, sabiendo cómo la hice sentir.

Lanzo la bolsa hacia la puerta de mi habitación, ya que, según parece, de momento no la voy a necesitar. Me inclino hacia delante, derrotado, y apoyo los brazos en la barra de desayuno mientras arrugo la nota con la mano. Me quedo mirando la computadora.

Mierda de computadora.

¿Por qué demonios no le puse una contraseña? ¿Por qué diablos no me la llevé al irme del hospital? ¿Por qué demonios no lo borré todo? ¿Y por qué diablos tuve que escribirle todo eso a Sydney?

Nunca he odiado un objeto inanimado tanto como esta computadora. La cierro de un manotazo y dejo caer el puño sobre ella con todas mis fuerzas. Ojalá la oyera romperse. Ojalá oyera el sonido que hace mi puño cada vez que lo estampo contra ella. Quiero oír cómo se hace pedazos bajo mi mano de la misma forma en que el corazón se me hace pedazos dentro del pecho.

Me enderezo y tomo la computadora para después golpearla con fuerza contra la barra. Con el rabillo del ojo veo a Warren salir de su habitación, pero estoy tan enojado que me da igual estar haciendo mucho ruido. Continúo golpeando la computadora una y otra vez contra la barra, pero eso no disminuye ni un poco el odio que le tengo ahora mismo, y tampoco le causa daños lo bastante graves. Warren entra en la cocina y se dirige a un mueble. Lo abre, toma algo y después viene hacia mí. Interrumpo un momento mi ataque a la computadora y, al levantar la vista, veo que me acerca un martillo. Lo acepto gustosamente, doy un paso atrás y le doy un martillazo a la compu con todas mis fuerzas. Con cada impacto aparecen más grietas.

Mucho mejor así.

La golpeo una y otra vez y los fragmentos van saltando en todas direcciones. También le estoy causando considerables daños a la barra de desayuno, debajo de la computadora destrozada, pero me importa una mierda. Las barras son sustituibles, pero lo que esta computadora destruyó en Maggie no.

Cuando ya casi no queda nada que destrozar, dejo caer el martillo sobre la barra. Me falta el aliento. Me doy la vuelta y me dejo resbalar hasta quedar sentado en el piso de espaldas a los muebles.

Warren me esquiva y se sienta en el piso, frente a mí, con la espalda apoyada en la pared.

—¿Te sientes mejor? —me dice por señas.

Le digo que no con la cabeza. No me siento mejor, me siento peor. Ahora ya sé con certeza que no estoy enojado con la compu, sino conmigo. Estoy enojado conmigo mismo.

—¿Puedo hacer algo para ayudarte?

Reflexiono sobre la pregunta. Lo único que podría ayudarme a recuperar a Maggie es demostrarle que no hay nada entre Sydney y yo. Y, para lograrlo, es necesario que no mantenga ningún contacto con Sydney. Lo cual es difícil teniéndola en la habitación de al lado.

—¿Puedes ayudar a Sydney a trasladarse? —le pregunto a Warren—. ¿Hoy mismo?

Él baja la barbilla al escuchar mi pregunta y me mira decepcionado.

—¿Hoy? Su departamento no estará listo hasta dentro de tres días. Además, necesita muebles y no le entregarán los que encargamos esta mañana hasta el día en que se instale.

Saco la cartera del bolsillo y busco mi tarjeta de crédito.

—Pues entonces llévala a un hotel. Yo le pago la habitación hasta que el departamento esté listo. Necesito que se vaya, por si acaso regresa Maggie. No puede quedarse aquí.

Warren toma mi tarjeta y la observa durante varios segundos antes de volver a mirarme a los ojos.

—Es una putada para ella, teniendo en cuenta que todo esto es culpa tuya. No esperes que sea yo quien le diga que se vaya hoy mismo. Le debemos al menos eso.

Debo admitir que la reacción de Warren me sorprende. Ayer parecía odiar a Sydney y hoy se comporta como si la estuviera protegiendo.

—Ya le dije que quería que se fuera hoy mismo. Hazme un favor y asegúrate de que se instale sin problemas esta semana. Cómprale lo que necesite: provisiones, más muebles... Lo que sea.

Me estoy poniendo de pie cuando se abre la puerta de la habitación de Sydney. Sale de espaldas, arrastrando sus dos maletas. Warren se pone apresuradamente de pie, junto a mí, y en cuanto Sydney se da la vuelta y me ve, se queda inmóvil.

Los remordimientos por lo que la estoy obligando a hacer me asaltan de repente cuando veo las lágrimas que le llenan los ojos. No se merece esto. No hizo nada para merecerse lo que le estoy exigiendo. Pero lo que siento al saber que le hice daño es precisamente el motivo de que quiera que se vaya hoy mismo. Porque, en realidad, no debería importarme tanto.

Pero me importa. Dios mío, Sydney me importa mucho.

Dejo de mirarla y me concentro en Warren.

—Gracias por ayudarla —le digo por señas.

Regreso a mi dormitorio, pues no quiero verla salir por la puerta. Ni me imagino lo que es perderlas a Maggie y a ella en apenas unas horas, pero eso es exactamente lo que está pasando.

Warren me agarra del brazo cuando paso junto a él y me obliga a voltearme para mirarlo.

—¿Es que ni siquiera vas a despedirte de ella? —me pregunta por señas.

—No puedo despedirme de ella cuando en realidad no quiero que se vaya —le respondo.

Sigo hacia mi habitación y doy gracias porque no oiré el ruido de la puerta al cerrarse cuando Sydney se vaya. Creo que no podría soportarlo.

Tomo el teléfono y me dejo caer en la cama. Busco el número de Maggie y le envío un mensaje.

Yo: Te daré todo el tiempo que necesites. Te quiero mucho más de lo que imaginas. No voy a negar nada de lo que le dije a Sydney porque era todo cierto, especialmente las partes en las que hablaba de ti y de lo mucho que te amo. Sé que estás dolida y sé que te traicioné, pero por favor... Tienes que entender lo mucho que he luchado por ti. Por favor, no dejemos que esto acabe así.

Pulso la tecla de enviar y me apoyo el teléfono en el pecho. Y luego rompo a llorar como un maldito niño.

21

Sydney

—Yo las cargo —dice Warren mientras se agacha para tomar mis maletas.

Las baja por la escalera y yo lo sigo. Cuando llegamos a su coche, me doy cuenta de que ni siquiera sé adónde ir. No lo había pensado. Cuando Ridge me dijo que quería que me fuera hoy mismo, me limité a recoger mis cosas y a irme sin planear siquiera lo que voy a hacer durante los próximos tres días. Mi departamento aún no está listo, pero ojalá pudiera instalarme ahora. Quiero estar lo más lejos posible de Ridge y de Maggie, de Warren y de Bridgette, de Hunter y de Tori, de todo y de todos.

—Ridge quiere que te lleve a un hotel hasta que tu departamento esté listo, pero no sé si prefieres ir a otro lugar...

Warren está sentado en el asiento del conductor y yo en el del copiloto. Ni siquiera recuerdo haber subido al coche. Me volteo para mirarlo y él me está observando. Aún no ha puesto el coche en marcha.

Dios mío, qué patética me siento. Me siento como una carga.

—Es de risa, ¿no crees? —digo.

—¿El qué?

Me señalo a mí misma.

—Esto. —Me apoyo en la cabecera y cierro los ojos—. Debería volver a casa con mis papás. Está claro que esto no es lo mío.

Warren suspira.

—¿Qué no es lo tuyo? ¿La universidad? ¿La vida real?

Niego con la cabeza.

—La vida independiente en general, si te soy sincera. Hunter tenía razón cuando me decía que estaría mejor viviendo con él que sola. Bueno, al menos tenía razón en algo. He estado en la vida de Ridge menos de tres meses, pero me las arreglé para fastidiar su relación con Maggie. —Miro por la ventana, hacia el balcón vacío de Ridge—. Y también fastidié su amistad.

Warren pone el coche en marcha y luego se acerca a mí para apretarme una mano.

—Hoy ha sido un día muy malo, Syd. Un día de perros. A veces necesitamos unos cuantos días malos en la vida para poder ver los buenos desde otra perspectiva. —Me suelta la mano y pone la reversa para salir del estacionamiento—. Y si llegaste hasta aquí sin tener que volver a casa de tus papás... podrás resistir tres días más, ¿no?

—No puedo pagarme un hotel, Warren. Me gasté todos mis ahorros en muebles y en el depósito del departamento nuevo. Llévame a la estación de autobuses. Me quedaré unos días en casa de mis papás.

Tomo el teléfono dispuesta a hacer de tripas corazón y llamarles, pero Warren me lo quita de las manos.

—En primer lugar, tienes que dejar de culparte por lo que está pasando entre Ridge y Maggie. Ridge es una persona adulta y sabe lo que está bien y lo que está mal. Era él quien tenía una relación con otra persona, no tú. En segundo lugar, debes permitir que él te pague el hotel, porque es Ridge quien te obligó a irte sin previo aviso. Por mucho que lo quiera, debo reconocer que está muy en deuda contigo.

Contemplo el balcón vacío mientras nos alejamos.

—¿Por qué tengo la sensación de que desde que lo conozco no hago más que aceptar limosnas de Ridge?

Aparto la mirada del balcón y noto la rabia que se me va acumulando en el pecho, pero ni siquiera sé con quién estoy enojada. ¿Con el amor, tal vez? Sí, creo que estoy enojada con el amor.

—No sé por qué te sientes así —dice Warren—, pero tienes que dejar de hacerlo. Nunca nos has pedido nada.

Asiento despacio, tratando de mostrarme de acuerdo con él.

Tal vez Warren tenga razón. Ridge es tan culpable como yo. Es él quien mantiene una relación con otra persona. Tendría que haberme pedido que me fuera nada más darse cuenta de que empezaba a sentir algo por mí. Y también debería haberme dado algo más de cinco minutos para irme. Me hizo sentir más como una carga que como alguien que le importa de verdad.

—Tienes razón, Warren. ¿Y sabes qué? Si paga Ridge, quiero que me lleves a un hotel bonito de verdad. Un hotel que tenga servicio de habitaciones y un minibar lleno de botellas de Pine-Sol.

Warren se ríe.

—¡Ésa es mi chica!

Ridge

Han transcurrido setenta y dos horas.

Tres días.

Tiempo más que suficiente para pensar en más cosas aún que quiero decirle a Maggie. Tiempo más que suficiente para que Warren me haga saber que Sydney está por fin instalada en su nuevo departamento. Se niega a decirme en qué departamento, pero supongo que es mejor así.

Estas setenta y dos horas también han sido tiempo más que suficiente para darme cuenta de que extraño a Sydney en mi vida casi tanto como extraño a Maggie. Y también es tiempo suficiente para saber que no voy a soportar otro día sin hablar con Maggie. Necesito saber si está bien. No he hecho más que deambular por el departamento desde el momento en que la perdí.

Desde el momento en que las perdí a las dos.

Tomo el teléfono y lo sostengo en la palma durante varios minutos, demasiado asustado para enviarle un mensaje. Me da miedo su respuesta. Cuando finalmente le escribo el mensaje, cierro los ojos y pulso la tecla de enviar.

Yo: ¿Estás lista para que hablemos?

Clavo la mirada en el teléfono, esperando su respuesta. Quiero saber si está bien. Quiero tener la oportunidad de contarle mi versión. El hecho de que, casi con toda seguridad, esté pensando lo peor me mata. Me siento como si no hubiera podido respirar desde que Maggie descubrió lo de Sydney.

Maggie: Jamás lo estaré, pero hay que hacerlo. Estaré en casa toda la noche.

Aunque estoy preparado para verla, también estoy muerto de miedo. No quiero verla destrozada.

Yo: Llegaré dentro de una hora.

Tomo mis cosas y cruzo la puerta... directo a la mitad de mi corazón que más cuidados necesita ahora mismo.

Tengo llave de su casa. Ya hace tres años que la tengo y, en todo este tiempo, no he tocado el timbre ni una sola vez.

Ahora mismo estoy tocando el timbre, y no me gusta. Me siento como si estuviera pidiendo permiso para cruzar una barrera invisible que, para empezar, ni siquiera debería estar ahí. Me alejo un paso de la puerta y espero.

Tras varios largos y dolorosos segundos, Maggie abre la puerta y me dirige una breve mirada al tiempo que se hace a un lado para dejarme entrar. En el coche, mientras venía hacia aquí, me la imaginaba con el pelo hecho un desastre, el maquillaje corrido bajo los ojos de tanto llorar y vestida con la misma pijama desde hace tres días... El aspecto típico de una muchacha con el corazón destrozado que acaba de perder toda la confianza en el hombre al que ama.

Creo que habría preferido que tuviera el aspecto que yo había imaginado y no el que estoy viendo en realidad. Trae los *jeans* de costumbre y el pelo perfectamente recogido. No veo ni rastro de maquillaje en su cara ni de lágrimas en sus ojos. Me dedica una débil sonrisa mientras cierra la puerta.

La observo atentamente, porque no sé qué hacer. Como es lógico, mi primer instinto es abrazarla y besarla, pero supongo que mi primer instinto no es necesariamente lo más apropiado. Así que me limito a esperar hasta que entra en la salita. La sigo, deseando por encima de todas las cosas que se voltee hacia mí y me eche los brazos al cuello.

Se voltea para mirarme antes de sentarse, pero no me echa los brazos al cuello.

—¿Y bien? —dice por señas—. ¿Cómo lo hacemos?

Su expresión es vacilante y triste, pero al menos está afrontando las cosas. Sé que le resulta difícil.

—¿Qué te parece si dejamos de actuar como si no se nos permitiera ser nosotros mismos? —digo por señas—. Han sido los tres peores días de mi vida, y no puedo pasar ni un solo segundo más sin tocarte.

No le doy la oportunidad de responder, pues de inmediato la rodeo con los brazos y la atraigo hacia mí. No se resiste. Me estrecha entre sus brazos y en cuanto le apoyo la mejilla en lo alto de la cabeza noto que empieza a llorar.

Ésta es la Maggie que necesito. La Maggie vulnerable. La Maggie que aún me ama, a pesar de todo lo que le he hecho pasar.

La abrazo y la llevo hacia el sillón; no la suelto cuando me dejo caer y la siento en mi regazo. Seguimos abrazados, pues ninguno de los dos sabe cómo empezar esta conversación. Le doy un largo beso en el pelo.

Qué no daría ahora mismo por susurrarle mil disculpas al oído... Quiero tenerla lo más cerca posible mientras le digo lo mucho que lo siento, pero no puedo abrazarla y al mismo tiempo transmitirle por señas todo lo que quiero decir. Odio estos momentos de la vida en que daría cualquier cosa por poder comunicarme de la misma forma en que lo hacen los demás sin cuestionárselo siquiera.

Levanta la cara muy despacio y, a regañadientes, la dejo alejarse. Tiene las palmas de las manos apoyadas en mi pecho y me mira directamente a los ojos.

—¿Estás enamorado de ella? —pregunta.

No utiliza la lengua de signos, se limita a verbalizar la pregunta. Que actúe así me hace pensar que le resulta muy duro incluso formular la pregunta. Tan difícil que a lo mejor ni siquiera desea conocer la respuesta y, por tanto, en cierto modo deseaba que yo no la entendiera.

Pero la entendí.

Le tomo las dos manos, que aún tiene apoyadas en mi pecho, y le beso ambas palmas antes de soltárselas para poder responder por señas.

—Estoy enamorado de ti, Maggie.

Su expresión es tensa y controlada.

—No es eso lo que te pregunté.

Alejo la mirada de ella, pues no quiero que detecte la batalla en la mía. Cierro los ojos y me recuerdo a mí mismo que las mentiras no van a devolvernos al lugar donde queremos estar. Maggie es inteligente. Y se merece sinceridad, que no es exactamente lo que le he estado ofreciendo. Abro los ojos y la miro. No le contesto ni con un sí ni con un no. Me limito a encogerme de hombros, porque, con franqueza, no sé si estoy enamorado de Sydney. ¿Cómo podría estarlo, si estoy enamorado de Maggie? El corazón no debería tener la posibilidad de amar a más de una persona a la vez.

Maggie desvía la mirada y se levanta de mi regazo. Se pone de pie y, muy despacio, empieza a recorrer la salita de un lado a otro. Está pensando, así que le doy tiempo. Sé que mi respuesta le ha dolido, pero también sé que una mentira le habría dolido aún más. Al final, se voltea hacia mí.

—Puedo pasarme la noche entera haciéndote preguntas realmente duras, Ridge. Pero no quiero hacerlo. He tenido mucho tiempo para pensar en lo ocurrido y necesito decirte muchas cosas.

—Si las preguntas duras te ayudan, entonces házmelas. Por

favor. Llevamos juntos cinco años y no puedo permitir que esto nos separe —le digo.

Ella niega con la cabeza y luego se sienta en el otro sillón, frente a mí.

—No necesito hacerte las preguntas porque ya conozco las respuestas. Lo que necesito es hablar contigo sobre lo que va a pasar a partir de ahora.

Me inclino hacia delante, pues no me gusta el giro que está tomando el asunto. No me gusta nada.

—Déjame explicarme, al menos. No puedes decidir lo que va a ser de nosotros sin haberme escuchado antes.

Maggie sacude la cabeza de nuevo y a mí me da un vuelco el corazón.

—Ya lo sé, Ridge. Te conozco. Conozco a tu corazón. Leí tus conversaciones con Sydney. Ya sé lo que vas a decirme. Vas a decirme lo mucho que me quieres. Que harías cualquier cosa por mí. Vas a disculparte por haber sentido algo por otra chica a pesar de lo mucho que te has esforzado para que no ocurriera. Vas a decirme que me amas mucho más de lo que yo imagino y que tu relación conmigo es mucho más importante que lo que sientes por Sydney. Vas a decirme que harás lo que sea para compensarme y que lo único que quieres es una oportunidad. Lo más probable es que seas brutalmente sincero conmigo y me digas que sientes algo por Sydney, pero que no puede ni compararse con lo que sientes por mí.

Se pone de pie y se acerca para sentarse a mi lado, en el sillón. Veo que tiene los ojos llenos de lágrimas, pero ya no está llorando. Me mira y empieza a utilizar de nuevo la lengua de signos.

—¿Y quieres saber una cosa, Ridge? Te creo. Y lo entiendo. En serio. Leí sus conversaciones. Me sentí como si estuviera allí en medio, analizando todos los detalles mientras ustedes dos intentaban luchar contra los sentimientos que iban surgiendo. No hago más que repetirme que tengo que dejar de entrar en tu cuenta, pero no puedo. He leído esas conversaciones un millón de veces. He descifrado cada palabra, cada frase, cada signo de puntuación.

Quería encontrar el momento exacto de sus conversaciones que demostrara tu deslealtad hacia mí. Quería encontrar el momento exacto en que te convertías en un tipo patético al admitir que lo que sentías por ella era pura atracción sexual. Dios mío, Ridge, no sabes cuánto deseaba encontrar ese momento. Pero no he sido capaz. Sé que la besaste y, sin embargo, incluso el beso parecía perdonable después de que ambos lo hablaran abiertamente. Soy tu novia, pero hasta yo empecé a encontrarlo justificable.

»No estoy diciendo que lo que hiciste pueda olvidarse con facilidad. Tendrías que haberle pedido que se fuera en cuanto sentiste la necesidad de besarla. Mierda, ni siquiera tendrías que haberle pedido que se quedara a vivir si existía la posibilidad, por remota que fuera, de que te sintieras atraído por ella. Lo que hiciste estuvo mal en todos los sentidos de la palabra, pero lo peor de todo es que tengo la sensación de entenderlo. Tal vez sea porque te conozco demasiado bien, pero me resulta evidente que te estás enamorando de Sydney, y yo no puedo quedarme aquí de brazos cruzados y compartir tu corazón con ella, Ridge. No puedo.

No, no, no, no, no. La abrazo rápidamente, pues quiero que la tranquilidad que me aporta ahuyente el pánico que va creciendo dentro de mí.

Tal vez tenga el corazón destrozado. Tal vez esté enojada o aterrorizada, pero lo único que no permitiré es que lo acepte sin más. No, no quiero.

Las lágrimas hacen que empiecen a arderme los ojos mientras la estrecho con fuerza, como si este abrazo tuviera la misión de transmitirle lo que siento. Le digo que no con la cabeza, rogándole que no lleve esta conversación hacia donde me temo que va.

Uno mis labios a los suyos en un intento de que lo olvidemos todo. Le sujeto la cara entre las palmas de las manos e intento comunicarle desesperadamente cómo me siento sin tener que alejarme de ella otra vez.

Maggie separa los labios y la beso, algo que hecho a menudo durante más de cinco años, pero nunca con tanta convicción ni con tanto miedo.

Sus labios saben a lágrimas, pero no sé de quién son, porque los dos estamos llorando. Me empuja el pecho para hablar conmigo, pero yo no quiero. No quiero verla decir que lo que siento por Sydney está bien.

Porque no está bien. No debería estarlo en absoluto.

Se sienta más erguida y me empuja para alejarme un poco de ella; luego se seca las lágrimas. Apoyo un codo en el sillón y me tapo la boca con una mano temblorosa.

—Hay más. Hay muchas más cosas que quiero decirte y necesito que me des la oportunidad de expresarlo todo, ¿okey?

Me limito a asentir, pero en realidad lo único que quiero es decirle que escucharla es lo último que mi corazón podría soportar ahora mismo. Ella recupera la compostura y sube las piernas al sillón. Se las rodea con los brazos y apoya una mejilla en la rodilla al tiempo que desvía la mirada de mí. Sigue en silencio, pensativa.

Me siento como una auténtica piltrafa mientras sigo aquí sentado, esperando.

Maggie aparta las manos de las piernas y, muy despacio, levanta la cabeza para mirarme.

—¿Recuerdas el día en que nos conocimos? —me pregunta.

Percibo una débil sonrisa en su mirada y el pánico que siento remite un poco al pensar en ese recuerdo agradable. Hago un gesto de asentimiento.

—Me fijé primero en ti, antes de fijarme en Warren. Cuando él se me acercó, deseé que lo hiciera para hablarme de ti. Recuerdo que te miré por encima del hombro de Warren porque quería sonreírte, para que supieras que me había fijado en ti, igual que tú en mí. Pero cuando me di cuenta de que Warren no se me había acercado para hablarme de ti, me sentí decepcionada. Había algo en ti que me atraía de una forma especial, algo que Warren no tenía. Pero al parecer tú no habías sentido lo mismo. Warren era lindo, así que acepté salir con él, sobre todo porque tuve la sensación, aquel día, de que yo no te interesaba.

Cierro los ojos y me pierdo en sus palabras durante un segundo. Nunca me lo había contado. Y tampoco estoy seguro, ahora mismo, de querer saber todo eso. Tras varios segundos de silencio, vuelvo a abrir los ojos y la dejo proseguir.

—Durante el poco tiempo que salí con Warren, tú y yo mantuvimos alguna que otra breve conversación e intercambiamos alguna mirada que siempre parecía incomodarte. Y sabía que te incomodaba porque estabas empezando a sentir algo por mí. Pero tu lealtad hacia Warren era tan grande que ni siquiera te permitías pensar en esa posibilidad. Aquello me hacía admirarte, porque sabía que tú y yo habríamos hecho muy buena pareja. Si te soy sincera, tenía la esperanza secreta de que traicionaras a tu amigo y me besaras o algo así, porque no podía dejar de pensar en ti. Creo que ni siquiera salía con Warren por Warren; creo que desde el principio salí con él para estar cerca de ti.

»Y luego, unas cuantas semanas después de que Warren y yo cortamos, empecé a pensar que no volvería a verte nunca, porque no viniste a buscarme tal como yo esperaba. Aquella idea me aterrorizaba, así que un día me presenté en tu departamento. Tú no estabas, pero Brennan sí. Creo que intuyó el motivo de mi visita, así que me dijo que no me preocupara, que sólo tenía que darte un poco de tiempo. Me habló del trato que Warren y tú habían hecho y me aseguró que sentías algo por mí, pero que no te parecía bien intentarlo en ese momento. Hasta me enseñó la fecha que habías marcado en el calendario. Jamás olvidaré lo que sentí en ese momento. A partir de entonces, fui contando los días hasta que te presentaste en mi puerta.

Se seca una lágrima. Cierro un momento los ojos y trato de respetarla no atrayéndola de nuevo hacia mí, pero me cuesta muchísimo. No sabía que hubiera ido a verme. Brennan no me lo contó jamás y, ahora mismo, me debato entre el deseo de hacerle saber lo enojado que estoy con él por no habérmelo contado y lo mucho que lo quiero por haberle revelado a Maggie lo que sentía.

—Me enamoré de ti durante el año que estuve esperándote. Me enamoré de tu lealtad hacia Warren. Me enamoré de tu lealtad hacia mí. Me enamoré de tu paciencia y de tu fuerza de voluntad. Me enamoré del hecho de que no quisieras empezar las cosas con mal pie. Querías que todo saliera lo mejor posible y por eso esperaste todo un año. Créeme, Ridge, sé lo duro que te resultó porque yo esperé igual que tú.

Levanto una mano para secarle una lágrima de la mejilla y luego la dejo terminar.

—Juré que jamás permitiría que mi enfermedad se interpusiera entre nosotros. Que no me impediría enamorarme total y absolutamente de ti. Que no la convertiría en una muleta para alejarte de mí. Tú insististe una y otra vez en que no te importaba, y yo ansiaba creerte con desesperación... Pero los dos nos estábamos mintiendo. Creo que lo que más amas de mí es mi enfermedad.

Se me hace un nudo en la garganta. Esas palabras no podrían haberme dolido más.

—¿Cómo puedes decir algo así, Maggie?

—Sé que te parece absurdo porque tú no lo ves así. Pero ése eres tú. Eres leal. Cuando quieres a alguien, no tienes límites. Quieres ocuparte de todos los que te rodean, incluidos yo, Warren, Brennan... y Sydney. Eres así, y ver cómo Warren me trató entonces te llevó a intervenir y a convertirte en mi héroe. No estoy diciendo que no me quieras por mí misma, porque sé que es así. Sólo digo que no me quieres de la forma en que deberías quererme.

Me paso la palma de una mano por la frente y me la aprieto para intentar ahuyentar el dolor. No puedo seguir escuchando ni un segundo más lo equivocada que está.

—Basta, Maggie. Si lo que pretendes es utilizar tu enfermedad como excusa para dejarme, no pienso escucharte. No puedo. Hablas como si quisieras que lo dejáramos y te juro que me estás matando de miedo. No vine aquí para que te rindas. Necesito que luches conmigo. Necesito que luches por nosotros.

Inclina la cabeza hacia un lado y la mueve muy despacio para darme a entender que no está de acuerdo.

—Es que no tendría que luchar por nosotros, Ridge. Ya tengo que luchar cada puto día de mi vida sólo para sobrevivir. Debería poder disfrutar de lo nuestro, pero no es así. Vivo siempre con miedo a molestarte o a que te enojes, porque necesitas desesperadamente rodearme de una burbuja protectora. No quieres que corra riesgos ni que haga nada que pueda causarme el más mínimo estrés. No entiendes que vaya a la universidad, puesto que los dos conocemos mi destino. No entiendes que quiera tener una profesión, porque crees que lo mejor sería que te dejara cuidarme y que me tomara las cosas con calma. No entiendes mi deseo de experimentar las mismas cosas que a los demás les producen una descarga de adrenalina. Te pones hecho una fiera cuando hablo de viajar porque crees que no es bueno para mi salud. Te niegas a ir de gira con tu hermano porque quieres ser tú quien me cuide cuando me ponga enferma. Has renunciado a tantas cosas de tu vida para asegurarte de que yo no tenga que renunciar a nada en la mía que a veces me resulta asfixiante.

¿Asfixiante?

¿Soy asfixiante?

Me pongo de pie y recorro la habitación de un lado a otro durante varios segundos para tratar de llenar los pulmones con ese mismo aire que ella me está arrebatando. Cuando me tranquilizo lo bastante para responder, vuelvo al sillón y la miro otra vez.

—No intento asfixiarte, Maggie. Sólo quiero protegerte. No podemos permitirnos el lujo del tiempo, como cualquier otra pareja. ¿Tan malo es que quiera prolongar lo que tenemos durante todo el tiempo que sea posible?

—No, Ridge. No es malo. Y adoro eso en ti, pero no en mí. Siempre me siento como si quisieras ser mi socorrista. Y no necesito un socorrista, Ridge. Lo que necesito es a alguien dispuesto a observar cómo me enfrento al océano y que me rete a no ahogarme. Pero es que tú ni siquiera me permites acercarme al océano. No es culpa tuya si no puedes ofrecérmelo.

Ya sé que no es más que una analogía, pero sólo la utiliza para poner excusas.

—Crees que eso es lo que quieres —le digo por señas—, pero no es así. No puedes decirme que preferirías estar con alguien que te permitiera poner en riesgo el tiempo que te queda antes que con alguien dispuesto a hacer todo lo necesario para prolongar su vida a tu lado.

Deja escapar el aire. No sé si es que admite que tengo razón o es que está frustrada porque me equivoco. Me mira directamente a los ojos y se inclina hacia delante para después rozarme un momento los labios con los suyos. En cuanto le acerco las manos a la cara, se aleja.

—Durante toda mi vida, he sabido que podía morir en cualquier momento. Tú no sabes lo que es eso, Ridge, pero por un momento te pido que te pongas en mis zapatos. Si tú supieras desde muy pequeño que puedes morir en cualquier momento, ¿te conformarías con vivir sin más? ¿O vivirías al máximo? Porque lo que tú quieres es que me limite a vivir sin más, Ridge, y no puedo hacerlo. Cuando muera, quiero saber que hice todo lo que siempre quise hacer, que vi todo lo que siempre quise ver y que amé todo lo que siempre quise amar. Ya no puedo limitarme a vivir sin más, pero tú no estás preparado para quedarte a mi lado y verme hacer todas las cosas que aún me quedan por hacer en la vida.

»Has dedicado cinco años de tu vida a amarme como nunca me ha amado nadie. Y el amor que yo siento por ti ha estado siempre a la altura. Eso no debes dudarlo jamás. La gente da muchas cosas por hecho, y no quiero que pienses que yo también te di a ti por hecho. Todo lo que haces por mí es mucho más de lo que merezco, y quiero que sepas lo mucho que eso significa para mí. Pero hay momentos en que tengo la sensación de que la devoción que sentimos el uno por el otro nos ata. Nos impide vivir de verdad. Estos últimos días me han ayudado a darme cuenta de que si aún sigo contigo es porque me da miedo romperte el corazón. Pero si no encuentro el valor para hacerlo, me temo que me limitaré a seguir reteniéndote. Reteniéndome a mí misma. Me siento como si no pudiera llevar la vida que quiero por miedo a hacerte daño, como si tú no pudieras llevar la vida que quieres porque eres demasiado leal. Y, por mucho que me duela admitirlo, creo que tal vez esté mejor sin ti. Y algún día, creo, tú también te darás cuenta de que estás mejor sin mí.

Apoyo los codos en las rodillas y me doy la vuelta para no verla. No puedo seguir mirándola mientras me habla. Cada palabra que me dirige no sólo me rompe el corazón, sino que también tengo la sensación de que me rompe el corazón del interior de mi corazón.

Me duele tanto y estoy tan asustado, porque, durante un segundo, he empezado a pensar que existe la posibilidad de que tenga razón.

Puede que Maggie no me necesite.

Puede que yo la esté reteniendo.

Puede que yo no sea para ella el héroe que tanto me he esforzado en ser, porque, ahora mismo, tengo la sensación de que Maggie ni siquiera necesita un héroe. ¿Por qué iba a necesitarlo? Tiene a alguien mucho más fuerte de lo que yo llegaré a serlo jamás. Se tiene a sí misma.

La constatación de que tal vez no sea yo lo que necesita en su vida me corroe por dentro; los remordimientos, la culpa y la vergüenza que siento se repliegan sobre sí mismos y devoran por completo las pocas fuerzas que me quedan.

Noto que me rodea con los brazos y la atraigo hacia mí, pues necesito sentirla cerca. La amo tanto... y lo único que quiero ahora mismo es que lo sepa, aunque eso no cambie nada. La estrecho con fuerza y apoyo la frente en la suya mientras los dos lloramos, aferrados el uno al otro con todas las fuerzas que nos quedan. Tiene las mejillas bañadas en lágrimas cuando se deja resbalar hacia mi regazo.

—Te quiero —dice articulando las palabras con los labios. Después, une su boca a la mía.

La aprieto contra mí todo lo que puedo, hasta el punto de meterme casi dentro de ella, que es lo que mi corazón intenta hacer ahora mismo. Quiere incrustarse en las paredes de su pecho y no abandonarla jamás.

22

Sydney

No tendré cable hasta la próxima semana. Me duelen los ojos de tanto leer, y puede que también de tanto llorar. Al fin di el enganche de un coche con lo que me quedaba del préstamo estudiantil, pero hasta que no encuentre trabajo no puedo pagar la gasolina. Más me vale encontrar algo pronto, porque estoy convencida de que idealicé lo fantástico que es vivir sola. Me dan ganas de intentar recuperar mi empleo en la biblioteca, aunque tenga que suplicar. Sólo necesito algo que me mantenga ocupada.

Estoy-muerta-de-aburrimiento.

Tan muerta de aburrimiento que me estoy contemplando las manos y contando cosas que no tiene el más mínimo sentido contar.

Uno: el número de personas que no puedo quitarme de la cabeza (Ridge).

Dos: el número de personas a las que les deseo que contraigan una enfermedad de transmisión sexual (Hunter y Tori).

Tres: el número de meses desde que corté con el patán mentiroso y traidor de mi novio.

Cuatro: el número de veces que Warren ha venido a ver qué tal me va desde que me trasladé a este departamento.

Cinco: el número de veces que Warren ha tocado a la puerta en los últimos treinta segundos.

Seis: el número de días transcurridos desde la última vez que vi a Ridge.

Siete: el número de pasos desde mi sillón hasta la puerta.

Abro la puerta y Warren ni siquiera se molesta en esperar a que lo invite a entrar. Sonríe y pasa junto a mí, con dos bolsas blancas en las manos.

—Traje tacos —dice—. Pasé por afuera cuando volvía a casa del trabajo y he pensado que a lo mejor querías.

Deja las bolsas en la barra de la cocina, luego se dirige al sillón y se deja caer. Yo cierro la puerta y me volteo para mirarlo.

—Gracias por los tacos, pero... ¿cómo sé que no me estás haciendo una broma? ¿Qué hiciste, sustituir la carne de ternera por tabaco?

Warren levanta la cabeza para mirarme y sonríe, impresionado.

—Vaya, ésa sí que sería una broma genial, Sydney. Creo que estás empezando a agarrar la onda.

Me río y me siento junto a él.

—Qué suerte la mía, justo ahora que no tengo compañeros de departamento a los que hacerles bromas pesadas.

Se ríe y me da una palmadita en la rodilla.

—Bridgette no sale de trabajar hasta medianoche. ¿Quieres que veamos una película?

Apoyo la cabeza en el respaldo del sillón casi con la misma rapidez con que se me forma un nudo en el estómago. No me gusta nada tener la sensación de que sólo vino porque le doy pena. Lo último que deseo es ser una preocupación para alguien.

—Warren, no hace falta que vengas continuamente para ver cómo estoy. Ya sé que sólo intentas ser amable, pero estoy bien.

Cambia de postura en el sillón para mirarme.

—Si vengo no es porque me des pena, Sydney. Eres mi amiga. Te extraño en el departamento. Y... puede que también venga porque estoy un poco arrepentido de haberte tratado como una mierda la noche en que ingresaron a Maggie en el hospital.

Hago un gesto afirmativo.

—Sí, esa noche te comportaste como un auténtico patán.

—Lo sé —dice entre risas—. No te preocupes, Ridge no me deja olvidarlo.

Ridge.

Dios mío, hasta escuchar su nombre me duele.

Warren se da cuenta de su desliz cuando me ve cambiar de expresión.

—Mierda. Lo siento.

Apoyo las palmas de las manos en el sillón y me pongo de pie para tratar de escapar de una conversación que se ha vuelto incómoda. Aunque, de todas formas, tampoco es un tema del que quiera hablar.

—Bueno, ¿tienes hambre? —le pregunto mientras me dirijo a la cocina—. Me pasé horas delante de la estufa preparando estos tacos, así que más vale que te comas uno.

Él se ríe, entra en la cocina conmigo y toma uno de los tacos. Yo tomo otro y me apoyo en la barra, pero la simple idea de comer me provoca náuseas incluso antes de abrir la boca para darle un bocado. Sinceramente, no he dormido ni comido mucho en los seis días que han pasado desde que me fui del departamento. No soporto haber tomado parte en algo que le causó tanto daño a alguien. Maggie no ha hecho nada para merecer sentirse como la hicimos sentir. Y también me resulta muy duro no saber cómo han terminado las cosas entre ellos. No le he preguntado a Warren por motivos obvios y porque, sea cual sea el resultado, tampoco va a cambiar las cosas. Pero ahora me siento como si tuviera un enorme vacío en el pecho provocado por la constante curiosidad. Lo mucho que durante estos tres últimos meses he deseado que Ridge no tuviera novia no puede ni compararse con lo mucho que deseo ahora que ella lo haya perdonado.

—Mi reino por tus pensamientos.

Levanto la cabeza para mirar a Warren, que está apoyado en la barra y me observa mientras pienso. Me encojo de hombros y aparto a un lado la comida que ni siquiera he tocado. Luego me rodeo el cuerpo con los brazos y me miro los pies. Temo que Warren adivine lo que pienso si lo miro abiertamente.

—Escucha —dice agachando un poco la cabeza para obligarme a mirarlo a los ojos—. Sé que no me has preguntado por él porque sabes tan bien como yo que tienes que pasar página. Aunque si tienes preguntas, Sydney, estoy dispuesto a contestarlas. Las contestaré porque eres mi amiga y eso es lo que hacen los amigos.

Se me hincha el pecho al tomar aire con fuerza y, antes de terminar de expulsarlo por completo, ya se me escapa la pregunta de los labios.

—¿Cómo está?

Warren aprieta la mandíbula, lo cual me hace pensar que en cierto modo desearía no haberme dado la oportunidad de preguntarle por Ridge.

—Está bien. Lo estará.

Hago un gesto afirmativo, pero se me ocurren millones de preguntas que formular a continuación.

«¿Lo perdonó Maggie?»

«¿Ha preguntado por mí?»

«¿Lo ves feliz?»

«¿Crees que ahora sí lamenta haberme conocido?»

Decido formular las preguntas de una en una, porque no estoy segura de que sus respuestas vayan a caerme bien a estas alturas. Trago saliva, nerviosa, y miro a Warren.

—¿Maggie lo perdonó?

Ahora es Warren quien no soporta el contacto visual. Se yergue, me da la espalda y apoya las palmas de las manos sobre la barra. Deja caer la cabeza entre los hombros y suspira con aire incómodo.

—No sé muy bien si debería contártelo. —Hace una pausa y luego se voltea para mirarme—. Lo perdonó. Por lo que me contó Ridge, Maggie entiende lo que pasó entre ustedes. No estoy diciendo que no estuviera disgustada, claro, pero lo perdonó.

Su respuesta me destroza por completo. Me llevo una mano a la boca para contener el llanto y luego le doy la espalda a Warren.

Me confunde mi reacción y me confunde lo que siente mi corazón. El alivio de saber que ella lo perdonó me consume de inmediato, pero esa sensación desaparece enseguida, sustituida por el dolor al tomar conciencia de que ella lo perdonó. Ni siquiera sé lo que debo sentir. Siento alivio por Ridge y lloro por mí misma.

Warren suspira pesadamente y me siento fatal por haber permitido que me vea reaccionar así. No tendría que haberle preguntado nada. Mierda, ¿por qué se lo habré preguntado?

—Aún no termino, Sydney —dice en voz baja.

Niego con la cabeza y sigo mirando hacia el otro lado mientras él suelta lo que aún le queda por decir.

—Lo perdonó por lo que pasó contigo, pero eso también sirvió para abrirle los ojos y pensar en por qué seguían juntos. Al parecer, Maggie no supo encontrar una buena razón para reconciliarse con Ridge. Él dice que a Maggie aún le queda mucha vida por vivir, pero que no puede vivirla al máximo porque él siempre está tratando de retenerla.

Me llevo ambas manos a la cara, absolutamente perpleja por lo que siente ahora mi corazón. Sólo unos segundos antes, estaba llorando porque ella lo había perdonado... y ahora estoy llorando porque no lo perdonó.

Hace apenas tres meses, estaba sentada en la calle con mis maletas, bajo la lluvia, creyendo que estaba experimentando lo que se siente cuando te rompen el corazón.

Dios mío, qué equivocada estaba. Qué equivocada.

Esto es lo que se siente cuando te rompen el corazón.

Esto.

Lo que siento ahora mismo.

Warren me abraza y me atrae hacia él. Sé que no quiere verme triste y me esfuerzo cuanto puedo por no parecerlo. Llorar no va a servir de nada, de todas maneras. No me sirvió de nada durante los seis días que llevo haciéndolo.

Me alejo de Warren y me acerco a la barra de la cocina para tomar una servilleta de papel. La arrugo y me seco los ojos con ella.

—Odio los sentimientos —digo mientras trato de contener las lágrimas que siguen brotando.

Warren se ríe y asiente.

—¿Por qué crees que elegí estar con una chica que no tiene?

La broma sobre Bridgette me hace reír. Trato de calmarme y secarme las lágrimas que ya me cayeron, porque, como yo misma me he dicho antes, lo que ocurra entre Ridge y Maggie ya no afecta a mi situación. Da igual cómo acaben las cosas entre ellos, porque eso sigue sin significar nada para Ridge y para mí. Las cosas son demasiado complicadas entre nosotros y nada, salvo el tiempo y la distancia, puede cambiar ese hecho.

—Me apunto a ver una película contigo —le digo a Warren—. Pero más te vale que no sea porno.

Ridge

—Dame las putas llaves, Ridge —dice Warren utilizando la lengua de signos.

Niego lentamente con la cabeza por tercera vez en los últimos cinco minutos.

—Te daré las llaves cuando me digas dónde vive.

Me fulmina con la mirada, aún negándose a claudicar. Llevo casi todo el día con sus llaves, y que me maten si se las devuelvo antes de que me dé la información que necesito. Ya sé que sólo han pasado tres semanas desde que Maggie cortó conmigo, pero no he podido dejar de pensar en cómo le ha afectado a Sydney todo lo que le he hecho. Necesito saber si está bien. Si he resistido hasta ahora sin ponerme en contacto con ella es simplemente porque no sé muy bien qué le diré cuando por fin nos veamos. Lo único que sé es que necesito verla, o lo más probable es que no vuelva a pegar el ojo en mi vida. Ya han pasado más de tres semanas desde que dormí una noche entera por última vez, y mi pobre mente necesita un poco de tranquilidad.

Warren está sentado en la mesa, frente a mí, y yo me concentro de nuevo en la computadora que tengo delante. A pesar de que quiero echarles a las computadoras la culpa de todo lo que me ha ocurrido durante estas últimas semanas, sé que en realidad toda la culpa es mía, así que me tragué el orgullo y me compré una nueva. Por desgracia para mí, sigo dependiendo de la computadora para ganarme la vida.

Warren extiende una mano por encima de la mesa y me cierra la computadora de golpe para obligarme a mirarlo.

—No saldrá bien —dice por señas—. Sólo hace tres semanas desde que Maggie y se dejaron. No te daré la dirección de Sydney, porque no te hace falta verla. Y ahora, dame mis llaves o me llevo tu coche.

Sonrío con aire de suficiencia.

—Que tengas suerte buscando mis llaves. Están escondidas en el mismo lugar que las tuyas.

Mueve la cabeza de un lado a otro, frustrado.

—¿Por qué eres tan idiota, Ridge? Por fin está sola, construyendo su propia vida. Y ahora que le va bien, ¿tú quieres irrumpir de nuevo en ella y volver a confundirla?

—¿Cómo sabes que le va bien? ¿Hablas con ella?

La desesperación de mi pregunta me sorprende incluso a mí, porque hasta este preciso instante ni siquiera sabía lo mucho que deseo que esté bien.

—Sí, la he visto unas cuantas veces. Bridgette y yo salimos ayer a comer con ella.

Me reclino en la silla, un tanto molesto por que no me lo haya contado, pero aliviado ante la idea de que no esté encerrada en su departamento, destrozada.

—¿Te ha preguntado por mí? ¿Sabe que Maggie y yo terminamos?

Warren asiente.

—Lo sabe. Me preguntó cómo habían acabado las cosas y le conté la verdad. Desde entonces, no ha vuelto a sacar el tema.

Dios mío. Saber que sabe la verdad debería aliviar mi preocupación, pero en realidad sólo la intensifica. Ni me imagino lo que debe de estar pensando acerca de mi falta de comunicación con ella ahora que sabe lo de Maggie. Es probable que el hecho de que no me haya puesto en contacto con ella la haya llevado a pensar que la culpo de lo sucedido. Me inclino hacia delante y le dirijo a mi amigo una mirada suplicante.

—Por favor, Warren, dime dónde vive.

Él niega con la cabeza.

—Dame mis llaves.

Niego con la cabeza. Warren hace un gesto de impaciencia provocado por la obstinación de ambos, se levanta bruscamente de la mesa y vuelve a su dormitorio hecho una furia.

Yo abro los mensajes que Sydney y yo nos hemos enviado durante estos meses y empiezo a leerlos, como hago todos los días, mientras pienso que ojalá tuviera valor para escribirle uno. Creo que le resultaría más fácil acabar de una vez por todas conmigo por medio de un mensaje que si me presento en su casa, y ése es el motivo de que no le haya escrito aún. Pese a que no quiero darle la razón a Warren, sé que las cosas no saldrán bien si contacto con ella. Sé que no estamos en situación de empezar una relación, y verla en persona sólo servirá para acentuar lo mucho que la extraño. Sin embargo, saber lo que debería hacer y acatar lo que debería hacer son dos cosas completamente distintas.

Se enciende la luz de mi habitación. Un segundo más tarde, alguien me zarandea bruscamente por los hombros. Sonrío, medio atontado aún, porque la presencia de Warren me indica que esta vez lo tengo justo donde quería. Me doy la vuelta para mirarlo.

—¿Pasa algo? —le digo por señas.

—¿Dónde están?

—¿Qué cosa?

—Los condones, Ridge. ¿Dónde demonios me escondiste los condones?

Sabía que si robarle las llaves no funcionaba, robarle los condones sí lo haría. Me alegra, eso sí, que haya tenido el detalle de ponerse unos pantalones antes de dejar a Bridgette en la cama y entrar hecho una furia en mi habitación.

—¿Quieres los condones? —le digo por señas—. Pues dime dónde vive Sydney.

Warren se pasa las palmas de las manos por la cara y, por su expresión, entiendo que está soltando un gruñido.

—Olvídalo. Iré al súper a comprar otra caja.

Antes de que se dé la vuelta para salir de la habitación, me siento en la cama.

—¿Y cómo vas a ir hasta el súper? Tengo tus llaves, ¿te acuerdas?

Se detiene durante un segundo, pero enseguida relaja el gesto, como si acabara de tener otra revelación.

—Tomaré el coche de Bridgette.

—Pues que tengas suerte buscando sus llaves.

Warren me mira con severidad durante varios segundos. Luego deja caer los hombros y, por último, se dirige a mi cómoda. Toma un papel y una pluma, escribe algo, arruga el papel y me lo lanza.

—Aquí tienes la dirección, cabrón. Ahora, dame las llaves.

Desdoblo el papel y compruebo que realmente escribió una dirección. Acerco una mano al buró , tomo la caja de condones y se la lanzo.

—Confórmate con esto por ahora. Te diré dónde están las llaves cuando confirme que ésta es su verdadera dirección.

Warren saca uno de los condones de la caja y me lo lanza.

—Pues llévate también esto, porque te aseguro que ésa es su dirección.

Da media vuelta y sale de la habitación. En cuanto se va, me levanto de un salto, me visto y salgo por la puerta.

Ni siquiera sé qué hora es.

Ni siquiera me importa.

23

Sydney

Estímulos sonoros.

Son frecuentes, pero sobre todo cuando escucho ciertas canciones. Especialmente, algunas de las que nos gustaban a Hunter y a mí. Si escucho una canción durante un periodo particularmente deprimente y luego vuelvo a escucharla pasado algún tiempo, despierta de nuevo todos los sentimientos asociados a ese tema en específico. Hay canciones que me encantaban y que ahora me niego rotundamente a escuchar. Porque estimulan algunos recuerdos y sentimientos que no quiero revivir.

El tono de los mensajes entrantes de mi celular se ha convertido en uno de esos estímulos sonoros.

Más exactamente, el que había asignado a los mensajes de Ridge. Es muy especial, pues se trata de un fragmento de nuestra canción *Tal vez mañana*. Se lo puse después de haber escuchado la canción por primera vez. Me gustaría decir que ese estímulo sonoro es negativo, pero no estoy segura de que lo sea. El beso que nos dimos durante la canción provocó, sin duda, sentimientos negativos de culpa, pero el beso en sí me sigue derritiendo el corazón cada vez que recuerdo ese momento. Y pienso mucho en ese instante. Mucho más de lo que debería.

De hecho, estoy pensando en él ahora mismo, porque el fragmento de nuestra canción acaba de salir por el altavoz de mi teléfono celular, lo cual significa que acaba de llegarme un mensaje.

De Ridge.

Sinceramente, no esperaba volver a oír ese sonido jamás.

Ruedo sobre la cama, extiendo el brazo hacia el buró y tomo el celular con dedos temblorosos. Saber que acabo de recibir un mensaje de él me altera de nuevo todo mi organismo, que de repente se olvida de funcionar como corresponde. Me acerco el teléfono al pecho y cierro los ojos, demasiado nerviosa para leer sus palabras.

«Late, late, descansa.»

«Contrae, dilata.»

«Inspira, espira.»

Muy despacio, abro los ojos, sostengo el teléfono en alto y desbloqueo la pantalla.

Ridge: ¿Estás en casa?

¿Que si estoy en casa?

¿Y por qué me pregunta eso? Si ni siquiera sabe dónde vivo. Además, me dejó bastante claro a quién era leal su corazón cuando hace tres semanas me dijo que me fuera de su departamento.

Pero estoy en casa y, en contra de lo que me indica la cordura, quiero que él lo sepa. Me dan ganas de contestarle enviándole mi dirección y diciéndole que venga él mismo a averiguar si estoy o no en casa.

Pero al final me decido por algo más seguro. Algo menos revelador.

Yo: Sí.

Aparto las cobijas y me siento en el borde de la cama. Me quedo mirando fijamente el teléfono, tan asustada que no me atrevo ni a parpadear.

Ridge: Pues no abres la puerta. ¿Me equivoqué de departamento?

Ay, señor.

Ojalá que, efectivamente, se haya equivocado de departamento. O tal vez quiera que esté delante del departamento correcto. La verdad es que no lo sé, porque me alegra que esté aquí, pero también me enoja que esté aquí.

Tanto sentimiento contradictorio es agotador.

Me pongo de pie y salgo corriendo de la habitación, directa hacia la puerta de la calle. Echo un vistazo por la rendija y, en efecto, está delante de mi puerta.

Yo: Estás delante de mi puerta, o sea que no, no te equivocaste de departamento.

Echo otro vistazo por la rendija después de pulsar la tecla de enviar y lo veo con la palma de la mano apoyada en la puerta, mirando su teléfono. Al ver la expresión de dolor de su cara y saber que es el resultado de la batalla que se está librando en su corazón, me dan ganas de abrir la puerta de golpe y echarle los brazos al cuello. Cierro los ojos y apoyo la frente en la puerta, con la intención de darme tiempo para pensar antes de tomar decisiones precipitadas. El corazón me empuja hacia él y, ahora mismo, no hay nada que desee más que abrir la puerta.

Pero también sé que abrir la puerta no es bueno para ninguno de los dos. Hace apenas unas semanas que cortó con Maggie, así que, si vino por mí, ya puede dar media vuelta y largarse. Es imposible que las cosas funcionen entre nosotros cuando sé que aún tiene el corazón destrozado por otra persona. Me merezco más de lo que él puede ofrecerme ahora mismo. He sufrido demasiado este año para permitir ahora que alguien juegue con mi corazón de esa manera.

Ridge: ¿Puedo entrar?

Me doy la vuelta hasta apoyar la espalda en la puerta. Me llevo el teléfono al pecho y cierro los ojos con fuerza. No quiero leer sus palabras. No quiero verle la cara. Todo lo relacionado con él me hace perder de vista lo que es importante, lo que es mejor para mí. Ahora mismo, él no es lo mejor para mí, sobre todo teniendo en cuenta todo lo que ha sufrido también él. Debería alejarme de esta puerta y no dejarlo entrar.

Pero todo mi ser quiere dejarlo entrar.

—Por favor, Sydney.

Las palabras son casi un susurro inaudible al otro lado de la puerta, pero las oigo sin la menor duda. Hasta la última parte de mi ser las oye. La desesperación de su voz, sumada al simple hecho de que haya hablado, me destroza por completo. Permito que esta vez sea mi corazón quien tome la decisión mientras me volteo poco a poco hacia la puerta. Giro la llave, quito el seguro y abro.

No sé cómo expresar lo que siento al verlo de nuevo ante mí sin usar la palabra «aterrador».

Todo lo que me hace sentir es absolutamente aterrador. La forma en que mi corazón quiere que lo abrace es aterradora. La forma en que mis rodillas parecen haber olvidado que deben sostenerme es aterradora. La forma en que mis labios ansían que los reclamen los suyos es aterradora.

Doy media vuelta para dirigirme a la salita y, de paso, tratar de ocultar lo que me provoca su presencia.

No sé por qué intento esconderle mi reacción, pero... ¿no es eso lo que hace todo el mundo? Nos esforzamos mucho por disimular lo que sentimos a las personas que, probablemente, más necesitan conocer nuestros verdaderos sentimientos. La gente trata de reprimir sus emociones, como si estuviera mal reaccionar de forma natural ante la vida.

Mi reacción natural en estos momentos es voltearme y abrazarlo, con independencia del motivo que lo haya traído hasta aquí. Quiero rodearlo con los brazos, apoyar la cara en su pecho, dejar que me acaricie la espalda... y, sin embargo, aquí estoy, tratando de fingir que todo eso es lo último que necesito de él.

¿Por qué?

Respiro hondo para tranquilizarme y luego, al oír a Ridge cerrar la puerta después de entrar, me volteo. Levanto la cabeza para mirarlo a los ojos. Está a unos pocos pasos de mí, observándome. Por su expresión tensa, me doy cuenta de que está haciendo exactamente lo mismo que yo. Está reprimiendo todo lo que siente en aras de... ¿de qué?

¿Del orgullo?

¿Del miedo?

Lo que siempre he admirado de mi relación con Ridge es que ambos seamos tan sinceros y auténticos el uno con el otro. Siempre me he sentido libre de decir justo lo que pensaba, y lo mismo Ridge. No me gusta este cambio.

Intento sonreírle, pero no estoy segura de que mi sonrisa funcione ahora mismo. Le hablo pronunciando claramente para que pueda leerme los labios.

—¿Viniste porque necesitas un defecto?

Se ríe y expulsa el aire al mismo tiempo, aliviado al ver que no estoy enojada.

No estoy enojada. Nunca he estado enojada con él. Las decisiones que ha tomado desde que nos conocemos no son decisiones que pueda echarle en cara. Lo único que puedo echarle en cara es la noche en que me besó, porque esa noche me estropeó la posibilidad de volver a disfrutar alguna vez de otro beso.

Me siento en el sillón y lo miro.

—¿Estás bien? —le pregunto.

Ridge suspira y yo desvío la mirada rápidamente. Es bastante complicado estar en la misma habitación que él en este momento, pero establecer contacto visual lo es aún más. Termina de entrar en la salita y se sienta en el sillón, a mi lado.

Consideré la posibilidad de comprar más muebles, pero sólo podía permitirme un sillón. Y de dos lugares, además. Aunque ahora ya no estoy tan segura de que me entristezca la falta de muebles, porque la pierna de Ridge está rozando la mía y ese simple contacto hace que una ola de calor me recorra de arriba abajo. Contemplo nuestras rodillas cuando se rozan y me doy cuenta de que aún traigo la camiseta que me puse antes de acostarme. Supongo que me asusté tanto cuando dijo que estaba en la puerta de mi departamento que ni siquiera me preocupé del aspecto que tenía. No traigo más que una camiseta de algodón enorme que me llega hasta las rodillas, y supongo que tengo el pelo hecho un desastre.

Ridge trae *jeans* y una camiseta gris de Sounds of Cedar. Podría decir que no voy apropiadamente vestida, pero voy apropiadamente vestida para lo que me disponía a hacer antes de que él apareciera, que era irme a dormir.

Ridge: No sé si estoy bien. ¿Tú estás bien?

Por un momento, hasta se me había olvidado que acababa de hacerle una pregunta.

Me encojo de hombros. Sé que estaré bien con el tiempo, pero no voy a mentirle y decirle que lo estoy ahora. Creo que es evidente que ninguno de los dos puede estar bien teniendo en cuenta cómo han salido las cosas. No estoy bien porque perdí a Ridge, y Ridge no está bien porque perdió a Maggie.

Yo: Siento mucho lo de Maggie. Me siento fatal. Pero tarde o temprano cambiará de idea. Es excesivo renunciar a cinco años por un malentendido.

Pulso la tecla de enviar y, finalmente, miro a Ridge. Lee el mensaje y luego alza la cabeza. La intensidad de su mirada hace que el aire se me quede atrapado en los pulmones.

Ridge: No fue un malentendido, Sydney. En realidad lo entendió demasiado bien.

Leo su mensaje varias veces, deseando que se hubiera extendido un poco más. ¿Qué no fue un malentendido? ¿El motivo de su ruptura? ¿Lo que siente por mí? En lugar de preguntarle qué quiere decir, procedo a formular la pregunta cuya respuesta más ansío conocer.

Yo: ¿Por qué viniste?

Trata de relajar la mandíbula antes de responder.

Ridge: ¿Quieres que me vaya?

Lo miro y le digo que no con la cabeza, muy despacio. Luego me interrumpo y le digo que sí. Luego me interrumpo otra vez y me encojo de hombros. Sonríe de una forma encantadora, como si entendiera perfectamente mi confusión.

Yo: Supongo que el hecho de que quiera que te vayas o no depende del motivo por el que hayas venido. ¿Viniste porque quieres que te ayude a recuperar a Maggie? ¿Viniste porque me extrañas? ¿Viniste porque quieres iniciar una especie de relación de amistad conmigo?

Ridge: ¿Me equivocaría si contestara «ninguna de las anteriores»? No sé por qué vine. Por una parte, te extraño tanto que me duele, pero por otra parte desearía no haberte conocido jamás. Supongo que hoy es uno de esos días en que te extrañaba mucho, así que le robé las llaves del coche a Warren y lo he obligado a darme tu dirección. No había planeado nada de todo esto, ni tampoco traigo ningún discurso preparado. Sólo hice lo que mi corazón me pedía que hiciera, o sea, verte.

La brutal sinceridad de su respuesta me derrite el corazón y me enoja al mismo tiempo.

Yo: ¿Y qué hay de mañana? ¿Y si mañana es uno de esos días en los que desearías no haberme conocido? ¿Qué se supone que tengo que hacer entonces?

La intensidad de su mirada me resulta inquietante. Tal vez está intentando averiguar si mi respuesta es de enojo. No sé si lo es o no. No sé cómo me hace sentir el hecho de que ni siquiera sepa por qué vino.

No responde a mi mensaje, lo cual demuestra una cosa: que sufre el mismo conflicto interno que yo.

Quiere estar conmigo y, al mismo tiempo, no quiere.

Quiere amarme, pero no sabe si debería.

Quiere verme, pero sabe que no debería.

Quiere besarme, pero eso le dolería tanto como la primera vez que me besó y tuvo que irse. De repente, me siento incómoda mirándolo. Estamos demasiado cerca el uno del otro, pero mi cuerpo me está dejando muy claro que a él no le parece que estemos tan cerca. Lo que mi cuerpo desea que ocurra ahora mismo es, precisamente, todo lo que no está ocurriendo.

Ridge desvía la mirada y examina mi departamento con calma durante unos segundos. Luego se concentra de nuevo en el teléfono.

Ridge: Me gusta tu casa. Es buena zona. Parece segura.

Casi me río al leer su mensaje. Me divierte que intente mantener una conversación informal conmigo cuando sé que ya no estamos para conversaciones informales. A estas alturas ya no podemos ser amigos. Ni tampoco podemos estar juntos con tantas cosas en contra. Ya no hay lugar para conversaciones informales entre nosotros y, aun así, no puedo evitar contestarle en el mismo tono.

Yo: Me gusta vivir aquí. Gracias por ayudarme con el hotel hasta que pude instalarme.

Ridge: Era lo mínimo que podía hacer. Absolutamente lo mínimo que podía hacer.

Yo: Te lo devolveré en cuanto cobre. Recuperé el trabajo en la biblioteca del campus, así que supongo que eso será la próxima semana.

Ridge: Déjalo, Sydney. No quiero ni que me lo ofrezcas.

No se me ocurre qué responder a eso. Esta situación me resulta tan violenta como incómoda, porque los dos estamos dando vueltas en torno a las cosas que no tenemos valor para decirnos.

Dejo el teléfono boca abajo sobre el sillón. Quiero que entienda que necesito una pausa. No me gusta que nos estemos comportando como si no fuéramos nosotros.

Ridge capta la indirecta y deja su teléfono boca abajo en el brazo del sillón, junto a él. Luego suspira profundamente y deja caer la cabeza contra el respaldo. El silencio me hace pensar que me gustaría experimentar el mundo desde su perspectiva, aunque fuera sólo una vez. Sin embargo, me parece casi imposible ponerme en su lugar. Quienes tenemos la ventaja de oír damos muchas cosas por hecho, y jamás lo había entendido con tanta claridad como ahora. No cruzamos ni una sola palabra, pero por su profundo suspiro comprendo que está frustrado consigo mismo. Me doy cuenta, por la brusquedad con que toma aire cada vez que respira, de lo mucho que está reprimiendo.

Supongo que su experiencia en un mundo de silencio le dio la capacidad de interpretar a la gente, sólo que de una forma distinta. En lugar de concentrarse en el sonido de mi respiración, se concentra en la forma en que me sube y me baja el pecho. En lugar de escuchar leves suspiros, lo más probable es que me observe los ojos, las manos, la postura que adopto. Puede que ése sea el motivo de que ahora mismo tenga la cabeza inclinada hacia mí, porque quiere verme y hacerse una idea de lo que me pasa por la cabeza.

Me siento como si pudiera leerme demasiado bien. Su manera de observarme me obliga a controlar toda expresión facial, toda respiración. Cierro los ojos y dejo caer la cabeza hacia atrás, a sabiendas de que él me está estudiando, de que trata de adivinar dónde estoy.

También me gustaría voltearme hacia él y decírselo sin más. Decirle lo mucho que lo he extrañado. Quiero explicarle lo mucho que significa para mí. Quiero aclararle lo mal que me siento, porque, antes de que yo apareciera en su vida, todo era perfecto para él. Quiero decirle que aunque los dos estemos arrepentidos, el minuto que duró nuestro beso es el único minuto de mi vida que no cambiaría por nada del mundo.

En momentos como éste, me alegra que no pueda oírme, porque entonces habría dicho demasiadas cosas de las que me arrepentiría.

En cambio, son muchas las cosas que no he dicho porque no tengo el valor de decirlas.

Ridge cambia de postura y abro los ojos por pura curiosidad. Está inclinado sobre el brazo del sillón, buscando algo. Cuando se voltea, tiene una pluma en la mano. Sonríe débilmente y luego me toma el brazo. Acerca su cuerpo al mío y apoya la punta de la pluma en la palma abierta de mi mano.

Trago saliva con dificultad y levanto despacio la vista para mirarlo, pero él está concentrado en lo que escribe. Juraría que veo el destello de una débil sonrisa en sus labios. Cuando termina, se acerca la palma de mi mano a los labios y sopla con suavidad para secar la tinta. Tiene los labios húmedos y fruncidos en una mueca y... Madre mía, pero qué calor hace de repente en este departamento. Me baja la mano y yo leo lo que escribió.

Sólo quería tocarte la mano.

Me río con suavidad. Sobre todo porque sus palabras son muy dulces e inocentes comparadas con otras cosas que me había escrito en el pasado. Llevo diez minutos sentada con él en este sillón, deseando que me toque, y entonces él va y admite que estaba pensando exactamente en lo mismo. Es todo tan infantil..., como si fuéramos adolescentes. Casi me da vergüenza que me guste tanto el hecho de que él me toque, pero no recuerdo ningún otro momento en que haya deseado nada con tanta intensidad.

Aún no me suelta la mano y yo sigo mirando lo que escribió con una sonrisa en los labios. Le paso el pulgar por el dorso de la suya y él exhala en silencio. El permiso que acabo de darle con ese sencillo movimiento parece haber echado abajo alguna barrera invisible, porque de inmediato desliza la mano sobre la mía, unimos las palmas y, por último, entrelazamos los dedos. El calor que desprende su mano no puede ni compararse con el calor que acaba de recorrerme el cuerpo entero.

Dios mío, si sólo tomarnos de la mano ya me parece tan intenso, ni me imagino cómo sería todo lo demás con él.

Los dos estamos contemplando nuestras manos unidas, notando con toda claridad el palpitante contacto de ambas palmas. Me acaricia el pulgar, giramos las manos, y entonces me acerca la pluma a la muñeca. La mueve muy despacio mientras traza una línea recta que me recorre todo el antebrazo. No se lo impido. Me limito a observarlo. Cuando llega al pliegue del codo, empieza a escribir otra vez. Leo sus palabras a medida que las escribe.

Sólo es una excusa para tocarte también aquí.

Sin soltarme la mano, me levanta el brazo y sigue mirándome a los ojos al tiempo que se inclina hacia delante para soplarme el brazo con suavidad, primero hacia arriba y luego hacia abajo. Acerca los labios a las palabras que escribió y las besa dulcemente sin interrumpir el contacto visual ni una vez. Cuando me apoya los labios en el brazo, noto el roce brevísimo de su lengua justo antes de que Ridge cierre los labios sobre mi piel.

Es muy posible que se me haya escapado un gemido.

Sí. Estoy casi segura de que se me escapó un gemido.

Dios mío, cómo me alegro de que no pueda oírme.

Retira los labios de mi brazo y sigue observándome, como si estuviera calibrando mi reacción. Su mirada es oscura y penetrante, y está concentrada en todo mi ser: en los labios, en los ojos, en el cuello, en el pelo, en el pecho... Es como si no pudiera asimilarme lo bastante rápido.

Me pone de nuevo la pluma en la piel y empieza justo donde la dejó antes. La sube lentamente por mi brazo observándola con atención todo el rato. Cuando llega a la manga de mi camiseta, me la sube con cuidado hasta dejar el hombro al descubierto. Traza una pequeña marca con la pluma y luego, muy despacio, se inclina hacia mí. Dejo caer la cabeza contra el respaldo del sillón cuando noto el contacto de sus labios sobre la piel. Percibo su cálida respiración pegada a mi hombro. Ni siquiera pienso en el hecho de que me está pintarrajeando todo el cuerpo. Ya me lo lavaré más tarde. Ahora mismo, lo único que quiero es que esa pluma siga pintando y pintando hasta quedarse sin tinta.

Se aleja y me suelta los dedos para tomar la pluma con la otra mano. Me baja de nuevo la manga hasta tapar el hombro y luego introduce los dedos bajo el cuello de la camiseta y jala un poco para dejar la clavícula a la vista. Me apoya la punta de la pluma en el hombro y me mira con cautela mientras avanza hacia mi cuello. Parece acalorado y me doy cuenta de que procede con precaución a pesar de que yo sé muy bien lo que le gustaría que estuviera ocurriendo ahora mismo y también adónde planea dirigirse con esa pluma. No hace falta que lo verbalice, pues su mirada habla claramente por él.

Sigue subiendo poco a poco la pluma por mi cuello. Instintivamente, inclino la cabeza hacia un lado y, nada más hacerlo, oigo a Ridge expulsar el aire con lentitud entre los dientes. Se detiene justo debajo de mi oreja. Cierro los ojos con fuerza con la esperanza de que no me explote el corazón cuando se acerca a mí, porque tengo la clara sensación de que podría ocurrir. Me apoya con dulzura los labios sobre la piel y, de repente, la habitación se pone de cabeza.

O puede que haya sido mi corazón.

Levanto una mano, se la deslizo por el brazo y se la apoyo en la nuca, pues quiero que se quede justamente donde está. Su lengua hace una nueva aparición, esta vez en mi cuello, pero Ridge no permite que mi desesperación lo detenga. Se aleja un poco y me mira. Sonríe con la mirada, pues sabe muy bien que me está volviendo loca.

Sigue trazando una línea con la pluma desde el punto que me

marcó debajo de la oreja, bajando por el cuello hasta llegar al pequeño hueco que tengo en la base de la garganta. Antes de besar el punto que acaba de marcar, me toma por la cintura y me levanta para sentarme sobre su regazo.

Me aferro a sus brazos y tomo aire con fuerza en el instante mismo en que me atrae hacia él. La camiseta se me sube por los muslos, y el hecho de que no lleve nada debajo excepto los calzones me hace pensar sin temor a equivocarme que me estoy metiendo en algo de lo que me va a costar mucho salir.

Deja resbalar la mirada hacia la base de mi garganta al tiempo que me sube una mano por el muslo, luego por la cadera y espalda arriba hasta llegar al pelo. Me sujeta la nuca y luego me acerca el cuello a sus labios. Este beso es más intenso, no tan prudente como los anteriores. Le deslizo las manos por el pelo y lo obligo a seguir con la boca pegada a mi cuello.

Empieza a recorrerme el cuello con los labios hasta llegar a la barbilla. Estamos pegados el uno al otro, perfectamente encajados; Ridge tiene una mano apoyada en la parte baja de mi espalda y me empuja hacia él.

No puedo moverme. Me falta el aire, literalmente, y no dejo de preguntarme dónde demonios se habrá metido la Sydney fuerte. ¿Dónde está la Sydney que sabe que esto no debería estar pasando?

Ya la buscaré más tarde. Cuando Ridge haya terminado con la pluma.

Se aleja cuando se acerca con los labios a mi boca. Estamos todo lo pegados que se puede estar sin llegar a besarse. Ridge retira la mano de la parte baja de mi espalda y me acerca de nuevo la pluma a la garganta. Cuando me la apoya en la piel, trago saliva, tratando de adivinar hacia dónde se dirigirá ahora con la pluma.

Norte o sur, norte o sur. La verdad es que me da igual.

Empieza a trazar una línea hacia arriba, pero luego se detiene. Aleja la pluma de mi cuello y la sacude, para después apoyármela de nuevo en el mismo lugar. La desplaza lentamente hacia arriba, pero enseguida vuelve a detenerse. Se aleja un poco de mí y contempla la pluma con el ceño fruncido, por lo que deduzco que se quedó sin tinta. Ridge vuelve a mirarme y tira la pluma por encima de mi hombro. La oigo aterrizar en el piso, a mi espalda.

Me mira los labios, que, deduzco, habrían sido el destino final de la pluma. Los dos respiramos trabajosamente, pues sabemos muy bien lo que va a suceder a continuación. Lo que estamos a punto de experimentar por segunda vez, a sabiendas de lo mucho que nos afectó aquel primer beso.

Creo que ahora mismo Ridge está tan asustado como lo estoy yo.

Apoyo en él todo el peso de mi cuerpo, porque nunca me había sentido tan débil. No puedo pensar, no puedo moverme, no puedo respirar. Sólo... necesito.

Ridge me acerca las manos a las mejillas y me mira directamente a los ojos.

—Te toca jugar —susurra.

Dios mío, esa voz.

Lo miro fijamente, pues no sé si me gusta mucho que haya dejado el control de la situación en mis manos. Quiere que sea yo quien tome la decisión.

Es mucho más fácil tener a alguien a quien culpar cuando las cosas no salen como deberían. Sé que no deberíamos meternos en una situación que lamentaremos cuando termine. Podría ponerle fin ahora mismo. Podría facilitar las cosas pidiéndole que se fuera ahora, antes de que todo se complique aún más entre nosotros. Podría bajarme de su regazo y decirle que ni siquiera debería estar aquí porque todavía no ha tenido tiempo de perdonarse por lo que pasó con Maggie. Podría decirle que se fuera y que no volviese hasta que tuviera claro, en el fondo de su corazón, con quién quiere estar.

Si es que llega ese día.

Hay tantas cosas que podría, debería y tendría que hacer... pero ninguna de ellas es la que quiero hacer.

La tensión elige el peor momento posible para que me desmorone. El peor momento posible.

Cierro los ojos con fuerza cuando noto que se me escapa una lágrima. Me baja por la mejilla y se abre paso lentamente hacia la mandíbula. Es el descenso más lento que una lágrima haya protagonizado jamás. Abro los ojos y me doy cuenta de que Ridge la está observando. Está siguiendo el húmedo rastro con la mirada y me percato de que, a cada segundo que pasa, aprieta más y más la mandíbula. Quiero levantar una mano y secármela, aunque en realidad lo último que quiero hacer es escondérsela. Las lágrimas dicen mucho más acerca de cómo me siento ahora mismo de lo que estoy dispuesta a escribir en un mensaje.

Tal vez lo que necesito es que Ridge sepa que todo esto me está haciendo daño.

Tal vez lo que quiero es que a él también le duela.

Cuando la lágrima al final traza la curva y desaparece bajo mi mandíbula, Ridge me mira a los ojos. Y me sorprende lo que veo en ellos.

Sus propias lágrimas.

Saber que él sufre porque yo sufro no debería darme ganas de besarlo, pero eso es precisamente lo que pasa. Está aquí porque le importo. Está aquí porque me extraña. Está aquí porque quiere sentir de nuevo, igual que yo, lo que sentimos con nuestro primer beso. He deseado volver a sentirlo desde el momento en que apartó los labios de los míos y salió de la habitación.

Retiro las manos de sus hombros y le sujeto la nuca. Luego me agacho hacia él y le acerco tanto la boca que nuestros labios prácticamente se tocan.

Sonríe.

—Buena jugada —susurra.

Recorre el espacio que separa nuestras bocas y todo lo demás desaparece. La culpa, las preocupaciones, la inquietud acerca de lo que pasará cuando termine este beso... Todo se esfuma en cuanto su boca busca la mía. Muy despacio, me separa los labios con la lengua y el caos que imperaba en mi corazón y en mi cabeza desaparece al notar su calidez en mi interior.

Los besos como éste deberían ir acompañados de un mensaje de advertencia. No pueden ser buenos para el corazón. Me desliza una mano por el muslo y luego la introduce por debajo de la camiseta. Sigue subiéndola por mi espalda y entonces me sujeta con fuerza y sube las caderas al mismo tiempo que me empuja con fuerza hacia él.

Oh...

... Dios...

... mío.

Me siento cada vez más débil con cada movimiento rítmico que él crea con nuestros cuerpos. Me agarro a él como puedo y donde puedo, porque tengo la sensación de estar cayendo. Me aferro a su camiseta y a su pelo mientras se me escapan suaves gemidos entre sus labios. Cuando percibe los sonidos que brotan de mi garganta, se aleja rápidamente de mis labios y cierra los ojos con fuerza, respirando con dificultad. Cuando vuelve a abrirlos de nuevo, clava la mirada en mi garganta.

Saca la mano que aún tiene debajo de mi camiseta y, muy despacio, me la acerca al cuello.

Oh, Dios mío, Dios mío...

Me rodea el cuello con los dedos y me apoya con suavidad la palma de la mano en la base de la garganta sin dejar de mirarme los labios. La idea de que quiera sentir lo que me está haciendo hace que la cabeza me dé vueltas y que la habitación entera empiece a girar. No sé cómo, pero logro mirarlo a los ojos el tiempo suficiente para darme cuenta de que su deseo sereno se transformó prácticamente en necesidad carnal.

Con la otra mano aún rodeándome la nuca, me empuja hacia él con más urgencia y me cubre los labios con los suyos. En cuanto nuestras lenguas vuelven a encontrarse, le ofrezco más gemidos de los que debe de ser capaz de asimilar.

Esto es exactamente lo que quería de él. Quería que se presentara aquí y me dijera lo mucho que me extrañaba. Necesitaba saber que le importo, que me desea. Necesitaba sentir de nuevo su boca en la mía para saber que lo que su primer beso me hizo sentir no fueron únicamente imaginaciones mías.

Y ahora que tengo lo que quería, no sé si soy lo bastante fuerte para soportarlo. Sé que en el preciso instante en que esto acabe y él salga por esa puerta, el corazón se me volverá a morir. Cuanto más me abro a él, más lo necesito. Y cuanto más me reconozco a mí misma que lo necesito, más me duele saber que no es exactamente mío.

Sigo sin estar convencida de que Ridge haya venido por los motivos correctos. Y aunque esté aquí por los motivos correctos, sigue siendo un momento inapropiado. Por no hablar de todas las preguntas a las que continúo dándoles vueltas en la cabeza. Intento ahuyentarlas y, durante unos segundos, funciona. Cuando me acaricia la mejilla con una mano o me cubre los labios con los suyos, me olvido por completo de las dudas de las que al parecer no puedo huir. Pero cuando Ridge se aleja para tomar aire y me mira a los ojos, las preguntas se me juntan de nuevo en la parte anterior de la cabeza hasta que pesan tanto que me obligan a querer derramar más lágrimas.

Me aferro a los brazos de Ridge cuando la incertidumbre empieza a apoderarse de mí. Niego con la cabeza y trato de alejarlo. Él se separa de mis labios, ve crecer mi inquietud y hace un gesto de negación para pedirme que deje de analizar el momento que estamos viviendo. Su mirada es suplicante cuando me acaricia la mejilla, cuando me atrae de nuevo hacia él y cuando trata de besarme otra vez, pero me zafo de su abrazo.

—No, Ridge —le digo—. No puedo.

Sigo sacudiendo la cabeza cuando me sujeta una muñeca. Bajo de su regazo y sigo alejándome hasta que él deja caer los dedos.

Me dirijo al fregadero de la cocina, me echo un poco de jabón en la mano y empiezo a borrarme la tinta del brazo. Abro un cajón, tomo un trapo y, después de humedecerlo, me lo acerco al cuello. Las lágrimas me resbalan por las mejillas mientras intento borrar el rastro de lo que acaba de ocurrir entre nosotros. Un rastro que va a hacer que me sea mucho más difícil no sucumbir a él.

Ridge se me acerca por detrás y me pone las manos en los hombros. Me obliga a que me dé la vuelta para mirarlo. Cuando ve que estoy llorando, se disculpa con la mirada y me quita el trapo de las manos. Me aparta el pelo del hombro y me frota la piel con suavidad para eliminar la tinta. Parece estar increíblemente arrepentido de haberme hecho llorar, pero no es culpa suya. Nunca es culpa suya. No es culpa de nadie. Es culpa de los dos.

Cuando termina de limpiar la tinta, lanza el trapo a la barra de la cocina, detrás de mí, y me abraza. La sensación de tranquilidad que me invade lo hace todo aún más difícil. Quiero tener esto siempre. Quiero tenerlo a él siempre. Quiero que estos delicados fragmentos de perfección que se dan entre nosotros sean nuestra realidad constante, pero ahora mismo no es posible. Entiendo perfectamente lo que dijo antes, lo de que hay momentos en los que me extraña y momentos en los que desearía no haberme conocido jamás, porque, ahora mismo, me gustaría no haber puesto los pies en mi balcón la primera vez que oí su guitarra.

Si no hubiera descubierto jamás cómo me hace sentir Ridge, no extrañaría esa sensación cuando se va.

Me seco los ojos y me alejo de él. Tenemos que hablar de muchas cosas, así que vuelvo al sillón, tomo los celulares y le doy el suyo. Me alejo de él para apoyarme en la otra barra mientras tecleo, pero él me agarra del brazo y me obliga a acercarme de nuevo. Se apoya en la barra de desayuno, me obliga a apoyar la espalda en su pecho y luego me rodea con los brazos por detrás. Me besa en un lado de la cabeza y después me acerca los labios a la oreja.

—Quédate aquí —dice, pues no quiere que me aleje de él.

Es increíble como el hecho de que alguien te abrace durante apenas unos minutos puede cambiar para siempre lo que sientes cuando ese alguien no te abraza. En cuanto esa persona se separa de ti, de repente tienes la sensación de que te falta una parte. Supongo que eso es precisamente lo que siente Ridge, y por eso quiere que me quede cerca de él.

¿También se siente así con Maggie?

Ésas son las preguntas que se niegan a abandonar mi mente. Las preguntas que me impiden creer que Ridge pueda sentirse feliz con el resultado de esta situación, porque al fin y al cabo perdió a Maggie. Y yo no quiero ser el segundo plato de nadie.

Le apoyo la cabeza en el hombro y cierro los ojos con fuerza para tratar de impedirle a mi mente que emprenda ese camino de nuevo. Sin embargo, sé que debe recorrerlo una vez más si en algún momento quiero llegar a tener la sensación de haberle puesto fin a esto.

Ridge: Ojalá pudiera leerte la mente.

Yo: Créeme, a mí también me gustaría.

Se ríe en voz baja y me estrecha con más fuerza entre sus brazos. Sigue con la mejilla apoyada en mi cabeza mientras teclea un nuevo mensaje.

Ridge: Siempre nos hemos dicho lo que pensábamos. Y quiero que siga siendo así. Que digas lo que tengas que decir, Sydney. Eso es lo que más me ha gustado siempre de nosotros.

¿Por qué todo lo que dice y escribe se me clava siempre en el corazón?

Tomo aire con fuerza y luego lo expulso muy despacio. Abro los ojos y bajo la mirada hacia mi teléfono, aterrorizada ante la idea de formular la única pregunta cuya respuesta en realidad no quiero conocer. La formulo de todos modos, porque por mucho que no quiera conocer la respuesta, necesito saberlo.

Yo: Si ella te enviara un mensaje ahora mismo y te dijera que se equivocó, ¿te irías? ¿Saldrías por esa puerta sin pensarlo dos veces?

Mi mente se detiene en el preciso instante en que el rápido subir y bajar de su pecho se interrumpe de repente.

Ya no lo oigo respirar.

Ya no me abraza con tanta fuerza.

El corazón se me hace pedazos.

No me hace falta leer su respuesta. Ni siquiera me hace falta oírla, porque la percibo en cada parte de su ser.

Tampoco es que me esperara una respuesta distinta. Llevaba cinco años con ella, es obvio que la quiere. Nunca ha dicho lo contrario.

Pero esperaba que estuviera equivocado.

Me alejo inmediatamente de él y me dirijo a toda prisa a mi dormitorio. Quiero encerrarme adentro hasta que se vaya. No quiero que vea cómo me está afectando esta situación. No quiero que vea que lo amo de la misma forma en que él ama a Maggie.

Llego a mi habitación y abro la puerta. Entro de manera precipitada y cuando me dispongo a cerrarla, él la abre de nuevo. Entra en mi cuarto y me obliga a voltearme para mirarlo.

Busca mis ojos con los suyos, tratando con desesperación de hacerme entender lo que sea que quiere decir. Abre la boca como si se dispusiera a hablar, pero luego vuelve a cerrarla. Me suelta los brazos y a continuación, tras darse la vuelta, se pasa ambas manos por el pelo. Se las pone en la nuca y después le da una patada a la puerta de mi habitación con un gruñido de frustración. Apoya un antebrazo en la puerta y luego la frente en él. No hago nada: me limito a permanecer inmóvil y a ver cómo intenta librar esa batalla en su interior. La misma batalla que he estado librando yo.

Permanece en la misma postura mientras toma el teléfono y responde a mi mensaje.

Ridge: Esa pregunta es injusta.

Yo: Sí, bueno, pero la verdad es que tú tampoco me has puesto en una situación muy justa al presentarte aquí esta noche.

Se voltea hasta apoyar la espalda por completo en la puerta de mi habitación. Se lleva ambas manos a la frente en un gesto de frustración y luego dobla una rodilla y le da otra patada a la puerta, justo detrás de él. Verlo luchar por decidir con quién quiere estar de verdad me provoca más dolor del que estoy dispuesta a soportar. Me merezco más de lo que él puede ofrecerme ahora mismo, y su conflicto me está destrozando el corazón. Y la mente. Con Ridge, todo es demasiado.

Yo: Quiero que te vayas. No puedo verte más. Me aterroriza que estés deseando que yo sea ella.

Deja caer la cabeza y se queda mirando el piso durante varios segundos mientras yo lo miro a él. No niega que ahora mismo preferiría estar con Maggie. No busca excusas ni me dice que podría quererme más de lo que la quiere a ella.

Guarda un silencio absoluto... porque sabe que tengo razón.

Yo: Necesito que te vayas. Por favor. Y si de verdad te importo, no vuelvas.

Se voltea poco a poco hacia mí. Nos miramos fijamente el uno al otro. Nunca hasta ahora había visto tantos sentimientos en sus ojos.

—No —dice con firmeza.

Empieza a acercarse a mí y yo a alejarme de él. Sacude la cabeza de un lado a otro en un gesto suplicante. Me alcanza justo cuando mis piernas chocan contra la cama. Me toma la cara con ambas manos y acerca los labios a los míos.

Le digo que no con la cabeza y le pongo las manos en el pecho para alejarlo. Él se separa de mí con un gesto de dolor; la imposibilidad de comunicarse conmigo parece causarle más frustración que nunca. Recorre la habitación con la mirada, en busca de algo que lo ayude a convencerme de que me equivoco, pero sé que no hay nada que pueda ayudarnos en nuestra situación. Y él también debe darse cuenta de ello.

Contempla mi cama y luego me mira de nuevo a mí. Me toma una mano y me acerca a un lado del colchón. Me pone ambas manos en los hombros y me empuja hacia abajo hasta que quedo sentada. No tengo ni idea de lo que se propone, así que no me resisto.

Y aun así...

Continúa empujándome hasta que quedo acostada de espaldas en la cama. Entonces se pone de pie y se quita la camiseta. Antes de que haya terminado de pasársela por la cabeza, yo ya estoy intentando escaparme de la cama. Si cree que el sexo va a solucionar nuestra situación, entonces no es tan listo como yo pensaba.

—No —repite cuando se da cuenta de que intento escaparme.

La convicción de su voz me paraliza y me dejo caer de nuevo sobre la colcha. Ridge se arrodilla en la cama, toma una almohada y la coloca junto a mi cabeza. Se acuesta junto a mí, tan cerca que tenso todo el cuerpo. Toma su teléfono.

Ridge: Escúchame, Sydney.

Me quedo mirando el mensaje, a la espera de lo que vaya a escribir a continuación. Cuando me doy cuenta de que no está tecleando nada más, levanto la cabeza para mirarlo. Él hace un gesto negativo y me quita el teléfono de las manos para después aventarlo a su espalda. Me toma la mano y entonces se la lleva al corazón.

—Aquí —dice dándome unas palmaditas en la mano—. Escúchame aquí.

Se me encoge el pecho cuando entiendo lo que se propone hacer. Me atrae hacia sí y yo se lo permito sin dudar. Me baja despacio la cabeza hacia su corazón, al tiempo que se coloca bien debajo de mí y procura que yo esté cómoda.

Me relajo sobre su pecho y encuentro el ritmo de su corazón.

Late, late, descansa.

Late, late, descansa.

Late, late, descansa.

Es sencillamente hermoso.

Su sonido es hermoso.

Su forma de preocuparse es hermosa.

Su forma de amar es hermosa.

Ridge me acerca los labios a la cabeza.

Yo cierro los ojos... y lloro.

Ridge

La abrazo durante tanto tiempo que ni siquiera sé si está despierta. Aún tengo mucho que decirle, pero no quiero moverme. Me encanta sentirla cuando estamos abrazados así. Temo moverme, por si se despierta y vuelve a pedirme que me vaya.

Apenas han transcurrido tres semanas desde que Maggie y yo cortamos. Cuando Sydney me preguntó si volvería con Maggie, no le contesté, pero sólo porque sé que no creería mi respuesta.

Amo a Maggie, pero la verdad es que ya no creo que Maggie y yo estemos hechos el uno para el otro. Sé exactamente dónde nos equivocamos. Al principio, nuestra relación fue tan romántica que casi parecía una novela. Teníamos diecinueve años. Apenas nos conocíamos. El hecho de haber esperado durante un año entero sólo sirvió para hacer crecer unos sentimientos que no tenían más base que las falsas esperanzas y el amor idealizado.

Cuando Maggie y yo al fin pudimos estar juntos, creo que ambos estábamos más enamorados de la idea de nosotros que de nosotros mismos. La quería, desde luego. Y la sigo queriendo. Pero hasta que conocí a Sydney no tenía ni idea de hasta qué punto mi amor por ella se basaba en el deseo de protegerla y salvarla.

Maggie tenía razón. Durante los últimos cinco años no he hecho más que intentar ser el héroe que la protege. ¿Cuál es el problema? Que las heroínas no necesitan protección.

Y cuando Sydney puso el dedo en la llaga antes, quería contestarle que no, que no volvería con Maggie. Cuando dijo que la aterrorizaba que yo estuviera deseando que fuera Maggie, sentí el deseo de abrazarla y demostrarle que nunca, ni una sola vez, he querido estar en otro lugar cuando estoy con ella. Sentí el deseo de decirle que lo único que lamento es no haberme dado cuenta antes de para cuál de las dos soy mejor. Con cuál de las dos tengo más sentido. A cuál de las dos empecé a amar de una forma realista y natural, no idealizada.

Pero no dije nada porque me aterroriza que Sydney no lo entienda. He elegido a Maggie una y otra vez y, por tanto, he sido yo quien le ha metido esa duda en la cabeza. Y aunque sé que el escenario que ella está describiendo no se hará realidad nunca, porque tanto Maggie como yo hemos aceptado que nuestra relación se acabó, no tengo tan claro que no estuviera dispuesto a volver con Maggie. Aun así, si tomara esa decisión no sería porque se me antoje más estar con Maggie. Ni tampoco porque la quiera más. Pero... ¿cómo voy a convencer a Sydney de ello si ni siquiera yo mismo lo entiendo?

No quiero que Sydney se sienta jamás como mi segundo plato cuando en el fondo de mi corazón sé que ella es la elección correcta. La única elección posible.

Sigo rodeándola con un brazo y tomo el teléfono con la otra mano. Sydney levanta la cabeza y me apoya la barbilla en el pecho para mirarme. Le doy su teléfono, lo toma y luego, tras dejar de mirarme, coloca de nuevo la oreja sobre mi corazón.

Yo: ¿Quieres saber por qué necesitaba que me escucharas?

No responde con un mensaje. Se limita a hacer un gesto afirmativo con la cabeza sin apartarla ni un milímetro de mí. Con una mano me acaricia lentamente el pecho, desde la cintura hasta el hombro. El tacto de sus manos en mi piel es algo que no quiero que llegue a convertirse en un recuerdo. Bajo la mano izquierda hasta su nuca y le acaricio el pelo.

Yo: Es bastante largo de explicar. ¿Tienes un cuaderno en el que pueda escribir?

Asiente y se aleja de mí. Busca en su buró y toma un bloc de notas y una pluma. Me apoyo en la cabecera de la cama. Ella me pasa el cuaderno, pero no vuelve a acercarse a mí. La tomo de una muñeca, separo las piernas y le indico por gestos que se acueste junto a mí mientras escribo. Sydney se arrastra hacia mí, me rodea la cintura con ambos brazos y vuelve a apoyar la oreja sobre mi corazón. Yo la rodeo con los brazos, me pongo el cuaderno en la rodilla para poder escribir y dejo descansar una mejilla en lo alto de su cabeza.

Ojalá tuviéramos una forma más fácil de comunicarnos, de poder decir al instante todo lo que tengo que decir. Ojalá pudiera mirarla a los ojos y decirle exactamente cómo me siento y qué me pasa por la cabeza, pero no puedo, y detesto que sea así. De modo que lo que hago es abrirle mi corazón en el papel. Permanece inmóvil junto a mi pecho durante los casi quince minutos que tardo en ordenar mis pensamientos y anotarlos para ella. Cuando termino, le paso el cuaderno. Ella se acomoda para apoyarme la espalda en el pecho y yo sigo abrazándola mientras lee la carta.

Sydney

No sé muy bien qué esperar de las palabras que acaba de escribir Ridge, pero en cuanto me pasa el papel empiezo a absorber cada frase lo más rápidamente que me permiten mis ojos. Que exista una barrera en nuestra forma de comunicarnos hace que cada palabra que recibo de él, sea en el formato que sea, se convierta en algo que necesito devorar lo más rápido posible.

No sé muy bien si soy más consciente del latido de mi corazón que otras personas, pero tiendo a pensar que sí. No poder escuchar el mundo que me rodea me permite concentrarme más en mi mundo interior. Brennan me dijo una vez que sólo es consciente del latido de su corazón cuando todo está en silencio y él permanece inmóvil. Ése no es mi caso, porque mi mundo siempre está en silencio. Siempre soy consciente del latido de mi propio corazón. Siempre. Conozco su patrón. Conozco su ritmo. Sé por qué se acelera y por qué va más lento, incluso sé cuándo debo esperar que eso suceda. A veces me doy cuenta de que mi corazón reacciona antes de que mi cerebro tenga la oportunidad de hacerlo. Siempre he sido capaz de predecir las reacciones de mi corazón... hasta hace unos cuantos meses.

La primera noche que saliste a tu balcón fue también la primera noche en que percibí ese cambio. Fue muy sutil, pero ocurrió. Fue un saltito apenas perceptible. No le hice mucho caso, porque no quería pensar que tuviera algo que ver contigo. Me gustaba que mi corazón le fuera tan leal a Maggie, y no quería que esa lealtad hacia ella cambiara.

Pero entonces, la primera vez que te vi cantando una de mis canciones, volvió a ocurrir. Y esa vez fue más obvio. Mi corazón se aceleraba un poquito más cada vez que te veía mover los labios. Empezaba a latir en lugares donde nunca antes lo había oído latir. La primera noche que te vi cantando, tuve que levantarme y entrar en casa para terminar de tocar, porque no me gustaba cómo hacías que se sintiera mi corazón. Por primera vez, tuve la sensación de que no poseía control alguno sobre él, y eso me hizo sentir fatal.

La primera vez que salí de mi habitación y te encontré en mi departamento empapada hasta los huesos por la lluvia... Dios mío, no sabía que los corazones pudieran latir de esa manera. Conocía el mío como si fuera la palma de mi mano y, hasta ese día, nada lo había hecho reaccionar de aquella forma. Coloqué las cobijas sobre el sillón lo más rápido que pude, te indiqué dónde estaba el baño y regresé de inmediato a mi habitación. Te ahorraré los detalles de lo que tuve que hacer mientras estabas en mi regadera para calmarme después de haberte visto de cerca por primera vez.

La reacción física que experimenté al verte no me preocupó. Las reacciones físicas son normales y, en aquel momento, mi corazón seguía perteneciendo a Maggie. Todos mis latidos eran para ella. Así había sido siempre, pero cuanto más tiempo pasaba contigo, más ibas infiltrándote sin pretenderlo y más latidos ibas robando. Hice cuanto estaba en mi mano para impedir que ocurriera. Durante algún tiempo, me convencí de que era más fuerte que mi corazón, y por eso te permití quedarte. Pensaba que lo que sentía por ti no era más que atracción y que si te dejaba aparecer lo suficiente en mis fantasías, eso bastaría en la rea-

lidad. Sin embargo, no tardé en darme cuenta de que la forma en que fantaseaba contigo no se parecía en nada a la manera en que los hombres suelen fantasear con las chicas por las que se sienten atraídos. No me imaginaba robándote besos cuando nadie miraba. No me imaginaba metiéndome en tu cama en plena noche y haciéndote todas las cosas que los dos deseábamos que te hiciera. Más bien imaginaba cómo me sentiría si te quedaras dormida entre mis brazos. Imaginaba cómo me sentiría si me despertara a tu lado por la mañana. Imaginaba tus sonrisas y tus carcajadas, e incluso lo mucho que me gustaría poder consolarte si lloraras.

El lío en el que me había metido se hizo más que evidente la noche en que te puse aquellos audífonos y te miré mientras cantabas la canción que habíamos escrito juntos. Al ver aquellas palabras salir de tus labios, saber que no podía oírlas y sentir lo mucho que mi corazón sufría por estar contigo en aquel momento, me di cuenta de que lo que estaba pasando era algo que ya no podía controlar. La debilidad que sentía por ti era mayor que mi fuerza de voluntad. En el preciso instante en que mis labios rozaron los tuyos, el corazón se me partió en dos. A partir de aquel momento, la mitad te pertenecía a ti. De cada dos latidos, uno era para ti.

Sabía que debería haberte pedido que te fueras aquella misma noche, pero no fui capaz. La idea de decirte adiós me resultaba demasiado dolorosa. Tenía planeado pedírtelo al día siguiente, pero entonces hablamos sobre lo ocurrido y la calma con que analizamos nuestra situación se convirtió en otra excusa para ignorarla. Saber que ambos estábamos luchando contra lo que sentíamos me dio esperanzas y pensé que tal vez pudiera devolverle a Maggie la mitad de mi corazón que tú te habías llevado.

El fin de semana de la fiesta de Warren fue cuando me di cuenta de que ya era demasiado tarde. Me pasé toda la fiesta tratando de no mirarte. Tratando de ser discreto. Tratando de concentrar toda la atención en Maggie, que era donde debía es-

tar. Sin embargo, ni todo el esfuerzo ni toda la negación del mundo podrían haberme salvado de lo que pasó al día siguiente. Cuando entré en tu habitación y me senté a tu lado en la cama, lo sentí.

Sentí que me entregabas una parte de tu corazón.

Y yo la quería, Sydney. Deseaba tu corazón más de lo que he deseado nada en mi vida. Sucedió en el preciso instante en que me acerqué a ti y te tomé la mano. Mi corazón al fin había elegido... y te había elegido a ti.

Mi relación con Maggie era maravillosa, y jamás le restaré importancia a lo que teníamos. Cuando te dije que la he amado desde el momento en que la conocí y que la amaré hasta el día en que me muera, fui sincero. Siempre la he querido, la quiero y la querré. Es una persona increíble que se merece mucho más de lo que le ha dado esta vida, y eso es algo que sigue enojándome cada vez que lo pienso. Si pudiera, cambiaría mi destino por el suyo sin pensarlo, pero por desgracia la vida no funciona así. El destino no funciona así. Y aun sabiendo que había encontrado en ti lo que nunca podría encontrar en mi relación con Maggie, no me parecía suficiente. Daba igual lo mucho que me importaras o lo intenso que fuera lo que sentía por ti: seguía sin ser suficiente para conseguir que dejara a Maggie. Si no podía cambiar su destino, como mínimo le daría la mejor vida que pudiera ofrecerle. Aunque implicara sacrificar algunos aspectos de mi propia vida, lo habría hecho sin dudar y no me habría arrepentido ni un solo segundo.

No obstante, hasta hace tres semanas no me di cuenta de que la mejor vida que podía ofrecerle era una de la cual yo no formara parte. Maggie necesitaba lo contrario de lo que yo podía ofrecerle, y ahora por fin lo sé. Ella también lo sabe. Y los dos lo aceptamos.

Así que cuando me preguntas si la elegiría a ella y no a ti, me planteas una situación a la que no puedo darle una respuesta clara. Porque sí, en estos momentos probablemente me alejaría de ti si ella me lo pidiera. Casi toda mi lealtad sigue estando de su parte. Pero si me preguntas a quién necesito más, o con quién prefiero estar, o por quién se muere mi corazón... Bueno, esa decisión ya la tomó mi corazón hace tiempo, Sydney.

Después de leer la última palabra, dejo descansar el cuaderno sobre mi pecho y empiezo a llorar. Él me empuja un poco para ayudarme a acostarme de espaldas y luego se inclina sobre mí y me obliga a mirarlo.

—Eres tú —dice en voz alta—. Mi corazón... te quiere a ti.

Se me escapa un sollozo al escuchar sus palabras. Lo sujeto de inmediato por los hombros y me incorporo un poco para ponerle los labios justo encima del corazón. Lo beso una y otra vez mientras le doy las gracias en silencio por haberme convencido de que no he estado sola en esto.

Cuando bajo de nuevo la cabeza hacia la almohada, Ridge se acuesta junto a mí y me atrae hacia él. Me acaricia una mejilla con la mano y, muy despacio, se acerca a mí para besarme. Sus labios acarician los míos con tanta delicadeza que es como si tuviera mi corazón en la mano y temiera dejarlo caer.

Aunque estoy convencida de que Ridge haría cualquier cosa para proteger mi corazón, aún estoy demasiado asustada para entregárselo. No quiero dárselo hasta estar segura de que es el único corazón que sostiene en la mano.

No abro los ojos porque no quiero que sepa que lo escuché irse. Noté su beso. Lo sentí retirar el brazo que aún tenía debajo de mí. Lo escuché ponerse la camiseta y buscar una pluma. Lo escuché escribirme una carta y dejarla sobre la almohada a mi lado.

Noto su mano apoyada en las sábanas, junto a mi cabeza. Me roza la frente con los labios para después alejarse y salir de mi habitación. Cuando oigo cerrarse la puerta de la calle, me volteo de lado y me tapo la cabeza con las cobijas para huir de la luz del sol. Si no tuviera que ir a trabajar, me quedaría aquí, en esta posición, y lloraría hasta quedarme sin lágrimas.

Tanteo las sábanas con una mano en busca de su carta. Cuando la encuentro, me meto de nuevo bajo las cobijas para leerla.

Sydney:

Hace unos cuantos meses, creíamos que lo teníamos todo. Yo estaba con la chica con la que creía que pasaría el resto de mi vida y tú estabas con un chico que pensabas que te merecía mucho más de lo que en realidad te merecía.

Y míranos ahora.

Deseamos, por encima de todo, ser libres para amarnos, pero lo inoportuno del momento y los corazones leales nos lo impiden. Los dos sabemos dónde queremos estar, pero no sabemos cómo llegar hasta ahí. Ni cuándo llegaremos. Ojalá las cosas fueran tan fáciles como cuando tenía diecinueve años. Tomaríamos un calendario, marcaríamos una fecha y empezaríamos la cuenta atrás hasta el día en que pudiera presentarme en tu casa y empezar a amarte.

Sin embargo, he aprendido que al corazón no se le puede decir cuándo, ni a quién ni cómo debe amar. El corazón hace lo que le da la gana. Lo único que nosotros podemos controlar es si le damos a nuestra vida y a nuestra mente la oportunidad de acompasarse a nuestro corazón.

Sé que eso es lo que necesitas por encima de todo: tiempo para acompasarte.

Por mucho que quiera quedarme aquí y permitir que empiece algo entre nosotros, hay otra cosa que aún deseo más de ti: quiero que estés conmigo hasta el final, y eso no puede suceder si me empeño en precipitar nuestro principio. Sé perfectamente por qué ayer vacilaste a la hora de dejarme entrar: porque aún no estás lista. Y puede que yo tampoco lo esté. Siempre has dicho que querías tiempo para ti misma, y lo último que deseo es empezar una relación contigo cuando ni siquiera he respetado lo bastante la que acabo de terminar con Maggie.

No sé cuándo estarás lista para mí. Puede que sea el mes que viene o el año que viene. Sea cuando sea, quiero que sepas que no tengo la menor duda de que conseguiremos que funcione. Sé que lo lograremos. Si hay dos personas en este mundo capaces de encontrar la forma de amarse, ésas somos tú y yo.

Ridge

P.S.: Me pasé casi toda la noche mirando cómo dormías, así que ya puedo tachar esa fantasía de mi lista. También escribí la letra de una canción entera, para desgracia de Brennan. Como no tenía aquí la guitarra, lo obligué a hacer una primera versión a las cinco de esta mañana para poder dejártela antes de irme.

Un día de éstos la tocaré para ti, junto con todas las canciones que planeo escribir mientras estemos separados. Hasta entonces, esperaré pacientemente.

Sólo di cuándo.

Doblo la carta y me la llevo al pecho. Aunque me duele muchísimo saber que se va, también sé que debo permitírselo. Se lo pedí yo. Lo necesitamos. Lo necesito. Necesito llegar a un punto en que sepa que finalmente podemos estar juntos sin que me corroan las dudas. Tiene razón. Mi mente debe acompasarse con mi corazón.

Me paso el dorso de la mano por los ojos y luego escribo un mensaje.

Yo: ¿Puedes venir? Necesito que me ayudes.

Warren: Si esto tiene algo que ver con que anoche le diera tu dirección a Ridge, lo siento, pero me obligó.

Yo: No tiene nada que ver con eso. Es que quiero pedirte un favor muy grande.

Warren: Paso esta noche cuando salga del trabajo. ¿Tengo que llevar condones?

Yo: Muy gracioso.

Cierro los mensajes y abro la canción que Ridge acaba de enviarme. Busco los audífonos en el cajón, me apoyo en la almohada y pulso la tecla de reproducir.

ERES TÚ

Nena, todo lo que puedas haber hecho
bajo cualquier techo
ya ni siquiera importa,
de eso estoy seguro,
porque me has llevado
a los lugars que quería conocer
y me has enseñado
todo lo que quería ver.
Tú lo sabes,
sabes que eres tú.

Pienso en ti día tras día,
intento pensar en algo mejor que decir,
tal vez «Hola, ¿cómo estás?»,
no todo puede servir.

Porque me has llevado
a los lugars que quería conocer
y me has enseñado
todo lo que quería ver.
Tú lo sabes,
sabes que eres tú.

24

Ridge

Yo: Estoy consultando la agenda de marzo. El 18 estás libre.

Brennan: ¿Por qué tengo la sensación de que dentro de poco tendré el 18 ocupado?

Yo: Estoy preparando una presentación y necesito que me ayudes. Será una cosa local.

Brennan: ¿Qué clase de presentación? ¿Todo el grupo?

Yo: No, sólo tú y yo. Y tal vez Warren, si quiere estar con nosotros.

Brennan: ¿Por qué tengo la sensación de que todo esto tiene que ver con Sydney?

Yo: ¿Por qué tengo la sensación de que me da igual la sensación que tengas?

Brennan: La decisión es de ella, Ridge. Deberías dejar las cosas tal como están hasta que ella esté preparada. Sé lo que sientes por ella y no quiero que lo arruines.

Yo: Aún faltan tres meses para el 18 de marzo. Si para entonces aún no se decide, lo único que haré será darle un empujoncito. ¿Y desde cuándo eres tú experto en relaciones? ¿Cuándo fue la última vez que tuviste una? Ah, espera. Nunca.

Brennan: Si accedo a ayudarte, ¿cerrarás el pico de una puta vez? ¿Qué quieres que haga?

Yo: Sólo hacerte algo de tiempo antes de ese día para trabajar conmigo en un par de canciones nuevas.

Brennan: Vaya, ¿alguien superó su bloqueo del escritor?

Yo: Sí, bueno, alguien me dijo una vez que las penas del corazón son muy buenas para inspirarse. Lamentablemente, parece que tenía razón.

Brennan: Seguro que fue un tipo inteligente.

Cierro el chat de Brennan y le escribo un mensaje a Warren.

Yo: 18 de marzo. Necesito un local para tocar. Pequeño. Y luego necesito que esa noche lleves a Sydney allí.

Warren: ¿Se supone que debe saber que lo organizaste tú?

Yo: No. Tendrás que mentir.

Warren: No hay problema. Se me da bien mentir.

Dejo el teléfono, tomo la guitarra y salgo al balcón. Ya pasó casi un mes desde la última vez que la vi. No nos hemos enviado ni un mensaje. Sé que Warren sigue en contacto con ella, pero se niega a contarme nada, así que dejé de preguntarle. A pesar de lo mucho que la extraño y de lo mucho que deseo suplicarle que empecemos algo, sé que lo que más nos conviene ahora es darnos tiempo. Los dos nos sentíamos demasiado culpables ante la idea de empezar una relación demasiado pronto, a pesar de lo mucho que deseábamos estar juntos. Esperar hasta que los dos estemos preparados es justo lo que necesitamos.

Sin embargo, yo ya tengo la sensación de estarlo. Tal vez para mí sea más fácil porque sé en qué punto estamos Maggie y yo, y sé dónde se encuentra mi corazón. Pero Sydney no tiene esa seguridad. Si el tiempo se la da, tiempo le daré. Pero no mucho... Sólo faltan tres meses para el 18 de marzo. Espero que esté lista para entonces, porque no creo que pueda seguir alejado de ella mucho más tiempo.

Acerco la silla al borde del balcón y apoyo los brazos sobre el barandal. Después dirijo la mirada hacia su antiguo balcón. Cada vez que salgo aquí y veo su silla vacía, todo me parece mucho más difícil. Pero dentro de mi departamento ya no encuentro nada que me la recuerde. Se lo llevó todo al irse, aunque en realidad nunca tuvo gran cosa mientras vivió aquí. Estar aquí afuera, en el balcón, es lo más cerca que puedo sentirme de ella desde que parece que estamos tan lejos el uno del otro.

Me recuesto en la silla, tomo una pluma y empiezo a escribir la letra de otra canción sin pensar en nada que no sea Sydney.

> El aire fresco me revuelve el pelo,
> en noches como ésta no encuentro consuelo
> sabiendo que tú y yo estamos tan lejos.
> Las estrellas brillan como una melodía
> y cantan para nosotros con melancolía,
> pero sólo yo oigo esa música.

Tomo la guitarra y empiezo a trabajar en los primeros acordes. Quiero que estas canciones sirvan para convencerla de que estamos preparados, así que todo tiene que ser perfecto. Me inquieta estar confiando demasiado en Warren para hacer realidad mi plan. Espero que sea más de fiar en lo relativo a Sydney que en lo relativo a pagar la renta.

25

Sydney

—Yo no voy.

—Por supuesto que vas a ir —afirma Warren mientras me da una patadita para que baje las piernas de la mesita de café—. Estoy muerto de aburrimiento. Bridgette trabajará todo el fin de semana y Ridge está por ahí haciendo vete a saber qué con vete a saber quién.

Me da un vuelco el corazón y de inmediato levanto la cabeza para mirarlo. Warren se ríe.

—Ya logré que me pongas algo de atención. —Me toma ambas manos y me levanta del sillón—. Es broma. Ridge está en casa trabajando, tan deprimido y hecho polvo como tú. Y ahora, ve a arreglarte para salir conmigo o me sentaré en el sillón a tu lado y te obligaré a ver porno.

Aparto las manos y me dirijo a la cocina. Abro un mueble y saco un vaso.

—No se me antoja salir esta noche, Warren. He tenido clase todo el día y es la única noche que no trabajo en la biblioteca. Seguro que encuentras a alguien que te acompañe.

Tomo un jugo del refrigerador y me lleno el vaso. Apoyada en la barra, tomo un sorbo mientras observo a Warren, que está en la

367

salita, disgustado. Es adorable cuando está enojado, por eso me gusta hacerlo rabiar.

—Escúchame, Syd —dice mientras se acerca a la cocina. Toma un banco de la barra y se sienta—. Te lo voy a decir muy clarito, ¿okey?

Hago un gesto de impaciencia.

—Dudo que pueda impedírtelo, así que adelante.

Apoya las palmas de las manos en la barra, delante de él, y se echa un poco hacia delante.

—Eres patética.

Me río.

—¿Y ya está? ¿Eso es todo lo que tenías que decirme?

Warren asiente.

—Eres patética. Y Ridge también. Desde la noche en que le di tu dirección, los dos son patéticos. Lo único que hace es trabajar y escribir canciones. Ya ni siquiera me hace bromas. Y cada vez que vengo aquí, tú no haces más que estudiar. Nunca quieres salir. Ya no quieres escuchar mis historias de sexo.

—Corrección —lo interrumpo—: nunca he querido escuchar tus historias de sexo. Eso no es ninguna novedad.

—Lo que tú digas —dice negando con la cabeza—. Lo que quiero decir es que los dos son desgraciados. Ya sé que necesitan tiempo y bla, bla, bla, pero eso no significa que dejen de divertirse mientras tratan de poner orden en su vida. Yo quiero divertirme. Ya nadie quiere divertirse conmigo, y tú tienes la culpa, porque eres la única que puede poner fin a toda esta tristeza que Ridge y tú están viviendo. O sea que sí, eres patética, patética y patética. Y si quieres dejar de ser tan patética, ve a vestirte para que podamos salir y dejes de ser patética conmigo durante unas cuantas horas.

No sé qué responder a eso. Soy patética. Soy patética, patética y patética. Sólo Warren podría decirlo de una forma tan sencilla y directa, tan cargada de sentido. Sé que he sido muy infeliz durante los últimos meses, y tampoco es que ayude mucho saber que Ridge también lo ha sido. Es desgraciado porque se pasa el día sentado esperando a que yo supere lo que sea que me impide contactar con él.

Lo último que me escribió en su carta fue: «Sólo di cuándo».

He intentado decir cuándo desde el momento en que leí aquellas líneas, pero me da demasiado miedo. Nunca he sentido por nada ni por nadie lo que siento por él, y la mera idea de que nuestra relación no funcione es suficiente para frenarme a la hora de pronunciar esa palabra. Tengo la impresión de que cuanto más esperemos y más tiempo tengamos para recuperarnos, más oportunidades tendrá nuestro «tal vez mañana».

Sigo esperando el momento en que esté completamente segura de que lo suyo con Maggie se terminó definitivamente. Sigo esperando el momento en que esté del todo segura de que Ridge está preparado para entregarse a mí por completo. Sigo esperando el momento en que esté absolutamente segura de que no me consumirá la culpa por haber vuelto a entregarle mi corazón a alguien.

No sé cuándo llegará ese momento y me duele saber que mi incapacidad de avanzar es también lo que retiene a Ridge.

—Vamos —dice Warren al tiempo que me saca a empujones de la cocina—. A vestirse.

No sé cómo dejé que me convenciera. Me retoco el maquillaje por última vez y tomo la bolsa. En cuanto me ve, hace un gesto negativo con la cabeza. Resoplo y levanto las manos.

—¿Y ahora qué pasa? —suspiro—. ¿Es que no voy bien vestida?

—Estás guapísima, pero quiero que te pongas el vestido azul.

—Lo quemé, ¿te acuerdas? —digo.

—Claro que no —replica, y me empuja de nuevo hacia la habitación—. Lo traías puesto la semana pasada cuando vine a verte. Ve a cambiarte para que podamos irnos de una vez.

Me doy la vuelta para mirarlo.

—Sé lo mucho que te gusta ese vestido, así que ponérmelo esta noche para salir contigo me resulta un tanto inquietante, Warren.

Entorna los ojos.

—Mira, Syd, no quiero ser grosero, pero tanto estar deprimida estos últimos meses te ha hecho engordar un poco. Esos *jeans* te hacen un trasero enorme. El vestido azul te lo disimulará un poco, así que ve a ponértelo para que no me dé tanta vergüenza salir contigo.

De repente, me entran ganas de volver a darle una cachetada, pero sé que se trata de su particular sentido del humor. Y también sé que tiene que haber un motivo completamente distinto para que quiera que me ponga ese vestido. Intento pensar que no tiene nada que ver con Ridge, pero es que casi todas las situaciones en las que me encuentro me hacen pensar en Ridge de algún modo. No es ninguna novedad. Pero Warren es un tipo que parece meter la pata bastante a menudo y yo no dejo de ser una chica, por lo que me pregunto si habrá algo de cierto en ese comentario sarcástico. Es verdad que he llenado con la comida el vacío que Ridge ha dejado en mi vida. Bajo la mirada hacia mi barriga y me doy unas palmaditas. Luego vuelvo a mirar a Warren.

—Eres un patán.

Warren asiente.

—Lo sé.

La sonrisa inocente que me dedica me obliga a perdonar la crueldad, si es que la hubo, de su broma. Me pongo el vestido azul, pero esta noche me voy a pegar a él como una ostra. Por imbécil.

—Vaya, esto es... distinto —digo mientras echo un vistazo a mi alrededor.

No se parece en nada a las discotecas a las que suele ir Warren. Es un local mucho más pequeño, que prácticamente no tiene ni pista de baile. Hay un escenario vacío junto a una pared, pero esta noche no se presenta nadie. Suena la música de la máquina de discos y hay varias personas repartidas por las mesas, platicando tranquilamente. Warren elige una mesa situada más o menos en el centro de la sala.

—Qué cita tan chafa —le digo—. Ni siquiera me llevaste a cenar.

Warren se ríe.

—Ya te compraré una hamburguesa cuando volvamos a casa.

Toma su teléfono y empieza a escribirle un mensaje a alguien, así que aprovecho para echar un vistazo a mi alrededor. Es un lugar acogedor. También me parece bastante raro que Warren me haya traído aquí. Pero creo que no tiene malas intenciones, porque en realidad ni siquiera me está haciendo caso.

Sigue pendiente del teléfono y, de vez en cuando, echa un vistazo a la puerta. No entiendo por qué quiso salir esta noche, y aún menos por qué eligió este lugar.

—Ahora el patético eres tú —le digo—. Deja ya de ignorarme.

Me responde sin molestarse siquiera en mirarme.

—No hablas, así que, técnicamente, no te estoy ignorando.

Siento curiosidad. No parece él, está demasiado distraído.

—¿Qué te pasa, Warren?

En cuanto formulo la pregunta, él aleja la vista del teléfono, sonríe mirando por encima de mi hombro y, por último, se pone de pie.

—Llegas tarde —le dice a alguien que está justo detrás de mí.

Al voltearme, veo que Bridgette se dirige hacia nosotros.

—Vete al diablo, Warren —le contesta ella con una breve sonrisa.

Warren la estrecha entre sus brazos y se besan durante varios segundos incómodos. Levanto un brazo y le doy una palmadita en el brazo a Warren, convencida de que a ninguno de los dos le queda ya aire. Warren se aleja de Bridgette, le guiña un ojo y le cede su silla.

—Tengo que ir al lavabo —le dice a su novia. Y luego, señalándome a mí—: Y tú no vayas a ninguna parte.

Lo dice como si fuera una orden, lo cual me pone aún más furiosa, porque esta noche se está comportando como un auténtico maleducado. Me volteo para mirar a Bridgette en cuanto su novio se aleja de la mesa.

—Warren me dijo antes que trabajabas todo el fin de semana —le digo.

Ella se encoge de hombros.

—Sí, ya, probablemente te lo haya dicho como parte del complicado plan que preparó para esta noche. Me hizo venir para que no te largues cuando descubras de qué va la cosa. Ah, bueno, se suponía que no tenía que contarte nada, así que si vuelve hazte la tonta.

Se me desboca el corazón.

—Por favor, dime que se trata de una broma.

Bridgette niega con la cabeza y levanta una mano para llamar al mesero.

—Ojalá fuera una broma. Tuve que cambiar el turno para poder venir y mañana me tocará doblar.

Oculto la cara entre las manos, arrepintiéndome por haber permitido que Warren me convenciera. Justo en el momento en que me dispongo a tomar la bolsa para largarme, veo que Warren sube al escenario vacío.

—Ay, Dios mío —me lamento—. ¿Qué demonios hace?

Se me forma un nudo en el estómago. No tengo ni idea de lo que planeó, pero se trate de lo que se trate, no puede ser bueno.

Warren le da unos golpecitos al micrófono y ajusta la altura.

—Quiero darles las gracias a todos por venir esta noche. Bueno, no es que hayan venido especialmente por lo que va a pasar aquí hoy, porque es una sorpresa, pero, en fin, sentía la necesidad de darles las gracias.

Ajusta el micrófono una vez más, luego busca nuestra mesa entre el público y saluda con la mano.

—Quiero pedirte disculpas, Syd, porque me siento fatal por haberte mentido. No engordaste y los *jeans* te hacían un trasero fantástico, pero es que esta noche tenías que ponerte ese vestido. Ah, y tampoco eres patética. Eso también era mentira.

Varias personas del público se ríen, pero yo suelto un gruñido y escondo la cara entre las manos. Observo a Warren, aún sobre el escenario, por una pequeña abertura entre los dedos.

—Bueno, pues, si les parece, vamos allá. Esta noche tenemos unas cuantas canciones nuevas para ustedes. Por desgracia, no todo el grupo pudo venir porque... —Se interrumpe para echar un vistazo al escenario, primero a la izquierda y luego a la derecha—. Bueno, porque para empezar tampoco habrían cabido aquí. Así que me gustaría presentarles a una pequeña parte de Sounds of Cedar.

El corazón me da un vuelco y cierro los ojos cuando el público empieza a aplaudir.

Por favor, que sea Ridge.

Por favor, que no sea Ridge.

Dios mío, ¿cuándo se acabará toda esta confusión?

Oigo cierto alboroto sobre el escenario, pero estoy demasiado asustada para abrir los ojos. Tengo tantas ganas de verlo ahí sentado que hasta me resulta doloroso.

—Eh, Syd —dice Warren de nuevo por el micrófono. Tomo aire despacio, para tranquilizarme, y lo miro con gesto vacilante—. ¿Recuerdas que hace unos meses te dije que a veces necesitamos unos cuantos días malos de verdad para poder ver los buenos desde otra perspectiva?

Asiento, creo, aunque no estoy muy segura, porque ya ni siquiera noto el cuerpo.

—Bueno, pues éste es uno de los buenos. Éste es uno de los buenos de verdad. —Levanta una mano en el aire y señala mi mesa—. Que alguien le lleve a esa chica un chupe de lo que sea para que se relaje un poco.

Warren coloca el micrófono ante el banco que tiene al lado y yo no puedo desviar la mirada de las sillas vacías. Alguien me deja un trago adelante, lo tomo sin pensar y me lo bebo de golpe. Dejo de nuevo el vaso en la mesa y levanto la cabeza en el preciso instante en que suben al escenario. Brennan va delante, y Ridge lo sigue cargado con su guitarra.

Ay, señor. Está guapísimo. Es la primera vez que lo veo sobre un escenario. He querido verlo tocar desde el primer día en que lo oí tocar la guitarra desde mi balcón, y aquí estoy ahora, a punto de ver cómo mi fantasía se hace realidad.

Está igual que la última vez que lo vi, sólo que... guapísimo. Supongo que entonces también estaba guapísimo, pero no me parecía del todo bien admitirlo cuando sabía que no era mío. Pero ahora sí que debe de parecerme bien porque... mamá mía. Está muy guapo. Se mueve con mucha seguridad y no me cuesta entender los motivos. Es como si sus brazos tuvieran la única misión de sostener la guitarra. Se adapta tan perfectamente a él que es como si fuera una extensión natural de su cuerpo. No veo ni el más mínimo indicio de culpa ensombreciéndole la mirada, como siempre ocurría antes. Sonríe como si le entusiasmara lo que está a punto de suceder. La enigmática sonrisa le ilumina la cara y, a su vez, su cara ilumina toda la sala. O al menos ésa es la sensación que tengo. Mira varias veces hacia el público mientras se dirige a su asiento, pero no me ve de inmediato.

Ocupa el banco del centro, Brennan se sienta a su derecha y Warren a su izquierda. Le dice algo por señas a Warren y éste me señala. Ridge recorre el público con la mirada hasta que me encuentra. Tengo la boca tapada con las manos y los codos apoyados en la mesa. Me sonríe, asiente brevemente y me derrumbo. No puedo sonreír, ni saludar ni mover la cabeza en su dirección. Estoy tan nerviosa que ni siquiera puedo moverme.

Brennan se inclina hacia delante y le habla al micrófono.

—Tenemos unas cuantas canciones nuevas...

Su voz queda interrumpida cuando Ridge le quita el micrófono y se inclina hacia él.

—Sydney —dice—, algunas de estas canciones las escribí contigo. Otras las escribí para ti.

Percibo cierta diferencia en su forma de hablar. Nunca lo había oído pronunciar tantas palabras seguidas. También parece vocalizar algo más claramente que las pocas veces que me había hablado hasta ahora, como si el sujeto de la fotografía estuviera un poco más enfocado. Es evidente que ha estado practicando; saber que ha seguido hablando en voz alta hace que se me llenen los ojos de lágrimas, y eso que aún no he escuchado ni una canción.

—Si no estás preparada para pronunciar aún esa palabra, no pasa nada —continúa—. Esperaré todo el tiempo que necesites. Sólo confío en que no te importe la interrupción de esta noche.

Aparta el micrófono y baja la mirada hacia su guitarra. Brennan se acerca al micrófono y me mira.

—No oye lo que estoy diciendo ahora mismo, así que aprovecho la oportunidad para decirte que Ridge es un mentiroso de mierda. No quiere esperar más. Necesita que pronuncies esa palabra tanto como el aire, así que, por el amor de Dios, dísela esta misma noche.

Me río mientras me seco una lágrima.

Ridge toca los primeros acordes de *Metido en un lío* y por fin entiendo por qué Warren insistió tanto en que me pusiera este vestido. Brennan se echa hacia delante y empieza a cantar. Me quedo completamente inmóvil cuando Warren comienza a traducir a la lengua de signos cada palabra de la letra mientras Ridge sigue rasgueando las cuerdas, concentrado en el movimiento de sus dedos. Verlos a los tres juntos, contemplar la belleza que son capaces de crear con una guitarra y unas pocas palabras, es fascinante.

Ridge

Cuando termina la canción, la miro.

Está llorando, pero sus lágrimas van acompañadas de una sonrisa, y eso era exactamente lo que esperaba ver cuando desvié la vista de la guitarra. Verla por primera vez desde que me despedí de ella con un beso me causa un efecto mucho más intenso de lo que imaginaba. Tengo que hacer un enorme esfuerzo para recordar qué vine a hacer aquí, porque en realidad lo único que quiero es soltar la guitarra, echarme a correr hacia ella y besarla como un loco.

En lugar de eso, la miro fijamente mientras interpreto otra de las canciones que me ayudó a escribir. Toco los primeros acordes de *Tal vez mañana*. Ella sonríe y se lleva una mano al pecho mientras me observa tocar.

En momentos como éste, me alegro de no poder oír. El hecho de que nada me distraiga me permite concentrarme únicamente en ella. Noto las vibraciones de la música en el pecho, me fijo en sus labios y la veo cantar hasta la última palabra de la letra.

Tenía pensado tocar alguna más de las canciones que escribimos juntos, pero al verla cambié de idea. Quiero ir directo a las canciones nuevas que escribí para ella, porque necesito de una forma desesperada ver cómo reacciona al oírlas. Empiezo a tocar una de ellas, a sabiendas de que ni Warren ni Brennan tendrán problemas para adaptarse al cambio. A Sydney le brillan los ojos al darse cuenta de que ésta es una canción que nunca ha escuchado y se inclina hacia delante en su silla, absolutamente concentrada en nosotros tres.

7

Sydney

El alfabeto sólo tiene veintisiete letras. Podría pensarse que no se puede hacer mucho con sólo veintisiete letras. Podría pensarse que no son muchos los sentimientos que esas veintisiete letras pueden inspirar cuando se combinan y se mezclan entre sí para formar palabras.

Sin embargo, esas veintisiete letras pueden despertar infinidad de sentimientos en una persona, y esta canción es la prueba palpable de ello. Jamás entenderé cómo es posible que unas cuantas palabras encadenadas cambien a una persona, pero esta canción y estas palabras me están cambiando por completo.

Me siento como si mi «tal vez mañana» acabara de convertirse en mi «ahora mismo».

NO QUIERO DEJARTE MARCHAR

El aire fresco me revuelve el pelo,
en noches como ésta no encuentro consuelo
sabiendo que tú y yo estamos tan lejos.

Las estrellas brillan como una melodía

y cantan para nosotros con melancolía,
pero sólo yo oigo esa música.

Si se lo pregunto, tal vez quieran tocar para ti.
Le pido un deseo a una, luego a las demás.
Creo que ya no puedo hacer mucho más.

No quiero dejarte marchar,
ni a estos recuerdos que no puedo olvidar.
No quiero dejarte marchar,
pero si no estás aquí, es difícil de lograr.
No quiero,
no quiero dejarte marchar.

El asiento del pasajero está vacío
y sé que, cuando estoy sin ti,
voy a lugars a los que no quiero ir.
Te necesito aquí para que mi luz seas,
una estrella en el cielo que ilumine mis tinieblas.
A veces necesito ver en la oscuridad.

Así que vamos, vamos, enciéndela,
para ver sólo necesito una vela.
Prométeme que no pasarás de largo como un cometa.
No quiero dejarte marchar,
ni a estos recuerdos que no puedo olvidar.
No quiero dejarte marchar,
pero si no estás aquí, es difícil de lograr.
No quiero,
no quiero dejarte marchar.

Ridge

Termino la canción y, sin darme siquiera tiempo a mirarla, empiezo a tocar otra. Temo perder, en caso de que la mire, la poca fuerza de voluntad que aún me mantiene sobre este escenario. Necesito tanto estar a su lado que hasta me resulta doloroso, pero sé lo importante que es que Sydney escuche la próxima canción. Y, además, tampoco quiero ser yo quien tome la decisión final. Si está preparada para estar conmigo, ya sabe lo que quiero de ella. Si no lo está, respetaré su decisión.

Sin embargo, si resulta que cuando termine esta canción no está lista para empezar la vida que sé que podríamos tener juntos, puede que no llegue a estarlo nunca.

Mantengo la mirada clavada en los dedos mientras rasgueo las cuerdas de la guitarra. Miro a Brennan, que se inclina hacia el micrófono y empieza a cantar. Miro a Warren, que comienza a traducir las palabras a la lengua de signos.

Muy despacio, recorro la multitud con la mirada hasta encontrarla otra vez.

Se encuentra con la suya.

No la aparto.

8

Sydney

—Caray —susurra Bridgette.

Tiene la mirada clavada en el escenario igual que yo. Igual que todos los presentes en la sala. Los tres forman un equipo magnífico, pero saber que las palabras que escucho son de Ridge y que las escribió para mí, me hace sentir más que abrumada. No puedo desviar la mirada de él. Mientras dura la canción, apenas me muevo. Apenas respiro.

Deja que empiece

El tiempo pasaba deprisa,
el tiempo pasaba deprisa hasta que se acabó.
Tú crees que está bien,
tú crees que está bien hasta que está mal.

Después de todo este tiempo,
te sigo queriendo,
después de todo lo que mi mente
está sufriendo.
Así que ¿por qué no?
¿Por qué no dejas que empiece?

¿Por qué no?
¿Por qué no dejas que empiece?

Me tiendes una mano,
me tiendes una mano con tu corazón,
y yo te lo robo,
te lo robo como un ladrón.

Después de todo este tiempo,
te sigo queriendo,
después de todo lo que mi mente
está sufriendo.

Me quedaré junto a tu puerta
hasta que me dejes entrar.
Quiero ser tu final,
pero antes tenemos que empezar.

Así que ¿por qué no?
¿Por qué no dejas que empiece?
¿Por qué no?
¿Por qué no dices cuándo?

Ridge

Ninguno de los dos desvía la mirada ni una vez. Durante toda la canción, ella se concentra únicamente en mí y yo únicamente en ella. Cuando termina la música, me quedo inmóvil. Espero a que su mente y su vida se acompasen con su corazón... y espero que sea pronto. Esta noche. Ahora mismo.

Sydney se seca las lágrimas de los ojos y entonces levanta las manos. Mantiene alzado el índice izquierdo y acerca el índice derecho a la izquierda; luego lo hace girar en el aire y, por último, une la punta de ambos dedos.

No puedo moverme.

Acaba de utilizar la lengua de signos.

Acaba de decir «cuándo».

Verla utilizar la lengua de signos es algo que no me esperaba en absoluto. Es algo que jamás le habría pedido. Aprender esta lengua durante el tiempo que hemos estado separados para poder comunicarse conmigo es lo más maravilloso que alguien ha hecho por mí jamás.

Niego con la cabeza, aturdido, pues no consigo asimilar la idea de que esta chica quiera ser mía, de que sea tan perfecta y tan guapa y tan buena y, carajo, ¡cuánto la quiero!

Ella sonríe, pero yo sigo paralizado.

Se ríe al ver mi reacción y repite por señas la misma palabra una y otra vez. «Cuándo, cuándo, cuándo.»

Brennan me da un empujón en el hombro y me volteo para mirarlo. Se ríe.

—Ve —me dice por signos al tiempo que señala a Sydney con la cabeza—. Ve a buscar a tu chica.

Inmediatamente, dejo caer la guitarra al piso y bajo corriendo del escenario. Sydney se levanta de la mesa en cuanto me ve dirigirme hacia ella. Está a sólo unos cuantos pasos de mí, pero tengo la sensación de no poder llegar hasta ella lo bastante rápido. Me fijo en el vestido que trae y tomo nota mentalmente de darle las gracias a Warren más tarde. Tengo la sensación de que algo habrá tenido que ver.

Cuando por fin llego a su lado, me fijo en sus ojos repletos de lágrimas. Me está sonriendo, y por primera vez desde el día en que la conocí, nos miramos el uno al otro sin rastro de sentimientos de culpa, sin rastro de preocupación, ni de arrepentimiento ni de vergüenza.

Me echa los brazos al cuello y yo la atraigo hacia mí hasta ocultar la cara en su pelo. Mantengo su cabeza firmemente pegada a mi cuerpo y cierro los ojos. Nos aferramos el uno al otro como si temiéramos separarnos.

Me doy cuenta de que está llorando, así que me alejo lo justo para poder mirarla a los ojos. Cuando levanta la cabeza, sé que nunca antes había visto unas lágrimas tan hermosas.

—Usaste la lengua de signos —le digo.

Sonríe.

—Y tú hablaste. Mucho.

—No se me da muy bien —admito.

Sé que cuesta entender lo que digo y aún me siento incómodo cuando hablo, pero me encanta ver sus ojos cuando escucha mi voz. Me dan ganas de pronunciar, aquí y ahora, todas las palabras que pueda.

—A mí tampoco se me da muy bien —dice ella.

Se aparta un poco de mí y levanta ambas manos para hablar por signos.

—Warren me ha estado ayudando. Sólo sé unas doscientas palabras, pero sigo aprendiendo.

Han transcurrido varios meses desde la última vez que la vi, y aunque quería creer que ella aún deseaba estar conmigo, tenía ciertas dudas. Hasta estaba empezando a cuestionarme nuestra decisión de esperar antes de iniciar una relación. Pero lo que jamás habría imaginado es que ella dedicara esos meses a aprender a comunicarse conmigo utilizando una lengua que ni siquiera mis papás se molestaron en aprender.

—Me acabo de enamorar perdidamente de ti —le digo. Miro a Bridgette, que sigue sentada a la mesa—. ¿Lo viste, Bridgette? ¿Viste cómo acabo de enamorarme de ella? —Bridgette pone los ojos en blanco y Sydney se ríe. La miro de nuevo—. Es cierto. Hace unos veinte segundos. Me enamoré perdidamente de ti.

Sonríe y pronuncia las siguientes palabras muy despacio, para que pueda leerle los labios.

—Yo me enamoré antes.

Cuando la última palabra abandona sus labios, la atrapo con la boca. Desde el preciso instante en que me alejé de estos labios, no he hecho más que pensar en el momento en que volvería a saborearlos. Sydney me estrecha entre sus brazos y yo la beso intensamente, luego con delicadeza, después rápidamente y a continuación lentamente, pasando por todos los estados intermedios. La beso de todas las formas en que se me ocurre besarla, porque tengo intención de amarla de todas las formas que se me ocurran. Cada una de las veces que en el pasado nos negamos a sucumbir a lo que ambos sentíamos hace que este beso merezca todos los sacrificios realizados. Este beso compensa todas las lágrimas, todo el dolor, todo el sufrimiento, todo el esfuerzo y toda la espera.

Ella vale todo eso.

Ella vale mucho más que eso.

Sydney

De algún modo, entre un beso y otro logramos llegar a mi departamento. Ridge me suelta el tiempo suficiente para dejarme abrir la puerta, pero pierde la paciencia en cuanto giro la llave. Me río cuando abre la puerta de golpe y me empuja al interior. Cierra la puerta, gira la llave y se voltea para mirarme. Nos observamos fijamente durante varios segundos.

—Hola —se limita a decir.

Me entra la risa.

—Hola.

Echa un vistazo a su alrededor, inquieto, para después volver a mirarme a los ojos.

—¿Es suficiente?

Ladeo la cabeza, pues no entiendo la pregunta.

—¿Qué tiene que ser suficiente?

Sonríe.

—Esperaba que esta plática fuera suficiente por esta noche.

Oh.

Ahora lo capto.

Asiento muy despacio y Ridge sonríe. Entonces se acerca y me besa. Se agacha un poco y me levanta agarrándome por la cintura. Yo le rodeo el cuerpo con las piernas, él me sujeta la espalda con ambos brazos y así nos dirigimos a mi habitación.

Por muchas veces que lo haya visto en las películas o lo haya leído en los libros, lo cierto es que, hasta ahora, ningún hombre me había tomado en brazos para llevarme a la habitación. Creo que me encanta la idea. Que Ridge me lleve en brazos a la habitación es, muy probablemente, mi nueva actividad preferida.

Bueno, hasta que Ridge cierra la puerta de una patada después de entrar. Creo que verlo cerrar puertas a patadas es mi nueva actividad favorita.

Me deja con delicadeza sobre la cama y, aunque en realidad me entristece que ya no me lleve en brazos, me alegra bastante encontrarme debajo de él. Cada movimiento suyo es mejor y más sensual que el anterior. Se detiene un momento, aún sobre mí, y desliza por todo mi cuerpo una mirada sensual, hasta detenerla en el bajo de mi vestido. Lo toma con las manos para subírmelo y yo me incorporo lo justo para que pueda pasármelo por la cabeza.

Contiene el aliento al mirarme y darse cuenta de que lo único que lo separa de una Sydney completamente desnuda son unos pequeñísimos calzoncitos. Empieza a acostarse sobre mí, pero le empujo el pecho mientras niego con la cabeza. Lo jalo de la camiseta para que entienda que ahora le toca a él. Sonríe y se la quita rápidamente pasándosela por la cabeza, para después volver a echarse sobre mí. Lo empujo una vez más y él se incorpora a regañadientes al tiempo que me dedica una mirada entre divertida y molesta. Señalo sus *jeans* y él se baja de la cama: en dos rápidos movimientos, el resto de su ropa acaba en el piso de mi habitación. No sé muy bien dónde la aventó, porque tengo la mirada bastante ocupada en otro lado.

Se coloca de nuevo sobre mí y esta vez ya no vuelvo a interrumpir, sino que lo recibo rodeándole la cintura con las piernas y la espalda con los brazos, buscando sus labios otra vez.

Encajamos de un modo tan perfecto que es como si estuviéramos hechos con este único propósito. Su mano izquierda encaja a la perfección con la mía cuando me coloca el brazo por encima de la cabeza y me lo apoya en el colchón. Su lengua se funde por completo con la mía mientras juguetea con mis labios, como si estuviera diseñada precisamente para esto. Su mano derecha se adapta con exactitud a la parte externa de mi muslo cuando me clava los dedos en la piel y desplaza el peso del cuerpo para acoplarlo perfectamente al mío.

Quita un momento la boca de mis labios para besarme en la barbilla... en el cuello... en los hombros...

No sé muy bien hasta qué punto puede aportar claridad a mi propósito vital el hecho de que él me consuma, pero así es como me siento. Todo lo relativo a él y a mí cobra mucho más sentido cuando estamos juntos de esta forma. Me hace sentir más hermosa, más importante, más amada, más necesitada... Me siento más todo, y a cada segundo que pasa me invade más la avidez, hasta el punto de que deseo todas y cada una de las partes de su cuerpo.

Le empujo el pecho para dejar un poco de espacio entre nosotros, pues quiero decirle algo por signos. Me mira las manos al darse cuenta de lo que estoy haciendo. Espero que me salga bien, porque he practicado esta frase con la lengua de signos al menos mil veces desde la última vez que lo vi.

—Tengo que decirte algo antes de que hagamos esto.

Se aleja unos pocos centímetros sin dejar de observarme las manos, esperando.

Por señas, le digo «Te quiero».

Relaja el ceño fruncido y en sus ojos aparece una mirada de alivio. Acerca los labios a mis manos y me las besa una y otra vez. Luego, de repente, se aleja de golpe y se zafa de mis piernas, con las que aún le rodeaba la cintura. Y justo cuando empiezo a temer que, por algún extraño motivo, haya decidido que tenemos que parar, se acuesta a mi lado y se inclina sobre mí para apoyarme la oreja en el pecho.

—Quiero sentirte decirlo —dice.

Le rozo el pelo con los labios y entonces lo atraigo más hacia mí.

—Te quiero, Ridge —susurro.

Me abraza la cintura con más fuerza, así que repito la frase unas cuantas veces.

Le sujeto la cabeza sobre el pecho con ambas manos. Él me suelta la cintura y desliza una mano sobre mi estómago, gesto al que mis músculos responden contrayéndose. Continúa trazando sensuales círculos sobre la piel de mi estómago. Dejo de repetir las palabras para concentrarme en el lugar al que se dirige esa mano, pero se detiene inesperadamente.

—No te siento decirlo —dice.

—Te quiero —me apresuro a repetir.

Tan pronto como pronuncio esas palabras, él empieza a mover los dedos de nuevo. En cuanto guardo silencio, los dedos se detienen, así que no tardo mucho en adivinar a qué está jugando. Sonrío y lo digo otra vez.

—Te quiero.

Desliza los dedos bajo el borde superior de mis calzoncitos y me quedo de nuevo callada. Me resulta muy difícil hablar cuando está tan cerca. Cualquier cosa me resulta muy difícil. Detiene los dedos ya debajo de mi ropa interior al darse cuenta de que no estoy hablando. Yo quiero que siga moviendo la mano, así que me esfuerzo para susurrar las palabras.

—Te quiero.

Desliza la mano un poco más abajo y la detiene. Cierro los ojos y vuelvo a decirlo. Muy despacio.

—Te... qui... ero.

Lo que me hace a continuación me obliga a repetir de inmediato las palabras, una vez más.

Y otra.

Y otra.

Y otra.

Y otra y otra y otra, hasta que mis calzoncitos acaban en el piso y yo he pronunciado esas palabras tantas veces y tan rápido que prácticamente estoy gritándolas. Ridge continúa demostrándome con sus hábiles dedos que, muy probablemente, es el mejor interlocutor que he tenido jamás.

—Te quiero —digo una última vez con la respiración entrecortada.

Me siento demasiado débil para volver a pronunciar esas palabras, de modo que aparto las manos de su cabeza y las dejo caer sobre el colchón con un golpe sordo.

Ridge retira la cabeza de mi pecho y se incorpora hasta acercar tanto su cara a la mía que prácticamente nos rozamos la nariz.

—Yo también te quiero —dice con una sonrisita arrogante.

Sonrío, pero mi gesto desaparece cuando Ridge se aleja y me deja sola sobre las sábanas. Estoy demasiado agotada para impedírselo. En cualquier caso, regresa a la cama con tanta rapidez como la abandonó. Rasga el envoltorio de un condón y mantiene la mirada clavada en la mía, sin apartarla ni una sola vez.

La forma en que me mira, como si fuera lo único que importa en su mundo, hace que este momento adquiera una dimensión completamente nueva. Me consumen oleadas no de placer, sino de emoción pura y dura. No sabía que pudiera «sentir» tanto a alguien. No sabía que pudiera necesitar tanto a otra persona. No tenía ni idea de que pudiera establecer esta clase de conexión con alguien.

Ridge me acerca una mano a la sien para secarme una lágrima; luego agacha la cabeza para besarme con tanta delicadeza como ternura, lo cual me provoca aún más lágrimas. Es el beso perfecto para el momento perfecto. Sé que él siente exactamente lo mismo que yo, porque mis lágrimas no lo asustan en absoluto. Sabe que no son de arrepentimiento ni de tristeza. Son lágrimas y nada más, lágrimas emotivas fruto de un momento emotivo que jamás imaginé que pudiera ser tan maravilloso.

Ridge aguarda con paciencia a que le dé permiso, así que hago un ligero gesto de asentimiento. Es la única confirmación que necesita. Acerca la mejilla a la mía y, muy despacio, empieza acomodarse sobre mí. Cierro los ojos con fuerza y trato de relajarme, pero todo mi cuerpo está demasiado tenso.

Sólo he tenido relaciones sexuales con un chico, y no significaba ni la mitad de lo que Ridge significa para mí. La idea de compartir esta experiencia con él, a pesar de lo mucho que lo deseo, me pone tan nerviosa que soy físicamente incapaz de disimular mi incomodidad.

Ridge percibe mi aprensión, así que se detiene y se queda muy quieto encima de mí. Me encanta que ya estemos tan compenetrados. Baja la cabeza y busca mi mirada con sus oscuros ojos. Me toma ambas manos y me las coloca por encima de la cabeza para después entrelazar sus dedos con los míos y empujar hacia el colchón. Me acerca los labios a la oreja.

—¿Quieres que pare?

Le digo rápidamente que no con la cabeza. Se ríe con suavidad.

—Pues entonces tienes que relajarte, Syd.

Me muerdo el labio inferior y asiento, pues me encanta el hecho de que acabe de decir «Syd» en voz alta. Me acaricia la mandíbula con la punta de la nariz y luego acerca de nuevo sus labios a los míos. Cada caricia suya me provoca una oleada de calor en todo el cuerpo, pero no alivia mi aprensión. Este momento es tan perfecto en todos los sentidos que temo hacer algo que lo estropee. No puede mejorar más, así que las cosas sólo pueden ir en una dirección.

—¿Estás nerviosa? —me pregunta.

Su voz me acaricia la boca y me paso la lengua por el labio inferior, convencida de que podría saborear sus palabras si lo intentara.

Le digo que sí con la cabeza y, cuando sonríe, suaviza un poco la mirada.

—Yo también —me susurra.

Me aprieta aún más las manos y luego apoya la cabeza en mi pecho desnudo. Percibo el ritmo de su cuerpo al subir y bajar con cada respiración tensa. Él suspira con todo el cuerpo y, uno a uno, los músculos empiezan a relajarse. Tiene las manos inmóviles, no está explorando mi cuerpo, ni escuchando cómo canto, ni pidiéndome que le diga que lo quiero.

Permanece inmóvil porque me está escuchando a mí.

Está escuchando el latido de mi corazón.

Aparta la cabeza de mi pecho con un movimiento rápido y me mira a los ojos. Sea lo que sea lo que se le acaba de ocurrir, es el motivo de que me esté lanzando una mirada de entusiasmo.

—¿Tienes tapones para los oídos? —dice.

¿Tapones para los oídos?

Sé que percibe mi expresión de perplejidad. De todas formas, le digo que sí con la cabeza y señalo el buró. Se mueve sobre mí, abre el cajón y entonces rebusca en el interior. Cuando los encuentra, se acuesta de nuevo junto a mí y a continuación me los deposita en la palma de la mano. Por señas, me indica que me los ponga.

—¿Por qué?

Sonríe y me besa para después acercarme los labios a la oreja.

—Quiero que me oigas amarte.

Contemplo los tapones para los oídos y luego lo miro de nuevo a él con una mirada interrogante.

—¿Cómo voy a oírte si me los pongo?

Ridge niega con la cabeza y luego me tapa ambos oídos con las manos.

—Aquí no —dice, tras lo cual me acerca una mano al pecho—. Quiero que me oigas desde aquí.

Es la única explicación que necesito. Me pongo rápidamente los tapones y luego apoyo la cabeza sobre la almohada. Muy despacio, todos los ruidos que me rodean van desapareciendo. Ni siquiera me había dado cuenta de todos los sonidos que me llegaban hasta que ya no me entran en la mente. Ya no oigo el tictac del reloj. Ya no oigo los ruidos habituales que llegan desde la calle. Ya no oigo el susurro de las sábanas bajo nuestros cuerpos ni el de la almohada bajo mi cabeza. Tampoco el quejido de la cama cuando Ridge cambia de postura.

No oigo nada.

Me toma una mano, me la abre y, tras girármela, me la pone en el corazón. Una vez hecho eso, Ridge me acerca la mano a la cara y me la pasa suavemente sobre los ojos para cerrármelos. Luego se aleja de mí hasta que nuestros cuerpos dejan de tocarse.

Se queda muy quieto y dejo de percibir sus movimientos junto a mí.

Todo está en calma.

Todo está en silencio.

No oigo absolutamente nada. No sé muy bien si esto está saliendo tal como Ridge esperaba.

No oigo nada excepto un silencio total. Oigo lo que Ridge oye durante todos y cada uno de los instantes de su vida. Lo único que percibo es el latido de mi corazón y nada más. Absolutamente nada más.

Un momento.

El latido de mi corazón.

Abro los ojos y miro a Ridge. Está en la cama, a pocos centímetros de mí, sonriendo. Sabe que lo oigo. Ensancha su sonrisa y luego me aparta la mano del corazón para apoyarla en su pecho. Se me empiezan a llenar los ojos de lágrimas. No sé cómo me hice merecedora de Ridge, ni siquiera sé si lo merezco, pero hay algo de lo que sí estoy segura: mientras Ridge forme parte de ella, mi vida nunca será mediocre. Mi vida con él será, cuando menos, notable.

Se coloca encima de mí y acerca su mejilla a la mía, tras lo cual permanece inmóvil durante largos segundos.

No oigo su respiración, pero noto su aliento junto al cuello.

No oigo sus movimientos, pero los percibo cuando empieza a adelantarse, con tanta delicadeza como suavidad, contra mí.

Aún tenemos las manos entre el cuerpo, así que me concentro en los latidos de su corazón contra la palma de mi mano.

«Late, late, descansa.»

«Late, late, descansa.»

«Late, late, descansa.»

Relajo todo mi cuerpo mientras él sigue moviéndose con la mayor delicadeza. Pega las caderas a las mías durante dos segundos y luego las relaja y se aparta un instante para después repetir el ciclo. Lo repite varias veces, y me doy cuenta de que con cada movimiento rítmico lo deseo más.

Y cuanto más aumenta mi deseo, más impaciente me vuelvo. Quiero notar sus labios en los míos. Quiero notar sus manos en todo el cuerpo. Quiero sentirlo dentro de mí, quiero que me posea completamente.

Cuanto más pienso en lo que quiero de él, más receptiva me vuelvo a los delicados cambios de su peso sobre mí. Y cuanto más receptiva me vuelvo, más deprisa laten nuestros corazones contra la palma de la mano.

«Late, late, descansa.»

«Late, late, descansa.»

«Late, late, descansa.»

«Late, late, descansa.»

Cuanto más rápido laten nuestros corazones, más rápido se voltea el ritmo de Ridge. Cada uno de sus movimientos se adapta a los latidos de mi corazón.

Gimo.

Se mueve siguiendo el ritmo de mi corazón.

Le rodeo el cuello con el brazo libre y me concentro en los latidos de su corazón, e inmediatamente me doy cuenta de que nuestros corazones laten en perfecta sincronía. Aprieto ambas piernas en torno a su cintura y elevo las caderas hacia él, pues quiero que haga que el corazón me lata aún más rápido. Ridge deja resbalar los labios por mi mejilla hasta cubrirme la boca, pero no me besa. El silencio que nos rodea me hace ser aún más consciente del ritmo de su respiración sobre mi piel. Me concentro en la palma de la mano, todavía apoyada en su pecho, y siento que toma aire rápidamente; segundos después, cuando espira, saboreo su dulce aliento que penetra en mi boca.

«Inspira, espira.»

«Inspira, espira.»

«Inspira, espira.»

Su respiración rítmica se acelera cuando desliza la lengua en el interior de mi boca y acaricia delicadamente la punta de la mía.

Si pudiera oír, estoy convencida de que me habría oído a mí misma gemir hace un segundo. Se está convirtiendo en una costumbre cada vez que Ridge anda cerca.

Deslizo la mano hacia su nuca, pues quiero saborear aún más ese beso. Lo atraigo hacia mí con una urgencia tan repentina que

Ridge gime entre mis labios. Percibir ese sonido sin oírlo es, probablemente, lo más sensual que he experimentado en mi vida. Su voz, al recorrerme el cuerpo, me causa un efecto mucho más intenso del que me habría causado escucharla.

Ridge aparta la mano de mi corazón y apoya los dos codos sobre las sábanas, a ambos lados de mi cabeza. Quedo encajonada entre sus brazos y retiro la mano de su pecho, pues quiero agarrarme a él con todas mis fuerzas. O con las pocas fuerzas que me quedan, al menos.

Lo noto arquear el cuerpo hacia atrás y luego, sin vacilar, me penetra, me reclama, me llena.

No...

... puedo...

... el corazón.

Dios mío. Acaba de silenciarme el corazón, porque ya ni siquiera noto los latidos. Lo único que noto es que Ridge se mueve contra mí... fuera de mí... dentro de mí... en mí. Me consume por completo.

Mantengo los ojos cerrados y escucho a Ridge sin oír absolutamente nada, siento su cuerpo en silencio, igual que él siente el mío. Me empapo de todos los detalles hermosos que percibo, desde la suavidad de su piel hasta el roce de su aliento o el sabor de nuestros gemidos, y llega un momento en que ya es imposible diferenciarnos.

Seguimos explorándonos en silencio el uno al otro, descubriendo todas las partes de nuestros cuerpos que hasta ahora sólo habíamos podido imaginar.

Cuando mi cuerpo empieza a tensarse de nuevo, no es en absoluto porque esté nerviosa. Noto que los músculos de Ridge se contraen bajo mis manos y me aferro a sus hombros, lista para caer con él. Apoya una mejilla en la mía, con fuerza, y lo oigo gemir junto a mi cuello cuando aprieta sus caderas contra mí otras dos veces, en el preciso instante en que a mí se me escapan los gemidos de la garganta.

Empieza a temblar cuando se libera, pero coloca una mano entre ambos y apoya la palma en mi corazón. Tiembla encima de

mí, y yo hago todo lo posible por controlar mis propios estreme-
cimientos mientras Ridge empieza a moverse más despacio de
nuevo para volver a adaptarse al ritmo de mi corazón.

Sus movimientos son ahora suaves y delicados, hasta el punto
de que casi ni los noto entre las lágrimas que se me escapan. Ni
siquiera sé por qué lloro, pues sin duda ésta es la sensación más
increíble que he experimentado jamás.

Tal vez sea por eso.

Ridge se relaja sobre mí y acerca de nuevo sus labios a los
míos. Me besa con tanta dulzura y durante tanto tiempo que al
fin dejo de derramar lágrimas y un silencio absoluto, acompaña-
do únicamente por el ritmo de nuestros corazones, las sustituye.

Ridge

Cierro la puerta del baño y regreso a la cama, junto a ella. La luz de la luna, que se filtra por las ventanas, le ilumina la cara. Tiene los labios curvados en una ligera sonrisa cuando me tiendo a su lado. Le paso un brazo bajo los hombros y luego, tras apoyar la cabeza en su pecho, cierro los ojos.

Amo su sonido.

La amo a ella. Amo todo lo que tenga que ver con ella. Amo el hecho de que jamás me haya juzgado. El hecho de que me entienda. Amo que, a pesar de todo lo que ha tenido que pasar por mi culpa, no haya hecho más que apoyar mis decisiones, por mucho que la destruyeran una y otra vez. Amo su honestidad. Amo su desinterés. Y, sobre todo, amo el hecho de ser yo quien puede amar todas esas cosas de ella.

—Te quiero —la noto decir.

Cierro los ojos y la escucho mientras repite la frase una y otra vez. Muevo la cabeza hasta colocar la oreja justo encima de su corazón y saboreo cada detalle de ella: su olor, su tacto, su voz, su amor...

Jamás había sentido tantas cosas a la vez.

Jamás había necesitado sentir más.

Levanto la cabeza para mirarla a los ojos.

Ahora ya es parte de mí.

Y yo soy parte de ella.

La beso con dulzura en la nariz, en la boca y en la barbilla, para después apoyar de nuevo la oreja sobre su corazón. Por primera vez en mi vida, lo oigo absolutamente todo.

AGRADECIMIENTOS

Son tantas las personas a las que dar las gracias y tan poco el espacio para hacerlo... En primer lugar, ninguno de los libros que he empezado a escribir habría llegado al final de no haber sido por todos los que me animan por el camino y me ofrecen sus comentarios. Las personas que cito a continuación, sin seguir ningún orden en particular, se merecen mi más sincero agradecimiento por estar a mi lado durante todo el proceso de escritura.

Christina Collie, Gloria Green, Autumn Hull, Tammara Webber, Tracey-Garvis Graves, Karen Lawson, Jamie McGuire, Abbi Glines, Marion Archer, Mollie Harper, Vannoy Fite, Lin Reynolds, Kaci Blue-Buckley, Pamela Carrion, Jenny Aspinall, Sarah Hansen, Madison Seidler, Aestas, Natasha Tomic, Kay Miles, Sali-Benbow Powers, Vilma Gonzalez, Crystal Cobb, la siempre dispuesta a apoyar Kathryn Perez y todos aquellos a los que he martirizado por el camino.

Gracias a mis chicas de FP. No tengo palabras. Sólo estas catorce palabras, supongo.

Gracias, Joel y Julie Williams, por su maravilloso apoyo.

Gracias a Tarryn Fisher, por ser mi fe y también mi contacto con la realidad.

Gracias a mi esposo y a mis hijos por ser los mejores cuatro hombres de este planeta.

Gracias, Elizabeth Gunderson y Carol Keith Williams, por sus comentarios, conocimientos y apoyo. Son sencillamente maravillosas y no podría haberlo logrado sin ustedes dos.

Gracias a Jane Dystel y a todo el equipo de Dystel & Goderich por su reiterado apoyo.

Gracias a Judith Curr, editora de Atria Books, y a su equipo por hacer mucho más que su trabajo. Su apoyo no conoce límites.

Gracias a mi correctora, Johanna Castillo. Decir que estaba nerviosa al entregar mi primera novela independiente es decir poco. En realidad, no tenía por qué estar nerviosa, porque las dos juntas formamos un gran equipo. Tengo mucha suerte por poder contar contigo.

Mi más SINCERO agradecimiento al equipo de *Tal vez mañana*: Chris Peterson, Murphy Fennell y Stephanie Cohen. Chicos, ¡se lucieron!

Y en último lugar, pero no por ello menos importante, gracias a Griffin Peterson. Gracias de verdad. Un millón de gracias. No puedo dejar de mencionar tu talento y tu ética del trabajo, pero tu apoyo y tu entusiasmo no conocen límites. Ni siquiera existe un emoji lo bastante digno de ellos.

Ah, y gracias a Dave y a Winnie the Pooh, porque sí.

SOUNDTRACK

1 **Vives una mentira (Living a Lie)**

2 **Algo (Something)**

3 **Algo más (A Little Bit More)**

4 **Tal vez mañana (Maybe Someday)**

5 **Metido en un lío (I'm In Trouble)**

6 **Eres tú (It's You)**

7 **No quiero dejarte marchar
(Hold On To You)**

8 **Deja que empiece (Let It Begin)**

Escucha la banda sonora de tu vida

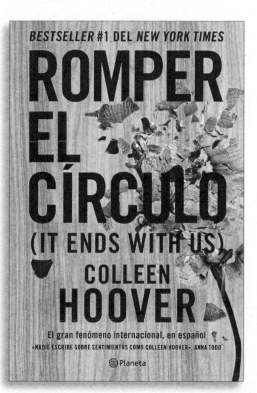